空に響くは竜の歌声

聖《せい》幻《げん》の竜王国

MIKI IIDA
飯田実樹

ILLUSTRATION
HITAKI
ひたき

この物語はフィクションであり、
実際の人物・団体・事件等とは、いっさい関係ありません。

人物紹介 Character

イザベラ

ファーレンの妻。龍聖の姉のような存在として支える。二児の母。

ファーレン

スウワンの弟。予想もつかない兄の行動に毎回振り回される苦労人。

ダン

龍聖の側近候補として初めて選ばれたアルピンの少年。

シオン
スウワンと命を分け合う金色の巨大な竜
スウワン
三代目竜王。初代竜王ホンロンワン、二代目竜王ルイワンの血を継ぐ。明るく大胆不敵で感情豊かな王で、会う者は誰もが彼に魅了される。
守《もり》屋《や》龍《りゅう》聖《せい》
三代目リューセー。日本では商家の四人兄弟の長男として育ち、気丈な性格。気高い強さは銀の剣に例えられることも。
[リューセーとは…]竜の聖人にして、竜王の伴侶。そして王に魂精を与え、子供を宿せる唯一の存在
[魂精とは…]リューセーだけが与えることのできる、竜王の命の糧。魂精が得られないと竜王は若退化し、やがて死に至る

Family tree

エルマーン王家家系図

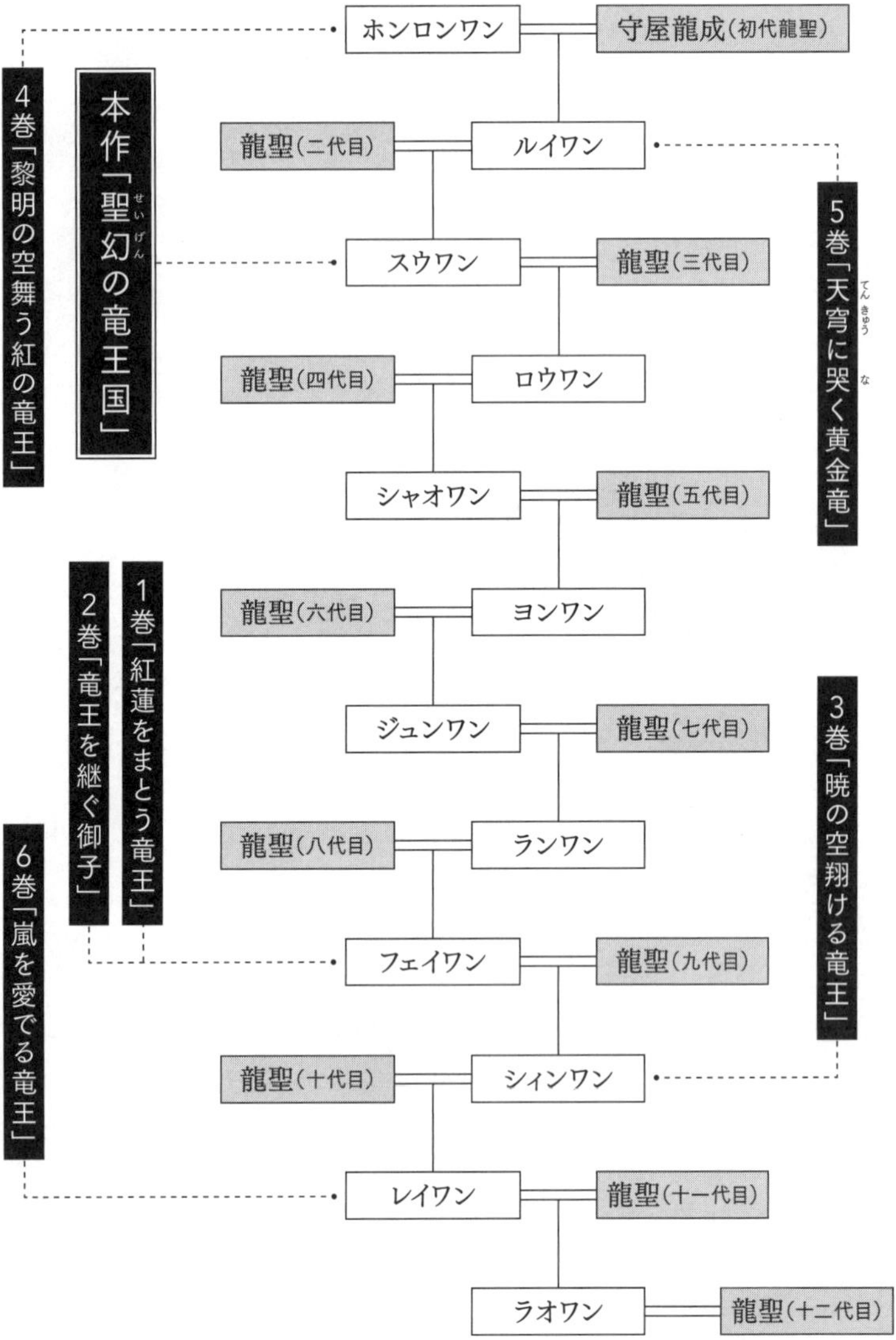

＊竜王の兄弟は本編に名前が登場した人物のみ記載しています

空に響くは竜の歌声　聖幻《せいげん》の竜王国

第1章　新王の目覚め

真っ青な空を一頭の竜が静かに飛んでいた。地上からはそれが竜だと肉眼では確認出来ないほど、遙か上空を、気流に乗って静かに飛んでいた。

竜が目指すのは、大陸の西方、赤い大地の広がる荒野に、忽然《こつぜん》と現れる険しい山々。それは上空から見れば、山が円を描くように連なり、自然の要害のような不思議な地形の場所。

エルマーン王国。竜族シーフォンが治める王国のある場所だ。

竜はゆっくりと高度を下げて、王国の真上まで来ると、峰《みね》の一角にそびえる巨大な王城へと降りていった。

いつも王国の空には、たくさんの竜達が飛んでいるのだが、その日は一頭も飛んでいなかった。竜達は山々のいただきや地上に降りて身を休め、時折空を見上げては、まるで泣いているかのような悲しい声を上げている。

王国内は静まり返っていた。街を往来する人々の姿も少なく、店先で客引きをする賑《にぎ》やかな声も聞こえない。国中がどんよりと沈み込んでいるようだ。

それもそのはず、ほんの五日前に、この国の国王が崩御《ほうぎょ》した。

二代目竜王ルイワン。国民に慕われ、建国の父と呼ばれた良き王であった。

そのわずかひと月前には、王妃リューセーが身罷《みまか》ったばかりで、王と王妃が立て続けに亡くなり、国中が悲しみに打ちひしがれていたのだ。

南北に作られた外界への出入り口は固く閉ざされ、エルマーン王国は鎖国状態にあった。『国王崩御に伴《ともな》い喪《も》に服す』という名目で、一切の外交を取りやめたのだ。

普通の国であれば、国王崩御の後は、世継ぎである皇太子が次の王位に就《つ》く。戴冠《たいかん》の時期や儀式の手順は、それぞれの国によって違うのだろうが、それでも長く国王不在でいるわけではなく、少なくともひと月以内には、速《すみ》やかに新しき王が即位するというのがほとんどだろう。

だがエルマーン王国は、そういうわけにはいかなかった。世継ぎである皇太子は、長き眠りについていた。

エルマーン王国を治めるシーフォンという種族は、元は竜であった。神より下された罰により、人と竜に体を分けられ、人間の一種族として、生きる運命を背負わされた。

そのシーフォンを束ねる国王、竜王は強力な魔力を持つ特別な存在だった。その力のせいで、二人の竜王が同じ時に存在することが出来ない。

世継ぎである次期竜王は、成人すると眠りにつき、自分の御世《みよ》まで目覚めることはない。つまり現竜王が崩御した時が、新しき竜王が目覚める時だ。

二代目竜王ルイワンの死後、三代目竜王スウワンが目覚める。百四十年の眠りからの目覚めには、長い時間を必要とするだろう。恐らく一年から二年、国王不在の期間が出来てしまう。

スウワンの弟であるファーレンが、王の死後国政の指揮を執《と》った。

まずは外交の停止、出入り口を閉ざし、外国人の出入りを一切禁じた。国交のある国々には、書簡を送り事情説明を行った。

あくまでも、一、二年の長期にわたり喪に服するのはエルマーン王国のしきたりであると見せかけ、次期国王が目覚めていないことを隠し、国王不在であることを悟られないようにするというのが、ファーレンの下した判断だった。

それは生前、ルイワン王がファーレンに、命じていたことでもあった。


ルイワンの御世、ファーレンが生まれる前に、エルマーン王国建国以来最大の惨事《さんじ》があった。東方の国ベラグレナ国が、他国を侵略し領土を広げる過程で、西方に竜を操《あやつ》る種族がいるという情報を手に入れ、中央大陸を侵略し、エルマーン王国へと狙いを定めたのだ。

二十万にも及ぶ大軍勢は、エルマーンの友好国も次々と侵略し、エルマーンへと迫った。ルイワンは国を捨てる覚悟をしたが、二十六人の老兵達が自らを犠牲にしてベラグレナの軍隊を殲滅《せんめつ》した。

シーフォンは竜であった頃に人間と戦争をして、その過程でこの世のすべての生き物を殲滅してしまいそうになった。その罰として、神によって人の体に変えられ、人間を殺すことを禁じられた。

もしも人間を傷つけたり、殺したりすることがあれば、それはそのまま自らに返る。人間に与えた苦しみが、その何倍にもなってその身に返り、凄絶な死を遂《と》げることになるという罰を与えられていた。

それを承知で我が身を犠牲にして、戦い散った古参《こさん》の将達を悼《いた》み、エルマーン王国はしばらく国を閉ざした。

シーフォン達は、人間達に対し憎悪を抱き、このまま国を閉ざそうと声を上げたが、ルイワンはそれではいけないと皆を諭《さと》した。

この世界で生きていく以上、人間との関りを断つわけにはいかない。すべての人間が悪いわけではない。ダーロン王国のアンドレアス王のように、尊敬すべき者もいる。人間から学ぶことも多い。今はむしろ、我々が人間達に恐れられ、恨まれているだろう。互いの誤解を解き、正しい関係を築くべきだ……。そうルイワンは、皆を説得した。

かつての友好国へ書簡を送り、関係を絶たれた国にも、根気よく誠意をもって話し合いの場を持つことを求めた。そして滅ぼされた友好国ダーロン王国の再建に尽力し、ヴォルフ王子の後見人となって、十年以上かけてダーロン王国が見事復興の基盤を築き上げた頃には、ようやく周辺国のエルマーン王国に対する警戒も解かれて、少しずつ国交回復に前向きになってくれるようになった。

人間の寿命は短い。五十年も経《た》てば、どの国も王が替わり、百年も経てばあの惨劇も伝説になる。そして伝説になると竜への畏怖《いふ》が少し薄れ、憧《あこが》れや、その力を利用したいという欲望に変化する。人間とは浅ましく強欲な生き物だと誰が言ったか……『竜が欲しい』そう渇望する人間は必ず現れる。空を飛び、どんな武器よりも強い竜は、『竜一頭所持すれば怖いものなし』と称されるようになった。

かつてベラグレナ国との間に起きた惨劇が、時を経《へ》て「大国の大軍隊も滅ぼした竜の力」という勇壮な歴史物語に形を変え、真実を知らぬ国々の権力者が、自分も竜を手に入れたいと思うようになっていたのだ。

やがて、エルマーン国内では次々と不可解な事件が起きるようになった。城下町で、竜についての情報を嗅《か》ぎまわる者がいるという報告が多数上がり、城内に忍び込む不審者の検挙も多発した。郊外の湖で休息する竜を捕獲しようと試みる者までもが現れ、ただならぬ事態になりつつあることを、ルイワンは深刻に受け止めた。

だがそれに対する対策を、どう講ずればいいのか図りかねて、何度も会議で話し合われた。


「人の口に戸は立てられぬ。我が国の竜の噂が、世界中に広まっているとしても、それを止める術《すべ》はない。友好国とは、我らとの付き合い方について契約を交わしてはいるが、その国の国民が、我らのことを自由に噂することについてまで、禁じることは出来ないし、ましてやそれらの国をたまたま訪れた他国の者達が、我らの竜をその目で見て驚き、さらに噂を広めることも仕方のないことだ。それらすべてを禁じることは不可能だ」

ルイワンは、苦悩に顔を曇らせながら、皆にそう告げた。

「ではこのまま世界中に我々のことが知れ渡り、また我が国に攻めてくる国があっても仕方ないと申されるのですか？」

家臣の一人がそう声を上げると、皆にざわめきが起こる。異《い》を唱《とな》える者、賛同する者、意見は様々で会議は紛糾《ふんきゅう》した。

「極論を言えば、また我が国に攻めてくる国があっても仕方ないということだろう」

外務大臣のカイシンが、少し強い口調で言い返したので、問うた家臣が思わず立ち上がり反論した。

「仕方がないではすまないだろう！　また戦争をするつもりか!?　外務大臣の立場でその言いようはなんだ！」

「事実を言ったまでだ。本気で竜を欲する王がいて、その王が愚か者ならば戦争を仕かけるかもしれない。だが少なくとも、先の戦争が伝説としてでもまだ、人間達の脳裏に刻まれているうちは、我が国と戦おうなどと思う王はいないだろう。そもそも竜の力は、どんな武器よりもどんな軍隊よりも強いから、欲しいと思っているのだ。そんな相手と真っ向から戦おうなんて思うわけがない。だから、こっそり我が国に忍び込んで、竜を盗み出そうと企《たくら》む輩《やから》がいるのだ」

カイシンは怯《ひる》むことなく、反論してきた者を一瞥《いちべつ》して言い負かした。

「カイシン……そう熱くなるな……皆も……もう少し冷静に話し合おう」

ルイワンが、静かにそう言うと、皆は顔を見合わせて大人しく口を閉ざした。ルイワンの隣に座っていたカイシンも、ルイワンに軽く頭を下げた。

「失礼いたしました。ただ人間が、我ら竜族の力を欲するのはいたし方ないこと。もう幾度となく繰り返されてきたことです。何度痛い目に遭《あ》っても、人間はそれをやめることが出来ない。だから仕方のないことと諦めるしかないでしょう」

カイシンは、今度は冷静な口調で言い直した。皆をゆっくりとみつめる。

「問題はいかに人間との戦争を回避するかということです。陛下がおっしゃるように、我らが生きていくためには、人間の国と国交を結ぶことは、絶対に必要なことです。我らが原始の時代に戻れるなら、国を閉ざしても構いません。だが我らはもう人間として生きる術を知ってしまった。人間になったばかりの原始の時代とは違います。人間と同じ衣食住が必要だし、文明も必要だ。それを維持するには、人間の国との交流は不可欠だ。我らだけ国を閉ざし、箱庭のような中で暮らし続けることは出来ません。我らだけならばともかく、少なくともアルピン達には必要なものがたくさんあります。我が国では、収穫出来ない作物や生産出来ない物もたくさんある。それは皆様も重々承知のはずだ。我らがより人間らしい文化的な生活を送るには、人間との交流が必要だ。陛下はそれを早くから分かっていて、即位されてから、懸命に様々な国と交渉されてこられた。かつてのベラグレナ国との戦争も、今直面している人間達との問題も、決して国交を結んだせいではない。人間と付き合う以上、避けられないことだと言っているのです」

カイシンは、隣に座るルイワンへ視線を向けた。ルイワンもカイシンをみつめる。

「私は外務大臣として、陛下と共にたくさんの国に赴《おもむ》き、交渉の席に着き、たくさんの人間を見てきました。人間は決して悪い者ばかりではない。信頼出来る者も多くいます。陛下はそんな人間達との関係を大切になさってきた。今の我らの暮らしが成り立っているのは、そういう陛下が築かれた人間達との信頼関係があるからこそなのです。そのことを念頭に置いて、もう一度皆様も考えて発言していただきたい」

カイシンがそう言うと、会議の場は静まり返ってしまった。ルイワンはその様子をみつめながら困ったように、小さな咳ばらいをひとつした。

「皆が心配する気持ちは分かるが、私は国を閉ざすつもりはないし、国交のある国々とはこれからも関係を続けていきたいと思っている。ただ新たな国と国交を結ぶのは控えるつもりだ。またしばらくの間、他国の者の入国に制限をかけたいと思う。それで問題が解決するとは思えないが……皆も何か良い策があれば、いつでも提案してほしい。国を閉ざすという策以外のもので願いたい……時間が掛かっても構わない。いつでも提案してくれ」

ルイワンはそう言って、皆に頭を下げたので、それ以上会議が荒れることはなかった。

会議の後、ルイワンの執務室にファーレンが呼ばれた。その頃ファーレンは成人して、カイシンの下《もと》で外交を学んでいた。

「ファーレン、君はどう思う?」

ルイワンにそう問われて、ファーレンは困ったように頭をかいた。外交についてはまだ勉強中だが、常日頃カイシンから、開国当初のルイワンの苦労を聞かされていた。一方で悲劇の戦いは生まれる前のことで、聞いた話としてしか知らないため、現状をどう解釈すればいいのかさえ迷っていた。先ほどの会議の間も、ずっと黙って皆の話を聞くばかりで、自分がどうするべきかは分からずにいた。

「父上のおっしゃることはその通りだと思います。国を閉ざすべきではないと……。実はこんなことを言ったら怒られてしまいそうですが……竜を捕らえようとする連中については、どんなにがんばっても無理なことなのですから、放っておけばいいとさえ思っていました。ただ我々が竜と命を分けあっているという秘密を知られるのはまずいと思っています。アルピン達は、それほど深く我らの秘密を知っているわけではありませんから、探られても大丈夫とは思うのですが……彼らは忠誠心がありますから、そう簡単に他国の者に話すとも思えませんし……ただ、アルピン達は騙《だま》されやすいので、それを心配しています」

大した発言が出来なかったと、ファーレンは恥ずかしそうに、少し頬を赤らめて眉根を寄せた。それをルイワンは微笑みながらみつめている。

「確かに君の言う通りかもしれない。人間の寿命は短い。あと二、三十年もすれば、今必死で竜を欲している者達も死んでしまうだろう。だが……かつて我らが竜だった頃も、人間などに、竜を……我らを捕らえられるはずがないと高をくくっていた。最初のうちは、まったく我らの相手にもならなかったのが、いつしか我らを倒せるほど強力な武器を作り出すようになっていた。その結果、人間達との全面戦争にまで発展したのだという……。外交を続けることを不安視している者は、そういうことを思っているんだろう。実際のところベラグレナ軍は、かなり強力な砲台を持っていた。まあそれでも、竜を倒すことは出来なかったのだけど……。あれから百年以上が経ち、人間達の文明も進んだと思う。そう考えれば、また同じことを繰り返すのでは？　と思ってしまうのも無理はない」

「でも父上は、人間の良心を信じたいのですよね？」

ファーレンの言葉に、ルイワンは一瞬はっとしたような表情を浮かべたが、すぐに苦笑した。

「私が皆から甘いと思われているのはそういうところなのだと思う。でも理想論だけではだめなことは、身をもって知っている。本来、私が手を下さなければならなかったのに、ガンシャン達が身代わりになって国を守ってくれた。だからこそ、なんとしてもこの国を守らなければならないと、今まで必死になってがんばってきた。この世界で、人間の身になりアルピンと共に国を作る以上は、他国と交流を持たなければ生きてはいけない。人間と戦い、人間を憎んでも、もう我々には竜としての生き方は出来ない。たとえ悲劇を何度繰り返すことになったとしても、人間達と共存しなければならない。それは覚悟している。それでもスウワンの御世に、この問題を抱えたまま引き継ぎたくはない。ファーレン、君はスウワンの御世に繫がる架け橋だ。私と一緒に、スウワンのために考えてほしい」

ファーレンは、父ルイワンの言葉を何度も思い出していた。窓の外を眺めながら溜息を吐く。結局色々と考えたが、これといった解決策を見つけられないうちに、ルイワンは崩御してしまった。最後の最後まで、ルイワンはそのことを気にかけていた。

そしてファーレンもまた、父の期待に応《こた》えられず、このまま兄に国を引き継がねばならないことは、とても不本意だった。それと同時に、ひとつの不安を抱えている。

次期竜王である兄スウワンは、目覚めてくれるだろうか？

竜王の世継ぎは、成人すると北の城で眠りにつかなければならない。理由のひとつは、強大な力を持つ竜王が二人も存在することは、他のシーフォン達に悪い影響を与えかねないため。そしてもうひとつは、ひと世代の竜王の御世を少しでも長く存続させるためだ。

この決まりは、初代竜王ホンロンワンが定めた。だが父ルイワンが成人する前にホンロンワンが崩御したため、ルイワンは眠りにつかなかった。

つまり三代目であるスウワンが、眠りについた初めての次期竜王ということだ。

スウワンが眠りについて百四十年余りの月日が流れた。弟であるファーレンは、とっくにスウワンの歳を追い越し、父親ほどの年齢になってしまった。

ルイワンが崩御した今、本当にスウワンが目覚めるのか？　それが一番の不安だった。

スウワンが目覚めるのには一年近くの長い時間が掛かると父から聞いている。『眠り』とは仮死状態のようなものだ。身体のすべての動きを止めて、百四十年も眠っていたのだ。再び体が元の状態に戻るのには、それなりの時間が必要だそうだ。

ファーレンは、窓から見える北の城をみつめながら、眉根を寄せた。

前例がないのだ。どうしても不安になってしまう。

「もしも兄上が目覚めなかったら、我々はどうなるのだろうか？」

思わず口にしていた。部屋には幸い誰もいなかったが、ファーレンは一瞬辺りを気にして、顔を歪《ゆが》めた。そして苦笑する。

両親が死んで間もないというのに、悲しんでいる暇はなく、国のことと、兄のことで、今のファーレンはいっぱいいっぱいだった。

「父上が亡くなってまだ五日だ。兄上が目覚めるのはもっと先のこと……くよくよと考えても仕方あるまい。とにかく今は国政を滞《とどこお》りなく行わねば」

ファーレンは独りごちると、自分の机の上に山積みになっている書類や書簡をみつめて、何度目かの溜息をついた。


ファーレンは、父王ルイワンより預かった手記を編纂《へんさん》して、一冊の書物『建国記』を作成する作業に取りかかった。ルイワンの残した手記は、膨大《ぼうだい》な量だ。人間の国との外交を始めるに至るまでの、様々な苦労や策がこと細かく書き留められている。

出来る限り事実を曲げず、足りない資料はかき集めて、後世に伝えることが、エルマーン王国のためになるとファーレンは考えた。

それは常々ルイワンが言っていた『歴史は何度も同じ過《あやま》ちを繰り返す。我ら竜族が長く生き続けるためには、過ちもきちんと後世に伝え残すことが必要だ』という言葉を肝《きも》に銘《めい》じてのことだ。ルイワンはそのつもりで、手記を残したのだと思っているし、だからこそ王国に伝承していかなければならないと思った。

ルイワンが、初代竜王ホンロンワンと初代リューセーの手記を、書物として残したのと同じように、ルイワンの手記も後世に残すべきものだ。

それは間もなく目覚めるであろう次期竜王スウワンのためでもある。彼が眠っていた間にこの国で何が起こったか、世界情勢がどのように変わったかを知らせることが出来る。そしてファーレン自身にとっても、側《そば》にいながら父の支えになることが出来なかった事柄について、見直す機会になった。

また、国を閉ざしている間に、北と南に作られた出入り口を作り直す工事も行われた。今までは、有事の際に、外からの侵入を容易に出来なくするための重厚な鉄扉が取り付けられているだけだったが、見張りも含めてたくさんの兵士が詰めることの出来る空間を造ることにした。

怪しい者がエルマーン王国内に侵入するのを防ぐための策を、ルイワンと共に考えていた時に、そもそも出入り口で不審者をはじくことは出来ないものかという意見があったのを思い出したからだ。その時は、結局どうすればいいのか良い策が浮かばなかったため、有耶無耶《うやむや》になってしまったが、ファーレンの中では、明確ではないがこうしたらどうか？　という思いがあった。

警備を強化し、簡単には入国出来ないような出入り口……まずはそれを形にしたいと思い工事を始めた。

そうこうしている間に、ルイワン王崩御から半年の月日が流れていた。

ファーレンは、まだ早いと思いつつも、どうしても気になり北の城にある竜王の間へ向かった。

ランプの明かりを頼りに、暗い北の城の廊下を進み、最奥にある大きな扉の前に辿り着く。懐《ふところ》から父より預かった鍵を取り出すと、扉を開けた。重い扉は簡単には開けることが出来ない。力を込めてゆっくりと開けると、中から眩《まばゆ》い光が溢《あふ》れ出してきた。

ファーレンは、思わず目を細めた。話には聞いていたが、竜王の間に来るのは初めてだったので、溢れ出す光に目が慣れてくると、興味深げに辺りを見まわした。

思っていた以上にとても広い部屋だった。天井も壁も床も、白い半透明の石で出来ている。天井全体がまるで光っているかのように、眩い光を発して部屋の中を照らしていた。

父の話では、この部屋はすべて、古い竜の亡骸《なきがら》で出来ているそうだ。天井にはたくさんの竜の宝玉が埋め込まれていて、そこから溢れ出る魔力を光に変えているのだそうだ。

部屋の中には、水が滾々《こんこん》と湧き出ている池があり、その水も竜の宝玉から出ているらしい。それらはすべて初代竜王ホンロンワンが、強大な魔力を使って作り出したものだ。

物珍しく部屋の中を見まわしながら、ゆっくりと奥へと進む。途中に大きなテーブルがあったので、持ってきたランプの灯を消して、その上に置いた。奥の壁にはふたつの扉があった。

ひとつは次期竜王が眠る部屋、もうひとつは異世界よりリューセーが降臨《こうりん》した後、新しき竜王が婚姻の儀式を行う部屋だ。

ファーレンは、スウワンが眠っている部屋の扉をじっとみつめた。扉を開けるには勇気が必要だ。きっと大丈夫だと思うが、まさか眠るのに失敗して死んでいたらどうしようと思い悩んで、夢にまで見てうなされたこともある。

「いやいや、大丈夫だ。兄上に限ってそんな失敗などするはずがない」

ファーレンは大きく深呼吸をすると、懐に入れていた竜王の指輪を取り出した。これも父から預かっているものだ。扉にある小さな窪みに、その指輪を押し当てると、ガチャリと鍵の開く音がした。

早鐘のように鳴る心臓を押さえながら、ファーレンは少し開いた扉に手をかけた。ゆっくりと開き部屋の中を覗《のぞ》き込む。

部屋の中は赤い光に照らされている。それほど広くなく、中央にベッドがひとつ置いてあるだけだ。ベッドの枕元近くの壁に、赤く光る宝玉が埋め込まれていた。ホンロンワンの親竜の宝玉だと聞いている。とても強い魔力に満ちた部屋だ。

眠りにつく竜王を守っているのだ。力の強い宝玉なのは間違いない。ファーレンには、その魔力は少しばかり強すぎて息苦しさを感じてしまう。

ファーレンは、少し眉根を寄せながらも、大きく深呼吸をして部屋の中へと入った。不安を胸に抱きながら、ベッドの側へと歩み寄る。ベッドにはスウワンが横たわっていた。昔、別れた時とまったく同じ姿の兄に、ファーレンは思わず声を上げそうになり、両手で口を塞《ふさ》いだ。

『兄上』

心の中で呟いて、顔を近づけてみた。スウワンの頬が少しばかり色づいて見える。指先をスウワンの鼻の辺りに翳《かざ》してみた。すると微《かす》かだがゆっくりとした息遣いを感じた。

確かに生きている。そう思ったらひどく安堵《あんど》して、体の力が抜けてしまいそうになる。ファーレンはスウワンの胸に耳を押し当てた。注意深く耳を澄ますと、心音が聞こえた。

『良かった……生きている』

ファーレンは、今度こそ心から安堵した。

改めてスウワンの顔をまじまじとみつめた。口の周りにうっすらと髭《ひげ》が生えている。

『身支度を整えて差し上げなければ』

ファーレンはしばらくの間、スウワンを眺めていたが、その日は大人しく戻ることにした。

翌日、荷物を抱えたファーレンが、再び竜王の間を訪れていた。今度は躊躇《ちゅうちょ》なく、スウワンの眠る部屋まで辿り着くと、持ってきた荷物の中身を取り出した。それはスウワンの衣服だった。

ファーレンは、スウワンを着替えさせ、体を拭き、顔を拭き、髭を剃り、髪を梳《す》いた。一通りスウワンの世話を焼くと、またじっと兄の姿をみつめた。

確かに生きていることは確認出来たが、目覚めるかどうか分からない。揺り起こすわけにもいかず、焦《じ》れる気持ちで見守るしかなかった。

その後ファーレンは、三日にあげず竜王の間を訪れた。あまりにも頻繁《ひんぱん》に赴くため、近臣達が「目覚められるのはまだまだ先になる。そんなに頻繁に様子を窺《うかが》っても何も変わらないぞ」とファーレンを窘《たしな》めるほどだった。

やがて一年が過ぎようとした頃、スウワンが目覚めた。

その日、ファーレンはいつものように、スウワンの世話をするために北の城を訪れていた。ここ最近、すっかりスウワンの血色も良くなり、息遣いもはっきりとしていて、今にも目を覚ますのではないかと、訪れるたびに期待が高まっていたのだ。

竜王の間に入り、奥のスウワンが眠る部屋の扉をゆっくりと開けると、そこにはベッドに座るスウワンの姿があった。

「あ……あ……兄上!!」

「よお！　ファーレンか？」

「あにうえ〜！」

ファーレンは思わず、飛びつくような勢いでスウワンの下《もと》に駆け寄った。

「いつ……いつ目覚められたのですか？」

「目覚めたのは結構前だと思うんだが……夢を見ているようで、ずっとぼんやりとしていたんだ。意識がはっきりしてきたのは、たぶんここ数日だと思う。もっとも、ここにいると日にちの感覚がないから、明確に何日前とは言い難《がた》いが……前回、お前が来た時も意識はあったんだ。だがまだ体が思うように動かなくて、目を開けることも、声を出すことも出来なかった」

スウワンの言葉に、ファーレンは目を丸くした。

「前回!?　前回私が参ったのは、十日前です」

「そうか、じゃあ目覚めたのはひと月くらい前かもしれないな。意識がはっきりしてきたのは、前回お前が来た時より少し前だから、十二、三日前くらいかもしれない。こうして起き上がることが出来るようになったのは、昨日からだと思う」

「申し訳ありません！　本当は私も毎日参りたいところだったのですが、皆から止められていたので……」

ファーレンの言葉に、スウワンが笑いだした。

「それはそうだろう……そんな毎日来なくてもいい。こうして体を起こすことは出来るようになったが、まだ立つことは出来ない。ここを出るのはまだ先になってしまうだろう」

スウワンの言葉に、ファーレンは何度も頷《うなず》いた。

「無理はなさらないでください。国政の方は大丈夫ですから……なんですか？」

ファーレンは、スウワンが自分の顔をじっとみつめるので、不思議そうに首を傾げた。

「お前……すっかりおっさんだな！　その顔で兄上と呼ばれるのは変な気分だ」

スウワンはそう言うと、また大きな声で笑いだした。

「そんな……仕方ないじゃないですか……兄上が眠りにつかれてから百四十年以上経ってしまっているのですから……あ、兄上？　大丈夫ですか？」

ファーレンは少し眉根を寄せて言い返していたが、笑っていたスウワンが、突然咳き込み始めたので、慌ててスウワンの背中を摩った。

「コホッ……す、すまない……まだまだ本調子ではないようだ」

「無理はなさらないでくださいと言ったばかりですよ！」

ファーレンが困ったように咎《とが》めると、スウワンはまたじっとファーレンをみつめて、ニッと笑った。

「老けてしまっても、お前はお前のままだ。会えて嬉しいぞ」

「兄上……」

ファーレンは感激して、言葉もなくスウワンをみつめている。

「オレが動けるようになるまで、少しずつ今のこの国の様子などを話してくれ……当然……父上も母上も亡くなられたのだと思うが……」

スウワンはそう言いながら、寂しそうに表情を曇らせた。

「父上達の最後のご様子なども聞かせてほしい」

「分かりました。兄上、まずはお着替えをいたしましょう」

ファーレンは持ってきた衣服を見せると、スウワンの着替えを手伝った。顔や手足を拭き、髪を丁寧に梳いていると、スウワンがクスリと笑った。

「お前は案外甲斐甲斐《かいがい》しいのだな……前回来た時も、こんなふうに丁寧にオレの世話をしてくれただろう？　意識はあったので、目は開かなかったが、お前が……ファーレンがしてくれているのだなと分かった。ありがとう」

「そ、そんな……私は兄上のただ一人の弟で、兄上が王位に就いた時に、片腕となって働くためにいるのです。これくらいのことは当たり前です」

ファーレンは照れを隠すように、少し顔をしかめながら、真面目な表情を作ってみせた。

身支度が終わると、スウワンは、少し疲れた様子で大きく息を吐いた。

「兄上、横になられますか？」

「ああ、少し疲れた……なにしろ百四十年ぶりにしゃべったのだ……疲れた」

スウワンは、少しおどけて言うと、ファーレンに手を貸してもらいながら、ベッドに横になった。

「おやすみください。また明日参ります」

「そう毎日来なくてもいいよ」

スウワンが笑いながら憎まれ口を叩くので、ファーレンは苦笑して頷いた。

「分かりました。でもまた明日参ります」

ファーレンはそう言って、スウワンに一礼すると部屋を出ていった。

それからファーレンは、ほぼ毎日スウワンの下を訪れ、身のまわりの世話をしつつ、現在の王国の様子などを話して聞かせた。だが、まだ賊《ぞく》がたびたび王国内に現れることは伝えなかった。

スウワンの体力は日に日に回復し、目覚めてからひと月後には歩けるようになった。

「そろそろ、城へ戻るか」

「はい、では私の竜で参りましょう」

スウワンの言葉に、ファーレンが嬉しそうに返事をすると、スウワンは少し不満そうな顔をした。

「オレの竜は？」

「兄上の竜は、無事に卵から孵《かえ》りましたが、まだ兄上を乗せて飛べるほどには成長していません。あと半年もすれば飛べるでしょう。その頃には、兄上のリューセー様が降臨されるのではないでしょうか？」

スウワンは、ファーレンの答えを聞いて、満足そうに頷いた。

「よし、ではお前の竜に乗せてくれ！　しかしお前の竜は少し生意気だったからなぁ……」

「そんなことはありませんよ！　私の竜……クエインも兄上のことが大好きですよ」

ファーレンが慌てて弁明すると、スウワンはクッと喉を鳴らして笑った。

「冗談だ。さあ、行こう」

二人は北の城を出て、居城《きょじょう》へ戻った。

城ではたくさんのシーフォン達が待ち構えていた。眠りから覚めた新しき竜王に会うのは、初めてのことなので、皆は少しばかり緊張した面持ちでいる。

スウワンを知る者は、その変わりない姿に驚くと共に、とても喜んだ。スウワンが眠りについた後に生まれた若いシーフォン達は、新しき若き王に敬意を表した。

広間に集まった皆に、スウワンは一人ひとり挨拶《あいさつ》をして、かつての友とは再会を喜び、父の腹心達には、まだ存命であることを喜んだ。

「戴冠は明日にでも行いましょう」

「そんなに急にしなくてもいいのではないか？」

ファーレンの提案に、スウワンは不思議そうな顔で言ったが、ファーレンは真面目な顔で首を振った。

「もちろん戴冠は形式的なことですから、兄上がこうして目覚めた以上は急ぐことではないかもしれません。ですが形式だからこそ、きちんと行って、他国にも兄上が新王であることを、表明するべきです。北の城で話した通り、対外的にはまだ先王の喪に服しているという名目で国を閉ざしています。もう一年が過ぎました。そろそろ新王が即位したことを、友好国に伝えるべきだと思います。他国ではエルマーンの王位がいつまでも継承されないことを、不審に思っている者達もいるでしょう。兄上が眠りについてから百四十年ですから、もうこの世の人間で、兄上を知っている者はいません。私のことを世継ぎだと勘違いしている者も多いです。『姿を見せない皇太子』が兄上なのです。だから一刻も早く戴冠の儀を行い、対外的に兄上の存在を知らしめるべきなのです」

「分かった」

ファーレンの説明に、スウワンは納得して頷いた。

「それで、明日の戴冠の儀を前に、皆も含めて話し合わなければならないことがあります」

「話し合い？」

スウワンは首を傾げて、周囲の家臣達を見まわした。皆はもうすでに承知という顔をしている。スウワンは、しばらく考えて頷いた。

「分かった。大事な話のようだ。すぐに会議を開こう」

スウワンの号令で、すぐに会議の間に中心となる面子《メンツ》が揃《そろ》えられた。父王の代の古参重臣と、彼らの補佐として勉強中の若い者達が集まった。

「スウワン様、会議の前に申し訳ありませんが、引き継ぎだけさせてもらってもよろしいか？」

父の腹心であったカイシンが、手を挙げてそう言ったので、スウワンは首を傾げた。

「カイシン様、引き継ぎとは？」

「本来、役職の用命は陛下からいただくところですが、まだ戴冠前ということで、これからの大事な会議の前に、勝手ながら引き継ぎをさせていただきます。私は外務大臣の座を本日限りとし、後任をシーズウに任せたいと思います」

「それはなぜだ？　貴方《あなた》のような熟達者には、私が王として一人前になるまで仕《つか》えていただきたい」

「私ももちろんそのつもりでしたが……実は最近あまり体調が思わしくなく……外交に共に行くことは叶わぬようです。私の息子に任せたいところですが、スウワン様が王としての政務に慣れるまでは、諸外国との関係を熟知した者が側に仕える方が良いとも思い……それでシーズウと話し合って、彼を後任とすることにいたしました。彼も老齢ではありますが、私よりも若く、もうしばらくは活躍出来るでしょう。シーズウも私と共にルイワン様を支えてきました。これからは彼を頼ってください」

カイシンの言葉に、スウワンは眉根を寄せてしばらく考えたが、カイシンとシーズウを交互にみつめると頷いた。

「分かりました。カイシン様、今まで父を助けていただきありがとうございました。ですがこれからもまだ元気に長生きしていただき、時々は私を叱咤していただきたい。そしてシーズウ様、もうしばらく私の助けになってください」

「はい、このような老いぼれですが、我が父スウジィンと親子二代にわたり、生涯のすべてをかけて竜王にお仕え出来ることは、なによりの幸せです。私が動けるうちはせいいっぱいがんばりたいと思います」

「オレの名前はスウジィン様から貰ったと父上が言っていた。言わば私とシーズウ様は兄弟みたいなものです。頼りにしています」

スウワンは、シーズウにそう笑顔で答えた。

「さて、それでは会議を始めよう……ファーレン、お前が話し合いを仕切ってくれ。話し合いたいことがあるんだろう？」

「はい、それでは」

スウワンから指名されて、ファーレンは頷くと、皆を見まわした。

「それではまずは、まだ兄上にお伝えしていない我が国の現状についてご説明いたします」

「なんだそれは」

スウワンはファーレンの言葉が意外だったのか、少しばかり眉を曇らせる。

「申し訳ありません。なにしろ兄上が眠られている間のことをお伝えするだけでも、かなりの情報量になるため、順序立ててお話ししていました。これから話すことは、最も重要な案件だからこそ、兄上に知らせるだけではなく、こういう場で皆の意見を聞く必要があったため、まだお伝えせずにおりました。お許しください」

ファーレンは、慎重に言葉を選びながら、スウワンに説明をした。直情型のスウワンに、変に誤解されて、怒りを買うのは避けたかったからだ。子供の頃は、それが原因でよく喧嘩《けんか》をした。

兄弟喧嘩をしても、父ルイワンはそれを止めることがほとんどなかった。当時はいつも泣かされてばかりいたので、なぜ父上は止めてくれないのだろう？　と思っていた。しかし大人になり、スウワンが眠りについて自分一人になると、色々と分かってくることがある。

例えばスウワンは、すぐにカッとなり、声を荒らげたり、感情をむき出しにすることがあったが、決して手を上げるなど暴力的なことはしなかった。またそのように感情的な時も、理不尽なことを言うわけではなかったし、ファーレンの言葉もちゃんと聞いてくれていた。自分が間違っていたと気づけばすぐに謝罪し、なによりとても優しかった。

だからこそ、ファーレンは兄が大好きだったし、兄の側を片時も離れることはなかった。むしろ幼かった自分の方が、兄に我儘《わがまま》を言っていたように思う。

父から見たら、二人の喧嘩などわざわざ止めるほどのことではなく、むしろ二人がそれぞれの長所短所を理解し合い、切磋琢磨《せっさたくま》していくことで、大人になってから信頼がより深まるだろうと思ったのかもしれない。

特に、スウワンは百歳で成人すれば、そのまま眠りについてしまう。残された弟のファーレンが、成長していく過程でそういうことをすべて理解し、後に若いまま目覚める兄を支えられればと考えていたのだろう。

喧嘩もしないまま、お互いに『いい子』として育っていたら、本心をぶつける術を知らず、気を遣い合う大人になっていたかもしれない。

今はこうして、どのように話せば兄が納得するか、もしも怒ったらどうすれば宥《なだ》められるか、兄がなぜ怒るのか、それらがすべて分かる気がする。喧嘩になったとしても、兄との関係に悩むこともない。

晩年、父が何度も「お前は常にスウワンの最後の堰《せき》となれ」と言っていた。

「誰よりもスウワンを信じ、スウワンの行いを見守り、助け、スウワンの判断に委《ゆだ》ねる。だがもしもスウワン自身が答えに迷う事態が起きた時、スウワンが最良と思える決断が出来るように、お前が声を上げろ。そして万が一、暴走しそうな時は、命を懸《か》けて止めろ。それがお前の役目だ。大変な役目だが、竜王はそれ以上に孤独で過酷な立場だ。お前だけはそれを理解してやってほしい」

そう言われた。

ファーレンは、もちろん兄の力になりたいし、命でもなんでも懸けるつもりだった。だが少しだけ疑問に思って父に尋《たず》ねたことがある。

「最後の堰は、私ではなくリューセー様なのではないのですか？」と。

すると父は苦笑した。

「もちろん私には兄弟がいないから、リューセーに力を借りることも多かった。だが本来ならば、リューセーには苦労も、精神的負担もかけたくない。スウワンの性格ならば、特にそうだろう。弱みをあまり見せたくないはずだ。だからお前が支えてやってくれ」

そう言われて納得した。

だから今、新しき王としてこの城に戻り、皆の前に立ったスウワンの隣で、ファーレンは宰相《さいしょう》としての初仕事をするのだ。昨日まで、竜王の間でスウワンに伝えていた時は、まだ『兄弟』として話していたつもりだ。

これから父に言われたことを胸に、スウワンの支えとなる。

「実はここ五十年ほど、国内に賊が忍び込み、竜を捕らえようとする事件が頻発しています。正しくは百年以上前から、そういう事件はあったのですが、その数は増えたり減ったりを繰り返しています。恐らく人間達の寿命の関係で、竜を捕らえようという国の策略が盛んになったり、立ち消えたりしているのだと思いますが……ここ五十年は、特に動きが目立ちます」

ファーレンの言葉に、スウワンは一層表情を曇らせた。眉間にしわを寄せて、明らかに不快感を見せている。

「人間が竜を捕らえようと？　人間達がまた竜を欲し始めたということか？」

「はい、あの惨劇から二百年近く経ち、すでに人間達の間では『伝説』になりつつあります。我らと親交のある国々では、きちんと伝承されているようですが、それ以外の国では、吟遊詩人が竜の強さだけを印象的に、物語のように語り継ぎ、それを聞いた権力者が竜を欲するようになっているのです。さすがに、もう我らと戦争をしようなどと考える者はおりません。正しい伝承を聞いている者達は当然ですが、『伝説』として語られるものは、五十万の兵を討ち滅ぼしたなどと、過剰に盛られた物語になっているようで、そんな相手とまともに戦う気などはないようです。ただそんなに強い竜ならば、一頭でも良いからなんとかして手に入れたいと、我が国に忍び込んで捕獲を企むようなのです」

スウワンは苦笑した。

「捕獲など……牛や馬を相手にするのではないんだ。容易に出来ると思うのが馬鹿げている。不可能なことだ。放っておけばいい」

　ファーレンは頷いた。

「確かに竜を捕獲するなど絶対に不可能なことです。現に何度も試す輩が現れましたが、近づくことさえも出来ず、結局我らが兵に捕らえられました。しかしそれで諦める連中ではなく、直接の捕獲が不可能だと分かると、今度は子竜や卵ならば奪えるのではないかと考え、子竜や卵を求めて、国中を探り始めました。竜はどうやって繁殖しているのかと探りを入れる怪しい者達がいると、たびたび国民より通報が入ります。父上はいつか我らの秘密を勘づかれるのではないかと案じていました。どう対策をとればいいのか、父上と共に皆で色々と策を練りましたが、未だ解決には至っていません」

　スウワンは腕組みをして聞いていた。

「アルピン達は忠実で口も堅い。何も語らないだろう。なにより、アルピン達の多くは、我らの真の秘密を知らない。教えてもいない」

　スウワンがそう発言すると、ファーレンは首を振った。

「シーフォンの身のまわりの世話をする侍女達は、シーフォンの男子が卵を持って生まれるのを知っています。詳しく教えていなくとも、我らと竜の密接な関係も、それとなく察しているでしょう。兵士も同じです。王城内で働く兵士達は、一部ではありますが子竜を育てている場所を知っています。侍女や兵士達には堅く口止めしているし、彼らも外へ漏らすことはないでしょう。だが『絶対』とは言えない。例えば外部からの侵入者がその辺りに勘づき、侍女や兵士を攫《さら》って拷問《ごうもん》しないとも限りません。我らの秘密が漏れることも心配ですが、アルピン達も大切な我らが民。彼らに害が及ぶことも、父上が案じていた問題なのです」

「我らが竜を操っていると、人間達は思っています。我らが竜自身であり、竜は我らが半身などという事実は知りませんし、知らせるつもりもありませんが、我らのことを『竜使い』だと、人間達が思っている以上は、『竜とは飼いならせるもの』だと思われるのは仕方のないことです。だから竜を欲する人間が後を絶たないのです」

シーズウが横からそう補足したので、スウワンはさらに眉間のしわを深くして考え込んだ。

「入国する者達の中から、不審者を見つけ出すのは困難です。国内で不審な行動を起こすからこそ『不審者』であり、入国する際はただの旅人なのです。商人に扮《ふん》してこられては、それを判断する術がありません。友好国からの隊商だと言われれば疑えませんし、例えばその中の全員でなく、一人だけ不審者が紛れていたら、ますます分かりません。全員を詮議《せんぎ》にかけるとしても、無実を証明する術もないし、詮議には時間が掛かります。それでは国を閉ざすのと同じことになってしまう。父上も我々も、どうすればいいのか何度も話し合いましたが、まだいい案は出ていません」

ファーレンはそこまで説明すると、一旦話を止めてスウワンの発言を待った。

「話は分かった。だが父上やお前達も散々話し合ってきたのだろう。それでいい解決案が出なかったものを、いきなり今この場で話し合っても同じだ。オレも考えるが、やはり時間が欲しい」

スウワンの言葉に、一同が頷いた。

「もちろんです。兄上に現状をお知らせするために、この場を設《もう》けただけです。何かお尋ねになりたいことがあれば、ぜひ皆にお尋ねください」

スウワンは頷いて、皆の顔を見まわした。

「いい解決案はなかったと言ったが、何か試してみた策はあるのか？」

「北と南の出入り口で、入国する者に、どこから来たのかと、入国の目的を尋ねるようにしました。もちろんそれだけで、何が変わるというわけではありませんが、少なくとも一人ひとりと話をすることで、警戒中であるという姿勢が伝わり抑止力になればと思ったからです」

国務大臣のリュウマンが発言をした。

「効果は感じたか？」

「はい、始めて数年は、不審者の数が減りました」

「ということは、後から効果がなくなったということだな」

「残念ながら……嘘を言ったからといって、バレることもなく調べられることもないと勘づかれてしまったのだと思います。但《ただ》し、ファーレン様が言われたように、人間達の寿命の関係で、再び効果が現れる時期もありましたので、とりあえず続けています」

「……分かった。他には？」

「兵士の数を増やして、城下町の見まわりを頻繁に行うようにしました。ただこれも、現在のアルピンの人口から考えて、増やせる数にも限界がありますので、城下町とその周辺程度です。国内すべてを見まわれるほどの兵士は用意出来ません」

国内警備長官のハリウェンがそう発言した。

「今のアルピンの人口はどれくらいだ？」

「一万三千人ほどです」

「兵士の数は？」

「千人です。そのうち城内警備が二百、城下町とその周辺の警備が三百、北と南の出入り口付近にそれぞれ三十。交代で任務につけているので、常勤出来る数はこれがせいいっぱいです。あと五百人ほど増やせれば、郊外も見まわることが出来るのですが……工房や農業の働き手を考えれば、これ以上は……」

ハリウェンの報告を聞きながら、スウワンは頷いた。

「いや、その人数が妥当だろう。オレが眠りにつく前よりも二千人近く増えているから、それでもアルピンの人口は順調に増加している。あまり無理に働かせる必要はない」

スウワンはそう答えて、再び難しい顔で考え込んだ。

「陛下、これまで話している施策とは別の話ですがよろしいですか？」

「ファーレン、オレはまだ戴冠前だ。陛下じゃない。まあそれはともかくなんだ？　話してみろ」

「はい、実は国を閉ざしている間に、北と南の出入り口の拡張工事を行いました。内側に広い空間を造り馬車を三台ほどは並べておくことが出来ます。また小さいですが兵舎もあわせて造りました。シーフォンを含めて、兵士が十人ほどは待機出来ます」

ファーレンの報告を聞いて、スウワンは関心を示した。

「何のためにそのようなものを造ったんだ？　何か考えがあるのか？」

「いえ……恥ずかしながらただの思いつきなのです。やはり出入りする者達の身元をもう少し厳しく確認する必要があるのではないかと考えて、何か良い確認方法を考え付いた時に、すぐに対応出来るようにと造っただけなのです。普段は開かれた出入り口ですから、こういう時にしか工事をすることが出来ませんから……」

「なるほどな」

スウワンは納得して何度も頷いた。

「ファーレン、それはいいと思う。ぜひ上手く生かしたいものだ」

スウワンはそう言って、皆の顔を見まわした。

「我らはまだ三代……国も出来たばかりだ。建国から四百年あまり……年月ばかりは生意気に経っているが、人間の国であれば、三代と言うと百年にも満たないくらいだ。ホンロンワン様が建国し、父上が国を形にした。オレは……この世界で、未来永劫この国が栄え続けるための基盤を作りたいと思っている。人間の世界で、我が国が存在することを当たり前にしたい。竜のいる特別な国であり続けたい。そのためには、どんな小さなことも、ひとつひとつ解決していく必要がある。すべてを見逃さず……有耶無耶にせず……だからこの問題も、解決しよう。どんなに時間が掛かっても構わない。だが我らの代で決着をつけよう」

力強いスウワンの言葉に、その場にいた者は身震いした。鳥肌が立った。確かに彼は竜王だと感じたからだ。皆が改めて、自分達には竜王が必要なのだと、本能的に思わされた瞬間だった。主君や統治者ではない。『竜王』が必要なのだ。

皆が一斉に視線を交わし合った。それはファーレンも同じだった。互いに同じことを思ったのだと理解した。

『竜王が必要だ』なんて今更の話だ。分かっていたことだし、だからこそスウワンの目覚めを、皆が喜び迎えたはずだった。

だがこの百四十年間、スウワンは眠りについていた。だから皆の記憶の中では、皇太子だった頃のスウワンしか存在せず、まだ子供だと思い、本来の意味で彼が竜王だとは認めていなかった。いや

『彼も竜王である』ということを忘れていたのかもしれない。

竜王が崩御し、眠っていた新しき竜王が目覚めて、継承するという形を取るのは、これが初めてだ。ここにいる皆が、今改めて、わずか一年という期間でも竜王が不在だったことが、本当に不安だったのだと気づかされた。それは恐らくこの場にいない者も含めてシーフォン全員がそうなのだろう。

「戴冠を急ぎましょう」

思わずファーレンは口に出していた。それを聞いて、スウワンが不思議そうに首を傾げた。

「明日すると決めただろう」

「あ、は、はい。そうなんですが……すみません。独り言です」

心の声が漏れてしまったことに気づき、ファーレンは赤くなって恥じた。

「明日戴冠するが、対外的にはまだ伏せよう。オレがこの国の王として、活動出来る準備が整うまで、友好国にも知らせない」

スウワンがそう言うと、その場はざわついた。

「それはどれくらいの期間をお考えですか？」

ファーレンが尋ねると、スウワンは少しばかり笑みを浮かべて首を振った。

「早く対外的に表明したいという皆の気持ちは分かっている。もちろんそんなに長くはない。長くても半年……。新王の即位を、対外的に知らせるということは、国を開くということだ。外交を再開せねばならない。だから準備が必要だ」

スウワンがそう言って、カイシンとシーズウを見たので、二人は大きく頷いた。

「我々は外交の再開にあたっての準備を進めてまいります」

シーズウがスウワンに答えた。

「我々は国内の警備について見直したいと思います」

ハリウェンもスウワンに答えた。

「南北の出入り口について、警備方法を考えたいと思います」

「それはオレも考えよう」

リュウマンの答えに、スウワンが頷いた。

スウワンはゆっくりと、一人ひとりを確認するように見まわした。

「これからオレに力を貸してくれ」

「御意！」

全員が一斉に答えた。


翌日、スウワンの戴冠の儀が粛々《しゅくしゅく》と行われた。

儀式の後、城内に勤めるすべてのアルピンを大広間に集めるように、スウワンはファーレンに指示した。

「すべてというと、兵士や侍女だけではなく、工房などに勤めている者もですか？」

「そうだ。すべてだ」

「何をなさるのですか？」

ファーレンが怪訝《けげん》そうな顔で尋ねるので、スウワンはニッと笑った。

「本当は全国民を集めたいところだが、集めたところでオレの声は全員には聞こえない。だからとりあえず城内にいるアルピン全員だ。千五百人くらいか？　大広間に入るだろう」

「かしこまりました」

ファーレンは、まだ理解出来ない様子で首を傾げながらも、方々に指示を送って、城内のすべてのアルピンを大広間に集めた。

大広間はぎゅうぎゅうではあるが、なんとか全員入ったようだ。アルピン達も何があるのだろうと、不安そうな顔をしていた。

そこへスウワンが現れると、一瞬どよめき、やがて静かになった。思っていた以上にいっぱいになった大広間の様子を見まわしながら、スウワンは満足そうな顔で頷いた。

「皆、オレの声は聞こえるか？」

スウワンが大きな声で言うと、アルピン達は戸惑いながらも頷いたり、「はい」と返事をしたりして、その場がざわついた。

「これからオレの話す言葉をよく聞いてほしい。もしも聞こえない者がいたら、後で周りの者に聞いてくれ。とにかくオレが話し終わるまで、静かに集中して聞いてほしい」

スウワンがそう言うと、一瞬にしてその場は静かになった。皆が息を凝《こ》らして真剣な顔で聞いているのが分かる。スウワンはそれを確認すると、大きく息を吸い込んだ。

「このエルマーン王国は、我々シーフォンとお前達アルピンのふたつの種族が共存している国だ。まったく違う種族ではあるが、ひとつの共通する弱点がある。それは『人間』だ。お前達アルピンは、この世界の他の人間達から差別を受け続けている。奴隷にされ家畜のような扱いを受けてきた。だがこの国の民である限り、もう二度とそのような目には遭わせない。この国を訪れる他国の人間達も、お前達がエルマーン国民である限り危害を加えないし、我々もお前達を守り続ける。これから先もずっとだ。約束しよう」

スウワンの力強い言葉に、アルピン達はいたく感動し、涙する者もいた。

「だが我々も他の人間達から竜を狙われ続けている。皆も知っての通り、我らシーフォンにとって竜は絶対に必要な存在であり、竜を失うということは死ぬことと同じだ。だからお前達に頼みたい。他国の人間達から竜のことを聞かれても、決して何も話さないと。そしてそのような者がいれば、すぐに我らに報告すると……お前達も我らシーフォンを守ってほしいんだ。我らはお互いに守り合い助け合って生きていかねばならない。オレに誓ってくれないか？」

スウワンの言葉に応えるように、アルピン達が一斉に声を上げた。もちろん賛同の声だ。その大きな声と、人々の熱気で、城が揺れるかと思うほどだった。

スウワンが、すっと右手を挙げると、人々は再び静かになった。

「このオレの言葉を、皆の家族にも伝えてほしい。国民一丸となって、苦境を乗り越えて、共にエルマーン王国を繁栄させていこう」

スウワンの呼びかけに、再び割れんばかりの歓声が沸き起こった。


「兄上、まさかあんな演説をするとは思っていなかったので、とても驚きました」

アルピン達を解散させて、執務室へと戻るスウワンの下に、ファーレンが駆け寄った。

「兵士が足りないのならば、見まわりに人員を割《さ》かなくても、アルピン達全員が、不審者に対して目を光らせれば良いんだ。通報さえしてくれれば、あとは兵士と我々が対応すればいい」

「言われれば簡単なことなのに、私達は誰も思いつきませんでした。兄上は素晴らしい」

ファーレンは、高揚《こうよう》した様子で、スウワンを褒め称えたので、スウワンは少しばかり眉根を寄せた。

「大袈裟《おおげさ》だ。オレは王になったばかりで、まだまだやらなければならないことが山積みだし、父上の政務も引き継がなければならない。こんなことでいちいち褒めなくていい」

スウワンは吐き捨てるように言って、足早に執務室へと向かった。ファーレンは驚きつつも、慌てて後を追った。


それからのスウワンは、凄まじい勢いで政務をこなした。

ルイワン王崩御後、スウワンが目覚めるまでの間に届いた書簡を、ファーレンがまとめていたが、それらをあっという間に読んで、王の決裁が必要なものはすべてすぐに指示を送った。

さらにルイワン王時代に国交のあった国の、現在の情勢を調べるように指示を出し、それぞれの国に合わせた新王としての挨拶を考えた。友好国については、直接スウワンが赴くことにし、そのための書簡もスウワン自身が書いた。

貿易における輸出と輸入の内容について、直近数年分を報告するように命じ、新外務大臣のシーズウと国内警備長官のハリウェンを呼んで、これまでに捕らえた不審者の出身国と、国交のある国との関係がないか綿密に調べさせた。

「国交を結ぶ国は、今の半分まで減らしてもいいように思う」

スウワンが、書類を眺めながら、ぽつりと呟いたその言葉に、隣で同じように調べ物をしていたファーレンが、驚いて顔を上げた。

「は、半分ですか!?」

「あの惨劇の後、すべての国から国交を絶たれて、父上がとても苦労して信頼を取り戻したのは知っている。だから以前よりもたくさんの国々と、国交を結んだのも仕方ないと思う。だが結果として、我が国に必ずしも有益とは言えない外交を行っている国も少なくない。中には物資の輸出入だけの関係になってしまった国もある。普通の外交ならば、それでも構わないかもしれない。だが我らの立場を考えれば、国同士が密接な関係を持てなければ、信頼関係も保てないし、それが不審者の入国を容易にしてしまっている気もする。色々な国との交易のおかげで、今は国内の農業技術も進歩し、様々な作物を育てることが出来るようになったし、過剰に他国との貿易を増やす必要はないと思う」

ファーレンは、表面上は冷静な面持ちでスウワンの話を聞いていたが、内心ではとても驚いていた。戴冠の儀以降のスウワンの働きぶりにもかなり驚いていたのだが、改めてスウワンの鋭い観察眼や深い見識に舌を巻いてしまう。

スウワンのことは幼き頃から尊敬していた。何でも出来る兄だと思っていた。だがその一方で、感情の起伏が激しく、我が儘な印象があったのは事実だ。ファーレンはいつもそれに振りまわされていたし、泣かされていた。

だから新王として目覚めた兄の手綱《たづな》をしっかりと握るのが自分の役目だと覚悟していた。昔はともかく、今は自分が遥かに年上で大人だから、若い兄を諫《いさ》めるのはそれほど苦にはならないだろうとも思っていた。

しかしすべてがいらぬ心配だったようだ。なんのかんのと慌ただしく、戴冠からふた月が過ぎてしまったが、その間一度もスウワンがへそを曲げるようなことはなかった。

「忙しすぎて嫌だ」と言いだすのではないかと思っていたが、むしろこちらが心配になるくらいに、スウワンはがむしゃらに政務をこなしている。一言も文句を言わずに……。

もしかして、兄上が癇癪《かんしゃく》持ちで我が儘というのは、自分が幼かったせいでそう見えていたのだろうか？　ファーレンは自身の記憶に疑いさえ持ち始めていた。

「オレが印を付けた国について、今後も国交を結ぶ必要があるか、シーズウに意見書をまとめるように指示しておいてくれ」

「は、はい。かしこまりました」

ファーレンは渡された書類を持って、一礼すると執務室を後にした。

「やはり竜王は我々とは違うのだな……これが本当の兄上の姿なのだろう。杞憂《きゆう》に過ぎなかったな」

ファーレンは嬉しそうに含み笑いをしながら、独り言を呟いた。


しかし、事件は突然起きた。

その日はいつもと変わらぬ朝だった。ファーレンはいつものように執務室へ行き、スウワンとその日の政務について打ち合わせをした。

スウワンはその日いくつかの接見が入っていた。接見とは言っても、各役職の長達とのものだ。まだ国は開いていないので、他国の者は入国していない。

午後になり、執務室を訪ねたが、スウワンの姿はなかった。接見が長引いているのかと、しばらく待っていたが一向にスウワンが戻ってこない。

変に思って、謁見の間に行ってみると、とっくに接見は終わっているという。王の私室を訪ねてみたが、そこにも戻っていなかった。いよいよおかしいと思い始め、周囲の者達に声をかけて探させたが、スウワンはどこにもいなかった。

「陛下がどこにもいらっしゃいません‼」

城中を探して、次第に皆が焦《あせ》り始めた。ファーレンは真っ青になった。

「いないわけがないだろう！　必ず城の中にいらっしゃるはずだ！　もっとよく探せ！」

ファーレンは兵士達に命じた。今は国を閉ざしている。不審者の出入りもない。攫われたというわけではないはずだ。それなのに突然姿を消すなんて、只事《ただごと》ではない。

だが、どんなに探してもスウワンを見つけることが出来なかった。城内は騒然となった。

「ファーレン様！」

ファーレンは必死に考えていた。まだ探していない場所はあるか？

「竜王シオンの部屋は探したか？」

「え？　あ、は、はい……竜王様は部屋にいらっしゃいました」

「しかし昼頃、空を飛んでいるのを見たが……」

ファーレンは、はっとして部屋を飛び出した。

城の中央にある大きな塔の最上階まで登ると、そこにはとても広い部屋があり、部屋の中央には金色の竜が座っていた。スウワンの半身である竜のシオンだ。

全身金色の竜王は、本来普通の竜の三倍以上の大きさがある。シオンは、スウワンの目覚めと同時に卵から孵った。まだ本来の大きさの半分ほどしかなかったが、それでも十分に大きい。

「竜王、兄上を乗せて飛んだのでしょう？　まだそう遠くへは飛べないはず……兄上をどこに連れていったのですか？」

ファーレンが話しかけると、シオンは大きな金色の目を瞬かせて、ファーレンをしばらくみつめた後、グルルッと鳴いた。ファーレンは困ったように眉根を寄せる。

「残念ながら私には貴方の言葉が分からない……だから私が今から言うことが合っているなら頷き、間違っていれば首を振ってください……兄上は北の城ですか？」

ファーレンの質問に、シオンは小さく頷いた。

「ありがとうございます」

ファーレンは恭《うやうや》しく頭を下げると、駆けだした。


北の城の最奥に、竜王の間がある。ここに来るのは久しぶりだ。扉の鍵は開いていた。間違いなくスウワンがいるのだ。

ファーレンは少し安堵して、ゆっくりと扉を開けると、眩《まぶ》しく輝く広間の中へ入っていった。しかしそこにスウワンの姿はない。まさかと思って、さらに奥にある竜王が眠りにつく部屋へと向かった。

案の定、そこの扉も少し開いている。ファーレンは大きな溜息をついた。

扉に手をかけて少し開けると、中を覗き込んだ。部屋の中にはベッドがひとつあるが、スウワンが目覚めた時に掃除をすませて、寝具などは取り払われている。シーツも何もかけられていないベッドの上に、スウワンが横になっていた。

「兄上？」

声をかけてみたが反応がないので、ファーレンは驚いて部屋の中に飛び込んだ。

「兄上？　兄上！」

ファーレンが寝ているスウワンを揺さぶりながら声をかけると、スウワンは思いっきり眉間にしわを寄せながら目を開けた。

「うるさいぞ……ファーレン」

「兄上……」

ファーレンはほっとして、表情を緩めた。

「どこか具合が悪いのかと心配したんですよ!?」

「別にどこも悪くない」

スウワンは憮然《ぶぜん》とした様子で答えた。

「じゃあ、なぜここで寝ていたのですか？　そもそも黙っていなくなるから、皆心配したのですよ？」

「よくここだと分かったな」

「それはなんとなく……シオンに聞いたら教えてくれました」

「あいつ……」

スウワンは舌打ちをした。

「それで？　兄上、理由を教えてください。何があったのですか？」

「何もないよ」

スウワンは不機嫌そうに答えると、ゆっくりと体を起こした。ファーレンはそんなスウワンをみつめながら、何か懐かしさを感じていた。この感じ……昔の兄上だ……と思った。

「なんだよ、ジロジロと見て」

ファーレンが嬉しそうな顔で、スウワンのことをジロジロと見るので、スウワンはさらに深く眉間にしわを寄せた。

「何があったか知りませんがこんなに機嫌の悪い兄上は久しぶりだと思って、なんだか嬉しくなったのです」

「なんだそりゃ」

スウワンは、眉間にしわを寄せたまま唇を尖らせたので、ファーレンはまた嬉しくて笑った。

「兄上が目覚められてから、文句ひとつ言わずに、ものすごくがんばって政務をこなされていたので、なんだか兄上らしくないと少し心配していたのですが、今の様子を見て安堵したのです。仕事が忙しくて嫌になりましたか？」

ニコニコと笑いながらファーレンがそう言ったので、スウワンは一瞬怒鳴りそうになったが、顔を歪めて大きな溜息をつくと、再びごろりと横になった。

「そんなんじゃないよ」

「じゃあなんですか？」

「オレの居場所がなくてしんどい」

「え？」

ファーレンは、スウワンの言葉に驚いた。あまりにも思いがけない言葉だったからだ。

「居場所がなくてしんどいって……兄上……何を言うのですか！　あの城は兄上の城です。兄上の部屋もあるし、私だっているじゃないですか？　私は一度も兄上を邪魔者扱いなどしたことはありませんよ？」

ファーレンは、心外だというように、少し腹を立てた様子で反論した。その勢いに、スウワンは目を丸くしてみつめ返し、寝ころんだままでまた溜息をついた。

「だってオレの知らない人ばかりみたいだ」

「え……」

「分かっている。お前のことも、シーズウ達のことも、みんな知っている。だけどオレの知っているお前じゃないし、みんなでもない。父上も母上もいない……なんだかふと、全然違う世界に来たみたいな感覚に襲われる」

「兄上」

「頭で分かっていても、ふと……そんなふうに思うことがあるんだ。父上の亡き後、オレはがんばって父上のような立派な竜王にならなければいけないと……問題を抱えたままの国を治めなきゃいけないんだ、オレがしっかりしないと……悩んでいる暇はない、とにかくがんばらないと……そんなふうに必死になっていたんだけど、ふと、疲れたなって思って気が抜けた瞬間、ひどく孤独になって……お前達が知らない人みたいに見えて……もう一度、ここで眠って起きたら、元に戻っているかもしれないなんて思ったんだ」

「兄上」

ファーレンが困惑した表情でスウワンをみつめていると、スウワンもじっとみつめ返し、ぷっと噴き出した。

「昨日までかわいい弟だったのが、いきなりおっさんになって現れたんだ。そりゃあショックだよ。おっさん誰だよって感じ……だけどそんなふうに、小さい時と同じ顔をされたら、ああ、ファーレンだなって思うし……本当に困ったもんだ」

そう言って苦笑するスウワンに、ファーレンは眉根を寄せた。

「兄上！　そんな言い方……ひどいですよ」

「ははは！　うん、悪い悪い……お前はお前だもんな」

スウワンは、よっと言って勢いよく起き上がりベッドから降りた。

「オレもオレだ」

「分かっていますよ」

即答したファーレンを、スウワンは不思議そうな顔でみつめた。

「兄上は何も変わっていない。でも私は少しは変わりました。おっさんになっただけじゃなく……その分少しは大人になった。兄上のことをすべて受け止める覚悟を持ってます。だからこんなふうに、拗《す》ねたり不機嫌になったりしてくれていいんです。オレに八つ当たりしてくれたって良い。兄上は素晴らしい立派な竜王だ。竜王でいるために、余計な心労まで溜める必要はない。そんなのはオレが肩代わりしますから、いつでもオレに放り投げてくださいよ」

ファーレンが笑顔でそう言うと、スウワンは目を丸くして溜息をついた。

「なんだそれは……まったく……お前は変わらないな」

「え!? 今変わったって話を……」

「変わんねえよ」

スウワンは、ぼすっとファーレンの胸の辺りを拳《こぶし》で軽く叩くと、ゆっくり歩いて部屋を出た。

「兄上！」

ファーレンも慌てて後を追って部屋を出た。扉を閉めていると、すぐ側でスウワンが大きな背伸びをして、「う～ん！」と声を上げた。

「たまには拗ねても良いんだよな？」

「え？ あ、はい！ たまには！」

扉を閉め終わったファーレンが、元気に答えたので、スウワンは、くっと喉を鳴らして笑った。

「さてと……竜王に戻るか」

「はい」

「そろそろ国を開こう。外交に出る」

「はい」

堂々とした様子のスウワンに戻った背中を、ファーレンはみつめながら安堵の息を漏らした。

第2章　受け継がれる儀式

江戸時代初期。加賀藩金沢《かがはんかなざわ》城下。

「あにさま～！　あにさま～！」

パタパタと賑やかな足音と共に、幼い童《わらべ》達の声が近づいてくる。

「あ・に・さ・ま！」

トントントンッと軽やかな足取りで、部屋へと転がり込むように一番に飛び込んできたのは、赤い着物の女の子だった。勢い余ってコロンと本当に転がってしまった。それに続いてその子よりももっと幼い男の子が同じように転がり込んできた。

「お美代《みよ》、正吉《しょうきち》！　大丈夫かい？」

部屋の主の青年は、目を丸くして立ち上がると、転がっている子供の所へ歩み寄り助け起こした。

「えへへへ……あにさま～」

女の子はケロリとした様子で笑いながら、青年の首に両手をかけて抱きついた。男の子もそれを真似る。二人の幼子に甘え寄られて、青年は困ったように苦笑した。

「お美代、女の子だというのに、オテンバがすぎるよ？　元気なのはいいことだけど、怪我《けが》でもしたらどうするんだい？」

「だってね、だってね、すごいんだよ！」

美代と呼ばれた女の子は、頬を朱《しゅ》に染めて、大きく丸い目をさらに大きくキラキラと輝かせながら、鼻息も荒くそう言った。

「どうしたんだい？　お出かけしていたんだろ？　何か面白いものでも見たのかい？」

青年は、女の子の髪を撫でて乱れを直しながら、宥めるように尋ねた。

「あにさまがね！　あにさまがね！　そこにいるようなの！」

「そこにいる？　私はここにいますよ？」

青年は美代の言葉に首を傾げた。

「私がそこにいたのかい？」

不思議に思いながら、その言葉を繰り返してみると、美代は柔らかそうな両頬を赤くして、うんうんと頷いてみせた。その隣で、正吉も真似をして頷いている。こっちはなんだかよく分からずに、ただ姉の真似をしているだけのようだ。

美代は六つ、正吉は四つになる。

青年はますます分からないというように首を傾げたが、美代達は構うことなくはしゃいでいた。

「龍聖《りゅうせい》兄さん、ただいま戻りました」

声がしたので見ると、部屋の入口で少年が正座をして、ペコリと青年に向かって頭を下げていた。

「ああ、寅松《とらまつ》、おかえり……三人で出かけてきたんだって？」

寅松と呼ばれた少年は、歳は十でキリッとした利発そうな少年だった。部屋の中へ入ってくると、兄に抱きついて甘える美代を見て、少し眉根を寄せてから、小さく溜息をついて兄・龍聖の前に姿勢正しく座った。

「はい、おとっつぁんが、絵師に描かせていた兄さんの絵が仕上がったというので、取りに行っておりました」

「ああ……あれが……」

それを聞いて、龍聖は溜め息を吐いた。

ひと月ほど前に、父が絵師を連れてきて、龍聖の顔を絵に描かせると言いだしたことがあった。絵師は五日ほど通ってきて、何枚も何枚も龍聖の姿を紙に描きとっていた。その後どうなったのか分からなかったが、わざわざ仕上げさせていたとは知らなかった。

「私の顔など絵にしてどうするというものだろうね」

龍聖は困ったようにそう言ったが、父の真意は知っていた。もうすぐいなくなってしまう我が子の姿を残しておきたかったのだろう。そんな父の気持ちも分からないでもない。

龍聖の家・守屋《もりや》家は、加賀でも有数の大店《おおだな》で、龍聖はそこの長子《ちょうし》であった。実の母親は、龍聖がみっつの時に、病で他界してしまっていて、ここにいる弟妹《ていまい》は、後妻の子達……龍聖にとっては腹違いの弟妹になる。父にとって、龍聖は亡き先妻の忘れ形見であり、跡取り息子でもあるはずだったが、訳あってもうすぐこの家からいなくなる身だ。

いなくなるというのは、家を出るという意味ではない。今生《こんじょう》ではもう二度と会えなくなるということだ。

父は亡き妻をとても慈《いつく》しんでいたし、その妻に生き写しの龍聖を溺愛《できあい》していた。死んでも手放したくないというのが真意なのだろうが、これればかりはどうにも出来ないことであった。

「とても美しい絵でした」

寅松がそう言ったので、龍聖は驚いて寅松の顔を改めてみつめた。寅松も少し頬を染めて、嬉しそうな顔をしている。

「まるで鏡に映った兄さんがそこにいるかのようでした」

龍聖はそれを聞いて『だからか』と、美代の言っていた言葉を思い出した。

「絵師が、兄さんのことをえらく褒めておりました。あんなに美しいお方は、そうそういないものだって」

龍聖は苦笑した。

「おとっつぁんも、それを聞いたら、『そうだ、当たり前だ』とえらく喜んでいましたよ」

「やれやれ」

興奮気味に語る寅松をみつめながら、龍聖は肩をすくめた。

「きっともうすぐおとっつぁんが見せに来ますよ」

「私は別にそんなの興味ないよ……それより寅松、算術の続きを教えよう」

「あ、はい！」

寅松はパアッと明るい顔になった。

「すぐに道具を用意します」

そう言って立ち上がると、自分の部屋へと駆けていった。

「あにさま！　美代達と遊んで！」

「美代達には良いものをあげよう」

龍聖はニッコリと笑って、後ろに隠しておいたものを取り出した。綺麗《きれい》な千代紙で作られた人形と、竹細工の馬だった。

「これは美代に、こっちの馬は正吉にだ」

「わあああ！」

二人は宝物を貰ったかのように大喜びをして受け取ると、ピョンピョンと跳ねながら、おもちゃを手にしてはしゃいだ。そこへ文机《ふみづくえ》とそろばんを抱えた寅松が戻ってきた。

「あれは？」

寅松が、美代達の持つおもちゃを見て、龍聖に尋ねた。

「私が作ったんだよ。上手いものだろう？」

龍聖が楽しそうに言うと、寅松は驚いた顔をした後、文机を持ったまま躊躇したように立ち尽くした。

「どうしたんだい？　さあ、ここに置きなさい」

「兄さんは、おもちゃを作って根《こん》を詰めたのだから、今日はもう休まれた方がいいですよ」

寅松が心配そうな顔でそう言ったので、龍聖は「ああ」と小さく呟いてから、手を軽く振ってみせた。

「別に一日で作ったわけではないよ、二日ほど前から少しずつ作ってたんだ。それに私は、寅松と違って、毎日寝てばかりで、家のことも何もせずに暇なんだからね、それくらいで疲れはしないよ」

龍聖が優しくそう言ったので、寅松は心配そうにしながらも、言われるままに文机を置いた。寅松にしたら、こうして龍聖から学問を習うのはとても嬉しいことだ。毎日通っている寺子屋《てらこや》で習うよりも、出来ることならばずっと兄に教わっていたいと思うくらいだ。

寅松だけではない、美代も正吉も、歳の離れた兄が大好きだった。綺麗で優しくて、明るくて、兄の側にいれば、誰もが優しく明るい気持ちになれた。

しかし兄は生まれつき病弱で、日々のほとんどを自室で、静かに過ごしている。時折具合が悪くなって床《とこ》に伏してしまうこともあった。だから長子であるにもかかわらず、家を継がないのだと聞かされていた。

寅松は七つの時から寺子屋へ通わされたが、その時に父から『お前がこの家の跡を継ぐのだから、誰よりも勉学に励まなければならない』と言われた。それまで兄が跡継ぎだと思っていたから、そう言われた時はとても驚いた。だが歳と共に、だんだんと物が分かってくると、病弱な兄では店の切り盛りは出来ないし、嫁を娶《めと》って子孫を残すことも出来ないのだということが、なんとなく理解出来るようになっていた。

寅松はそれを理解するうちに、自分がしっかりと家を継いで、兄の面倒を一生見るのだと堅く心に誓うようになっていた。大好きな兄が、ずっとこの家で暮らせるようにするのだと、そう誓えば嫌な勉強だって、家の手伝いだって、少しも苦にならなくなっていた。

なにより兄に褒められたいという気持ちも強かった。

「寅松は賢いな」

龍聖がそろばんを弾《はじ》く寅松の手元を覗き込みながらそう言ったので、寅松は少し頬を染めて、照れ隠しにジャーッとそろばんの上の段の珠《たま》を、指で横に弾いた。

「すまないね」

ふとそう言われて、寅松は驚いて顔を上げた。すぐ目の前に龍聖の綺麗な顔があった。少し表情を曇らせて、寅松をみつめている。

「え？　兄さん、どうかなさいましたか？」

「私が跡を継げないばかりに、お前に苦労をさせてしまうね。すまないね」

龍聖の言葉に、寅松は慌ててブルブルと大きく首を振った。

「私は本当の跡継ぎは兄さんだと思っています。私は兄さんの手足となりたくて、学問に励んだり、家のことを覚えたりしているのです。弟ならば当然のことです。ですから兄さんは何も気にする必要はありません。第一、兄さんはご自分で学ばれて、私の何倍も賢いではありませんか。体を動かすのが不得手《ふえて》であれば、そこは私が代わりをいたします。だから兄さんは、頭を使って家のことを手伝っていただければいいのです。私が分からないことをたくさん教えていただければいいのです。二人で……二人で守屋の家を守りましょう」

寅松は鼻息荒く、一生懸命にそう言った。その言葉に、龍聖はハッとした顔になり、その後今にも泣きそうな顔をした。

「寅松……」

龍聖はぎゅっと寅松を抱きしめた。寅松はとても驚いて目を丸くした。

「兄さん？」

「お前は本当に良い子だね」

龍聖は寅松を抱きしめながら、しみじみと呟いた。自分自身に課せられた運命を呪ったことはない。自分を可哀想《かわいそう》とも思ったことはない。それでもこんな年端《としは》もいかない子が、このように懸命に、龍聖のためを思ってくれているのだと知ると、たまらない気持ちになる。自分に課せられた使命を、なんとしても全《まっと》うしなければと改めて思った。

それと同時に、弟妹をずっと騙し続けていることへの自責の念で胸が痛む。

病弱というのは嘘だ。龍聖は五体満足の健康体だった。

しかし病弱だった母が他界してから、父は龍聖に対してとても過敏になった。妻に生き写しの一人息子を異常ともいえるほど大切にし、腫れ物に触れるかのように、怪我や病気にならぬように厳重に監視し、庭にも自由に出さないほど過保護に扱った。

後添《のちぞ》えを娶ることも頑《かたく》なに拒否し続けていたが、祖父母が強引に縁談を持ってきて、龍聖が七つの時に今の義母を娶らせた。

そして寅松が生まれた時、祖父が父にこう告げた。

「お前が龍聖を過保護にしていたのがちょうど良かった。跡取りが無事に生まれたのだから、龍聖はこのまま周囲には病弱だと言って、奥でひっそりと育てるのだ。龍聖はいずれ、龍神様の儀式を行わなければならないのだ。辛《つら》いだろうが、諦めてくれ」

長子である龍聖を差し置いて、後添えの子で次男でもある寅松が跡を継ぐとなると、店の者達の中には反発する者も現れるかもしれず、寅松も辛い思いをするだろう。だから最初から、龍聖は病弱で跡を継げないのだと皆に思い込ませる方が良い、ということだった。

守屋家には代々堅く守られている掟《おきて》があった。

守屋家は元は金沢城下から、五里《ごり》ほど離れた山間部にある小さな村の庄屋《しょうや》だった。ある時、守屋家の次男である龍成《たつなり》が龍神様に気に入られたことで、村は大飢饉《だいききん》から救われた。そしてその後、龍神様と守屋家との間に、ある契約が交わされた。

それは守屋家の繁栄を約束する代わりに、龍神様の証《あかし》を体に付けて生まれてきた男子は、十八歳になった時に、儀式を行って龍神様の下へ行かねばならないというものだ。

契約の通り、それ以後の守屋家には繁栄がもたらされた。小さな村の庄屋でしかなかった守屋家に、次々と幸運が舞い込んだ。田畑は常に豊作で、年貢《ねんぐ》を納めてもなお余りあるほど収穫があった。村は富み栄えた。さらに奉公に出された子が商売に成功し、金沢城下に店を構え、今では城下でも有数の大店にまでなった。

龍聖は商家である分家の子だったが、『竜の証《あかし》』を付けて生まれてきてしまった。『竜の証』とは、『竜の三本爪』と呼ばれる不思議な形の痣《あざ》のことだ。龍聖は生まれつき、右の腰にその痣がある。まるで焼き印を押されたかのような赤いその痣は、偶然ついた痣とは言い難いほどくっきりとしていた。

龍聖の父は、生まれてきた我が子にその痣があった時、深く嘆いたという。

龍神様との契約は、守屋家では絶対守らねばならないものだった。例外はない。背けば大きな災《わざわ》いがあると言われている。

龍聖はこのことを、十歳になった時に祖父から教えられた。龍神様の下へ行かねばならないというのが、どういうことなのか具体的には分からなかったが、『神の下へ行く』というのは、『奉公へ行く』というような類のものとは違うということだけは分かった。もう二度と、家には戻れないのだと理解した。

「兄さん？」

寅松に困ったような声で何度も呼ばれ、龍聖はハッと我に返った。抱きしめている腕の中で、寅松が恥ずかしそうに上目づかいでこちらをみつめていた。

「ああ、すまなかったね」

龍聖が寅松を解放してやると、寅松は照れ臭そうに頬を上気させながら、ゆっくりと立ち上がって、少し後退りをして龍聖から離れた。

「そ、そういえば、今年もそろそろ二尾村《ふたおむら》の御本家に行かれるのですか？」

「え？」

龍聖は一瞬ギクリとして、驚いたように寅松を見た。寅松はその龍聖の反応に、小首を傾げてみせた。

「夏の暑さはお体に障《さわ》るので、少しでも涼しい山里の御本家に、毎年避暑に参られますよね」

「あ、ああそうだね。もう端午《たんご》の節句も終わったし、そろそろだね」

龍聖は慌てて話を合わせた。寅松の言う通り、龍聖は毎年夏になると本家のある二尾村でふた月ほど過ごしていた。兄弟や店の者には建前として、病弱である龍聖にとっては金沢城下での夏は暑すぎて体に障るので、少しでも涼しい山里へ避暑に行くと言ってある。

だがその実は、健康体であるにもかかわらず、ずっと家の奥で病弱な振りをして過ごしていては気が滅入《めい》り、本当に病人になってしまいそうなので、気晴らしのために里へ行っていたのだ。

本家の者はもちろん、村人も『龍聖』のことはすべて承知しているので、自由に振る舞うことが出来た。

これは十年前、寅松が生まれて、龍聖が病弱な振りをして過ごさなければならないことが決まった時からの習慣となっていた。龍聖を不憫《ふびん》に思った祖父母が決めたのだ。

一時でも手元から離したくない父は反対だったが、祖父母が決めたことを覆《くつがえ》せはしなかった。家族と離れるのは寂しいが、龍聖にとってはこの夏のふた月が、毎年のなによりの楽しみでもあった。

だが今年はそういうわけにはいかない。今年の夏、本家へ行くのは、避暑のためではない。龍神様の儀式を行うためだ。それを寅松は知る由《よし》もなかった。

龍神様の儀式は十八歳の年に行われる。本来ならば今年の年初めに行うべきものであったが、またもや父親が抵抗した。龍聖は夏生まれだから、夏まではまだ十八歳ではないと、へ理屈を述べて日延《ひの》べしたのだ。

この時代、「誕生日」の概念はない。普通は数え年で物事が考えられる。生まれ月をたとえに出すなど聞いたことがなかったが、父親の気持ちを汲《く》んで、さすがの祖父母も言う通りにしてくれた。祖父母にしてもかわいい孫を不憫《ふびん》に思う気持ちは同じなのだ。

日延べしても、その時は確実にやってくる。年明けから夏までなどあっという間だ。龍聖自身はとうに覚悟が決まっていた。

「私は夏が嫌いです」

寅松が俯《うつむ》いてポツリとそう呟いた。

「どうしてだい？」

「だっていつも兄さんがいないから……寂しいです」

「たったふた月じゃないか、それ以外はずっと私は家にいるだろう？」

龍聖が寅松の顔を覗き込みながら、宥めるように優しくそう告げた。だが寅松は俯いたままで口を少し尖らせながら、拗ねたように言葉を続けた。

「ずっと家にいらっしゃるのが当たり前のようになっているから……少しでもお姿がないのが寂しいのです。私も一緒に参りたいのに……去年は一度会いに行きたいとおとっつぁんに言ったことがあるんだけど、行かせてもらえませんでした」

「寅松、いつまでも私に甘えていては、立派な跡取りになれないよ」

龍聖は痛む胸を押さえて、少し厳しく言った。母は違えど、こんなに自分を慕ってくれるかわいい弟だが、もう間もなく本当の別れが来る。辛いけれど厳しくしなければと思った。

「兄さん……」

思いがけず、優しい兄が少し厳しい口調で言ったので、寅松は驚いて顔を上げた。だが兄の姿を見て驚いた。

「兄さん！　胸が痛むのですか？　具合が悪いのですか？」

沈痛な面持ちで胸を押さえる兄を見て、本当に具合が悪くなってしまったと勘違いしたのだ。龍聖は慌てる寅松を見て、一瞬誤解を解こうとしたが、すぐにそれを押しとどめた。具合が悪いと思われた方が好都合だ。

「ああ、少し胸が苦しくてね……」

「おっかさんを呼んできます」

寅松は慌てて部屋を飛び出していった。それを見送りながら、龍聖は深く溜息をつく。素直でかわいい弟を、こうして騙し続ける日々ももうすぐ終わる。

少しして寅松が母親を連れて戻ってきた。龍聖は母と目が合うと、小さく頷いてみせた。母もすぐに察した様子で、寅松を部屋の外へと出した。

「兄さんはお疲れなのですよ。お前は店の手伝いにお戻り、ここはもう良いから」

「でも……」

「これ以上、兄さんを疲れさすつもりかい？　しばらくお休みになれば大丈夫だから」

母に諭《さと》されて、寅松は一度心配そうに龍聖を見てペコリと頭を下げて、廊下に出ると静かに障子《しょうじ》を閉めた。

それを見送って、また龍聖が溜息をついた。

「ごめんなさいね」

龍聖の溜息を聞きながら、母が呟いた。

「え？」

「本来なら、貴方だってあんなふうに自由に動きまわりたいでしょうに……寅松ばかり好き勝手して……」

「母さん、何を言うのですか。私は別に不自由などしていませんよ……ただこうしてかわいい寅松を騙し続けているのが辛いだけです」

「ごめんなさいね」

母はまた謝った。そんな母をみつめながら、龍聖は困ったように微笑んでみせた。

「母さん……父さんのこと、家のこと……お願いしますね」

母はハッとして、龍聖の顔をみつめた。その慈愛に満ちた穏やかな龍聖の顔を見て、声を詰まらせると、涙をこらえるように着物の袖で顔を隠した。肩が小さく震えていた。何度も「ごめんなさい」と謝罪を繰り返した。

そんな母の震える肩に、龍聖はそっと手を置いた。

「母さんが謝ることなどひとつもないではないですか。私が龍神様の生贄《いけにえ》になることは、生まれた時から決まっていたのです。龍神様がお決めになり、私に証を付けてこの世に送り出しただけのこと……母さんからしたら、奇妙なしきたりだと思われるでしょうが、この家に生まれた以上、守り続けていかなければならないのです。寅松がもう少し大人になったら、今後も守り続けていくように諭してください」

母は龍聖の言葉を聞いて、たまらずにウウッと嗚咽《おえつ》を漏らした。

「私が……私があなたの本当の母ではないから……私が至らぬ母だから……あなたを止めることが出来ないのです。……あなたの母御《ははご》に申し訳がたちませぬ……許しておくれ……」

「何を言うのです。母さんは、本当の母のように今まで私を育ててくださったではないですか……感謝こそすれど、許さぬことなど何もありはしません。さあ、そんなにご自分を責めないでください」

龍聖は懐紙《かいし》を取り出すと、母に差し出し、涙を拭くように促した。母はそれを受け取ると、涙を拭きながら、それでもまだ謝り続けた。

「私は本当の母のことを何も覚えていません。だから私が母さんと呼ぶのはあなただけです。あなたがこの家に初めて来た時のことを、今でも覚えています。あなたは私に会うなり、優しく手を握って微笑みかけ、頭を撫でてくださった。あの時、母というのはこんなに優しい方なのだと思いました。弟や妹を産んでくださり、寂しかった私の周りはとても賑やかになった。本当に感謝しています。むしろ謝るのは私の方です。父は私ばかりを溺愛する。でも寅松を愛していないわけではないのです。あの方は愛情が深すぎるのです。そして不器用だからひとつの方向にしか向けることが出来ないのです。私がいなくなれば、母さんや寅松が、父の愛情の拠《よ》り所となれるでしょう」

龍聖の言葉に、また母は嗚咽した。

「お前は……お前は本当に優しい子だ……昔から本当に優しい子だった。なんでお前のような優しい子が、龍神様の生贄になるだなんて、そんな惨《むご》いこと……辛いだろうに……どうしてそんなに優しくいられるのかい？」

龍聖はクスリと笑って、泣き伏す母の背を撫でた。

「私が優しいのだとしたら、それは母さんのおかげです。母さんが、私に優しくしてくれたから、私も優しくなれたのでしょう。今こうして初めて、母さんもそんなふうに思いのたけを私に打ち明けてくださっていますが、今まで一度もそんなふうに、私に憐《あわ》れみの言葉をかけたことなどなかったではないですか……だからこそ、私は今まで自分が可哀想なんて思わずに、捻《ひね》くれずにすんだのです。母さんがそうやって、ずっと私や私の生みの母に申し訳ないと思い、苦しみながらも、そんなことを表に出さずに、私を我が子同然に育ててくださった。そんな優しさが、きっと私を優しくしてくれたのです。母さんこそ辛かったでしょうに……申し訳ありませんでした」

龍聖の言葉に母はただ首を振るばかりだった。

「母さん……それにね、私は龍神様の下へ行くのに、何も辛いことなんてないんですよ。むしろ待ちわびているくらいです」

「え？」

母は驚いて顔を上げた。龍聖と目が合うと、龍聖はニッコリと笑ってみせた。

「だって龍神様は神様なんですよ？　母さん、神様になんて会ったことあります？」

「お前、そんなこと……」

涙を拭いながら狼狽《ろうばい》する母の様子に、龍聖はクスクスと笑った。

「生贄というと、随分《ずいぶん》悲惨な身の上に聞こえますが……私は本当の意味では生贄などではないと思っています」

龍聖は明るい表情でそう言った。それは無理して強がっているというわけではなく、本当にそう思っているらしいというのが、その表情から見て取れた。

「毎年、本家に行くようになって、私は龍成寺《りゅうじょうじ》へ通うことが日課になりました。ご存知の通り、龍成寺は我が家の菩提寺です。寺の奥には、龍神池が今も大切に祀《まつ》られています。……和尚様から龍神様に纏《まつ》わる伝承を聞かせてもらううちに、会いたくてたまらないという気持ちになっていったのです。母さんは、龍神様の伝承を聞いたことはありますか？」

龍聖に尋ねられて、母は困ったように首を振った。

「話せば長くなりますから、詳しくは一度和尚様から伺ってください。ただ私は、その伝承から、初代の龍成《たつなり》様と龍神様の関係に、とても興味を持ったのです。龍成様は本当に心の底から龍神様を崇拝《すうはい》しておられ、龍神様もまたそんな龍成様を慈しんでいらっしゃった。神様と人間……それも男子ですから、言い方が間違っているかもしれませんが、龍成様は龍神様の下に嫁いだような……生贄とも違う、主従関係とも違う、もっと深い繋がりの関係のように感じたのです。儀式を行うと、光に包まれて消えてしまうのだそうです。それはたぶん龍神様の……神様の住む世界に行くということなのではないかと思うのです。だからこそ私は、龍神様にお仕えするために色々なことを学ばされました。裁縫や料理までも習いました。私がただの生贄で、殺されてしまうのだとしたら、それは無意味ですよね。初代の龍成様をよくご存知だったお身内が、きっと神様の世界で、龍成様は龍神様と幸せに暮らしていると思ったからこそ、その後の『龍聖』に色々なことを学ばせたのですよね……私はそう考えているのです。和尚様もそうおっしゃっていました。だから……私は男ですが、娘を嫁に出すのと同じだと思ってください。遠い所へ……もう二度と会えない遠い所へ嫁に出すのだと……。きっと龍神様は、私を悪いようにはなさりますまい。龍聖が龍神様に気に入られて、大切にされている間は、守屋家は安泰《あんたい》だと……幸が多く訪れるのだと思ってください」

「龍聖……」

「龍成様や私の前の龍聖のおかげでそうだったように、私も守屋の家のため……寅松達のためにこの家がずっと幸せに栄えるように、龍神様に尽くしますから」


その夜、龍聖は祖父母に呼ばれた。祖父母は屋敷の離れに住んでいた。

「龍聖です。失礼いたします」

龍聖は声をかけて障子を開ける。座敷の奥に祖父が座り、その脇に祖母が座っていた。

「入りなさい」

祖母に促されて、部屋の中に入り障子を閉める。祖父の向かいに正座すると、一礼をした。

「間もなくお前が本家へと発《た》つだろうと思い、その前にゆっくり一度話をしたいと思ってな」

祖父が静かにそう語った。祖母がお茶を入れて龍聖の前に器を置いた。

「はい、昨日また本家から使いが来ていたようです。父さんが何かと言い訳をして、また帰してしまったようですが、本家から使いがたびたび来るということは、龍神様からの催促が来ているのではないかと思います。父さんには引き止められそうですが、私はもう早々に発たねばならないと考えています。二、三日のうちには……と」

「そうか……あれには困ったものだ。お前にそんなふうに気遣いをさせるようではな」

「でも喜んで手放したい親などいませんよ」

祖父の言葉を窘めるように、祖母がそう言ったので、龍聖は苦笑してみせた。

「父さんの気持ちはありがたいと思っています。でもこれは守屋家で昔から定められている決まり事……それも家の大事に関わることです。例外などはないのですから……私はとうに覚悟しております」

龍聖が凛《りん》とした表情でそう告げたので、祖父はなんともいえないような表情で、龍聖の顔をみつめた。

「不思議なものだ……『龍聖』とは、皆、そのように運命を受け入れるものなのだな」

「え?」

祖父の言っている意味が分からずに、龍聖は首を傾げてみせた。だが祖父はすぐには答えずに、しばらく何か考え込むようにして腕組みをしながら目を閉じた。

「龍成様のことは、お前も知っているな」

「はい、龍成寺の和尚様から色々なお話を聞きました」

「和尚は守屋の遠縁に連なる人物だ。歳は向こうの方が、わしより少し上だがな。和尚の祖母は、龍成様の双子の妹君なんだよ」

「え、そうなんですか? それは知りませんでした」

龍聖はとても驚いた。

「龍成様の妹君の千重《ちえ》様は、龍成様がいなくなられてから間もなく、金沢城下の塩問屋に嫁がれたんだ。とてもお幸せだったそうだが、城下で起きた大火に遭い、店はおろかご亭主や義父母まで亡くなってしまわれた。千重様は二人の子供と共に奇跡的に助かり、二尾村へと戻ってこられた。戻られた千重様が、守屋家の当主であった長兄にお頼みになり、龍神池を守護するために寺を建てられたそうだ」

「龍成寺は、千重様がお建てになったのですね。でもなぜ？」

「千重様は大火の中、子供を二人抱えて逃げ遅れてしまい、ご亭主ともはぐれて、もうだめだと死を覚悟されたそうだ。すると目の前に、優しく微笑む龍成様の姿が現れて、手招きをした。それについていくと、いつの間にか火の海の中から逃れられていたそうだ。それで千重様は、龍成様はずっと守屋の人々を見守っていらっしゃるのだと知って、龍成様が大切にされていた龍神池を守っていこうと思われた。二人の子は兄である当主に預け、千重様は仏道に帰依《きえ》されて、寺で龍神池を守りながら、亡くなられたご亭主や家人達の冥福を祈り続けたそうだ」

龍聖はとても興味深い話だと思ったが、なぜ祖父が突然そんな昔話を始めたのか分からなかった。

祖父は何かを懐かしむように、一度黙って目を瞑《つむ》った。

「和尚様はそれで寺の跡を継がれたのですか？」

龍聖が続きを催促するようにそう言ったので、祖父は目を開けて龍聖を見てから、ハハハと笑った。

「まあそう急《せ》くな」

祖父はお茶を一口飲んだ。ゆっくりと碗《わん》を置いてから、ふうと息を吐いた。

「さて……預けられた千重様のお子ふたり……兄と妹で、兄は庄屋の仕事を手伝って働き、妹は嫁に行った。和尚はその兄の方の子供だ。そしてわしは、千重様の兄、守屋家の当主の孫……わしの父も守屋本家の当主になったから、まあ早く言えば、わしは本家当主筋の次男坊として生まれた。わしと和尚は二歳違いで、幼馴染みだったのだ」

「おじいさまと和尚様が幼馴染みだったことは、和尚様から聞いています。和尚様も守屋家の遠戚とは存じておりましたが、まさかそういうことだとは知りませんでした。和尚様は千重様のお話をあまりされなかったので……」

祖父は龍聖の話を聞きながら、何度か頷いた。

「それはお前に必要のない話だと思ったからだろう。龍成様の話をよくしていたというのならば、その方がお前のためになると思ったからだろう」

祖父はそう言い、お茶をごくりとまた一口飲んだ。龍聖は和尚を思い出していた。龍成様の妹君の孫になるという和尚様。どういう経緯で寺を継ぐことにしたのか聞いてみたいなと思った。

「それでここからが、わしがお前に話したかった話だ」

「え⁉」

龍聖は祖父の言葉に少し驚いた。するとそれまで横で黙って聞いていた祖母が、ほほほと笑い始めた。

「おじいさまは、昔から話がまわりくどいんですよ」

祖母は笑いながらそう言って、冷めてしまった龍聖のお茶を入れ直した。

「わしが子供の頃、本家の屋敷にはわしら一家以外に、父の末の弟が一緒に住んでいたんだ。父とその末の弟は十五歳も歳が離れていてな。四人兄弟の末っ子だったんだが……だからどちらかというと、わしらの方に年が近かった。わしより十くらい上だっただろうか……ちょうどお前と寅松くらいだな……その末の弟が、お前の前の龍聖なんだよ」

「ええ！」

今度は本当に驚いた。もちろん龍聖の前にも、もう一人龍聖がいたことは知っていたが、あまり詳しい話を聞いたことがなかった。龍成寺の和尚様も初代の龍成様の話ばかりで、もう一人の龍聖の話をあまりしたことがなかったから、いきなり祖父からそんな話をされるとは思わなかった。

「前の龍聖はどんな方だったのですか？」

「綺麗な人だったよ」

祖父は龍聖の問いに間髪容《かんはつい》れずにそう答えたので、龍聖は少し呆《あき》れたように言葉を失ってしまった。

祖母が「まあ」と言って笑っていた。

「それにいつも寂しそうな顔をしていたなぁ」

「寂しそう？」

祖父は頷いた。

「守屋家では初めての『龍聖』が生まれた時、大騒動になったそうだ。龍神様と龍成様の事件から三十年近くが経っていた。龍神様との契約は、守屋家では必ず守らなければならない掟として、当主に代々受け継がれることになっていたが、まさか本当に『竜の証を持った子』が生まれるとは思ってもいなかったんだろう……契約は本当だったのだと、皆が改めて思い知らされて、それと同時に『龍聖』をどう扱えばいいのか戸惑ってしまったのだ……。だから皆が腫れ物に触るように扱った。大事に大事にされてな……お前のように病気の振りして、奥に引きこもらされるということはないのだが……逆に誰も龍聖に近づかなかった。下手に扱って、龍神様の罰《ばち》が当たるのを恐れたんだ。だから龍聖はいつも一人だった。いつも寂しそうだった。美しかったから、子供心にわしらは、そんな寂しそうな龍聖の姿に心を奪われたものだ」

「わしらって……和尚様もですか」

「そうよ、清太《せいた》などそれはもう龍聖を天女様のように崇《あが》めておったわ」

祖父はそう言ってワハハハハと大笑いした。龍聖は祖母と顔を見合わせて、肩をすくめた。

「おじいさまは、龍聖と話したことはあるのですか？」

「そりゃあるよ」

自慢げな顔で頷く。

「龍聖は離れに住んでいてな、わしと清太はよく裏庭の方から、離れを覗きに行ったよ。すると縁側で龍聖が書物を読んでいた。わしらの姿をみつけると嬉しそうに微笑んでな……その顔が本当に綺麗だった。側まで近寄って、お菓子を貰ったり、話をしたりした。だが家の者に見つかると、わしらは大層叱られたもんだ。お仕置きで蔵に閉じ込められたり、食事抜きにされたりな……それでもわしらは懲《こ》りずに龍聖に会いに行った」

「そんなに龍聖のことが好きだったのですか？」

「好き……そうだなぁ……」

祖父は呟きながら少し考え込んだ。そして龍聖の顔をみつめた。あまりじっと見るので、龍聖が困った顔をすると、懐かしむような少し遠い目になって、祖父は微笑んだ。

「龍聖を嫌いな者などいないだろう。誰もが好きになる。たとえ恐れ多くて腫れ物に触れるように扱ったとしても、嫌いになりようがない。人々を魅了し、引きつける。龍聖にはそういう不思議な魅力があった。お前もそうだ。龍成様もそうだったと聞く……だからこそ龍神様に気に入られたのだろう

……それに姿形がよく似ている。お前は前の龍聖様によく似ている」

「そうなんですか？　では亡くなった母も似ていましたか？　父は私が母にとても似ていると言っていました」

祖父は首を振った。

「確かにお前の母はとても美しかった。目元がお前に似ている。だが顔立ちなどはそんなに似ていない。お前のその容姿も龍神様が好きな容姿なのだろう」

龍聖は不思議そうな表情で、自分の顔を両手で触ってみた。龍神様の好きな容姿と言われても、自分ではよく分からない。

「お前も知っての通り、わしは十歳の時に金沢城下の呉服屋に丁稚奉公《でっちぼうこう》に出た。次男坊だから家を継げるわけじゃないし、商売に少し興味があったから、自分から行くと言ったんじゃ。ちょうど、龍聖が龍神様の下に行った後だったから、家にいても面白くなくなったこともある。真面目に働いたおかげで、八年で手代《てだい》になって、二十七の時に番頭《ばんとう》になった。普通よりかなり早いくらいだ。商才があったのだと思う。好きだったからね、商売は……。それで三十になった時に暖簾《のれん》分けしてもらって、自分の店を持った。店は順調で、順調すぎて怖いくらいだった。これが龍神様のご加護なんだろうか？と改めて思ったほどだ。嫁も貰い、子も生まれ、店は繁盛し城下でも有数の大店にまでなった。そうしているうちに、お前が生まれた。まさか本家ではなく、この家に龍聖が生まれるとは思ってもみなかった。守屋家が龍神様に守られているという話は、家族にはしていたが……龍聖の話は誰にもして

いなかったんだ。だからお前の父が、本家に対して協力的ではないのはそのせいなんだよ。お前が生まれた時に、初めてお前の父にすべてを話したが、なかなか納得してはくれなかった。お前の母が病で亡くなった時は、『龍神様のご加護はないのか』と荒れたほどだ。龍神様は、守屋家の繁栄と富を約束してくださっているだけで、人の生き死にには関与なさらない。我らが不老不死になるわけではないのだ。それぞれが生まれ持った寿命というものがある……これは清太が言っていた言葉なんだがな……。清太も母を早くに亡くしていて、祖母の千重様が母親代わりのようだったのだ。だから千重様が亡くなられた時、今の言葉を清太がわしに言ったのだよ……そして仏道に帰依し、和尚となってあの寺を守るようになったんだよ」

「それぞれが生まれ持った寿命……」

龍聖はその言葉を噛みしめるように繰り返した。

「わしがお前になんでこんな話をしたのかというと……お前はこれまでの人生、少しは幸せであっただろうか？　それだけが心配だったからじゃ……。わしは前の龍聖を知っている。いつも寂しそうだったのを知っている。だからお前にはそんな思いはさせたくないと思っていた。お前がこの家に生まれた時、本家から引き取ると言われたのだ。だがそれを頑なに断った。お前を両親の下で、少しでも普通の子と変わらぬように育てたかったからだ。この家の使用人達には、我が家のしきたりのことは何も知らせていない。だから本家のように、皆が腫れ物に触るように接することもない。だがお前の母が早く死に、お前が嫡子《ちゃくし》だったせいで、病気と偽《いつわ》って家の奥で暮らさなければならなくなったこと……本当に不憫だと思っていた。お前を本家に渡せなかったから、龍神様の罰が当たったのかと、ふと思う時もあってな……これで良かったのかとたびたび思っていたのだよ」

龍聖は祖父の言葉に、少し驚いてから、深く息を吸って姿勢を正すと、ニッコリと笑ってみせた。

「おじいさまは私が不幸そうに見えますか？」

逆に聞き返してきたので、祖父は驚いて傍《かたわ》らの妻の顔を見た。祖母は微笑みながら龍聖をみつめている。

「確かに……自分が龍神様の下に行く運命なのだと聞かされた時は、とても驚きましたし、家族とだって別れたくないし……辛くなかったと言えば嘘になります。でも自分を不幸だと思ったことはありません。自由に外出は出来ませんが、私が望むものはなんでも与えてくださいました。おかげで、たくさんの書物を読むことが出来たし、学問に励むことも出来ました。お茶も習えたし、笛も習ったし……料理や裁縫まで習って……普通の商家の子として育ったならば、到底知ることはなかったことをたくさん教わりました。夏には本家で、誰の目も気にせずに野山を駆けまわり、剣術も学ぶことが出来ました。たくさんの人に優しくしていただき、両親や兄弟にも恵まれ……これで不幸だなんて思うことがありましょうか？」

龍聖はとても幸せそうな顔でそう語った。祖父は目を細めてそんな龍聖をみつめていた。

「それに……おじいさまは前の龍聖が寂しそうだったとおっしゃいましたが……でもきっと不幸だなんて思ってはいなかったと思います」

「どうしてそう思うのだ？」

「だっておじいさまがおっしゃったではないですか、龍聖を嫌いになれる者などいなかったと……腫れ物に触るように扱われたかもしれませんが、きっとみんな龍聖が好きで、龍聖に優しくしたはずです。おじいさまや和尚様のように……。前の龍聖もとても優しい方だったのでしょう？　自分は不幸だと思っている者が、人に優しく出来るはずがありません。それに……龍神様の下でもきっと幸せに暮らしていたと思います」

「龍神様と幸せに……？」

「はい、私達が幸せに暮らしてきたのも、龍神様のご加護があったから……ということは、龍神様は前の龍聖を気に入ってくださっているということです。だからきっと龍聖も龍神様と幸せに暮らしていたはずです」

祖父は最初は驚いて聞いていたが、やがて何か納得したように頷いてから、大きく息を吐いた。

「お前はわしらの大事な孫だが、龍聖としてこの世に生まれてきたのは、そのような運命を背負うに値《あたい》する者だからなのだと分かった。もうこれ以上は何も言わんよ。わしらのため、守屋の家のため、どうか……頼む」

「おじいさま」

龍聖は頭を下げた祖父を驚いてみつめていたが、姿勢を正して、両手を前につくと深々と頭を下げた。

「龍聖の役目、立派に務めてまいります。どうかおじいさまも、おばあさまも、いつまでもお元気でいらしてください」

翌日、龍聖は父と話をして、すぐに本家へ行くことを告げた。父は当然ながら反対したが、祖父からの後押しもあり、龍聖はなんとか父を説き伏せることが出来た。

龍聖の本家行きは、慌ただしく準備された。本家からの催促があったこともあり、またせっかく説き伏せた父の気が変わらぬうちにという、龍聖の思いがあった。

なにより日延べすればするほど、龍聖自身も家族との別れが辛くなる。

「兄さん！」

慌てた様子で寅松が部屋へと駆け込んできた。いつも廊下で一度礼をしてから行儀よく入ってきていた寅松にしては、とても珍しいことだった。

「寅松……どうしたんだい？」

部屋の片づけをしていた龍聖は、飛び込んできた寅松の様子に驚いて、手を止めて声をかけた。

「に、兄さんが明日から本家へ行かれるというのは本当ですか？」

「ああ……最近、体の調子が良くないからね、暑くなる前に二尾村に行こうと思ってね」

寅松はその言葉を聞いてとても不安になった。確かに昨日は算術を習っていた時に、急に龍聖の具合が悪くなった。今日の兄の顔も、心持ち蒼白いように思う。病気がちな兄だから、体調がすぐれないからと言われてしまうと、本家へ行くことを止めることは出来ない。

「そうだ、ちょうど良かった……寅松、お前にこれをあげよう」

龍聖はそう言って、何冊かの書物の束を寅松に差し出した。

「朱子学の本だよ。漢文は難しいけれど、学べばとても面白いよ」

「しゅしがく……それは兄さんがいつも読んでいた本ですね」

「そうだよ」

龍聖が大切にしていた本だということは、寅松もよく知っていた。龍聖に頼まれて、父が江戸まで行って手に入れた本だった。

「これはね、宋《そう》という国の朱熹《しゅき》という人物が、儒学を新しい学説で説いたものなんだよ。お前がもう少し大きくなったら、少しずつでいいから読んでみなさい。商売には直接関係ないかもしれないけど、きっとためになると思うよ」

「……どういう教えなのですか？」

「う～ん……人と社会というものは『理《ことわり》』を通して結ばれていて、自己修養することで社会秩序は維持出来るということ。人間の本性は『理』であるけど、心は『気』で、『気』は運動するものだから、心が動き迷い……ああ……難しいよね。そうだな、要するに……自分が正しいと思ったならば、それを行動で示しなさい。それが社会を動かす力になるということを説いているんだよ」

寅松はまだキョトンとした顔で、龍聖をみつめていたので、龍聖は思わずくすりと笑ってしまった。

「すまないね、実は私自身もまだまだ学びの途中で、すべてを理解しているわけではないんだ」

龍聖のその言葉を聞いて、寅松は不思議そうに首を傾げた。

「それならば、まだその本は兄さんに必要なものではないですか……それなのになぜ私に？」

寅松に核心を衝《つ》かれて、龍聖は困ったような顔をした。

「それは……私はしばらく療養が必要なんだ。最近さらに体を弱らせているのは、私があまり本ばかりを読むからだと、お医者様からしばらくの間本を読むことを禁じられてね。だから……これは寅松に貰ってほしいんだ」

龍聖は苦し紛れの言い訳をした。もちろん寅松はまだ納得していない様子だった。

「私が元気になるまで預かっておくれ」

龍聖がそう言い直すと、それなら……という様子で渋々と頷いた。そしてようやくその場に座ると、ハアと溜息をついて、龍聖が差し出した本を受け取った。

「私が次男でなかったらよかったのに……」

寅松がそうポツリと呟いた。

「どうしてだい？」

突然の寅松の愚痴《ぐち》に、龍聖は少し心配になった。その龍聖の顔を見て、寅松は顔色を変えると首を振った。

「べ……別にこの店を継ぐのが嫌なわけではないのです。この家の本当の主は兄さんで、私は兄さんのために店を継ぐのだという気持ちは変わりません……だけど……この前、寺子屋の先生から、男が商家を継ぐのは珍しいと言われたんです。普通の商家は、娘が継ぐのだそうですね。兄さんは知っていましたか？」

「ああ……お武家様などと違って、商家は……商売というのは商才がないと上手くいかないからね。嫡子に商才があるとは限らない、二代、三代で身代《しんだい》を潰すなんて言われたりするんだよ。だから普通の商家は、娘を跡継ぎとして商才のある若者を婿養子に取るんだ。そして息子には暖簾分けをして、独立させるんだよ。もちろん娘に恵まれず、息子が跡を継ぐことも珍しくはないし、息子でも商才があって、立派に家を盛り立てている者だっている……ただまあ……娘が、という家が多いのは確かだね」

「だったら美代が跡を継いで婿を取ったらいいんだ。そしたら兄さんも、私も好きなことが出来るのに……」

寅松は口を尖らせて、俯きながらそう言った。

「寅松は……何かやりたいことがあるのかい？」

「私は……医者になって、兄さんの病を治したいのです。兄さんが元気に外を歩きまわれるようにしてあげたいのです」

龍聖は寅松の優しい心根に胸を打たれた。寅松に近寄ると、そっとその手を取って、両手で包み込むように握った。

「寅松、お前の気持ちは本当に嬉しいよ……だけどね、もう私のためになどと考えないでおくれ……お前はお前がやりたいようにやって、生きたいように生きてほしい……出来ればこの家を盛り立てて守ってほしいんだけど……お前がどうしても家を継ぐのが嫌なら、私から父さんに言ってあげるよ？」

「ち、違います。家を継ぐのが嫌なんじゃないんです！　私は、私は兄さんが大好きなのです。だから兄さんに元気になってほしいし、兄さんにずっと側にいてほしいだけなのです！」

龍聖は心が揺らぎそうだった。健気《けなげ》な弟の気持ちを思うと、嘘をついたまま、明日発つことが出来なくなりそうだ。しかし、もしも自分が儀式をせず、龍神様の下に行かなかったら、龍神様との契約を反古《ほご》にすることになってしまう。そうすれば守屋家は潰れてしまう。どんな災厄が起きるのか想像も出来なかった。

寅松達のことを思えば、なんとしても行かなければならないのだ。

「寅松……私のことを思ってくれるなら、どうかこの家のことを……」

「分かっています。分かっています……ごめんなさい。ただ急に兄さんが行くというから、心の準備が出来てなくて、寂しくて……子供みたいに駄々《だだ》をこねてみただけです」

寅松は無理に笑ってみせながらそう言った。

まだ子供なのに……龍聖はそう思って、必死に強がってみせる寅松を愛しく思った。

「早く……体を治して帰ってきてくださいね」

龍聖は言葉もなく、ただ頷くのがせいいっぱいだった。


翌朝、龍聖は家の者達に見送られて、駕籠《かご》に乗って二尾村へと旅立った。

店のことがあるので、一緒には行けないが、父が後から来ると言っていた。祖父母や義母や弟妹達とは、これでお別れだった。

龍聖は言葉少なく別れを告げた。祖父母と義母とは、もう別れの挨拶をすませていたので、ただみつめ合って頷き合った。

寂しがって駄々をこねる美代と正吉を宥めて、寅松の頭を撫でた。


二尾村までは五里ほどの距離、駕籠なら辰《たつ》の刻に家を出れば、午《うま》の刻過ぎには到着出来る。龍聖は賑やかな城下町の外れまで来たところで駕籠を止めてもらった。そこで駕籠を降りると、駕籠かきには多めに銭を払い、このことは家人には言わぬように告げてから、ゆっくりと歩き始めた。

この風景を見るのもこれが最後。龍聖はゆっくりと歩いて二尾村まで行くことにした。荷物はほとんどない。これほど身軽ならば、普通の者は歩いていく距離だ。ゆっくり歩いたとしても、未《ひつじ》の刻までには辿り着けるだろう。

田畑の緑が眩しい。梅雨《つゆ》前の初夏の若葉が、どこも美しかった。頬を撫でる風も心地いい。龍聖は歩きながら、とても心穏やかになっていた。

龍聖が二尾村に着いたのは、未の刻頃だった。本家の者達は、なかなか来ない龍聖に焦れて、村の入り口まで人を迎えに寄越《よこ》していた。ようやく到着した龍聖を、当主を始め本家の家人達が慌ただしく出迎えた。

「今日の朝には発つと文が届いていたのに、なかなか来ないから心配していたぞ」

出迎えた当主の文衛門《ぶんえもん》が、額の汗を拭いながらそう言ったので、龍聖は笑いそうになったがグッとこらえて、神妙な顔つきで深々と頭を下げて謝罪した。

「申し訳ありませんでした。駕籠に酔って、途中で降りて歩いてまいりましたので、遅れてしまいました」

謝罪の言葉を告げる龍聖に、文衛門は焦ったのか、慌てて頭を上げさせた。

「なになに、別に怒っているわけではないのだ。何かあったかと案じただけだ。無事ならよいのだ。無事なら……さあさあ、疲れただろう。今日はゆっくり休むと良い」

明らかに龍聖の機嫌を取ろうとしている文衛門の様子に、龍聖は小さく溜息をついた。文衛門は昔からそうだ。もちろん彼だけではない、この家の者達は皆、龍聖の顔色を窺い、機嫌取りばかりをする。それが窮屈《きゅうくつ》で、いつも龍成寺へ行っていた。

祖父から、前の龍聖の話を聞いて、改めてすべて納得した。こんなふうに『腫れ物に触るような』

感じだったのだなと思った。彼らに悪意はないのは十分分かる。文衛門も善人だ。村人達の評判が良いのは知っている。だからこんな態度を取られても、腹を立てるわけにはいかなかったし、文句を言うことも出来なかった。きっと前の龍聖もそうだったのだろう。

奥の座敷に案内され、お茶を出されて、文衛門とその妻・喜久《きく》と向かい合って、しばらくの間黙って座っていた。いつもならば、話好きの文衛門が、気を遣って色々な話をして場を誤魔化《ごまか》すのだが、さすがに今日は黙りこくってしまっている。

儀式を前にして、何と声をかけて良いのか分からないのだろう。

「皆さんお元気ですか？」

龍聖が耐えられずに口を開いた。

「え、あ、ああ、皆、元気だよ。娘の多江《たえ》は昨年、嫁に行ってしまったから、この家も少し静かになったがな……多江はお前を慕っていたから、最後に会いたかっただろうが……」

「そうでしたね、お多江ちゃんはお嫁に行ったのでしたね……花嫁衣装は綺麗だったでしょうね。おば様に似て美人だったから」

龍聖は話を合わせて、明るく振る舞ったが、またすぐに会話は途絶《とだ》えてしまった。文衛門達もお茶を飲んで誤魔化していた。

「あの……」

「あ、風呂にでも入るか？　すぐに湯の用意は出来るぞ」

「あ、いえ……ああ、そうですね、ではありがたくいただきます」

この時代、まだ内風呂は珍しい。個人宅に内風呂を持っていたのは、武家など高い身分の家ばかりで、庶民は湯屋《ゆや》（銭湯）に行くのが普通だった。

それも城下町のような大きな町にしか湯屋はない。もちろん二尾村には湯屋はなかった。守屋家にある風呂が、この村唯一の風呂で、文衛門の自慢でもあった。

喜久が風呂の支度をするために席を立った。

文衛門と二人っきりになってしまい、お互いになんとも居心地が悪い。

「おじ様、お仕事が忙しいでしょう？　どうぞ私のことはお気遣いなく、仕事に戻られてください」

「あ、ああ、そうだな」

龍聖に言われて、文衛門は少し安堵した顔になった。「では」と立とうとした文衛門に、龍聖が慌てて声をかけた。

「おじ様……儀式は明後日でもよろしいですよね？」

「え？」

「明日は、一日寺で過ごしたいと思っています。龍神池の清掃もしたいし……」

「ああ、そうだな。いいよ、そうしなさい」

龍聖が龍神池に行くことに、反対する者は誰もいなかった。龍神池は神聖なる場所で、普通の者は滅多に近寄れないが、龍聖ならば毎日行ったとしても、誰も止めないし、誰も不思議に思わなかった。だから龍聖は、この家を抜け出す理由として、ずっと使っていたのだ。

たとえ文衛門達が、儀式を急いで行いたいと思っていたとしても、きっとまだこの手が使えるだろうと思ったら、やはり効き目は抜群《ばつぐん》だった。

翌日、朝餉《あさげ》を食べた後、龍聖はすぐに龍成寺へと向かった。寺までの道を足早に駆けた。途中、農作業をする村人達に声をかける。村人達は皆、龍聖を知っており、仏様でも見るかのように、一様に手を合わせて頭を下げた。

寺は山の中腹にある。山と言ってもそれほど大きな山ではない。なだらかな傾斜となっている山道をしばらく進むと、やがて忽然と、長い石段が現れる。三百段ほどある石段を登りきり、大きな山門をくぐると、龍成寺があるのだ。

境内《けいだい》を掃除している小坊主が龍聖に気づき手を止めると、竹箒《たけぼうき》を地面に置いて、手を合わせて深く頭を下げた。

「おはようございます。和尚様は？」

「はい、隣村に御用があってお出かけでございます。午後には戻られると思いますが……」

「そう……じゃあ、勝手に待たせていただくね。どうか気にせずお仕事を続けてください」

「は、はい」

龍聖はペコリと小坊主に会釈《えしゃく》してから、寺の奥へと歩み進んだ。途中、幾人かの僧侶と挨拶を交わす。もう皆、知った顔ばかりだ。僧侶達も誰一人、龍聖を咎める者はいない。寺の本堂の奥に、長い渡り廊下があり、その先に大きな蔵のような頑丈な造りの建物があった。

入り口には二人の僧侶が見張りとして立っている。二人は龍聖に気づき、手を合わせて深く頭を下げた。

「入らせていただいてもよろしいですか？」

龍聖がそう言うと、僧侶達はすぐに扉にかかるいくつもの大きな錠前を開けて、重々しい大きな扉を開いた。龍聖は一礼してから扉の中に入った。

建物の中は広い空間が広がっていた。高い天井の上には明かり取りの窓がいくつかあり、そこから入る光で、ぼんやりとした淡い明るさを保っていた。中央には池がある。龍神池だ。

幅三間《さんげん》ほどの小さな池だが深さがある。とても深いその池は、澄んだ水を湛《たた》えているが、池の底は見えない。

伝承では、山に迷い込んだ幼い龍成の前に龍神が突然光と共に現れ、その現れた場所から、滾々《こんこん》と水が湧き、溜まって出来たのがこの池だという。それ以来、絶え間なく水は湧き続け、村へと引かれ、どんな日照り続きでも水が涸れることはなく、二尾村を潤し続けている。

池を守るように建てられたこの建物は厚い土壁で出来ていて、入り口以外からの侵入はほぼ不可能だった。

この建物には、仏様が座している本堂から入るしかなく、周囲には僧侶達が修行する主殿や、寝食をするための宿棟などのいくつかの建物が、ぐるりと取り囲むように建っていて、信長《のぶなが》が比叡山《ひえいざん》を焼き討ちした時のように、武装した軍勢に攻撃でもされない限りは、普通の人には近づくことも出来ない造りになっていた。

この龍神池については、どんな日照りの時にも永遠に水の湧き出る池として、周囲の村々には有名であり、また噂に尾ひれがついて、湧き出る水はどんな病も治す黄金の水であるなどと、嘘が広まったこともあった。

そのためこの池を奪おうと、今まで幾度も小さな争いが起きていた。

千重がここに寺を建てたのも、それらの諍《いさか》いを収めるためだった。寺であれば、普通の者なら仏罰《ぶつばつ》を恐れて、おいそれと手を出すことは出来ない。

その代わり、水を求めて参る者があれば、他所《よそ》の村の者でも水を分け与えた。ただし、『病も治す黄金の水』などではないことは、十分に諭したうえで水筒でも樽《たる》でも、差し出された器に入れて、分け隔てなく渡していた。

龍聖は初めてこの話を聞いた時、こんな立派な寺を建てることが出来た守屋家の財力とは、一体どれほどなのだろうと驚いた。一個人が出資出来るようなものではない。かなり大きな借金までして建てたという話だったが、今はもうその借金はなくなったという。

中に入り、数段の短い階段を下りて、池の端に立った。ここには幾度となく来たが、いつ来ても清々《すがすが》しく心が洗われるような、なんともいえない不思議な感覚に襲われる。頭のてっぺんからつま先まで、何か見えない大きな力に包まれて、すべてを浄化されるようなそんな心地だ。心に迷いがある時は、ここに来るとすべてが解決するような気がする。今もそうだ。

龍聖は目を閉じて天井を仰いだ。心の中の悲しみや怒りや不安や、そういうモヤモヤとしたすべての感情が一掃されるようだった。

朱子学的に言えば、『気』を押しとどめて、『理《ことわり》』に還《かえ》るようなものだろうか？

龍聖はしばらくの間そうしていたが、やがて大きく深呼吸をすると目を開けて、再び池をジッとみつめた。どんなにみつめても、池の底は見えない。深い碧《みどり》の水が、鏡のようにしんとして、龍聖の姿を映していた。

「はっ、はっ、はっ、はっ、はっ」

境内の隅で、木刀《しない》を振る龍聖の姿があった。木刀は真っ直ぐに上段から前方へとゆるぎなく繰り返し振り下ろされる。風を切ってブンッと唸《うな》りを上げているが、それ以外には、龍聖の気合いの声と、踏み出す足が砂利《じゃり》を踏む音しか聞こえなかった。

寺の中は、外界から遮断されているかのように静けさに満ちている。時折風が木々を揺らす音と、鳥のさえずりしかないような静寂の中では、精神を集中することが出来るし、何もかも忘れることが出来た。

家にいる時はもちろんこんなことは出来ない。毎年ここにいる間は、毎日寺で木刀を振り、体を鍛《きた》えていた。

剣術は、元武士だったという僧侶から形ばかりだが習った。龍神様にお仕えする上で何かの役に立てばと思ったからだ。馬の乗り方も教わった。もっとも馬に乗るのには、怪我でもしたらと案ずる文衛門達の反対があるので、和尚様にお願いして、何度かこっそりと村の外で教わったのだ。だから乗れるというだけで、あまり上手くはなかった。

「精が出るな」

凜と通る背後からの声に、龍聖は思わず手を止めて振り返った。

龍成寺の住職・慈慶《じけい》が笑顔で立っていたので、龍聖は木刀を下ろして、弾む息を整えながら静かに頭を下げた。

龍聖は主殿にある座敷に通され、そこで和尚と向き合って座った。小坊主が茶と菓子を持ってきて、二人の前に出した。無言のままで一礼をして、小坊主が去ると、和尚は茶を一口飲んで、とても穏やかな表情で龍聖をみつめた。

「いよいよ……か」

「はい」

龍聖も茶を一口飲んで碗を置くと、自分をみつめる和尚をみつめ返した。昔から慈愛ともなんとも表現出来ない表情で、自分のことをみつめる和尚の視線の意味が分からずにいた。憐れんでいるというわけでもなく、他の者のように無心の崇拝の眼差《まなざ》しというわけでもない。龍聖をみつめているようで、何か別のものを見ているような錯覚を覚えることもあった。

和尚様は不思議な方だと……俗世の者とは何か違うものを見ているのだと、そんなふうに思っていた。ただ和尚の前では、自分を偽らず、飾らなくても良いので、とても居心地がよかった。

「私の前の龍聖様を思い出されているのですか？」

不意に龍聖がそう尋ねたので、和尚は珍しく目を丸くして驚きの表情を見せた。言葉はなく、しばらくの間ジッとみつめ返していたが、やがて破顔して大きな声で豪快に笑い飛ばした。

「藤治郎《とうじろう》（龍聖の祖父）が話したのだな」

和尚がそう言ったので、龍聖は笑いながら頷いた。

「まったくあやつは……勝手なことばかり言っておったのではないだろうな？」

龍聖は首を振った。

「和尚様はなぜ今まで、前の龍聖の話を、私にしなかったのですか？」

龍聖が尋ねると、和尚は笑うのをやめて、「うむ」と言って腕組みをしてしばらく考え込んでしまった。龍聖は小首を傾げて、和尚の様子を窺った。

「前の龍聖のことは……お前に語ってやれるほど、わしは何も知らぬから語れなかったんじゃ」

「知らない？　でも何度も会ったことがあるのでしょう？」

龍聖が不思議そうに尋ねたので、和尚は腕組みを解くと、両手を膝の上に載せて、はあと溜息をついた。

「何度も会った……だが、そう……『会った』だけじゃ……わしはまだ子供だったし、外の人間だったから、そうそう頻繁に守屋本宅の奥になど行けるはずもなかった。元はと言えば、藤治郎に誘われて、奥に忍び込んで龍聖の姿を覗き見たのが最初だった。あれは……わしが四つか五つくらいの頃だったかのぉ……藤治郎が、家の奥に自分も滅多に会えない人がいるというのでな……龍聖様と言って、龍神様に仕える尊い方だから、子供の自分は一緒の家に住んでても、なかなか会わせてもらえないけど、すごく綺麗な人だから、覗きに行かないかと誘われたんじゃ」

「おじいさまが？」

「なんだ、奴はそうは言わなかったのか」

「は、はい」

龍聖は困ったように笑い、和尚はワハハと笑い飛ばした。

「一度覗きに行って……見たらとても美しい人だった。男の人だなんて信じられないと思った。だって女人《にょにん》のように肌が白くて、線が細くて、日頃見慣れている周囲の男達の日焼けなのか泥汚れなのか分からないような、汚い黒い顔とはまったく違う。……わし達には大人に見えたから、大人の男がこんなに綺麗なはずはないと思った。それで何度か覗きに行くようになって、そのうち龍聖様に気づかれて、近くに招かれた。わしらは緊張して、ろくに顔も見れなかったが、優しく話しかけられて、お菓子もくれて、とても嬉しかったのは覚えているよ。だが調子に乗りすぎたんだな。それがみつかって、藤治郎の親父に、こっぴどく叱られた。尻を何度も叩かれて、蔵に半日閉じ込められて、夕餉《ゆうげ》を抜かれたくらいだ。わしらはワアワア泣いたな。それでしばらくは、龍聖様のところに行かなくなった。大人達も警戒していたから、とても近寄れなかったしな」

話をする和尚の顔が、なんだか子供みたいで、龍聖は先日話をしてくれた時の祖父の顔を思い出した。

「次に龍聖様に会ったのは、それから二年以上も経った頃だった。わしはその頃、この寺の住職をしていた祖母の恵蓮尼《えれんに》に預けられて、小坊主のような手伝いをたびたびしていて、使いで守屋家本宅へしょっちゅう出入りするようになったんだ。それでわしは、ずっと気になっていた龍聖様にもう一度会いたくて、藤治郎を誘ってまた奥へと覗きに行ったんじゃ……今度は大分知恵もついていたからな、裏庭から、家人に見つからないように、上手に忍び込んでな」

「会えたんですね」

「ああ、会えた」

和尚は嬉しそうにそう言った後、目を閉じてまた黙り込んだ。懐かしむような表情だった。

「それからは何度も大人達の目を盗んで会いに行った。龍聖様が村のことを色々と尋ねるので、喜んでもらおうと一生懸命話した。でも大人達に見つからないようにほんのわずかな時間しかいられなくて、毎日少しずつ会っては話をしたんだ。だがそれもほんのつかの間のことだった。それからすぐに、龍聖様は儀式を行って、いなくなってしまわれたからな」

和尚はそう言うと、綺麗に剃られた頭を何度か撫でて、また溜息をついた。

「わしが龍聖様と話をした時、龍成寺の恵蓮尼の孫だと言ったら、それはそれは喜ばれてな、わしの頭を何度も撫でてくれた。あれが一番嬉しかったな」

自分の丸めた頭を撫でながら、和尚が笑ってそう言ったので、龍聖も笑った。

「わしは知らなかったのだが、後から恵蓮尼に聞いたところ、龍聖様はほとんど毎日のように夜中に龍成寺に参られていたそうだ。そして龍神池の周囲を掃除するのが、龍聖様の日課だったそうだ。夜中に供《とも》を連れて、あの石段を毎日登られてきていたそうだ」

「なぜ夜中に?」

「最初のうちは朝からやっていたそうだが……あの頃は、まだ村の年寄り達は、龍成様の記憶がある者も多かったし、伝承となっている金色の竜が空から舞い降りてきたところを見たと言う者までいたから、それはそれは今のお前以上に、龍聖様は神様みたいに村人から思われていたんじゃ。だから龍聖様が道を歩いていると、あっという間に村人達が取り囲み、神か仏を崇拝するかのごとく、地面に平伏して拝《おが》んだそうだ。龍聖様は村人達のその姿に心を痛められて……自分は龍神様にお仕えする者であって、決して神でも仏でもないのだと……村人達と変わらぬ人間なのだと……それで村人が寝静まった頃に、寺へと行くようになったそうじゃ」

龍聖は我がことのように胸が痛んだ。自分にしても、この村では皆が姿を見れば手を合わせる。龍聖もそれが苦手だった。遠くから拝まれるだけでもそうなのだから、仏にでも縋《すが》るように村人達が自分の足元に平伏したら……自分だったらどんな気持ちがするだろう。祖父が「寂しそうだった」と言っていた意味が、ようやく分かったような気がした。

龍聖が金沢の守屋の家で、病人のふりをして過ごさなければいけなかったという不自由さなど、前の龍聖に比べたら、どうということではないような気がした。

元気に外を駆けまわったりは出来ないが、家の中は自由に動きまわれたし、店に顔を出すことも何度もあった。店の使用人達とは、坊ちゃんと使用人という隔たりはあっても、普通に話したり、冗談を言って笑ったりも出来た。使用人達はみんないい人達だった。家族も皆優しかった。たまに外出することも出来たし、町の人達は、龍聖の境遇《きょうぐう》など知らないから、龍聖が歩いていても誰も気にする者はいなかった。顔見知りの人は気軽に声をかけてくれた。

自分の人生は自分が思っていた以上に、本当に幸せだったのだと、改めて気づかされた。そう思ったら、急に涙が溢れてきた。ポロポロと涙をこぼし始めた龍聖に驚いて、和尚が慌てて懐紙を差し出した。

「ど、どうしたのじゃ」

「私は……何も分かっていなかったのです。……未熟者です……知ったようなふりをして、おじいさま達に『前の龍聖も幸せだったと思う』なんて言って、自分も幸せだったなんて言って……恥ずかしいです」

龍聖は泣きじゃくりながらそう言った。それまで年の割にとても大人びていると言われていたが、まだ子供だったと思い出したかのように、無心に泣きじゃくった。

「父さんがどんな思いで私を育ててくれたのか……おじいさまがどんな思いで、本家と喧嘩してまでも私を金沢の家に留めおいてくれたのか……私は何も分かってなかった……何も分かってなかったのです」

そう言って、懐紙に顔を埋めて声を上げて泣き出した。

和尚は微笑みながらそんな龍聖の背中を優しく撫でた。

「帰りたい……もう一度みんなに会いたい！　金沢の家に帰りたい！　儀式なんてしたくない！　帰りたい！　お父さん、お母さん！　帰りたい……」

龍聖は何度か繰り返しそう言いながら泣いた。和尚に背中を擦られて、泣き疲れるまで泣いて、やがて静かになった。随分時間が経ったように思う。この部屋での騒ぎなど誰も知らないかのように、寺の中は静まり返っていた。遠くから僧侶達の読経《どきょう》の声が微かに聞こえた。

龍聖はグズグズと鼻をすすりながら、ようやく落ち着きを取り戻して顔を上げた。両目は真っ赤になっていて、顔も朱に染まっていた。

子供のような顔だ……和尚はそう思って微笑んだ。

「和尚様……取り乱して申し訳ありません……帰りたいなど……嘘です」

「いや、嘘ではない。それこそがお前の本心じゃ、仏様の前では嘘などつくものではないぞ」

和尚が穏やかな声でそう言ったので、龍聖はウッとまた泣きそうになったがなんとかこらえた。

「よくぞ申した……どうだ？　本心を吐露《とろ》して、心が晴れたのではないか？」

「……はい……」

龍聖はポツリと答えて、グスリと鼻をすすった。懐紙で涙を拭き、鼻を拭くと、ハアと大きく深呼吸をした。

「でも儀式をしたくないというのは嘘です……守屋のために儀式をすると覚悟したのは本当です。それに龍神様に会ってみたいという気持ちも本当です」

和尚は微笑みながらうんうんと頷いた。

「幸せだったのも本当だろう？」

「はい……とても……とても幸せでした」

「それともうひとつ……お前は言ったな？　前の龍聖も幸せだったと思うと……あれも本当だと思うよ」

「……はい」

龍聖はようやく笑顔になった。

「今日はここに泊まっていくか？　それなら本家に使いを出すが……」

「いえ、戻ります。おじ様達にもちゃんと礼を言って、別れを告げたいので……それに夜には父が来ると思いますから」

「そうか」


龍聖が本家へ戻ったのは、空が茜色《あかねいろ》に染まり始めた頃だった。本家ではすでに夕餉の支度が整っており、龍聖は帰るなり奥の座敷で夕餉を取るように段取りされていたが、「皆さんと一緒に食べたいのですが」と龍聖が希望したため、慌てて座敷に家族みんなの夕餉が、まるで宴席《えんせき》のように用意されることになった。

本家の家族は、文衛門の母（龍聖の大伯母）と文衛門夫婦、文衛門の長男夫婦、次男と次女の七人家族だった。長女の多江は嫁に行ってしまったのでいない。

文衛門の長子の松太郎《まつたろう》は、龍聖より四歳年上だった。妻は今身重だ。次男の菊次《きくじ》は龍聖よりふたつ下の十六歳、次女の理久《りく》は五つ下の十三歳だった。

菊次と理久は、なんだかそわそわとして落ち着かない様子だった。

龍聖は上座に座らされていた。本来ならここは文衛門の席なのだが、龍聖は礼を言って素直に座った。以前の龍聖なら断っていただろうが、すべてを悟ったので、文衛門の顔を立てて、上座に大人しく座ったのだ。

龍聖は文衛門にまずはお礼の言葉を述べた。今まで世話になったお礼、今日のお礼、そして明日の儀式に対してのお礼、最後にこれから先の守屋家のことについても、しきたりを守り続けてほしいということを語った。

それは文衛門だけではなく、跡を継ぐ松太郎に向けての言葉でもあった。

「私は言い伝えの通り、『竜の証』を持って生まれてきました。この家に、証を持って生まれた男子は、私で二人目です。これは百年近く前、龍神様と守屋家の間で交わされた契約です。龍神様と龍成様のことはすでに伝承となっていますが、先の龍聖様が生まれて、そしてまた私が生まれたことで、ずっと続いていくしきたりなのだと、守屋家のみんなが改めて思ったと思います。私は……龍成様の生まれ変わりだと思っています。私が龍神様にお仕えし、やがてこの寿命が尽きた時、また守屋の家に次の証を持った子が生まれると思います。それがいつなのか……十年後か、五十年後か、もっと先なのか……分かりませんが、必ずその時が来るでしょう。私のことを知る皆さんが、後の世に続く子孫達に、次の龍聖のためにしきたりを守り、この家を守るよう語り継いでください。それが私の願いです。どうか……よろしくお願いいたします」

龍聖がそう言って深々と頭を下げたので、文衛門達は慌ててその場から後ろに退いて、畳に頭を付けるほど深く頭を下げた。

「私達の……守屋家の身代わりになっていただくことをお許しください」

文衛門が震える声でそう言った。それを聞いて、龍聖は頭を上げると、文衛門の方に身を乗り出すようにして「そんなことはありません」と声をかけた。

文衛門が顔を上げると、微笑む龍聖の顔があった。

「身代わりなどとは思っていません。私は私に課せられた役目を務めるだけです」

後に松太郎はこの時のことを、「菩薩《ぼさつ》様のごときお顔でいらっしゃった」と孫達に語り聞かせることになる。

その後しんみりとした雰囲気の中で夕餉が進んだ。気を遣って、龍聖が思い出話などを語るのに、家族がそれぞれ言葉を交わした。

夕餉が終わって女達が片づけのために部屋を下がった頃、守屋家に来客があった。龍聖の父が着いたのだ。

父はとても思いつめた顔をしていた。文衛門達は、二人を奥の座敷に通して、二人きりにした。

「父さん……どうか私が行くことを悲しまないでください。死んでしまうわけではないのです。どうか遠くに旅立つのだと思って、心配でしょうが、悲しまないでください」

「龍聖、だが……儀式の後どうなってしまうのかも分からないのだぞ！」

「大丈夫です。龍神様の下に行くだけです。私は怖くありません」

「龍聖」

「それより、今まで大切に育ててくださって、本当にありがとうございました。私は本当に幸せでした」

「龍聖……馬鹿な親だと思うだろうが、私はお前が愛しくて仕方ないのだ。手放したくない。お前のためなら守屋の家がどうなってもいいとさえ思っている。ただの馬鹿な親だ……そう言いながらも結局は何も出来ない私を許しておくれ」

「父さん」

龍聖はしばらくの間、父とたくさんの話をした。改めて思うと、今までこんなに父と話をしたことがなかった。亡くなった母の話もたくさん聞かせてもらった。

やがて家の中が騒がしくなってきた。誰かがこちらに走ってくる足音がする。足音は部屋の前で止まり、「失礼するよ」と文衛門の声がして、襖《ふすま》が開けられた。

「大変だ……あんたのところの寅松が……」

「寅松が!?　どうかしたのですか!?」

驚いた龍聖は、父と共に文衛門について玄関まで駆けていった。玄関の上り口に、寝かされている寅松の姿をみつける。

「寅松!」

驚いて駆け寄り寅松の手を握ると、寅松が目を開けた。

「兄さん……」

「お前……どうしてここに」

父が驚いてそう叫んだので、寅松は顔を少し歪めてから「ごめんなさい」と小さく呟いた。

寅松は着物を着替えさせられて、水を貰って、少し横になったら落ち着いたようで、すぐに起き上がれるようになった。龍聖と父は寅松を奥の座敷へと連れていき、向かい合って座ってから、どういうことかと問いただした。

「兄さんが行ってから、なんだかおとっつぁんの様子がおかしくて、おっかさんも……。それに……おっかさんが、紋付きの用意をしているのを見てしまって……それを行李《こうり》に入れたと思ったら、夜になっておとっつぁんが出かけると言って駕籠を呼んだから……兄さんに何かあったのかと胸騒ぎがしたんです。それでおとっつぁんの駕籠を追って、家を飛び出しました。だけど途中で見失って……そこからは一人で走ってきました」

「夜道を一人で……明かりもないのに危ないじゃないか、よく無事に辿り着いたね」

龍聖は寅松の手を強く握りしめた。

「本家には二度来たことあったし……実は今までも何度か、村の近くまでは一人で来たことあったんです。夏に兄さんが本家に行っている間……兄さんに会いたくて……。でもおとっつぁんに叱られるから、いつも村の近くまで来たところで引き返していました。だから道はよく覚えていたのです」

寅松の告白に驚いて、龍聖は父と顔を見合わせた。そんなに何度も寅松が、家からこの二尾村まで来ていたとは知らなかった。それに道は覚えていると言っても、真っ暗な夜道を子供が一人で駆けてきたのだ。着物が泥だらけだったのは、何度も転んだからだろう。それでも必死にここまで来るなんて……龍聖は涙が出そうになった。

「今頃家ではお前がいなくなったと言って大騒ぎになっているだろう。駕籠を呼ぶからすぐに帰りなさい」

「嫌だ！　私は兄さんと一緒にいます！」

寅松が龍聖の腕に縋りついた。龍聖はそんな寅松の手を握ったまましばらく考えていた。

「いいよ、今夜は一緒に寝よう……父さん、家には使いを出して寅松は無事だと伝えてください」

「しかし……お前……」

父は困惑した顔で龍聖と寅松の両方を交互に見た。

「寅松にはすべてを話しましょう」

「え？　いや……それは……」

「寅松は我が家の跡取りでしょう？　商家なのに美代ではなく、寅松に継がせるのは、男系の跡継ぎを続けるため……私が生まれたように、もしかしたら後の世でも、本家ではなく分家でも証を持った子が生まれるかもしれないからでしょう？　だったらちゃんと話す必要があります」

龍聖はそう言って父を説き伏せた。父は仕方なく文衛門に事情を伝えて、家への使いを送ってもらった。

龍聖は寅松と改めて向き合うと、しっかりと手を握りながら、その目を真っ直ぐにみつめた。

「寅松……今からとても大切な話をするから、黙ってよく聞いておくれ」

龍聖は寅松にすべてを話して聞かせた。寅松には衝撃が強すぎるようで、龍聖の握る手の中で、その小さな手をギュッと握りしめるのを感じた。

「兄さんは……儀式をしたらどうなるの？」

話を聞いた後、寅松が少し震える声でそう尋ねた。

「龍神様の下へ行くんだよ」

「龍神様の下って……あの世ってこと？」

「違うよ。私は死ぬわけではないよ」

龍聖が微笑みながら優しくそう答えた。

「龍神様の下に行くというのが、どういうことなのか、龍聖以外行ったことがないから誰も分からないのだけど、儀式を見ていた人の話では、光に包まれて姿を消してしまうそうなんだよ……だからこれは私の想像なのだけど、あの世ともこの世ともまた違う、別の場所に龍神様がお住まいになっていて、そこへ招かれるのではないかと思うんだよ。だから私はちっとも怖くないし、お前も心配しなくても良いんだよ」

「でも、でも……兄さんがいなくなってしまうなんて、私はっ……」

寅松は目にいっぱい涙を浮かべていた。それでも必死に泣くまいと、キュッと唇を噛みしめている。

「寅松、今まで騙していてすまなかったね、私は本当は病弱なんかじゃなくて、とっても元気なんだよ。私は龍神様のところに行かなければならない身だから、店を継ぐことは出来ない。でもそんな話、使用人達にしても仕方ないだろう？　誰も信じないだろうさ……それにもしもこれが城下で噂になったら、噂に尾ひれがついて、守屋の家は人柱を立てるなどと、悪い噂が立ちかねない。そうしたら奉《ぶ》行所《ぎょうしょ》が調べに来るかもしれないし、色々と考えてもお前達のためにはならないんだよ。だから病弱だと嘘をついて、誰も私が跡を継がないことを、不思議に思わないようにしたんだ」

寅松は激しく首を振った。反論したい気持ちはあるようだが、口を開けば涙がこぼれてしまいそうだったので、唇を強く噛んだまま首を振るしかないようだった。

嫌々とでもいうように、首を振り続ける寅松の顔を、両手で包むようにして、首を振るのを止めさせると、龍聖は顔を近づけてジッと寅松をみつめた。

「寅松、よくお聞き……これは私がとか、寅松がとか……そういう個人の我が儘でどうにかなることではないんだよ。もしも私が龍神様の所に行かなかったら、守屋家は潰れてしまうんだよ？　元々この守屋家は、百年前の大飢饉の時に、この二尾村共々、全滅するはずだったんだ。それを龍神様に救われて、龍成様のおかげで、こんなにも豊かな村になり、守屋家は栄えて、皆が幸せに暮らせているんだ。それはすべて龍神様と交わした約束を守っているからこそなんだよ。お前はきっと、兄さんが犠牲になるくらいなら、守屋家が潰れても良いなんて思っているだろう。だけどこれはお前だけの問題じゃないんだ。守屋家が潰れるということがどういうことか想像出来るかい？　金沢の私達の家は、破産するか、火事で家を失うか、どういう形か分からないけど、すべてを一瞬にして失うだろう。そのために美代達が死んでしまうかもしれない。母さんや父さんだって死んでしまうかもしれない。この本家にしてもそうだ。本家が潰れるということは、百年前の大飢饉が再びこの村を襲うということだ。村人達がみんな餓死してしまうんだよ？　文衛門おじさん達もみんな飢えに苦しんで死んでしまうかもしれないんだよ？　寅松、お前は本当にそれでもいいのかい？」

龍聖をみつめる寅松の両目からポロリと涙がこぼれ落ちた。

十歳の子供に聞かせるには、ひどい話だと思った。だけど寅松ならばきっと分かってくれると龍聖は思っていた。もうこれ以上嘘を吐きたくない。寅松の優しい心根が分かるからこそ、真実を教えたかった。

「儀式の後、金沢の家には、私は急な病で亡くなったと知らされることになっているんだ。葬儀もすべて終わって、寺に葬《ほうむ》られたと使用人達には伝えられることになっている。おじいさま達や母さんは真実を知っているけど、お前や美代達には、そう伝えるはずだった。寅松……お前がここに来たのは、もしかしたら龍神様のお導きかもしれない。お前は跡継ぎだから、すべてをちゃんと知って、私を見送ってほしい……そしてお前の子や孫にこのことを伝えておくれ。これからお前が大きくなって、店を継いで、たくさん良いことがあると思う。もちろん悲しいこともあるかもしれない。だけど絶対家は栄え続けるし、守屋の家は安泰だろう。それは私が龍神様の下で幸せに暮らしている証拠だと思ってほしい。私はいつもお前達を見守っているよ」

龍聖はそう言って寅松を抱きしめた。

翌日、早朝から龍聖は一人龍成寺へ向かった。禊《みそぎ》をするためだ。儀式は龍成寺で行われる。父と寅松、文衛門、松太郎の四人が儀式に立ち会うことになり、後から寺へと向かった。

龍神池の水で禊をすませ、白装束に着替え、若衆髷《わかしゅまげ》に結《ゆ》っていた髪も下ろして、龍聖は儀式のための準備を整えた。

巳《み》の刻頃、本堂に向かうと、父達が紋付き袴《はかま》姿で、整然と座っていた。龍聖は父達に無言で一礼をしてから、中央の和尚の前へと行き、その場に正座した。

龍聖が座ったのを見届けてから、和尚は本尊の方を向き読経を始めた。脇に控える二人の僧侶も一緒に朗々《ろうろう》と読経する。

やがて読経が終わると、和尚は立ち上がり内陣の御簾《みす》の奥の本尊が安置されている聖壇の前まで歩み寄ると、深く一礼して何かを手に取り、再び礼をして龍聖の下へ戻ってきた。

龍聖の前に立つと、経を唱えながら向かいに正座し、龍聖の膝の前に立派な鏡を置いた。綺麗に磨《みが》かれた鏡面は、曇りひとつなくすべてを映しているようだ。

「これより儀式を行う」

和尚が合図のようにそう告げると、脇に控えていた二人の僧侶が立ち上がり、龍聖の後ろに立った。その場に静かにひざまずき、一人が龍聖の長い髪を手に取り、下の方を紙縒《こよ》りで縛った。するともう一人が小刀を出して、縛られた紙縒りから下の髪を落とした。それを白い布に丁寧に包むと、後ろに座っている父達の下へと行き、その前にそっと置いた。形見の品という意味だ。この後、形ばかりの葬儀を行い、この髪を墓に入れるのだ。

和尚が「龍聖、右手を」と告げた。

龍聖は言われるままに右手を差し出した。すると和尚は手に持っていた銀の指輪を、龍聖の右手の中指に嵌《は》めた。その指輪には、見事な龍の彫細工が施されている。龍聖は思わずそれに目を奪われた。だが次の瞬間、右手がひどく熱くなった。指輪から熱でも出ているかのようで、その熱は手の甲を走り手首を通り、肘《ひじ》まで一気に広がった。

龍聖は一瞬顔を歪めたが、自分の右手をみつめて、とても驚いた。右手に不思議な文様が出来ていたからだ。青い染め粉で模様を描き込まれたような、そんな文様が手の甲から手首まであった。袖に隠れているが、もしかしたら右腕全体にも出来ているかもしれない。そんなことを思って驚いていると、目の前の鏡が青白くボウッと光りだした。

『リューセー』

どこからかそんな声がしたような気がした。とても低い声だった。地の底から響くような声だが、恐ろしい声ではなかった。

『リューセー』

その声は次第にはっきりと聞こえてきて、鏡から溢れる光が強くなってきた。

「龍聖、達者でな」

和尚がそう言ったので、龍聖はハッとして顔を上げて、目の前の和尚の顔を見た。慈愛に満ちた笑みを浮かべている。その目には涙が浮かんでいるように見えた。和尚の涙を見るのは初めてだった。

「おしょうさ……」

龍聖が答えた声が最後まで聞こえないうちに、眩いほどの光が鏡から溢れて、その光は龍聖の体を包み込み、やがて周囲も巻き込むほど強く大きく輝いて消えた。それは本当に一瞬の出来事だった。

光がなくなった後は、ただ静寂だけが訪れた。

龍聖のいた場所には誰の姿もなくなっていた。そこに今まで龍聖が座っていたという痕跡すら残っていなかった。ただ鏡が何事もなかったかのように置かれ、そのすぐ横には、銀色の指輪が転がっていた。

和尚はただ静かに手を合わせている。

龍聖の父達は、何が起きたのかも分からずに、大きく口を開けたままその場に腰を抜かしたように座っていた。

控えの僧侶達も、さすがに驚いたようで、目を丸くして動けずにいる。

「兄さん！」

寅松だけが我に返って、叫びながら立ち上がると、今まで龍聖が座っていた場所に駆け寄った。床を触るとまだ温かい。確かに今までここに龍聖がいたのだ。夢ではない。

「兄さん!!」

寅松は宙を仰いでもう一度泣き叫んでいた。


後に寅松は、立派な商人となり、店を繁盛させてさらに大きくした。嫡男には厳しく商売のことを教えつつ、龍聖の話を何度も聞かせて、しきたりを後世に伝えるように教え込んだ。

やがて息子に店を譲《ゆず》ると、隠居《いんきょ》せず、仏道に帰依した。そして龍成寺の住職となり、兄・龍聖のために祈り続け一生を終えたのだった。

第3章　我が儘な良王

　廊下がひどく騒がしい。宰相であるファーレンは、執務室で外交のための書簡を書きながら、眉根を寄せていた。たぶん間もなくこの部屋の扉が叩かれて、助けを乞う家臣が入ってくるだろう。そんなことを考えながら、それでもこちらからは行く気はせず、無視するかのように書簡を書き続けていた。

　するとコンコンと扉が叩かれた。ファーレンは不機嫌な顔で扉を見た。すぐには返事をせずにいると、またコンコンと叩かれたので、チッと舌打ちして「はい、どうぞ」と答えた。

　勢いよく扉が開き、国内警備の城内指揮を任せている若いシーフォンが、青い顔をして入ってきた。

「ファーレン様っ！　陛下がどこにも……」

　彼が全部を言う前に、ファーレンが手を上げて言葉を制した。

「分かった。私が探してくるから、皆には自分の仕事に戻るように伝えてくれ。そんなに大したことではないんだから、皆に騒がぬように言うのだぞ！」

「あ……は、はい」

　若いシーフォンは、困惑した様子でそのまま部屋を後にした。

　ファーレンは扉が閉まると、ハアと深い溜息をついてペンを置いた。すべてを聞かなくても分かっている。〝また〟竜王が失踪したのだ。これが初めてではない。三度目だ。

　不機嫌の原因は、失踪した竜王へのものではない。騒ぎ立てる家臣達に対してだ。どういう状況で、スウワンが行方をくらましたのかは分からないが、少なくとも昨日までは普通に政務をこなしていたのだ。今日のこの半日、姿が見えないくらいでなぜこんなにまで騒ぎ立てるのだろう。

午前の接見をさぼったのだろうか？　と一瞬考えて苦笑する。

「父上……これはどうしたもんでしょうな？」

そう独り言を言った。そして目を閉じて、父の最期の言葉を思い出した。

『お前とスウワンは喧嘩ばかりしていたが、私はお前達ほど仲のいい兄弟はいないと思っている。羨《うらや》ましいくらいだ。スウワンは気性の激しいところがあるが、決して人を傷つけるようなことはしない。お前と喧嘩するのも、それだけお前に心を許しているからだ。お前ももう子を持つ父となり、歳を取って、分別ある大人になった。以前のようにスウワンと売り言葉に買い言葉で、喧嘩はしないだろう。だがスウワンは、昔のままだ。私達の知るあのままで戻ってくる。若い竜王をお前が支えてやってくれ』

ファーレンは、やれやれと頭をかきながら立ち上がった。

ファーレンが自身の竜に乗り、向かった先は北の城だった。そこは初代竜王・ホンロンワンが築いた居城で、今は使われていない。いや、正確には、竜王の特定の儀式のためのみに、今も使われ続けていた。

竜はゆっくりと、赤茶けた岩山をくり貫《ぬ》いて造られた古城の一角に舞い降りた。ファーレンは竜から降り、城の中へ入っていった。長い廊下を歩き、一番奥まで進むと、真っ暗な通路の先に明るい光が見えた。大きく頑丈そうな扉が少し開いていて、そこから眩しい光がこぼれていたのだ。

ファーレンは扉に手をかけて、ゆっくりと開いて中へ入った。中は別世界のごとく光に満ちていた。光る天井からは、日光とはまた違う不思議な光が降り注いでいた。これは、初代竜王・ホンロンワンがその強大な魔力を使って作り上げた『竜王の間』と呼ばれる部屋だった。

光差す天井は、竜の宝玉で作られたものだ。奥にはふたつの扉があり、片方の扉が半分ほど開いていた。それを見てファーレンは、扉が開いている方の部屋へ向かった。

中を覗くと、家具も何もないその部屋には、中央にひとつだけベッドが置かれていて、そこに横たわる人物がいた。

真っ赤な長い髪の美しい青年だ。青年は眠っているのか、目を閉じたままピクリとも動かなかった。

ファーレンはそれを確認して、このまま放っておいて帰ろうかとも考えたが、宰相という立場を考えれば、そういうわけにもいかない。

スゥ……と息を吸い込んで、意を決したように部屋の中へと入った。

「陛下、陛下、起きてください」

「眠ってはいない」

ファーレンが声をかけると、スウワンは目を閉じたままでそう答えた。その答えにファーレンは首をすくめた。

「陛下、黙っていなくなるのはなしですよと、この前約束しましたよね？　また家臣達が騒いでましたよ。せめてシーズウかハリウェンに、一言声をかけてください」

ファーレンにそう言われて、少しムッとした竜王が目を開けて、ゆっくりと上体を起こした。

「一声かける余裕があるなら、こんなところには来ない。鬱憤《うっぷん》が溜まって一人になりたくて来るんだ。ここは誰も来ないからな」

「気持ちは分かりますが、せめて私に声をかけてください。そうすれば、皆が騒ぐ前に私が対処しますから」

ファーレンの言葉に、スウワンは眉間にしわを寄せた。

「なぜ皆が騒ぐんだ？」

「いきなり陛下が行方をくらますからですよ。今日は接見をさぼったのではないですか？　陛下がここにいることは、シーズウ達にも教えていませんから、時間になっても陛下が謁見の間に現れないとなると、さすがのシーズウも心配して探すでしょう。シーズウから陛下を探せと言われた若者が、王の私室にも執務室にも陛下の姿がなければ、只事ではないと騒いでも仕方ありません」

ファーレンはそう言って大きな溜息をついて、頭をかいた。

「私も呆れているのです。なぜそんなに騒ぐのかと……。だけどここに来るまでの間考えたのですが、陛下が普段頑張りすぎるからではないかと思うのです」

「オレが頑張りすぎる？　どういう意味だ」

「良き王になろうと頑張りすぎるのです。陛下の気性を知らない若者達には、とても素晴らしい完璧な王に見えていることでしょう。絶対、接見をさぼるような王には見えないはずです。だからまさかいなくなるなんて！　と思うのではないでしょうか？　その普段の様子との落差が激しすぎるので、騒ぎになるんですよ」

スウワンは不服そうに眉根を寄せる。

「そもそも頑張りすぎるから、しんどくなって一人になりたくなるのではないですか？」

「お前が良いと言ったじゃないか……オレがこうすること」

スウワンはむっとした口調で反論した。

「違いますよ。オレは拗ねても不機嫌になっても良いとは言いましたが、そんな時はオレに八つ当たりして発散してほしいと言ったのです。それなのに前回も……二度目の竜王の間への失踪事件を起こした時に、一人になりたくなることがあるというから、それもまあ仕方がないと思ったので、良いと言いましたが、オレに一言言ってからにしてくれとお願いしたはずです。陛下……いや、兄上、失踪はだめです。皆が心配します。どうしてオレを頼ってくれないのですか？　なぜオレに一言……」

ファーレンはそう言いながら、内心では切ない気持ちになっていた。最初にスウワンが行方をくらました時、同じようにこの部屋で一人横になっていた。

その時、スウワンは孤独を感じていたと告白した。スウワンと周囲の者達の間には、スウワンが眠っていた百四十年の隔たりがある。弟のファーレンも、百四十年分歳を取って、父親くらいのおじさんになってしまっている。かつてスウワンと仲の良かった友達も皆おじさんになってしまった。今、スウワンと同じ年くらいの若者達は、スウワンが眠っている間に生まれた者達なので、誰一人知った者はいない。「まったく知らない世界に来たみたいだ」と、寂しそうな顔で呟かれて、ファーレンは何も言えなくなった。

良き王になろうと、がむしゃらに政務に没頭し、ふと疲れたと我に返った時に、孤独を感じるようだ。

ファーレンは、拗ねたり我が儘を言ったりするスウワンのことを、すべて受け止める覚悟でいたのだ。どんどん自分にぶつけてくれればいいのにと思うのに、こうして一人で籠《こも》られてしまうと、少し切ない気持ちになってしまう。

「兄上……まだ私のことを……」

ファーレンは言いかけた言葉を飲み込んだ。『まだオレのことを弟とは思えませんか？』と言いかけた。だがそういうことではないと分かっている。だから言葉を飲み込んだ。スウワンは、ちゃんとファーレンを弟だと思っている。『おっさん』と憎まれ口を叩いても、ちゃんとファーレンを認めている。信頼してくれている。そういうことではないのだ。スウワンは頭ではとっくに理解しているが、気持ちが追いつかないのだろう。まだ百歳の成人したばかりの『子供』であるということを、ファーレン自身が理解してあげなければならない。

こちらが一緒に拗ねている場合ではないのだ。

「なんだ？」

「いえ、なんでもありません。とにかく今日はもう戻りましょう。皆が心配しています」

ファーレンはそう言って部屋を出ようとした。

「ファーレン」

スウワンに呼び止められてファーレンが振り返ると、ベッドの上で胡坐《あぐら》をかいて腕組みをしながら、不機嫌そうに顔をしかめているスウワンの姿があった。

「何か言いたいことがあるんだろう？　言えよ」

「言いたいことは言いました。さあ戻りましょう」

「今何か言いかけただろう。それに納得していないって顔をしてるぞ」

ファーレンは絶句してスウワンをみつめたが、すぐに気を取り直すと苦笑した。

「分かりました。では少し話をしましょう。でもこの部屋を出ませんか？　オレにはこの部屋の竜王の力は強すぎます」

ファーレンが困ったように眉根を寄せて言ったので、スウワンは仕方ないというように溜息をついてベッドから立ち上がった。

二人は明るい広間に出ると、中央にあるテーブルまで歩いていった。向かい合うように座ると、スウワンが再び腕組みをして、さあ来いと言わんばかりに待ち構える体勢を取ったので、ファーレンは内心で苦笑しながら真面目な顔を作った。

この人に下手な誤魔化しは通用しないと思っている。だからと言って、情けない弱音は吐きたくなかった。兄の支えになりどんな我が儘も受け止める覚悟をしておきながら、頼ってもらえなくて寂しいなんて言いたくない。本音半分くらいで話そうと考えた。

「オレが言いかけたのは……どうして兄上はオレの言うことを聞いてくれないのかって……」

ファーレンは言葉を選んでスウワンに尋ねた。スウワンは首を傾げる。

「私を信用出来ませんか？」

ファーレンはそう言って微笑んだ。するとスウワンは驚いたように目を見開き、やがて眉根を寄せて視線を逸《そ》らすと、少しばかり頬を赤く染めた。

「べ、別にそんなんじゃない。あれだ……あれだ！　ほら、分かるだろう」

「あれって？　なんですか？」

ファーレンは分からないというように首を傾げたので、スウワンは口を尖らせて、眉間に大きなしわを寄せた。

「分かるだろ!? オレにはお前しか我が儘を言える相手はいないんだ。だから……その……」

恥ずかしそうに赤い顔で、さらに顔を歪めるスウワンの様子に、ファーレンは目を丸くした。

「まさか……オレに甘えてわざとやってるんですか?」

「ち、違う!」

「違うのか……」

「いやっ! そうだけどっ!」

「どっちなんですか?」

問いつめるファーレンに、スウワンはチッと舌打ちをした。

「わざとじゃないっ……わざと迷惑かけてるつもりはない。さっきも言ったように、ここに来る時はもう無理って限界で余裕なくて、衝動的に来てしまうから後になって気づくんだ。ああ、誰にも言ってこなかったと……だけど……まあファーレンがなんとかしてくれるだろうって思って……そしたら安心して何も考えずに一人になれるんだ」

言い終わってばつが悪そうに下唇を嚙みながらそっぽを向いているスウワンを、ファーレンはなんとも言い難いという表情でしばらくみつめていた。

ファーレンが何も言い返さないので不思議に思って、スウワンはちらりとファーレンへ視線を送った。そこでばっちり目が合って、互いに少し恥ずかしくなり目を逸らし合った。

「わ、分かりました。兄上の言い分は分かりました。オレの気持ちも変わってはいません。オレは兄上をこれからも全力で支えるし、我が儘も八つ当たりもいくらでも聞きます。ここに来るのも構いません。ですが兄上……ここにあと何回来れば兄上の孤独は癒されますか？」

ファーレンが真面目な顔で尋ねたので、スウワンははっとしてみつめ返した。

「兄上が癒されるのならば、ここに何度来ても構いません。あとの騒ぎはオレが鎮《しず》めます。でもここに兄上を迎えに来れるのはオレだけです。シーフォンの誰もここに来ることは出来ません。それは言い換えれば、皆を遠ざけてしまっていることになりませんか？　オレはさっき兄上に、オレを信用出来ないのかと言ってしまいましたが、それと同じようにシーズウやハリウェン達も思ってしまうでしょう。兄上にそんなつもりがないことは十分分かっています。それとこれとは別だということも分かっています。でもそろそろ……少しずつで構いませんから、一人でがむしゃらにならずに、我ら家臣を手足として存分に使ってください。それも良き王ですよ？」

ファーレンは言い終わるとニッコリ微笑んだ。

「オレが言いたかったことはこれですべてです」

スウワンはしばらくテーブルの上に視線を落として考え込んでいたが、はあと大きな溜息をひとつつくと顔を上げた。そしてニッと笑うと、いつものスウワンの明るい表情に戻った。

「分かってるよ。まったく言いたいことを言いやがって、お前は口うるさいおじさんだな」

「ひどい」

スウワンは笑いながら立ち上がると、出口に向かって歩き出した。

「ほら戻るぞ」

「はいはい」

ファーレンは苦笑して立ち上がり、スウワンの後を追った。

「しかし兄上、もうすぐあなたのリューセー様が降臨されるのですから、次は別の理由でここに来ることにしてくださいよ」

広間の大きな扉から外に出ると、スウワンが扉を閉めるのを見ながら、ファーレンがそう言った。

「オレのリューセー？　そんなものはいらん。リューセーは母上だけだ」

スウワンはプイッとそっぽを向いてそう答えた。

「は？　何を馬鹿なことを言っているんです」

「竜王に向かって馬鹿とはなんだ！」

「貴方が馬鹿なことを言うからそう言っただけです。リューセーをいらないなどと……本当に馬鹿としか言いようがない」

二人並んで長い廊下を歩きながら、口論が始まった。

「そんなことを言って、リューセーが降臨されたら、兄上はたちまちリューセーの虜《とりこ》になるのではないですか？」

ファーレンがニヤリと笑って言うと、スウワンは露骨《ろこつ》にムッとした顔になった。

「はあっ!?　馬鹿なことを言ってるのはお前の方だろう！　そんなことあるか。馬鹿」

スウワンが口を尖らせて、とてもムキになって言うので、ファーレンはおかしくて噴き出しそうになった。必死に笑いをこらえると、真面目な顔を無理に作った。

「しかし兄上は、リューセー様から魂精《こんせい》を貰わないと、衰弱してしまうのではないですか？」

真面目な顔でファーレンがそう言うので、スウワンは「うっ」とちょっと言葉を詰まらせてしまった。

「それは……」

「それは？」

スウワンは困った顔で、目をウロウロとさせていた。言葉を探しているようだ。

「我慢するからいらない」

ブッと思わずファーレンは噴き出してしまった。

「なんだ!?　何を笑ってる！」

「あ、いえ、別に笑ってなどいませんよ！　くしゃみが出そうになっただけです」

ファーレンは慌てて誤魔化した。

『我慢って……』

ファーレンはおかしくて心の中で反芻《はんすう》した。

「いや、でも我慢が出来るものでもないでしょう。空腹感は我慢出来ても、実際のところ何も摂取出来なければ、体は衰弱して死んでしまうかもしれません。竜王は私達のように、食べ物やジンシェで栄養を取ることは出来ないのですから、リューセー様から魂精を貰わないと死んでしまいますよ？」

ファーレンは、もっともらしくそう説いた。スウワンは、そんなことは分かっているとでも言いたいらしく、ムッと眉間にしわを寄せて黙り込んだ。

『リューセーはいらない』というのは、母を想うが故の感情論で、ちょっとした軽口で言ったつもりなのだろう。だがそこをファーレンに突っ込まれて後に引けなくなっているのだ。スウワンも本当にいらないなんて思っていないことは、当然ながらファーレンには分かっている。面白いから思わずからかってしまったのだ。

「それに竜王の子孫を残さなければなりません。リューセーと子作りをしていただかなくては」

さらにファーレンが、追い打ちをかけるように続けたので、スウワンはちょっと赤くなってジロリとファーレンを見た。

「それだ」

「え？　なんですか？」

急にスウワンがそう言ったので、思いがけない答えにファーレンは首を傾げた。

「それが一番引っかかっている問題なんだ」

「それ……とは？」

ファーレンが分からないという顔をするので、スウワンはイラついたように右手の親指の爪を噛んだ。

「その……つまり……お、お前、考えてもみろ！　リューセーは大和《やまと》の国という異世界から来るのだぞ？　それも男だ。人間達にしても、お前達シーフォンにしても、他の生き物にしても、すべて男と女で夫婦になるし、子供を作るだろう。異世界からどんな男が来るかも分からないのに、それを愛して子を作るなど、オレには考えられん」

スウワンが鼻息荒く言ったので、ファーレンは最初キョトンとして聞いていたが、ようやく理解してブッとまた噴き出しそうになって、手で口を押さえた。

「あ、いや、兄上、それを言うなら母上だって男だし、大和の国から来た異世界の者ですよ」

「母上は特別だ」

スウワンは自慢げにそう言ったので、ファーレンはまた笑いそうになった。そうこうしているうちに、城の外に出ていた。待っていたファーレンの竜がグルルと喉を鳴らした。

「特別って……じゃあ、ホンロンワン様のリューセー様は？　見たことはないけど、父上が綺麗な人だったと言っていたではないですか」

「あの方も特別だ」

二人とも出口のところで立ち止まって論争を始めた。

「じゃあ、兄上のリューセー様も特別だと思いますよ。特別に綺麗で優しい方に違いありません」

「そんなこと分かるものか」

スウワンは、フンッと鼻を鳴らして吐き捨てるように言った。

「分かりますよ。リューセー様なのですから……それに母上が言っていたではないですか、次のリューセーは自分の子孫だって。母上の先祖とホンロンワン様が契約したのだから、代々母上の家にリューセーが生まれるのだと……母上の血筋ならば似ているかもしれませんね」

ファーレンの言葉に、スウワンはちょっと嬉しそうな顔になったが、ファーレンがニヤニヤとしながら見ているのに気づいて、ムッとした表情に戻って首を振った。

「いや、全然似てない。すごく醜《みにく》い顔かもしれんし、背も高くてゴツイ大男かもしれん」

「そんな……」

ファーレンはあり得ないという様子で首を振った。

「とにかく男なんて抱けるわけがない」

「女も抱いたことないくせに……」

「何か言ったか？」

「あ、いえ……兄上、そんなこと言っていると、リューセー様が来てくれなくなっても知りませんよ」

ファーレンはそう言いながら竜の下へと歩きだした。

「別に来なくてもいいって言ってるだろう」

スウワンはムキになって大きな声でそう言いながらファーレンの後を追った。


スウワンが目覚め、新王として即位して半年後、国を開いて再び他国との外交を再開した。

国交のあった国々に新王戴冠の知らせを送ると、早速祝いの品を持った使者が次々と訪ねてきた。

スウワンは、毎日たくさんの者達と接見し、多くの書簡を受け取り、外交に力を注いだ。だがその一方で、家臣達に命じて、国交を結ぶ国の数を減らす準備を整えつつあった。

エルマーン王国を守るためには、人間達との関係を見直す必要がある。スウワンはそう宣言して、外交政策の見直しを図った。

そのために、スウワンは国交を結ぶすべての国を訪問することにした。ファーレンは反対したが、スウワンは自分の目で確かめたいと強く言った。

内政をファーレンに任せて、外遊に飛びまわる忙しい日々をスウワンは送っていた。

「お、おい！　あれはなんだ！」

「りゅ……竜じゃないのか？　え？　まさか……」

「た、大変だ！」

見張り台に立っていた兵士達は、突然上空から舞い降りてきた五頭の竜に、腰を抜かすほど驚いた。特にその中の一頭、金色に輝く竜が、他の竜より一回りも大きいため、圧倒されてしまった。

五頭の竜は上空を三度旋回《せんかい》して、城下町から少し離れた開けた土地に着地した。

竜の背から降りたスウワンは、楽しそうにニヤニヤと笑いながら、遠くの城を眺めている。シーズウがスウワンの側に立った。

「見たか？　見張り台の兵士達は、転がり落ちる勢いで驚いていたぞ。竜を見るのが初めてなのだから仕方ない。シオンはまだ成長途中でこれでも小柄なのだが、本来の大きさだったらもっと驚かすことができただろうな」

スウワンが楽しそうに言うと、シーズウは苦笑して、他の若いシーフォン達は、ゲラゲラと笑った。

「来訪する旨《むね》は、書簡を送って知らせてあったはずですが……行き違いがあったのでしょうか？」

シーズウが眉根を寄せて言うと、スウワンは首をすくめた。

「真剣に受け取っていなかったのかもしれないな。この国……デシデール王国には、もう長いこと我が国からの訪問はなかった。最後にカイシンが訪れたのは八十年も前だ。この国の使者がエルマーンに来たのも前王の時が最後だから二十年近く来ていない。貿易は続いているが、現王になってからは、国家間の貿易というよりも、この国の商人が、個人的に来ているようなものだ。やりとりする物量も大分減っている。我らとしては国交を断っても良いと思うが……まあ仁義を守らないといけないだろう。オレがわざわざ訪問するのだ。相手の出方次第では、王に会う前に縁を切っても構わない」

「来ました」

若いシーフォンが促したので、スウワンが視線を送ると、城下町の方から土煙を上げて、数台の馬車と騎馬がこちらへと向かってきているのが見えた。

二人の若いシーフォンが、スウワンを守るように、前に立って待ち構える。

騎馬と馬車は、スウワン達のいる場所から少し離れたところに止まった。先頭の馬に乗っていた男が馬から降りたが、こちらに近寄る様子は見られない。

「竜を恐れているのでしょう」

シーズウがスウワンの耳元で囁いた。

「私が行ってまいります」

カイシンの息子ショウエンが、名乗りを上げて前に進み出た。

「スウワン様を頼む」

ショウエンは、若い二人のシーフォンにそう告げて、デシデールの者達の下へゆっくりと歩いていった。ショウエンは、次の外務大臣候補として、シーズウと共に常にスウワンに同行していた。歳はファーレンより少し若く二百十歳（人間年齢四十歳くらい）だ。

ショウエンが歩いてくるのを見て、先方の長らしき男も進み出てきた。二人は近づいたところで足を止めて、何かを話し合っている。やがてショウエンが相手の男と共に戻ってきた。

「陛下、こちらはデシデール王国近衛隊隊長リーデル殿です。リーデル殿、こちらがエルマーン王国国王スウワン陛下です」

ショウエンが紹介すると、リーデルはその場にひざまずいて深く頭を下げた。

「スウワン陛下、わざわざ我が国にお越しいただき、誠にありがとうございます。出迎えが遅れてしまい申し訳ありません」我が王がとても待ちわびております。ぜひ城内へお越しください。

「リーデル殿、お出迎えいただきありがとうございます。私がエルマーン王国のスウワンです。それで我らがあちらまで行けばよろしいのかな？」

スウワンがわざとそう言うと、リーデルはひどく焦った様子で、額に汗をにじませながら深々と頭をさらに下げた。

「申し訳ございません。我らは竜を見るのが初めてで、馬も怯えております。無理に近づけば、暴れて不調法をするかもしれません。失礼を承知で、何卒ご足労いただきますようお願いいたします」

リーデルの言葉に、若い二人のシーフォンは、眉根を寄せて顔を見合わせている。スウワンは特に驚く様子もなく、シーズウとショウエンに目配せをした。

「事前に書簡にて訪問の意志はお伝えしていたはずです。我らが竜を使うこともご存知のはず。貴国の上空から拝見したが、何も準備がなかったので、仕方なくここに着陸させてもらったのです。歓迎されていないようなら、我らはこのまま帰っても良いと考えています」

シーズウが、冷静な口調で述べたので、リーデルはみるみる顔色を変えた。

「いえいえ、決して……決してそのようなことはございません！　城内では歓迎の準備も整えてございます。恥ずかしながら……先ほども申し上げた通り、我らは竜を見るのが初めてで、どのように受け入れの準備をしておけばいいかも分からなかった次第で……面目《めんぼく》ありません」

「そういえば最後に交流を深めたのは二十年以上前……今は貴国も王が代替わりなされたか？　王が

替わられたという親書もいただいたことはありませんでしたな？　我が方はこうして、わざわざ新王即位の挨拶に参ったというのに……陛下、今日のところは引き上げましょう」

シーズウがそう言って、スウワンに戻るように促したので、スウワンも頷いて踵《きびす》を返すと、後方で待つ竜の下へ行ってしまった。皆が去っていくのを、リーデルはひどく慌てて引き止めようとした。

「リーデル殿」

一人残ったショウエンが、狼狽《うろた》えるリーデルに声をかけた。

「貴殿を責めるわけではないが、これは竜を見たことがないなどという次元の話ではありません。貴国では、他国の王の訪問は国賓《こくひん》として招き入れるのではないのですか？　貴国では国賓は近衛隊長が出迎えるのですか？　少なくともデシデールとエルマーンは、百二十年も国交があるというのに……これが貴国の答えならば残念です。と王にお伝えください」

ショウエンは、淡々と述べると、真っ青な顔で震えるリーデルを尻目に、自身の竜の下へ戻っていった。


こうしてスウワンは、自ら外遊して、国交のある国を訪問し、疎遠になっている国を次々と切っていった。

「逆恨みされるようなことはないでしょうか？」

ファーレンが心配して、スウワンにそう尋ねると、スウワンはまったく気にしていないという顔で、軽く首を振った。

「別に逆恨みされても困ることはひとつもない。逆恨みして攻めてくるか？　そんなことはない。我々は人間に対して、下手《したて》に出すぎているのだ。人間の顔色を窺いすぎだ。時には強気でいることも必要だ。毅然《きぜん》とした態度で……別に戦いを誘発するわけではないぞ？　親しい間柄の国とは、より一層の親交を深めていくつもりだ」

スウワンの言葉通り、国交断絶により、半数近くの国との関係が整理されたが、親密な関係の国とは、より一層の交流が持たれ、友好関係を発展させていった。

それはスウワンの人心掌握術《じんしんしょうあくじゅつ》が長《た》けているせいもあった。彼に会った各国の王は、友人になりたいと誰もが思わされた。

スウワンは、月の半分を外遊に費《つい》やした。

「それでは留守の間を頼んだぞ」

「そろそろ外遊に行く頻度を抑えてください。いつリューセー様が降臨するか分かりませんから」

ファーレンの小言を苦笑して聞きながら、スウワンはまた、数人の若いシーフォンを供に従えて、四日ほど外遊に出ていった。

スウワン達が飛び去る空を、ファーレンはしばらくの間みつめていた。

『これからの国のためには、若い者達を国の中核となるべく教育しなければならない。それにはまず経験が必要だ。オレは父に何度も他国への訪問に同行させてもらい、外交を勉強することが出来た。今回の外遊には、若い者ばかりを連れていこうと思う』と、他国へなど行ったことのない者ばかりを集めて、古参の者達が反対するのを押しきって出かけてしまった。

ファーレンはもうスウワン達が見えなくなってしまった空を眺めながら、生前、父がよく言っていた言葉を思い出していた。

『シーフォンの中には、アルピンを下僕《げぼく》と勘違いしている者がいる。竜族はアルピンを庇護《ひご》するよう神から定められた。アルピンは共に国を支えるエルマーンの民だ。シーフォンが人の世で生きていくうえで、何も出来なかったから、アルピンに身のまわりの世話をしてもらっただけで、下僕ではない。シーフォンもまた学び成長して、自らを高めていかなければならない。アルピンを下僕と勘違いして、働かずに威張《いば》り散らしているようでは、遠からずシーフォンは滅びるだろう。意識を変えていかなければならない。それにはまず若い芽を育てる必要がある』

父達より上の世代は、まだ竜だった頃の記憶がある者が多く、人間を見下す者が多かったそうだ。ホンロンワン様もそれを悪《あ》しき考えと思い、父達のような第二世代……つまり竜から人の姿になった者ではなく、人間の身から生まれた世代にエルマーンを任せると言っていたそうだ。

父は人間の国と外交をし、人間の知恵を貰い、人間の国を手本として、エルマーンを独立して繁栄する国にしたいと心血を注いだ。

古参の者達は、人間の真似をすることにひどく不快感を示し、反対したそうだ。

そしてファーレン達第三世代の時代になったが、人間を見下している者の子は、その思想を受け継ぐ。まだまだ古い考えの者も多い。スウワンはそれも教育し直し、シーフォン達の考えを一新しようとしていた。

スウワンは、王位に就いてすぐに、城内で働くすべてのアルピンを集めて、アルピンの必要性を説き『互いに守り合おう』と宣言した。そのおかげで、アルピン達はすっかりスウワンに心酔《しんすい》している。

『父の治世で、エルマーンは見違えるほど国らしくなった。アルピン達も増え始め、シーフォンにも多く子供が生まれた。だが父王はまだまだだと言っていた。もっとシーフォンもアルピンも人口を増やさなければならないと。国が豊かになり、環境が整えば自然と人口は増えるという……兄上と共にこの国を繁栄させることが出来れば本望だな』

ファーレンはそう考えながら、城の中へと入っていった。


スウワン達が外遊に出てから二日後のこと。

事件はファーレンの執務室で起きた。

いつものようにファーレンは執務室で、たくさん届く書簡に目を通していた。

最初の異変は外が少し賑やかになったことだった。空を飛ぶ竜達が、激しく一斉に鳴き始めたのだ。

ファーレンは不思議に思って立ち上がり、窓辺に歩み寄った。外を眺めていると、突然背後から眩しい光が差してきた。

驚いて振り返ると、部屋の中心から、目も開けられないほど眩しい光がカッと差して、爆発するかのように部屋いっぱいまで光が満ち溢れた。しかしその光は一瞬にして消えてなくなった。

その代わり部屋の真ん中に佇《たたず》む人影が現れた。

黒い髪のその人物を、見間違うことはなかった。

「リューセー様」

咄嗟《とっさ》にその名を呼んでいた。

ファーレンの声を聞いて、それまで目を閉じていた龍聖が、ハッと目を開けて、真っ直ぐにファーレンをみつめた。そして何かを言おうとしたが、その場に崩れるように倒れてしまった。

「リューセー様！」

ファーレンは驚いて駆け寄り、その細い体をヒョイと抱き上げていた。

「誰か！　誰か来てくれ！」


突然現れた龍聖は、あらかじめ用意されていた龍聖専用の部屋へと運び込まれた。ベッドに寝かされ、医師に診察させると、異世界から移動してきたことによる体への負担が大きく、しばらく安静が必要だと診断された。

ファーレンはすぐに外遊先のスウワンの下へ使いを出した。そしてスウワンが戻ってくるまでの間、龍聖を見守ることにした。

部屋の端に椅子を置いて座り、眠っている龍聖を一人で見守る。本来、竜王と契りを結ぶ前の、まだ証を受けていない龍聖には、竜王以外のシーフォンは近づいてはならないことになっている。龍聖は竜の聖人だ。シーフォン達はリューセーが放つ、不思議な香りに惑わされるそうだ。

倒れた龍聖を抱き上げて運んだ時は、無我夢中だったから意識していなかったが、今思い起こすと、確かにとても芳《かぐわ》しい香りがしていたと思う。今まで嗅《か》いだことのないような、とても良い香りだった。緊迫した状況でなくあの香りを嗅いでいたら、自分も危なかったな……とファーレンは苦笑した。

龍聖が降臨してから、シーフォン達は皆、部屋に籠ってしまった。だが新しい龍聖を一目見たいと、誰もが思っていることだろう。禁を破って、うっかりこの部屋に入ろうとするシーフォンがいたら止めなければならない。そのためファーレンはこうして、部屋の隅で見張りをしているのだ。

ファーレンは遠巻きに、ベッドに眠る龍聖をみつめた。新しい龍聖は何歳くらいなのだろうかと考える。まだ少し幼さの残る顔立ちからは、とても成人しているとは思えなかった。

顔は母と少し似ているだろうか？　そっくりというわけではないが、雰囲気が似ている。これならば兄上も気に入るかもしれない。

ファーレンは椅子に足を組んで座り、腕組みをしてそんなことを考える。

それにしても……と、フウと息を吐きながら椅子の背にもたれかかって、天井を仰ぎ見ながらゆっくりと目を閉じた。

よりによって兄上が留守の時に降臨するなんて、何か神の思惑でもあるのかと思ってしまう。早く兄上の所在を掴めればいいのだが……兄上が予定通りに外遊しているならば、今頃は最初の国を発って、二番目に訪問予定の国へ向かっている途中だろうか？　急に予定を変更した可能性も想定しておかなければならない。

目を開けて溜め息をつきながら、天井を仰ぎ見ていた顔をゆっくりと正面へ戻した。

するとベッドの上に、龍聖が座りこちらをジッと見ていたので、ファーレンは驚いて思わず「わっ」と声を出してしまった。

「龍神様でいらっしゃいますか？」

龍聖はベッドの上に正座して、スッと背筋も真っ直ぐにこちらをみつめながらそう尋ねてきた。龍聖に話しかけられ、言語が違うことに気づいてファーレンは我に返った。

母から大和の国の言葉は教わっていたので、大体の会話は出来る。今の龍聖の言葉も理解出来たので、内心安堵した。

ファーレンは、コホンと小さく咳ばらいをすると姿勢を正して立ち上がった。

「リューセー様、初めてお目にかかります。私はファーレンと申します。この国の宰相をしている者です。よくぞお越しくださいました。我々はリューセー様をお待ちしていました」

「さいしょう?」

龍聖は初めて聞く言葉に、不思議そうに首を傾げた。

「あ、ああ……えっと、リューセー様、私の言葉は通じますか?」

「はい、通じております」

通じていると聞いて、ファーレンはホッとした。まずはそれだけでも……という気持ちだった。

「宰相という言葉をご存知ないのですね。大和の国にはないのかな? え〜……宰相というのは、王様の補佐として国政を手助けする役目の者です。王様は分かりますよね?」

「はい……王とは……　一番偉い方ですね?」

「そうです。この国で一番偉い方です。国を治めている方です。我らは竜族なので、王のことは『竜王』と呼びます」

「りゅうおう……龍神様のことですか?」

龍聖が嬉しそうな顔でそう言ったので、思わずつられてファーレンも微笑み頷いた。

「そうです」

「ああ」

龍聖はとても嬉しそうに笑ってから、ホッと胸を撫で下ろした。

「良かった」

「どうかなさいましたか？」

龍聖の様子を微笑ましく思って眺めながら、ファーレンは尋ね返した。

「あ、いえ、本当に龍神様がお住まいになっている世界に来れたのだと思って安堵したところです。失礼いたしました。私は守屋龍聖と申します。龍神様と守屋家との間で交わされた約束を果たすために参りました。よろしくお願いいたします」

龍聖は両手をついて深々と頭を下げた。

「あ、いや、こちらこそよろしくお願いいたします」

ファーレンも一礼した。

「それで……龍神様は？」

龍聖が辺りをキョロキョロと見まわした。別にこの部屋の中で龍神様を捜しているわけではない。目覚めた時ファーレン以外誰もいなかったことは確認ずみだ。ただ最初は緊張していて、ファーレンのことを、龍神様だと思っていたから、失礼があってはならないと、辺りに目を向ける暇がなかった。

今ももちろん緊張はしているが、ここが龍神様の世界で間違いないことが分かり、またこの不思議な緑色の髪をした男性からも、とても気さくで優しげな印象を受けたので、安堵して少しばかり余裕が出来たのだ。

「竜王は残念ながらいらっしゃいません」

「え!?」

龍聖がとても驚いたので、言葉が足りなかったと、ファーレンは慌てて補足した。

「ああ、いや、今この城にはという意味です。竜王は他国との外交のため四日ほど留守にしているのです。国交のある国々を訪問していらっしゃるのです」

ファーレンの説明を聞いている龍聖が、安堵した表情になるのをみつめながら、ファーレンは『素直な方だ』と、龍聖のことを好ましく思っていた。

「お体の方はもう大丈夫ですか？」

ファーレンが優しくそう尋ねると、龍聖は自分の体や、座っているベッドを見まわして赤くなった。

「あの……これはこの世界の寝具ですか？」

「はいそうです。ベッドといいます。確か大和の国では床に直接布団を敷かれるのでしたね」

「ええ、そうです……私としたことがこのような姿で寝具の上に座ったまま話をするなど、大変ご無礼をいたしました」

龍聖がベッドから降りようとしたので、ファーレンは慌ててそれを止めた。

「お待ちを！　お待ちを！　どうかそのままで！」

ファーレンの慌てぶりに驚いて、龍聖は動くのを止めた。

「どうかそのままで……我々の国では、床に直接正座をする風習はありません。第一この部屋の床は石造りで冷たいです。ベッドの上でも無礼にはなりませんので、どうかそのままで」

ファーレンが早口でそう説明すると、龍聖はポカンとした顔でファーレンをみつめていた。その様子を見てファーレンが苦笑した。

「あ、いや、取り乱して失礼した。先の竜王から聞いていたものですから……あなたの前の……先の竜王のリューセー様がこの世界に降臨された頃、リューセー様が冷たい床に正座して礼をしようとするから、やめさせるのに随分苦労したと……ね」

ファーレンが苦笑しながらそう言うと、龍聖は瞳を輝かせた。

「前の龍聖……あなた様は私の前の龍聖をご存知なのですか!?」

それは龍聖にとって思いがけない言葉だった。前の龍聖を知っている人がいる。二尾村でそれを聞くのとは、まったく意味合いが違う。竜王がいるという場所で、自分の近親者である龍聖を知る者がいるということは、間違いなくこの世界に、自分と同じように前の龍聖も来ていたということだ。

守屋家の人々が、龍聖は龍神様の生贄になったのだと思っていた中、龍聖だけは龍神様のいる世界で幸せに暮らしているのだと考えていた。それが正しかったということに違いないと思った。

「前のリューセーは私と竜王の母なのです」

「えっ!?　今……なんと申されました?」

聞き間違えかと思わず尋ね返していた。

「ですから私達の母なのです。リューセーは……あなたの前のリューセーは、この世界に来て、竜王と婚姻し竜王の子を産んだのです。それが代々のリューセーの務めなのですよ」

ファーレンは穏やかにそう教えた。龍聖は驚いて目を丸くしている。それも仕方ない話だろうとはファーレンも思っていた。母から聞いた話では、龍聖は龍神様にお仕えするように言われて育ったそうだ。ここで言うお仕えとは家臣のような意味を指す。いやもっと下の召し使いのような意味もあるかもしれない。

この龍聖も恐らくそうなのだろうと思った。それに大和の国の人間にしても、子は女が産むものだろう。男である龍聖にいきなり『子供を産みなさい』と言って、驚くのは仕方ない。

「リューセー様、驚かれたと思いますが、この世界でも子供は女が産みます。しかし竜王だけは別なのです。女との間に子を成すことも出来ますが、世継ぎとなる竜王を作ることが出来ません。唯一、リューセーのみが竜王を産むことが出来るのです。それは竜王の持つ不思議な力と思ってください」

ファーレン自身も詳しい説明は出来ない。元々竜族は、雌雄の番《つがい》で子を成してはいなかった。寿命もとても長く千年は生きた。だが不老不死ではない。肉体が朽《く》ちて死期が近づくと、体内に自身の卵を持ち、死後体内の卵が孵って、死んだ体を食い破って生まれてきていたのだと聞いた。

だがシーフォンという身になってからは、男女で番になり子を儲《もう》ける。女のシーフォンは、人間と同じように腹の中で子を育て産み落とす。生まれた子が男子であれば、共に小さな竜の卵を持って生まれてくる。

竜王だけがシーフォンとは異なるのだ。ある意味一番『竜だった頃』に近いのではないだろうか？龍聖との間に子を作るとは言っても、実際のところは竜王の持つ『卵核《らんかく》』という卵の素《もと》となるものを、龍聖の腹の中で魂精によって育て、ある程度の大きさになると、龍聖はその卵を産み落とし、卵が孵るまで抱いて魂精を与え続けるのだ。つまり竜王の子は、竜王自身の写し身のようなものだ。血が混じることはない。

竜王の血筋、つまり竜王の子や直系の孫達が『ロンワン』と呼ばれるのは、そういうシーフォンとは根本的に違う血筋だからで、力もシーフォンの比ではない。始祖である『ホンロンワン』からその呼び名が付けられた。

だが今ここで龍聖に、そんな長い説明をする必要はないだろう。ファーレンはそう考えて簡単に説明するにとどめたのだ。

「私が龍神様の子を……」

龍聖はよほど驚いたようで、しばらく俯いて考え込んでいた。

「ま、まあ今すぐどうこうということではない。まずは竜王と早く対面してもらうことなんだが……」

それが一番心配だと、ファーレンは内心思っていた。

「私は龍神様の夜伽《よとぎ》の相手をすることは、覚悟しておりましたので、何をなされようと大丈夫でございます。ただ……果たして私が、立派に子を産むことが出来るのか……それだけが心配です」

龍聖が顔を上げて、真っ直ぐにファーレンをみつめながら言った。それを受けて、ファーレンは「ああ」と小さく溜息のような声を漏らした。そこに母の姿を見たような気がしたからだ。

『なんと強い人なんだろう』ファーレンはそう思って、目の前のまだ少年のような龍聖を、尊敬の念を持ってみつめた。

そこに見えたのは、母だけではないと思った。最初の龍成から続く『龍聖』という者の持つ強さだろうと思った。

彼は自分の役目をすべて理解し、覚悟している。自分が彼ならばどうだろう？　こんなに清廉《せいれん》とした態度でいられるだろうか？　いきなり異世界に来て、見ず知らずの男との間に子を儲けろと言われて、短時間で納得し覚悟することが出来るだろうか？

竜王が、竜族すべての運命を背負っているのと同じように、龍聖も彼の家族や一族の運命を背負っているのだ。だからこんな状況でも『帰りたい』などと泣きわめくことはないし、代わりに何かの代償を求めることもない。凛とした態度で、初対面の異世界の者とも、こうして対話するのだ。

「リューセー様……どうか……どうか竜王を……いや、兄を愛してやってください」

「え？」

龍聖はファーレンの言葉に首を傾げた。

「兄は竜王です。たくさんの家臣と民に尊敬されています。しかし兄は孤独です。兄のことを理解出来るのは、あなたしかいません。たとえ何があっても、貴方だけは兄を信じ愛し続けてください」

「宰相様……」

龍聖にはファーレンが何を言っているのかよく分からなかった。それが何を意味し言わんとしているのか分からなかった。

龍聖はファーレンをじっとみつめた。

改めてよく見ると、日ノ本《ひのもと》の民とはまったく違う顔立ちをしている。鼻が高く、両目は大きいが奥まっていて、顔も面長で、目鼻立ちの凹凸《おうとつ》がハッキリしている。

南蛮《なんばん》人などの異人を見たことはないが、鼻も目も口も大きいと言っていたので、こういう顔立ちなのかもしれない。

以前、和尚様から見せていただいた天竺《てんじく》からもたらされたという観音様のお顔立ちに似ているように思った。龍成寺の奥に大切に祀《まつ》られていたあの仏像は、和尚様の前の住職様が、龍神様に似ているからと言って手に入れられた仏像だと聞かされた。その時はそれ以上詳しくは教えてもらえなかったが、以前の住職様が、龍成様の妹の千重様だとすると、『龍神様に似ている』と言われていたのも納得出来るし、こうして目の前の龍神様の弟だという宰相様の顔立ちが似ているのも納得出来た。

和尚様もそれがあって、龍聖に見せてくれたのかもしれない。

龍神様とはどのようなお方なのだろうと、色々と考えていたが、どうしても『竜』の姿を想像してしまって、人の形をしていることが想像出来なかった。だが、最初は不思議な顔立ちだと驚いたが、落ち着いてファーレンをよく見ると、確かに観音様のようで美しいと思った。

歳は龍聖の父親くらいに見える。話し方はとても穏やかで優しい。この方の兄ならば、龍神様もとても美しく優しい方なのだろうと思った。

その宰相様が「兄を愛してほしい」と言った。龍聖には、意味の分からない不可解な発言だった。

龍聖は龍神様に仕えるために生まれて、龍神様に仕えるために様々なことを学んできた。龍聖にとっての生涯のすべてが、龍神様に捧げるためにあった。

龍神様に命じられればどんなことでもするつもりだ。子を産めというなら産むし、死ねというなら死ぬ覚悟だ。愛せよというなら……愛せよとはどういうことだろう？　敬愛せよということなのだろうか？　それならば言われなくても、最初から敬愛している。それ以外ならば……夫婦のように愛せよということだろうか？　龍神様に対して、そんな思いを寄せてもいいのだろうか？　不敬にはならないだろうか？

「あの……宰相様に恐れながらお尋ねします。愛してほしいとは……どういう意味でしょうか？」

不思議そうな顔で龍聖が尋ねるので、ファーレンは穏やかに微笑んだ。

「そのままの意味です。男女のそれのように、夫婦として愛してほしいという意味です」

「わ、私がですか？　そのようなこと、龍神様に失礼ではないですか？」

龍聖の反応を見て、ファーレンは思い出し笑いをして、口の端を上げて目を細めた。

父が生前話してくれたことを思い出したのだ。

母の龍聖が、この世界に来たばかりの頃、とにかく下僕のように自分を貶《おとし》めてしまうから、『夫婦である』ということを納得させるのに、随分苦労したという。子を作るための行為が、愛し合うための行為ではなく、本当に『龍神様を性的に満足させるための義務』と思っているのを、どうしたら『愛情』だと分かってもらえるのか苦労したと……。大和の国の習慣は分からない。ただ想像出来るのは、大和の国の庶民と『帝《みかど》』という大和の国の王との間には、竜王とアルピン以上の上下関係があるということ、ましてや竜王を『神』と信じている彼らには、かなり高みの存在であること。父自身もそんな龍聖の事情を理解するのに、かなり時間が掛かったという。

まずは父がそれを理解した上で、初めて母に理解させることが出来たという話を聞かされた。

ファーレンはそれを聞いていたので、今の龍聖の反応を微笑ましくみつめることが出来た。

「先ほども申し上げた通り、リューセー様には竜王の伴侶となっていただかなければなりません。それは形だけのものではなく、真に愛し合う夫婦として生涯を共にしていただきたいのです。リューセー様におかれましては、龍神様と夫婦などとんでもないとお思いかもしれませんが、竜王が求めているのは召し使いではありません。生涯の伴侶なのです。どうかすぐにとは申しませんが、よくお考えいただき、受け入れていただけますようお願いします」

ファーレンは深く頭を下げながらそう訴えた。真剣なファーレンの訴えに、龍聖は戸惑いつつも心に留め置いた。

「さて……一度にお話ししすぎましたな。リューセー様はもうしばらくお休みください。竜王が戻るまでに、元気な姿になっていていただかなくてはなりませんから」

「はい」

龍聖は素直に頷いた。

「後ほど、食事をお持ちします」

ファーレンはそう伝えてから一礼して部屋を出た。龍聖はピンと背筋を伸ばし正座したままでファーレンを見送った。

ファーレンは廊下に出るとホッと胸を撫で下ろした。なんとか自分の役目は果たせたような気がする。とりあえず自分の執務室へと早足で戻りながら、途中で会ったシーフォンに、スウワンを呼びに向かわせた使いの者の状況を確認するように言い渡した。


「どういうことだ……」

ファーレンは執務室で頭を抱えていた。竜王が外交のため出かけてから七日目になる。しかしスウワンは帰ってくる気配がない。

旅立って二日目に龍聖が降臨した。すぐに使いを出したが、戻ってきた返事は『外遊は予定通り続ける』というものだった。だがそれはファーレンにとっては予想の範囲だったので、イラッとしたものの驚きはなかった。

ところが予定の日になっても竜王は帰ってこなかった。今日は七日目である。何か事故でもあったのならば、心配はすれど仕方ないと思える。が、これはたぶん故意に帰ってこないだけだ。スウワンは一体何を考えているのか……何を考えているのかは、大体想像がつくが……とにかくファーレンは苛立《いらだ》っていた。

「あの人の気まぐれにどこまで付き合えばいいんだ」

ファーレンは独り言を言って、机を拳でドンッと叩いた。使いは朝から発たせた。今日はなんとしても帰ってきてもらうつもりで、書簡を持たせたのだが嫌な予感しかせず、頭をガシガシと両手でかいてから立ち上がった。


コンコンと扉をノックすると、すぐに返事が返ってきた。ファーレンは一度大きく深呼吸をして、気持ちを切り替えるよう努めた。

「失礼いたします」

部屋の中に入ると、こちらの世界の服に着替えた龍聖が、窓辺に立っていてファーレンの姿を見て、ふわりと柔らかな微笑を作って、ペコリと頭を下げた。

「おはようございます。昨夜はよく眠れましたか？」

ファーレンは努めて明るく言った。龍聖はそれを受けて微笑みながら「はい」と頷いた。

「食事はもうおすみですね」

「はい、美味《おい》しくいただきました」

龍聖がこの世界に来てから五日。ようやく緊張も解けたようで、笑顔がよく見られるようになった。

その間、ずっとファーレンが龍聖の相手をしている。もちろん一人で過ごしてもらう時間もあるのだが、そんなに長い時間を一人にすることが出来なかった。

竜王と結ばれる前の龍聖には他のシーフォンは近づいてはならないため、ファーレンが見張る必要があったからだ。

ファーレンは、常に龍聖と一定の距離を保つように、細心の注意を払っていた。食事や身のまわりの世話などは、アルピンに任せていたが、言葉が通じないという不便があるため、その間もファーレンが立ち会う必要があった。

離れた場所にずっと立っているファーレンの行動に、龍聖が不安にならないように、そのことについてもすでに龍聖には話してあった。

一日のほとんどをファーレンと過ごすことになり、その間この世界のことや竜族のこと、この国のことなどを語って聞かせた。龍聖はとても頭のいい人で、ファーレンの話すことをすぐに理解した。そしてなぜ自分が竜王にとって必要なのかということも、次第に理解し始めたようだった。

今日も朝から竜王と龍聖の関係について話をした。

「その『魂精』というものが、どういうものなのか、未だに不思議ではありますが……それを龍神様に差し上げることが出来るのが、私だけだというのならば、いくらでも差し上げたいと思います」

「命に差し障ることはないようですが、あまり急激にたくさんの魂精をあげると、疲れて気を失ってしまうこともあるようですから、無理はなさらないでください」

「ご心配なさらずとも大丈夫ですよ。私はこう見えて、意外とたくましいのですから」

龍聖が笑いながらそう言ったので、ファーレンもつられて笑った。

「早く龍神様にお会いしたいものです」

龍聖が少しばかり笑顔を曇らせて、寂し気にポツリと言った言葉に、ファーレンはチクリと胸が痛んだ。ファーレンが何も答えずに、困ったような顔をしたことを、龍聖はすぐに察して、ニッコリと笑ってみせた。

「ファーレン様、以前からずっとお聞きしたいことがあったのですが、伺ってもよろしいでしょうか？」

気を遣って話を逸らす龍聖の敏《さと》さに、ファーレンは申し訳ない気持ちになりつつ、「どうぞ」と笑顔で答えてみせた。

「失礼があればお許しください……その……ファーレン様のその髪の色は、元々そういう色なのですか？」

龍聖が小首を傾げながら尋ねたので、ファーレンは「ああ」と笑いながら自分の頭に手をやった。短く切られた深い緑色の髪を撫でてみせる。

「ええ、生まれつきですよ。他のシーフォン達も色々な色の髪をしています。青とか黄色とか橙《だいだい》とか……ちなみに竜王は真紅《しんく》です。真紅の髪は竜王のみです」

「真紅……」

龍聖はとても興味深げに目を輝かせた。

「それはとても美しいでしょうね」

「ええ、美しいですよ……この世界の人間達でリューセー様のような髪の色の者はおりません。ほとんどが茶色か赤みがかった金色ですね。黒っぽい髪もありますが、リューセー様のように、深い黒髪は見たことがありません。アルピンには何人か会われたと思いますが、皆茶色の髪でしたよね？」

「ええ、そうですね。こちらで私の世話をしてくださった方々の髪は皆茶色でしたね」

「なぜ我々がこういう髪の色なのかは分かりませんが……人間達と区別するためかもしれませんね。人間に紛れて悪さをしないように、神がそうしたのかもしれません」

ファーレンが少しふざけたような口調でそう言ったので、龍聖はクスクスと笑った。

その時扉をノックする者があった。

「ファーレン様、使いの者が戻りました」

扉の外からそう伝えられたので、ファーレンはすぐに顔色を変えた。

「リューセー様、ちょっと失礼いたします」

立ち上がると一礼をしてから部屋の外へと出た。

部屋の外には、外務大臣のシーズウが使いの若いシーフォンと共に立っていた。

いつもはスウワンと共に外交に出るのだが、今回は若者しかスウワンが連れていかなかったので、シーズウは留守番をしている。彼が一緒であれば、スウワンを連れ戻してくれたのに……と、ファーレンは悔やんだ。

「それで？　陛下は？」

「今、カサルア王国に滞在していらっしゃいます。書簡をお読みいただいたのですが、まだ公務の途中だから帰れぬとおおせになりました」

使いの若いシーフォンがそう答えたので、ファーレンは露骨にムッとした顔になった。

「ファーレン様、どうなさいますか？」

シーズウが尋ねると、ファーレンはしばらく眉間を寄せて考え込んだ。

「……私が連れ戻しに行ってくる」

「ファーレン様」

「シーズウ殿、ここの見張りをお願いしてもよろしいか？」

「それはもちろん」

「すぐに戻ります故、お願いいたします」

ファーレンは足早にその場を後にした。


ファーレンは竜の背に乗り、カサルア王国へと向かっていた。カサルア王国までは、馬で十日は掛かる距離だが、竜で飛べば三刻ほどで辿り着ける。だがファーレンは、竜に全力で飛ばせていたので、もっと早く辿り着くことが出来た。二刻も掛からずにカサルアに辿り着くと、王国の中の広い丘の上に金色の大きな竜を見つけることが出来た。間違いなくまだスウワンがここにいるという証拠だ。

竜達がいる側に竜を降ろすと、すぐに背から飛び降りた。金色の竜がファーレンを見たので、ファーレンは右手の人差し指を口の前に立てた。

「竜王！　どうか私が来たことは、兄上には内密にお願いします！」

ファーレンが大きな声でそう言うと、金色の竜は目を細めて頷いた。

ファーレンはその答えに安堵して頷き返し、城下町の中へと走っていった。城下町の周囲は石の塀で囲まれており、入り口の前には門番が立っていて、入国する者を確認していた。門番はファーレンの姿を見て、すぐにエルマーンの者と分かったので、何も言わずに中へと通した。

門を入ると、とても栄えた街並みが広がっていた。街道を城へと向かって歩いていると、数人の騎兵が前方から現れて、ファーレンの前で止まり、隊長らしき人物が馬から降りて深く頭を下げた。

「竜がこちらに飛んでくるのが見えましたので、お迎えに上がりました。竜王様は城の方にて我が王とお話をしていらっしゃいます」

「わざわざのお迎えありがとうございます」

ファーレンは丁重に礼を告げ、用意された馬に乗って共に城へと向かった。


城内の一室へと案内されたファーレンが扉を開けると、そこは豪奢な装飾をされた広い部屋だった。中央に置かれた革張りの大きな長椅子二脚に、二人の王が向かい合って座り談笑していた。

「失礼いたします。エルマーン王国のご使者をご案内いたしました」

従者がそう告げて、ファーレンを中へと通した。ファーレンの姿を見たカサルア王国の国王オレールは、驚いたように立ち上がった。

「これはこれは……宰相様ではないですか」

オレール王は、エルマーンを訪問したことがあり、ファーレンを見知っていたのだ。

「え?」

それに驚いたのはこちらに背を向けていたスウワンだった。振り返り、ファーレンと目が合うと、あからさまに眉根を寄せて不機嫌そうな顔になった。

「オレール陛下にはご機嫌麗《うるわ》しく何よりのことと思います。このたびは突然の来訪となってしまった失礼をお詫び申し上げます」

「いやいや、先ほども別のご使者が参られたようですが、何か火急の用でもおありでしたか？」

人のよさそうな壮年の王が、スウワンとファーレンを交互に見てから、気を遣ったようにファーレンに尋ねた。ファーレンはニッコリと微笑んでみせて「はい、失礼ながら少し我が王と話をさせていただいてもよろしいでしょうか？」と言った。

オレール王は「もちろん」と言って、離席した。ファーレンは部屋に控えていた竜王に付き添う若いシーフォン達に目で合図をし、彼らも下がらせた。残された二人の間には、とても微妙な空気が流れた。スウワンはこちらに背を向けたままで、ファーレンもしばらく無言でその場に佇んでいた。

「何も言わずともお分かりですね？」

ファーレンは静かにそう告げた。スウワンは何も言わず、振り返りもしない。またしばらく沈黙が流れた。

「兄上」

催促するようにファーレンが呼ぶと、スウワンは背を向けたままで「まだいいだろう」と小さく呟いた。

「は!?」

ファーレンは苛立って、怒気交じりの声を発した。だがまた沈黙になる。ファーレンは怒りを抑えるかのように、両手の拳を強く握りしめた。

「兄上……リューセー様は兄上をお待ちです。リューセー様には兄上しかいないのですよ？　異世界にたった一人で来て……お可哀想だと思わないのですか？」

「分かってる」

今度はスウワンが強い口調でそう言い捨てた。顔は見えないが、眉間を寄せているのだろうと思われた。

「戻らないと言っているわけではない。もう少し……待ってくれ」

スウワンは気持ちを抑えるように静かにそう続けた。

「もう少しって……リューセー様が降臨されてから何日経ったと思っているのですか？　兄上がリューセー様と結ばれない限り、リューセー様は他の者達と会うことも出来ず、幽閉されているかのようにずっと部屋に閉じ込められているのですよ？　あんなに健気で優しい方を、可哀想とは思わないのですか」

「怖いんだよ！」

半ばやけくそのようにスウワンがそう怒鳴ったので、ファーレンは驚いて口を閉じた。ジッとスウワンの背中をみつめていると、スウワンはゆっくりと立ち上がりこちらを向いた。その表情はとても困惑したように眉を寄せ、顔を歪めて笑みを作っていた。

「おかしいだろう……だけど怖いんだ。リューセーに会うのが」

「なぜ……ですか？」

「……父から何度も聞いた。父が母と会った時のことを……そしてオレのリューセーが来ることも。オレのリューセーを愛せよと……何度も何度も聞いた。だから分かっているんだ。たぶん、オレはリューセーに一目で惚れてしまうだろう。一目でリューセーを欲しくなるだろう。リューセーに夢中になり、もう何も見えなくなってしまうだろう……だけどそしたらこの国の『リューセー』とは誰になる？　皆がリューセーと呼ぶのは誰になる？　母上がいなくなってしまう。皆の中からも、オレの中からさえも母上がいなくなってしまう。それが怖い」

スウワンはそう言ってから目を伏せた。そして深い溜息をつく。ファーレンは黙ったままで、しばらくの間そんなスウワンをみつめていた。

「それでいいのです」

やがてファーレンが一言静かに言ったので、ハッとしたようにスウワンが目を開けてファーレンをみつめた。

「竜王は誰ですか？」

続けてファーレンが言ったので、スウワンは何を言っているのか分からないというように眉を寄せて首を傾げた。

「今、エルマーンの竜王は誰ですか？」

「……オ、オレだ」

「そうです。皆が今、竜王と呼んでいるのは、ルイワン王ではなくスウワン王です。それと同じです。皆がリューセーと呼ぶのは母上ではなく、今のリューセーです。それでいいのです。新しい竜王とリューセーに世代は替わる。でもそれまでの歴史をなかったことにするわけではない。今も皆がホンロンワン様を崇拝し、父上ルイワン王を賢王と称《たた》える。最初のリューセー様を崇拝し、母上リューセーをお慕いする。皆の心にはずっと残っているのです。そして新しい竜王とリューセーに期待するのです。それでいいではないですか」

スウワンはそれを聞きながら、次第に穏やかな顔へと変わっていた。

「それでいいのだな」

「ええ」

ファーレンは頷いた。

「そんなことを心配して逃げまわっていたのですか？」

ファーレンが溜息をつきながら言うと、スウワンは眉間にくっきりとしわを寄せて、唇を尖らせた。

「そんなことって言うな！　オレにはとても大事なことなんだ」

「それは分かりますが……竜王が逃げまわるなど、前代未聞の話ですよ。リューセー様はとても綺麗で可愛らしい性格のお方ですよ？　会ってみたいと思われないのですか？」

ファーレンがニッと笑って言うと、スウワンはますます腹を立てて口を歪めた。

「オレは会ったことがないのだから、リューセーがどんな容姿かも知らぬ。会いたいと思うわけがないだろう。第一綺麗とか可愛いというのはお前の主観だ。オレがどう思うかは別の話だ」

「どう思われようと結構ですから、さっさとお戻りください」

ファーレンは肩をすくめながら、やれやれという顔で言った。

「兄上がいない間、大和の言葉が分かるのは私だけですから、リューセー様のお相手を私が務めなければならなかったのです。おかげで政務が滞《とどこお》っています。リューセー様がお可哀想というだけでなく、私も可哀想だと思ってください」

困り果てたという顔でファーレンが言ったので、ようやくスウワンが声を上げて笑った。

スウワンとファーレンはオレール王に別れの言葉を告げて、早々に引き上げることにした。城下町の門まで騎兵隊に見送られ、スウワン達は少し離れた丘の上で待つ竜達の下へと向かった。

「まったく手のかかる方だ」

ファーレンは小さくぼやいた。

「ん？　何か言ったか？」

「……さっさとリューセー様に夢中になってくださいって言ったんです」

ファーレンはニヤリと笑って少し前を歩くスウワンに向かってそう言うと、ダッと駆け出して自分の竜の背に飛び乗った。

「な、何、馬鹿なことを言ってんだ！　お前は子供か!?」

スウワンは少し赤くなって、逃げたファーレンの背に向かって叫んだが、すぐにククククッと笑ってから、竜王を待つ金色の竜の下へと駆け寄った。


「緊張しているんですか？」

隣に立つファーレンが小さく囁いたので、スウワンは眉根を寄せて、チラリと目線だけをファーレンに送ってコホンと咳ばらいをした。

二人は龍聖の部屋の前に立っていた。すでに龍聖には竜王が帰還したことを伝えてある。城に着いてから不機嫌そうな顔をしていたスウワンが、扉の前に立つなり妙に顔を強張らせている様子を見て、ニヤニヤとしながら、ファーレンはそうからかった。

ファーレンはコンコンと扉を叩いた。すぐに龍聖が返事をする。ニッと笑ってスウワンと目を合わせてから「失礼いたします」と声をかけながら扉を開けた。

「リューセー様、竜王がご帰還されましたのでお連れしました」

先にファーレンが部屋の中に入りそう告げた。龍聖は窓辺に立ち、微笑みながらファーレンに向かって頷いてみせた。龍聖もまた緊張しているように見える。そんな二人を微笑ましく思いながら、ファーレンは扉の陰に隠れているスウワンを引っ張り出して部屋の中に連れ込んだ。

「スウワン陛下、あちらにいらっしゃるのがリューセー様です」

スウワンの目に、儚《はかな》げな少女のような人物の姿が映った。想像していたよりもずっと幼く見える。真っ黒な髪は肩より長く、白く小さな顔はどこか母の面影を感じた。ただ言葉もなく、スウワンはその場に立ち尽くし、龍聖をジッとみつめていた。

龍聖もまた礼をするのも忘れるほど、現れた竜王の姿に釘付けになっていた。目に眩しいほどの真紅の髪は、腰ほどまで長さがあるようだった。とても背が高く、彫りの深い顔立ちは、いつか見た観音様のお顔のように、スッと筋の通った高い鼻と、切れ長の大きな瞳の美しいものだった。

ファーレンの兄と聞いていたので、ずっと父ぐらいの年配の男性を想像していたのだが、そこに立っているのはまだ若々しい青年だったから、驚きもひとしおだった。

互いの姿に見惚れている二人の様子に、ファーレンはほくそ笑みながら、そっと後ろに退き部屋を出て扉を閉めた。

ふふふっと思わず笑いが漏れる。廊下には誰もいないから、別に気にすることもない。このままばらく様子を見て、あまり出てこないようなら、邪魔に入るか……と考えながら、壁にもたれかかり腕組みをして待つことにした。

「リ、リューセー……だな」

ようやく口を開いたのはスウワンの方だった。馬鹿みたいに呆《ほう》けている自分に気づき、我に返って慌てて声をかけたのだ。

「あ、は、はい。守屋龍聖でございます。お会い出来て光栄にございます」

龍聖は深々と頭を下げた。本当は床に平伏したいところだが、何度もファーレンから「ダメだ」と念を押され、しまいには「それを貴方がするのは、竜王に対して不敬になる」とまで言われたので、平伏したいのを我慢した。

声までなんと愛らしいのだろうとスウワンは思っていた。ほんのつい先ほどまで「会うのが怖い」と感じていた気持ちは、露《つゆ》ほども残っていなかった。

「長く留守にして……待たせてすまなかった。オレが竜王スウワンだ。お前はこれから生涯オレの側で、オレと共に生きるのだ」

「は、はい……私のすべては、竜王様のものです。どうぞお好きにお使いください」

スウワンはすぐにでも駆け寄って抱きしめたいという衝動に駆られた。だがそこはギリギリの理性で止めることが出来た。

「不自由をさせたか？」

「いいえ、いいえ、そんなことはございません。外交のお仕事に出られていたのだと、ファーレン様から伺っています。竜王様がお忙しいお立場にあることは、重々承知していますので、お気遣いいりません」

少し頬を上気させて首を振る龍聖の様子に、可憐《かれん》だという言葉が脳裏に浮かんだ。スウワンは心臓がひどく高鳴るのを感じた。さっきまでの不安を伴った緊張による高鳴りと明らかに違っていた。

顔が熱くなってくるのを感じて、きゅっと下唇を噛んで俯いた。

「その……また来る」

スウワンは、くるりと龍聖に背を向けると、扉を開けて部屋の外へ出ていった。


「あ、兄上？」

突然出てきたスウワンに、ファーレンはとても驚いた。あまりにも早すぎると思ったからだ。しかしスウワンはファーレンを無視してスタスタと歩き出した。もちろんスウワン一人で龍聖は連れていない。

「兄上!?　ちょ……お待ちください」

ファーレンは慌てて後を追った。

スウワンはとても速足で廊下を歩き、自分の執務室へと入っていってしまった。ファーレンも後を追って執務室に入る。

「兄上！」

執務室の扉を開けて、ファーレンが中に飛び込むと、スウワンは机に着いたところだった。ファーレンは、ずかずかと大股で歩いて、机の前に立つと困惑した表情でスウワンをみつめた。スウワンは視線を逸らすように、机の上を無言でみつめている。

「兄上、どうなさったのですか？　リューセー様とちゃんと話をしましたか？　なんでお一人で出てきたのですか？　北の城へは行かないのですか？　何かあったのですか？」

ファーレンが早口でまくし立てるので、スウワンは顔を歪めると、ジロリと睨《にら》みつけた。

「そんなに一度にわあわあ聞くな！　どれかひとつにしろ」

「どれかひとつ!?　こんな状況でひとつですむわけないでしょう!?　では分かりました。一体何があったのですか？」

ファーレンはさらに困惑した顔で反論したが、気を取り直してひとつだけ質問をした。

「何もない」

スウワンは、ぽつりと一言答えた。とても気まずいというように表情を曇らせている。

「はぁ？」

ファーレンが大きな声を出したので、スウワンはまたじろりと睨んだ。

「そんな怖い顔をしてもだめですよ。何もないってなんですか？　ようやくリューセー様に会って、ほんのちょっと会っただけで部屋を出てくるなんて、一体どういうことですか？　ちゃんと話をしたんですよね？」

「話したよ」

スウワンは憮然《ぶぜん》とした様子で答えた。そして大仰《おおぎょう》に溜息をついた。

「そんなに怒るな……ちょっと待ってくれ……オレは動揺しているんだ。リューセーと何を話せば良いか分からず、何も言葉が出てこなくて、焦って逃げるように出てきてしまった。みっともないと思うが、自分でも困惑しているんだ。とにかく待ってくれ」

スウワンが顔をしかめて吐き出すようにそう言ったので、ファーレンは驚いたように目を丸くした。

しばらくの間沈黙が続いた。

ファーレンは戸惑いつつも冷静を取り戻し、静かに声をかけた。

「北の城へは行かないのですか？　婚姻の儀式をしないとだめでしょう」

「北の城へは行かない」

「はぁ!?」

ファーレンは驚いて思わずまた大きな声を上げた。

「行かないってどういうことですか！」

「ファーレン！　大きな声を上げるな……いちいち驚くな……少しは落ち着いて話が出来ないのか!?」

スウワンは、カッとなって怒鳴り返そうとしたが、大声を出しかけてそれを飲み込み、少しだけ語気を強めて言い返した。その様子に、さすがのファーレンも、気を取り直して一度深呼吸をした。

「兄上……ではなぜ北の城に行かないのかご説明ください。リューセー様と何かあったのですか？」

「何もない」

スウワンはまた憮然とした表情で一言呟いた。

「は？」

ファーレンが思わず聞き返すと、スウワンはジロリと強い眼差しで、ファーレンを睨んだ。

「可哀想だろう！　リューセーが」

「リューセー様が可哀想？　何のことですか？」

ファーレンにはまだ、スウワンの言いたいことなど分からないらしく、困惑した表情で同じ言葉を繰り返した。スウワンは少しイラついたように、眉間にしわを寄せたが、大きく深呼吸をして自身を落ち着かせた。

「オレも外遊から帰ってきたばかりだし、リューセーとは挨拶程度の会話を交わしただけだ。急に話をしろと言われても、会ったばかりで何を話せば良いのか分からなくて困る。そんな挨拶しただけの状態で北の城へは行けない。……だってそうだろう？　お前は会ってすぐの相手とそのまま性交なんて出来るのか？　オレは無理だ。リューセーにしたって、いきなり現れた相手と性交なんて……可哀想だろう」

ファーレンは、スウワンの言い訳を聞いて顔色が変わった。最後の『可哀想だろう』という言葉に、はっとした。そしてまたじっとスウワンをみつめる。

スウワンは、確かにリューセーに会うのをためらっていた。だが『可哀想』と気遣う言葉が自然に出るということは、会った印象は良かったのだろう。ファーレンは咄嗟にそう解釈した。ならば……。

「ではもう二、三日婚姻の儀式は日延べして、兄上はリューセー様と話をした方が良いかもしれませんね。お互いに知り合えば気持ちも変わるでしょう」

ファーレンは落ち着いた口調で、スウワンに答えた。するとスウワンは安堵した表情に変わった。その頬にほんのりと赤みが差している。龍聖のことを考えているのだろうか？とファーレンは思い、畳みかけるように釘を刺すことにした。

「ただし、今すぐリューセー様の下へお戻りください」

「は？」

ファーレンは、間髪容れずに言葉を続けた。

「もっとちゃんとリューセー様と話をなさってください。それともやっぱり、兄上の好みとは違う姿だったから、リューセー様と話をしたくなくなりましたか？　不細工《ぶさいく》でした？」

「馬鹿を言うな！　不細工なわけがないだろう！　お前は失礼な奴だな。リューセーが不細工に見えるのか？」

スウワンが怒って反論したので、ファーレンはおかしそうに含み笑いをした。

「いえいえ、まさか、不細工だなんて思っていませんよ。とても綺麗なお方です。先にそう申し上げたでしょう？　そうですか、では嫌いな顔ではなかったのですね？」

「まあ……まあそうだな」

明らかに少し照れたような表情を見せたので、ファーレンは内心『これはこれは』と呟いた。

「そうだ。夕食を一緒に召し上がりながら、話をしたらいかがですか？　食事をしながらだと、緊張も緩むでしょう……ああ、もちろんリューセー様が緊張されると思っての発言ですよ？　兄上は優しくして差し上げてください、それで今からすぐに、リューセー様にそのことをお伝えください。一緒に食事をしようとお誘いください。きっとお喜びになりますよ」

ファーレンは、極めて穏やかな言いまわしで、スウワンに促した。

「だが香りが……」

「ある程度距離を取れば大丈夫です。テーブルの端と端になってしまいますが、話が出来ない距離ではありません。用意いたしますから」

「お前も一緒に……」

「そんな……邪魔をするほど、私は無粋《ぶすい》ではありませんよ」

「だが……」

「私が仲良くなっても仕方がありません。まずは兄上とリューセー様が交流しなければ……なにしろ、兄上がずっと逃げていたせいで、私は散々リューセー様とは話をして、お互いに知り合っております。私がいたら、リューセー様は私とばかり話をしてしまいかねません。ここは兄上が、しっかりとリューセー様の心を摑んでください」

スウワンは、むっと口をへの字に曲げたが、反論はしなかった。


扉がノックされ、龍聖が返事をすると、扉が開きスウワンが現れたので、龍聖は驚いて椅子から立ち上がった。

「りゅ……竜王様……どうかなさったのですか？」

「いや」

スウワンは、一瞬言葉を忘れてしまって、ただ龍聖を呆けたようにみつめて、扉の前に佇んだ。フアーレンに言われて、きちんと龍聖と話をしようと決意したはずなのに、いざ本人を見ると、その姿に見惚れてしまった。

『美しい』

自然とその言葉が頭に浮かぶ。本当は声に出して呟いてしまいそうだ。漆黒の髪、漆黒の瞳、儚げな姿に対して、凛とした強い眼差し、どれもスウワンの心を奪うものだ。母にどこか似ているようで、まったく違うようにも見える。

単純な容姿の美醜《びしゅう》で言えば、シーフォンの男性も女性も、皆すべてが美しいはずだ。スウワンにとってはそれが当たり前すぎて、他国の人間達を見て、容姿の美醜は様々なのだと、改めて知ったほどだ。

だからスウワン自身は、容姿の美醜に興味はない。誰かを見て美しいなどと思ったことはない。龍聖の顔もそういう意味では、超絶的にずば抜けて美しいというわけではないのだろうと思う。だがなぜだろう。スウワンが生まれて初めて心から「美しい」と思った容姿だった。目が釘付けになり、心を奪われて、腑抜《ふぬ》けのようにただ見惚れるしかなくなる。

「竜王様！　あの……私が何か粗相《そそう》をしてしまったのでしたら深くお詫びいたします。どうかお許しください」

突然、龍聖が大きな声でそう言うと、その場に正座して平伏したので、スウワンは我に返ってとても慌てた。

「リュ……リューセー！　何をしている！　やめるんだ！　何もお前が謝ることなどない！　誤解だ！　オ、オレは別に怒っていないし、お前も何も悪いことはしていない！　とにかく立ってくれ！」

スウワンは側に行けないもどかしさに苛立ちながら、必死で龍聖の説得を試みた。スウワンの慌てる様子に、龍聖はようやく顔を上げて、言われるままに立ち上がった。

「本当でございますか？」

「本当だ。ああ、そうだった……その……さっきは挨拶もそこそこに、部屋を出てしまってすまなかった。お前がそうやって気に病《や》んでいるのではないかと思って戻ってきたんだ。まずは謝る。すまなかった。正直に言うと、オレはお前に会うのが怖くて逃げていたんだ」

「え？」

思わぬスウワンの言葉に、龍聖は聞き違いかと思って首を傾げた。

「外遊先で、お前が降臨したと聞いて、本当はすぐにでも戻らなければならなかったのだが、オレはお前に会うのが怖くて、わざと戻らなかったんだ。オレの伴侶になる異世界の大和の国から来るリューセー……どんな人物なのだろう？　オレはその者を愛せるのか？　伴侶になれるのか？　不安になってしまったんだ。男らしくないだろう？　恥ずかしいが……」

龍聖は目を丸くしてスウワンをみつめていた。離れていても、スウワンが羞恥で頬を染めているのは分かる。龍神様がそんなふうに恥じらうとは思っていなかったし、そんなことを言うなんて思わなかった。すべてに驚いて、ただ目を丸くして言葉もなくみつめるしかなかった。

「だがさっき初対面でお前を見て……その……あまりに美しくて見惚れてしまった。今もだ。それでそんな自分に動揺してしまって、お前とまともに話もせずに、また逃げるように部屋を出てしまったんだ。つくづく恥ずかしい。すまない。リューセー。ただ誤解は解きたいんだ。オレは何も怒っていないし、お前に対して不満もない。お前のことは一目見て気に入った。もっとお前のことが知りたい。オレのことも知ってほしい。だから今夜、一緒に食事をしたいんだが……いいだろうか？」

「は、はい！　もちろんです！」

龍聖は最後の言葉に我に返り、慌てて返事をした。あまりに慌てたので、大きな声を出してしまい、恥ずかしさに真っ赤になって両手で口を塞いでいると、スウワンが嬉しそうに笑った。

龍聖は内心驚きつつも安堵した。本当に怒っていないのだと分かったからだ。

「ならば日が落ちた頃にまた参る。それまでゆっくりしていてくれ」

スウワンはそう言って部屋を出ていった。


空が茜色に染まる頃、スウワンが龍聖の下へと訪ねてきた。部屋には、食事の用意がされていて、龍聖の他は、侍女が二人控えているだけだった。

長テーブルの端と端に、それぞれ料理が並べられている。

龍聖は部屋の奥の窓辺に立っていた。

「スウワン様、お越しいただきありがとうございます。どうぞそちらにおかけになってください」

龍聖は、スウワンに丁寧な挨拶をして、奥の席を指してスウワンに座るよう促した。スウワンは頷くと、席に着いた。

龍聖は一礼をして、スウワンが着席したのを見届けてから、もうひとつの席に座った。

「少し遠いが許してくれ」

スウワンが苦笑しながら言うと、龍聖は恥ずかしそうに首を振った。

「一緒にお食事が出来るだけで幸せです」

龍聖の答えに、スウワンは満足そうに頷いた。

「さあ、食べよう。我らの間で、特に食事の作法やしきたりはないから、気にせず好きに食べると良い。食事は口に合うか？」

「は、はい、とても美味しゅうございます。私の国の食べ物に似た味付けのものが多いです」

「母が好きだった食べ物を揃えた。同じ大和の者だから、味覚の好みも似ているかと思ってね」

スウワンの言葉に、龍聖はとても感動して、頬を紅潮させながら嬉しそうに微笑んだ。

「お気遣いいただき嬉しゅうございます」

スウワンは、その龍聖の笑顔に心臓が跳ね上がった。

「別にこれくらいのこと……」

スウワンは照れたように口ごもり、食事を続けた。

「リューセーは……嫌ではなかったのか？　その……この世界に来ることは」

しばらく沈黙が続いたので、スウワンは龍聖を気遣って話し始めた。龍聖は食べるのを止めて、フォークを皿の上に置いた。

「嫌なことなどありません。私は喜んで参りました。私達一族は、龍神様の加護のおかげで、とても恵まれた暮らしをしています。そのご恩に報いるのは当然のことです。むしろ、私がこうして龍神様のお側に仕えるだけで、本当に恩返しになるのかと思うほどです」

「リューセー、そのことなんだが……」

スウワンもフォークを皿の上に置くと、ナフキンで口元を拭って、真面目な顔で龍聖をみつめた。

「お前がそんなふうに言われて育ったのは仕方のないことだと思う。母からもその話は聞いていた。

だからお前がオレのことを神様だと思って、崇拝するのも仕方がない。だがこれからは、それを忘れてほしいんだ」

スウワンが真剣に言うので、龍聖は何を言われるのかと身構えていたが、思いもかけない言葉に、少しばかり戸惑いを見せた。

「ファーレンから多少は聞いていると思うが、オレ達はこれから夫婦になる。それはお前の世界の夫婦と同じだ。男同士ではあるが、お前を伴侶として迎え、これから生涯を共にする。だからオレのことをいつまでも神様と思われていては、夫婦にはなれないと思うんだ。分かるね？」

「は、はい。恐れ多いことですが……おっしゃることは分かります」

「オレはこの国の王だ。だが神様ではないし、特にお前の前では、普通の男と変わらないと思われたい。伴侶であるお前に、特別な存在だとは思われたくないんだ。だからもう二度とオレのことを龍神様と呼んでほしくない。スウワン様とも呼んでほしくない。スウワンと呼び捨てにしてほしい」

それを聞いて、龍聖はますます困ったような表情を見せた。どう答えれば良いのか迷っているようだ。言われることに逆らうつもりはないが、素直に従うのも不敬な気がしてしまう。

スウワンはそんな龍聖を、しばらくみつめていた。こうして困った顔さえも、とても可愛らしく見える。すぐに表情に出て、とても素直なのだと思った。スウワンに対して、変に世辞《せじ》を言わないのも良い。

「もちろん急に言われても難しいだろうし、困るのも分かる。今すぐそうしろとは言わない。少しずつ慣れてほしい。母も最初はお前のような感じだったと聞いている。でもオレの知る父と母は、普通の夫婦と変わらない。とても仲睦まじい二人だった。出来ればオレもそんなふうになりたいと思う」

「わ、私でよろしいのでしょうか」

龍聖が赤い顔でそう言ったので、スウワンは首を傾げた。

「前の龍聖様はとても美しい方だったと聞いています。それに比べて私は……スウワン様の……あっ……あの……ス、スウワン……のお気に召す容姿でしょうか？」

「もちろんだ。初めて見た時から、とても美しいと思った。べ、別にお前の顔だけが気に入ったわけではないぞ？　美人だから好きというわけじゃない。第一印象は、見た目が大事かもしれないが、オレは顔の良し悪しだけにこだわっているわけじゃない。お前のその素直で正直なところが気に入ったんだ。だがまだ知らないことばかりだ。もっとお前のことを教えてくれ」

「はい」

龍聖が微笑んだ。それは華やかだが、清楚《せいそ》な花が咲き開いたような笑顔だとスウワンは思って、思わず見惚れてしまった。

「スウワン様の……あ、スウワンのこともお教えください。たくさん知りたいです」

「も、もちろんだ」

スウワンは答えると、照れを誤魔化すように果実酒を飲んだ。龍聖も頰を染めながら、嬉しそうに微笑んで、また料理を食べ始めた。

翌日は、午後からスウワンが龍聖を訪ねて、お茶を飲みながら、互いの話をし合った。

そして三日目にようやく「北の城に行く」とスウワンが言ったので、ファーレンはとても喜んだ。

「もうリューセー様と親しくなりましたか？」

「勘ぐるな。色々と話をして、少しは互いのことが分かったし、リューセーもオレに慣れたと思うから、そろそろ良いかと思っただけだ。リューセーを部屋に閉じ込めたままでは可哀想だからな。中庭に連れていきたいのに、このままでは連れていけないし」

言い訳をするスウワンの言葉を聞きながら、ファーレンは嬉しくてニコニコと笑いながら何度も頷いた。

「それではこれをリューセー様にお渡しください」

ファーレンは、用意していた王妃の指輪を差し出した。

「これは……母上の？」

「そうです。兄上が戴冠の時に嵌めた竜王の指輪と対になる指輪です。これに兄上の血を落として、兄上のリューセーの指輪にするのです。それをリューセー様が嵌めれば、一時的ですがリューセー様の香りを抑え、リューセー様も兄上の香りをあまり感じなくなります。ただ効果は長くは続きません。北の城へ向かうまでの間ですよ」

「分かった」

スウワンは、ナイフで指先を少し傷つけると、指輪の赤い石の上に血を一滴落とした。すると指輪が一瞬蒼い炎に包まれたかと思うと、炎はすぐに消えた。

「これでいいのか？」

「たぶん」

二人は顔を見合わせた。

「では参ろう」

スウワンがそう言って歩きだしたので、ファーレンも後に続いた。


二人は龍聖の部屋に着いた。

「私はここで待っていますから、リューセー様をお連れください」

ファーレンがニッコリと笑って言ったので、スウワンは眉根を寄せて舌打ちをすると、扉をノックした。龍聖の返事を確認して扉を開けて中に入った。

「スウワン様」

「リューセー、今日は婚姻の儀式を行いたいと思うのだが、良いか？」

「あ、は、はい。もちろんでございます」

突然の申し出だったが、龍聖に断る理由などない。儀式の話はファーレンから聞いていたので、何をするのかも知っていて覚悟している。

「これを指に嵌めてくれ、そしたら一緒に行くことが出来る。香りを感じなくなるんだ」

スウワンは、説明をしながら部屋の中央まで進み、指輪をテーブルの上に置くと、また扉のところまで戻った。龍聖は言われるままに指輪を手に取って、左手の中指に嵌めた。

「これでよろしいですか？」

龍聖が指輪を嵌めた手を掲げてみせたので、スウワンは頷いた。

「早速だが……これから夫婦の契りを交わすために、別の場所に移動する。オレについてまいれ」

「あ、はい！」

スウワンはクルリと踵を返し、扉を開けて廊下に出た。扉が開いたのでファーレンは慌てて姿勢を正すと、出てきたスウワンを見てニヤリと笑った。

「随分早かったのですね」

「お前が早くしろと催促したんじゃないか」

スウワンはちょっと赤くなりながらムッと眉を寄せて反論すると、さっさと歩きだした。

「リューセー様は？」

「後からついてきているだろう」

ファーレンが部屋の中を覗くと、龍聖が足早にこちらに向かってきているのが見えたので、ファーレンも急いでスウワンの後を追った。

「お可哀想に……リューセー様と並んで手を繋いで歩かれたらいかがですか？　せっかく指輪を嵌めたのですから」

「馬鹿、じゃあお前がしろ」

「私には指輪の効果はありませんから、リューセー様が私の香りに嫌悪感を抱かれては困ります。……ほら、初めての城の中で不安そうにしていらっしゃいますよ」

ファーレンに言われて、スウワンが振り返ると、小走りに後を追ってくる龍聖の姿があった。さすがにちょっと可哀想に思って、スウワンは足を止めた。すぐ後ろまで追いついてくるまで待ってから、さっきよりも少しゆっくりとした歩調で歩きだす。すると微かにとてもいい香りがしてきた。

『これが話に聞くリューセーの香りか……』

それは龍聖も同じだった。前を歩く竜王から微かだがとてもいい香りがしてきた。腰まで届く真紅の髪をみつめながら、なんと神々《こうごう》しい方なのだろうと、心酔してみつめていた。

ファーレンは先を歩いていた。これでとりあえずの肩の荷が下りると、ホッとしていた。無意識に足取りも軽くなる。

階段を上がり、竜王がいる大きな部屋まで先導した。

天井の高い倉庫のような大きな部屋が階段を登りきった先にあった。その大きな部屋には、大きな金色の竜が一頭、体を丸めて寝ていた。

龍聖は部屋に入るなり、その竜の姿を見て立ちすくんでしまった。あまりに驚きすぎて言葉も出ない。目を大きく見開き、体を硬直させて、信じられないものを見るようにみつめていた。

「驚いたか？　あれはオレの半身、もう一人の竜王だ。シオンという名だ。獣とは違うからお前を襲ったりはしない。恐れることはない」

側に立つスウワンにそう言われて、龍聖はホウッと息を吐いて、もう一度改めて竜の姿を見た。すると竜が頭を上げて、ゆっくりと体を動かし、四本の脚で立ち上がった。するともっと見上げるほど大きくなった。

「怖いか？」

スウワンに言われて、龍聖はゴクリと唾を飲むと、ハアと息を吐いた。

「いえ、驚きましたが……怖くはありません」

龍聖はちょっと声を上ずらせながらそう言った。スウワンは微笑んで、龍聖の手を握った。

「あれの背に乗っていく、さあ来い」

龍聖は急に竜王に手を握られたのでとても驚いた。あまりにも驚いたため、もう金色の竜のことなど頭からなくなってしまっていた。

「陛下、これをお持ちください」

「なんだこれは？」

ファーレンは、後から侍女が運んできた手提げの籠を、スウワンに差し出した。

「あちらの部屋には何もありませんから、寝具とリューセー様の食べ物です。ご自分でベッドの支度はなさってくださいね」

スウワンは、ファーレンから荷物を受け取ると、空いている方の手で龍聖の手を取って、竜の背に乗った。竜はグルルッと喉を鳴らして、首を高く伸ばして、天井から下がる大きな太い鎖を口に咥《くわ》えて、ゆっくりと下へ引いた。するとガラガラと大きな音がして、目の前の壁が、窓のように大きく開いた。ブワッと強い風が吹き込んできたので、龍聖は両手で顔を覆った。

「オレに摑まっていろ」

スウワンは龍聖の手を、自分の腰のベルトを摑むように誘ってから、竜の背に雄々しく立った。竜はドカドカと数歩歩いてから、大きな翼を広げた。強い風を翼が摑むと、そのまま宙へと舞った。

「わあっ」

龍聖は怖くて思わずスウワンの腰に両手でしがみついていた。強く両目を瞑っていると、自分の名が呼ばれていることに気づいた。風の音であまり良く聞こえない。薄目を開けて、上を見上げると、スウワンがこちらを見て笑っていた。

「そう怖がるな、落ちることはないから……ほら見ろ、これが我が国だ」

スウワンが指し示す先に目をやる。少し体を斜めにして飛ぶ竜の背から、地上が見えた。赤い地表の剣のような鋭く険しい岩山が、ぐるりと大きな輪のように連なっていた。その中央にはなだらかな傾斜の緑の丘や森や草原があり、所々には湖も見えた。中心近くには街並みのようなものがあり、その周囲には畑のようなものも見えた。

「それが今までオレ達がいた城だ」

岩山の中腹に、張り出したようにして建つ、大きな石造りの城が見えた。

「どうだ？」

「綺麗ですね」

龍聖はしみじみとそう言った。

「なんだ？」

スウワンに聞き返されたので、龍聖は大きな声で「綺麗です」と答えた。それを聞いてスウワンは満足そうに笑った。竜王の笑顔が、龍聖にはとても新鮮で衝撃的だった。なんて優しく笑うのだろうと思った。龍神様がそんなふうに笑ってくれるなんて、それを見ることが出来るなんて、なんて幸せなのだろうと思った。

竜はゆっくりとエルマーン王国の上を何度か旋回した後、北の城へと向かった。

「ここは、初代竜王・ホンロンワン様の居城だった所だ。今は使われていないが、大切な儀式の時のみ使われる……だから普通の者はここには来ない」

スウワンは長く暗い廊下を、龍聖の手を引きながら、龍聖が怖がらないように話しかけて歩いた。

「ホンロンワン様……私の祖先の龍成様……最初のリューセー様の龍神様ですね」

「ああ、そうだ。我々竜族が人の身にされて、最初に建てた城だから、見ての通り通路も狭いし、岩山をくり貫《ぬ》いただけで窓もない暗い城だ。棲《す》むにはあまり快適ではなかった。オレの父が長い時間をかけて今の城を建てたんだ。我々には最初はそういう知識も技術もなかったから、父が人間達から学んで建てた」

「素晴らしいことですね」

龍聖の言葉には世辞のような韻は感じられなかった。心から出た言葉のように聞こえた。スウワンはそれがとても嬉しくて、龍聖の手を強く握った。

「スウワン様」

「スウワンでいい、スウワンと呼んでくれ」

「で、ではスウワン……申し訳ありません。少し……手が痛いです」

「あ、すまない」

スウワンは慌てて握っていた手を離した。

「あ、スウワン！」

龍聖がふいにスウワンの腕に、抱きつくようにしがみついてきたので、スウワンはとても驚くと共に赤くなった。

「こんな暗闇で、急に手を離されては、怖いではありませんか……」

龍聖が腕にしがみつきながらそう言ったので、スウワンは思わずその体を抱きしめていた。

「スウワン」

龍聖は驚いたが、抱きしめるスウワンのたくましい腕が、とても心地よくて安心出来たので、身を任せるように体を委ねた。互いにとてもいい香りがして、うっとりとした心地になった。なぜこんな香りを感じるのか分からないが、この香りを嗅ぐと、とても不思議なほどに気持ちが安らぐ。不安も何もかもなくなり、この相手にすべてを委ねられるという気持ちになれる。もしも互いの第一印象が最悪だったとしても、すぐに好きになってしまうくらいの効果がありそうだった。

スウワンは龍聖の頭に口づけた。暗闇で何も見えない。龍聖の顔も見えない。だが自分の顔が耳まで紅潮しているのを見られなくてすんでよかったと思った。

頭に口づけて、額に口づけた。そこから眉頭に口づけて、まぶたに口づけた。頰に口づけて、探るようにそっと唇に触れるように口づけた。

その優しいたくさんの口づけに、龍聖は体が痺れるようにザワザワとした不思議な感覚に捕らわれた。真っ暗で何も見えないが怖くなかった。離れたスウワンの唇を追うように、龍聖は無意識に顎《あご》を上げて、スウワンの唇に唇を重ねた。

甘露《かんろ》のように甘い口づけだとスウワンは思った。追ってきた唇を、さらに追うように深く口づけた。強く吸い、龍聖の柔らかな唇を舌で撫でる。ほうっと龍聖が甘い息を吐くのを感じた。その薄く開いた口の中に、舌を滑り込ませると、龍聖の舌に絡ませる。

「ん……」

龍聖が小さく喉を鳴らした。そして龍聖の両腕がスウワンの背中に回される。縋るように抱きついてきたので、その体をもっと強く抱きしめた。

龍聖との口づけは、スウワンの体を熱くした。口づけから魂精が体に流れ込んでくるのを感じた。母から貰っていた時の感じとは違った。母から貰う魂精は、ふわふわと心地よく温かい気持ちになるものだった。だがリューセーから貰う魂精は、体を熱くし、力を漲《みなぎ》らせるような、そんな不思議な感覚のものだった。

意識しないようにしていたが、体が枯渇《こかつ》していたことに気づいた。リューセーの魂精は、あまりにも美味で、夢中にさせられそうだった。

二人は暗闇の中で、抱きしめ合い、長い間口づけを交わし合った。言葉はない。ただひたすらに求め合うように口づけをした。

どれくらいの時間、睦み合うように口づけ合っていたか分からなかったが、それと共に高まる感情で、スウワンはもうそれだけではすまないような気持ちになっていた。下半身が熱い。体中の血がそこに集まっているようだった。昂《たかぶ》るその熱に息が乱れる。

「リューセー……部屋はすぐそこだ……行こう」

スウワンは龍聖の体を離すと、手を握って再び歩き始めた。龍聖も体が熱く火照《ほて》っていた。握るスウワンの手がとても熱い。自分に何が起こったのか、龍聖はまだよく分かっていなかった。ただ胸が張り裂けそうなほど、スウワンへの想いが溢れていた。

『龍神様、龍神様』龍聖は心の中で何度も繰り返していた。

暗闇の中、ボウッと微かに光る大きな扉が現れた。そこの中心にスウワンが右手の指輪を嵌め込みクルリと回した。するとガチャッと大きな音がして扉が開いた。ギギィと重々しい音がして、ゆっくりと扉をスウワンが開けると、バッと大量の光が溢れだしてきた。龍聖は思わず眩しさで目を閉じていた。

手を引かれて歩きだす。閉じたまぶたを通しても、眩しい光を感じた。

「リューセー、目を開けてごらん」

優しく言われて恐る恐る目を開けた。眩しくて最初はなかなか視界が定まらなかったが、やがて目が慣れてくると、辺りの景色が見えてきた。

そこは真っ白に光る部屋だった。光に満ちていた。白いツルツルとした綺麗な石の床、何本か木が生えていて、緑が集まっている場所もあった。天井はとても高く、見上げると天井全体から光が降ってきていた。中央に大きな石のテーブルと長椅子がある。他にも何カ所か、石の長椅子が置いてあった。どこからか水の流れる音もする。

「ここは……」

龍聖がポカンと口を開けて辺りをきょろきょろと見るので、スウワンは手を引いてゆっくりと歩き続けながら、その広間を横切った。

「ここは竜王の間と呼ばれている場所だ。オレ達だけの部屋だ」

そして奥にあるふたつの扉の片方の前で足を止めた。

「この部屋で夫婦の契りを交わす。リューセー、指輪を」

スウワンはそう言って、ふたつの指輪を扉の穴に嵌め込んで、扉を開いた。

中は広い部屋になっていたが、窓はなく、中央に大きなベッドがあるだけだ。どこから発せられているのか分からないが、赤い光が部屋中をぼんやりと照らしていた。

スウワンは部屋の中に龍聖を招き入れると中から扉を閉めた。外界と遮断されたように、何も聞こえなくなった。先ほどまで聞こえていた川のせせらぎのような水音すらもしない。二人の息遣いが聞こえるほど、静寂に包まれた。

龍聖は急に恥ずかしくなった。ベッドしかない部屋で『夫婦の契りを交わす』と言われて、もうこれから何をするのか想像出来た。龍神様の夜伽の相手をすることも教えられていた。実際の経験はないが、衆道《しゅどう》の春画《しゅんが》を見せられて、床入りの作法も書物で習っていた。龍神様の魔羅《まら》に手や口を使って奉仕することや、自分の菊座を解《ほぐ》し、そこに龍神様の魔羅を入れるというようなことだ。

ただひたすらに龍神様にお仕えするためと、奉仕の心で邪念もなく衆道の心得を学んでいた時と、今は明らかに違った。

つい先ほど、暗闇の中ではあったが、竜王と接吻《せっぷん》を交わしてしまったのだ。殿方との接吻などもちろん初めてで、そもそも他の誰かと接吻するなど初めてで、知識はあっても、実際の行為は想像を超えていた。人の口と口を合わせるなんて、どんな気持ちなのだろうと思っていたが、あんなに心地のいいものだとは思わなかった。

竜王はとても優しく、甘く、何度も何度も龍聖の唇を吸った。舌も口の中に入ってきた。そのたびに体が痺れて熱くなった。今もまだ体が火照っている。その相手が今目の前にいて、二人きりで、寝具しかないこの部屋にいる。そしてこれから夫婦の契りを交わすという。あの春画で見たような行為をするのだ。

ただひたすらに龍神様にお仕えするためと、奉仕の仕方を邪念なく学んでいた時に、この目の前の凛々しく美しい殿方である竜王の魔羅をだなんて想像出来ただろうか？　考えただけで顔から火が出そうだった。恥ずかしい。とても奉仕なんて出来ないと思った。

龍神様への崇拝の気持ちがなくなったわけではない。なのになぜ出来ないと思うのだろう。この気持ちは何なのだろう……龍聖は胸が痛くて締めつけられそうだった。

ふと見ると、スウワンは持ってきた籠から、真っ白な敷布を取り出していた。それをベッドにかけて寝床の準備をしている。龍聖は手伝いたかったが、なぜか体が動かなかった。

入り口近くに佇んでいると、ベッドの支度をすませたスウワンが、振り返って龍聖をみつめた。

「どうした？　こっちに来い」

声をかけても、龍聖はビクリと小さく震え、何も言わずにただそこに立ったままだった。スウワンは龍聖の下へ歩み寄った。

「どうした？」

見下ろしながら優しく声をかけると、龍聖はジッとスウワンを見上げていた。肩に手を置くとまたビクリと震えたので、スウワンは首を傾げた。

「オレが怖いのか？」

すると龍聖は慌てて首を振った。

「あ、あの……違うのです。ただ……」

「ただ？　どうした？」

龍聖は祈るようにギュッと両手を胸の前で組むと、胸を強く押さえた。

「私……なんだかおかしくて……胸が……苦しくて……」

「具合が悪いのか？」

「いえいえ……違うんです。ただ……スウワン様が……」

「オレが?」

「……さっき……私に……接吻をなさったから……」

「せっぷん?」

スウワンは初めて聞く言葉に首を傾げた。赤い光のせいで分からないが、今、龍聖は耳まで赤くなっていた。羞恥で死んでしまいそうだった。

「あの……唇を……」

「ああ……キスのことか」

スウワンはそう言ってそっと龍聖の頬に右手を添えた。包み込むように優しく頬を触ると、親指の先で龍聖の柔らかな唇をなぞるように触れた。ゆっくりとスウワンの顔が近づいてきて、唇が重ねられた。龍聖はビクリと体を震わせた。

さっきは何も見えない暗闇だった。でも今はスウワンの美しい顔が見えて、唇を重ねられて、それが夢でも幻でもなく、本当にスウワンが自分に接吻をしているのだと認識させられた。心臓がバクバクと激しく鳴っている。胸が痛くて仕方なかった。また体が熱くなる。頭がボーッとして何も考えられなくなる。奉仕しなければならないのに、何も出来なくなるのだ。

唇が離れて、龍聖はハアと甘い息を吐いた。

「リューセー、オレはもう我慢の限界なんだ」

「え?」

「こんなのは初めてなんだ。だからお前を傷つけたくないんだが、優しく出来るか分からない」

スウワンはそう言いながら服を脱ぎ始めた。スウワンのたくましい体が現れた。胸は厚い筋肉が盛り上がっている。腹も引きしまって、筋肉の筋が出来ていた。そして股間には、真上に頭を向けてそそり立つ立派な魔羅があった。龍聖はそれを見て、体がまた震えた。このような姿になっているということは、スウワンが気を昂らせているという証拠だ。春画の中の男と同じようになっている。それを口や手で奉仕するのが自分の役目だと分かっていたが、目の前のスウワンのものだと思うと、恥ずかしさだけが先に立って、体が動かなかった。両手で顔を覆うと、スウワンが龍聖を抱きしめた。

「すまない、こんなみっともない姿で……お前に触れるだけで、こんなになってしまうんだ。今までこんなことはなかった。お前が……愛しくてたまらない」

スウワンのその言葉で、龍聖は雷に打たれたような衝撃を覚えた。

『愛しい……』そうだと龍聖は思った。この気持ちは『愛しい』という気持ちだ。龍聖はスウワンを愛してしまっていたのだ。

その時ファーレンの言葉を思い出した。『兄を愛してほしい』その時は、龍神様を愛するなんて恐れ多いと思っていた。だけど今なら分かる。愛している。

「スウワン様……愛しています」

龍聖はそう言いながら、両手をスウワンの背中に回した。

「リューセー」

スウワンは龍聖の体を抱き上げると、そのままベッドにまで運んだ。そっと下ろして寝かせると、覆いかぶさるように身を重ねた。首元に顔を埋めて、首筋を吸った。

「あっ……」

龍聖が甘い声を上げる。スウワンは焦れったそうに、龍聖の服を剝《は》ぎながら、現れる肌にいくつも口づけた。

「あっあっああっ……スウワン様っ……」

服を全部剝ぎ取り、龍聖を裸にすると、体中を愛撫するように唇を這わせる。すべてが愛おしく、すべてが欲しかった。両手で腹や腰を撫でた後、股間を包み込むように触った。龍聖のそれも硬くなっていた。両手で揉むように触ると、ビクビクと震えて先から汁を出してスウワンの手を濡らした。

「ああっあっああっ……いや……そこはっ……ああっ」

龍聖が甘い声で鳴いた。それはスウワンをさらに高揚させる媚薬だった。スウワンの昂りは限界まで怒張していた。先から汁が溢れて滴《したた》っていた。ビクリビクリと脈打つように蠢《うごめ》いている。それを納める先は知っている。だが触れるととても小さく儚い場所のように感じた。

柔らかな双丘の白い丸い肉の間にある窪みに指を這わせた。小さなその穴は、指一本がようやく入るほどに狭く感じた。

本当にこんなところに入れられるのだろうか？　と少し思った。ツプリと人差し指を押し入れると、龍聖が喘ぎ声を上げた。中はとても熱かった。ゆっくりと指を根元まで挿入すると、熱い中の肉壁が蠢《うごめ》いて指に絡みつくようだった。その入り口を解すように、指を出し入れした。

「あっああっあっ……はあはあ……ああっ……スウワン様……スウワン様」

龍聖は体のすべてが熱く痺れているようだった。菊座に指が入ってきたのも分からなかった。

スウワンは指を二本入れて、穴を広げるよう愛撫していた。だがもうこれ以上は我慢が出来なくなった。達してしまいそうで、指を抜き、龍聖の腰を摑んで引き上げると、露《あらわ》になっている赤くなった小さな穴に、昂りの先を押しつけた。グイッと押し込むと、入り口が少し開く。

「あっあっ……んんっんっ」

龍聖が苦しそうに顔を歪めるのに気づいて、それ以上無理に押し込むのをやめた。亀頭の先の部分が少しだけ埋まっているだけだ。スウワンはハアハアと息を荒らげながら、どうしようかと迷っていた。これ以上無理にやると、龍聖を傷つけてしまいそうだった。だが交わらなければならないと教わっている。

龍聖は薄目を開けた。スウワンが息を荒らげながら、龍聖の腰に自分の腰を宛がっている姿が見えた。そこでようやく我に返った。自分のしなければならないことを思い出したのだ。

「んっ」

龍聖はいきんで、後孔を広げるよう努めた。衆道の習い書に、相手が魔羅を菊座に入れようとする時は、いきんで入り口を広げるようにして、魔羅を入れやすくしなければならないと書いてあったのを思い出したのだ。

スウワンは少し入り口が緩んだような気がしたので、ゆっくりとまた昂りを押し入れていった。肉をめくり上げるように、肉塊が押し入っていく。亀頭の太い部分が中に入ると、あとは楽に挿入出来た。腰を摑んだまま、ググッと押しつけて、根元まで深く入れた。

「あっああ――――っあっあっああ――――っ」

龍聖が泣くような喘ぎ声を上げて身をよじらせた。熱い塊《かたまり》が中に入ってきて下腹を押し上げられた。

それは痛くはないが、不思議な感覚だった。

『スウワン様の魔羅が、私の中に入っている』

龍聖はそう思うと、なぜかとても幸せな気持ちになった。

龍神様との性交は、龍神様をお慰めするための奉仕行為だと思っていた。だけど今、スウワンと交わっているこの行為は、それとは明らかに違う。

スウワンに体中を愛撫されるのが、たまらなく気持ち良くて、たまらなく幸せだった。魔羅を中に挿入されるのもとても嬉しかった。龍聖の上で、頬を上気させて、恍惚《こうこつ》とした表情で、無心に腰を揺さぶるスウワンが、とても気持ちよさそうに見えるから、それだけで幸せだった。

スウワンが龍聖を愛しいと思い、この体を求めてくれている。それがこんなにも嬉しいことだとは思わなかった。

スウワンは夢中で腰を動かしていた。知識だけで性交したことはない。『男を抱けるのか』なんて言っていたことはもう忘れた。

龍聖の体はとても魅力的だ。白い肌は絹のような肌触りで、撫でると手のひらに吸いつくようにしっとりとしていた。挿入した体の中は、とても熱くて、内壁がスウワンの肉塊を締めつけるようで、とても気持ち良かった。腰を動かして、昂りを出し入れしながら、内壁に擦りつけると、これ以上の快楽はないと思った。

腰を揺さぶるたびに、甘い喘ぎを漏らすそのかわいい声も、とても甘美だった。

何度か激しく揺さぶってから、すぐに中に精を吐き出した。最初の射精は早かった。爆発寸前の状態で挿入したのだから仕方なかった。スウワンには初めての射精だった。頭の中が真っ白になる。ガクガクと腰を震わせながら、龍聖の体内にすべてを吐き出していた。

「あああっ……うっ……出るっ」

「スウワン様っ……ああっあ――っ」

体の中に、スウワンが気を吐き出したことは、龍聖にも分かった。熱いものが注ぎ込まれるような感覚がした。それを感じて、龍聖もまた射精していた。スウワンの精液は、龍聖の体を変化させるものでもあった。腹の中が焼けるように熱かった。挿入されているスウワンの昂りは、まったく萎《な》える様子はなく、中でまだ硬く昂っているのを感じた。

しばらく余韻を楽しむように、スウワンは動かなかった。初めての射精で、最高の快楽を感じていた。ハアハアと息が弾み、顔には汗が噴き出していた。心臓が早鐘のように打っている。だがすぐにズクンと下半身に痺れを感じて、まだまだ昂りが治まっていないことに気づいた。

再び腰を揺すると、交わる部分から濡れた音がした。中に出した精液が潤滑油のように、肉塊の動きを滑らかにしてくれた。熱く狭い龍聖の中は変わらないが、さっきよりも滑らかに腰を動かすことが出来る。

スウワンはその気持ち良さに、激しく腰を動かした。ベッドがギシギシと軋《きし》むほど、腰を前後に動かすと、昂りが熱くなる。

「あっああっ……いや……激しい……待って……ああっ……スウワン様っ……あああっああっ」

激しく揺すぶられ、奥まで強く突かれて、龍聖は頭がおかしくなりそうだった。内壁が激しく擦られて、ジワジワと得体の知れない痺れが、体の奥から湧き上がってくる。下腹がとても熱かった。

「リューセー……はあはあ……リューセー……」

スウワンは何度も愛しいその名を呼んだ。性欲が止まらない。龍聖のことを思うと、体中の血が沸《ふっ》騰《とう》しそうだった。体中を舐めまわして、何度も中に精を吐き出して、すべてを自分のものにしたかった。

腰を激しく揺さぶりながら二度目の射精をした。それでもまったく腰は止まらない。たくさん精を吐き出しているのだが、昂りは萎えない。

「リューセー……ああ、はあはあ……リューセー、愛してる」

「スウワン様……ああっ」

龍聖は朦朧《もうろう》としていた。気を遣《や》りすぎて気を失いかけていた。激しく責め立てられ、今まで味わったことのない快楽に身を委ねて、何も考えられなくなっていた。

スウワンが腰を動かすたびに、中に大量に吐き出された精液が、交わる隙間から漏れて外に流れ出していた。龍聖の白い尻や内腿を濡らした。

「うっうっうっうっ……あああああっあっ」

スウワンは三度目の射精をして、ようやく果てた。びくびくと腰を痙攣《けいれん》させながら、ゆっくりと龍聖の中から引き抜くと、そのまま倒れるように、龍聖に重なって眠りについた。

スウワンは眩しさで目を覚ました。眠い目を擦りながら、顔を上げてみると扉が半分ほど開いていて、広間の明かりが中に差してきていたのだ。

ベッドには龍聖の姿がなかった。不安になったスウワンは、慌てて飛び起きると、裸のままで部屋の外に出た。するとちょうど部屋に戻ろうとしていた龍聖と、ばったり鉢合わせた。

「あっ……スウワン様」

「リューセー、何をしてるんだ」

「あの……水の音がしていたので、気になって……そこに小さな泉が湧いているのですね。器があったので汲《く》んできて、スウワンのお体をお拭きしようと思ったのです」

龍聖は俯き気味にそう話した。

「そ、そうか」

スウワンはちょっと困ったような、気恥ずかしいような気持ちになって、プイとそっぽを向きながら、龍聖が持つ水の入った器を取り上げた。

「別に自分でするからいい」

そう言いながら、大きなテーブルの所まで持っていくとその上に置いた。ふと見ると龍聖がポツンと所在なげに立っている。

龍聖はスウワンの態度が少しつれないように感じて、戸惑っていたのだ。何か怒らせてしまったのかと思っていた。

「なんだ？」

スウワンが立ち尽くしている龍聖を見て、不思議に思って声をかけた。

「あ、いえ……」

龍聖はまた俯いてしまった。

「腹が空いただろう。食べると良い」

スウワンは、テーブルの上に置いてある果物を指して言った。ファーレンに持たされたものだ。

「あ、でもスウワンは」

「オレの食事は、お前の魂精だ。たくさん貰ったから満足している」

「そうですか」

龍聖はホッとした様子で、俯いたまま少し笑ったので、スウワンはちょっと嬉しくなった。

「ほら、食べなさい……お前が元気じゃないと、子作りも出来ないからな」

「あ……はい」

龍聖は大人しく従って、スウワンの差し出した果物を受け取った。

椅子の端に座り、受け取った果物を食べた。黄色の細長い不思議な果物だったが、食べるととても甘い桃のような味がした。

「口に合うか？」

「はい、美味しいです」

龍聖が嬉しそうにそう言ったので、スウワンは安堵して、器の水に浸してあった布きれを絞ると、それで体を拭き始めた。沈黙が流れる。

スウワンは昨夜、貪るように龍聖の体を求めてしまったこともあり、こんな明るい所で、どんな顔をして龍聖を見て、龍聖に声をかければいいか分からなくなっていた。気恥ずかしいというのもある。それに龍聖はずっと俯いたままで、あまりこちらを見ようとしない。自分と同じように恥ずかしがっているのならいいが、もしも無理やり犯したことを怒っていたならどうしようと思った。

「リューセー」

「はい」

「その……なぜさっきからずっと俯いているんだ。なんでオレの顔を見ない」

我慢出来ずにスウワンは尋ねた。

「あ、も、申し訳ありません」

龍聖は慌てて食べかけていた果物を置くと、立ち上がって深々と頭を下げた。

「何を謝る」

「いえ、うつむいていたことで、スウワン様を怒らせてしまったかと思って……」

「は!?」

スウワンは驚いて思わず声を上げた。

「怒ってる!?　オレは別に怒ってなどいない!」

スウワンが大きな声でそう言ったので、龍聖は驚いて顔を上げた。すると目の前のスウワンが、みるみる困った顔になり、ちょっと頬を赤くしたのを見た。

「あ、いや……大きな声を出してすまない。別にオレは怒っているわけじゃない。これはオレの性格だから、気にするな……お前にどんな顔をしたらいいのか分からないだけだ。優しくしたいんだが……」

そう言ったスウワンは、とても優しく見えた。気恥ずかしさを隠しているのが分かる。龍聖はホッとして笑顔になった。

「良かった……スウワンを怒らせたのではなくて」

「いいから、ほら、食べろ」

スウワンに促されて、龍聖は再び座ると食べ始めた。

「お前は体は拭いたのか?」

「はい」

龍聖は食べながら頷いた。

スウワンはさっきの龍聖の笑顔にときめいていた。なんて愛らしく笑うのだろうかと思った。もっと笑ってほしいと思った。

「リューセー……オレが怖いか？」

「怖くありません！　とてもお優しい方だと思います」

龍聖は慌ててそう答えた。スウワンはそれを聞いてちょっと笑った。嬉しい。

龍聖は服の一番上に羽織っていた薄い衣を、一枚軽く体に纏っているだけだった。明るい所でこうして見ても、細くて儚げな体だと思う。

スウワンは体を拭き終わると、龍聖の後ろに回り、龍聖の体を抱えるようにして椅子を跨《また》いで座った。

「す、スウワン」

「いいから食べてろ」

スウワンはそう言って後ろから龍聖の体をそっと抱きしめた。項《うなじ》に口づけると、ビクリと体が震えた。

「もうあまり香りがしないな、お前の体が変わったんだろう」

「私の体が……変わったのですか？」

「そうだ、オレと交わることで、お前の体はオレ達に近くなる。長い寿命を持ち、そしてオレの子を孕《はら》める体になる」

後ろから耳元でそう囁かれて、龍聖は何も言えなくなった。なんとか食べていた果物を飲み込んだ。

「あ、スウワン」

スウワンが龍聖の衣をたくし上げて、前に伸ばした手で、小さな乳首を指で弄《いじ》ったので、龍聖はビクリと体を震わせた。

「リューセー、お前はオレに抱かれて嫌じゃないのか？」

「嫌では……ありません」

龍聖は乳首を弄られて、ハアと息を吐きながら答えた。頬が紅潮する。

「昨日、お前を抱く前、お前が嫌がっているのかと思ったんだ」

「あっあぁっ……ち、違います、あれは……恥ずかしかったのです」

「恥ずかしかった？」

龍聖はハアハアと息を乱し始めた。両方の乳首を弄られて、体が痺れるような快感が走り、息が自然と乱れてくるのだ。いやらしい気持ちが、体の奥から湧き上がってくるのを感じた。

「スウワンに……ここへ来る途中、接吻されて……あんなに……ああっ……はあはあ……あんなに優しく接吻されて、抱きしめられて……私は……龍神様にお仕えするために来たのに……ご奉仕しなければならないのに……ああっあっ……んっはあはあ……スウワンを一人の殿方として……愛しいと思ってしまったから……惚れてしまったから……交わるのが恥ずかしくなったのです」

龍聖の言葉は、真っ直ぐにスウワンの下半身に届いた。ズクンと熱が集まる。あっという間にスウワンの魔羅は、怒張して高々と頭を上げていた。それを龍聖の背中に擦りつける。

「あっスウワンっ……ああっ」

龍聖は頬を上気させながら、スウワンの腕に身を任せるしかなかった。体の奥からどんどんいやらしい気持ちが湧き上がってくるのを自分で止めることが出来ない。まだ赤く腫れてジンジンと鈍い痛みのある後孔が、勝手に口を開けるのを感じた。

なんて淫らな体だろうと、龍聖は恥ずかしく思った。

スウワンは後ろから、龍聖の太腿の下に左右から手を差し入れて、グイッと持ち上げるように抱えた。

「あっああっ……スウワン……おやめください……恥ずかしい……」

「お前がかわいいから仕方がないだろう」

昂りの先を赤く熟れて開いた口に添えて、抱えている龍聖の体をゆっくりと下ろしながら抱き込んだ。グググッと少し抵抗はあるが、昂りは龍聖の体の中に差し入れられていく。

「あっあああ———っ」

龍聖は体を反らして喘いだ。熱い塊が肉を割って入ってくる。それだけで気を吐きそうだったが、龍聖の性器からは何も射精されなかった。

龍聖を抱き込んだまま、ゆさゆさと腰を揺らした。そのたびに龍聖が喘ぎを漏らした。スウワンも気持ちよさそうに目を閉じて、はあはあとただ息を荒らげて、龍聖の体の中の熱さを感じていた。キュウキュウと締めつけてくる。それがたまらなく気持ち良かった。しばらくその行為を続けた。広間の中に龍聖の甘い喘ぎ声が響いた。

そのままずっと長く続けていると、龍聖の喘ぎに少し泣きが入ってきた。

「リューセー……はあはあ……辛いのか？」

「ああっあっ……気を吐けなくて……ただ気持ちいいばかりで……頭がおかしくなりそうです」

息も絶え絶えにそう言うので、確かにこのままでは精は出せないなとスウワンは思い、龍聖の体を抱き上げて、中から昂りを引き抜いた。

「あああああっ」

龍聖がビクリと体を震わせて喘いだ。はあはあと二人とも息を荒らげながら、スウワンは龍聖の体を抱きしめてそのまま立ち上がった。椅子から離れると、龍聖の手をテーブルにつかせて、尻を突き出させた。そのまま、また後ろから挿入する。

「あああ――――っ」

グッと一気に挿し入れると、龍聖は体を反らせて大きく喘いだ。ギュウッと後孔が締まって、スウワンの肉塊を締めつけた。

「リューセー、リューセー」

スウワンは何度も名を呼びながら、腰を激しく振って、龍聖の中を突いた。パンパンと肉がぶつかる音が響いた。何度か突き立てた後、グッと深く挿《さ》し入れてそのまま小刻みに腰を揺すった。ビュルッと中に精を吐き出す。昨夜あんなに出したのに、まだたくさん出るようだ。勢いよく吐き出される精が、龍聖の中を満たした。

「あんっああっあ」

龍聖は崩れそうになりながら、体の中に注がれるスウワンの熱い迸《ほとばし》りを感じて震えていた。もっともっと欲しいとさえ思った。

「スウワン……あの部屋に……戻りましょう……そしてもっと抱いてください」

「リューセー」

もちろん断る理由などない。スウワンはすぐに龍聖から昂りを引き抜くと、ヒョイと抱き上げて、儀式の部屋へと戻った。

ベッドに龍聖を下ろすと、覆いかぶさり唇を重ねた。龍聖が背中に手を回すので、スウワンも龍聖の体を抱きしめながら、深く深く唇を吸った。互いに夢中で唇を求め合った。はあはあと乱れる息を絡め合いながら、音を立てて激しく口づけ合った。

「リューセー、愛してる」

「スウワンっ……ああっ……愛してます」

互いに囁き合い、唇を求め合い、愛を確かめ合った。

龍聖は手を伸ばして、スウワンの熱い昂りをそっと握った。

「うっ……リューセー」

「スウワン、早くこれを私の中にお入れください。私の中をスウワンでいっぱいにしてください」

「リューセー」

スウワンは龍聖の腰を抱えると、再び昂りを押し入れた。さっき出した精液が、隙間から溢れ出た。ぐじゅぐじゅと淫猥《いんわい》な音を立てる。

「あっあっああっあああっ……スウワンっ……ああっあああ――」

「リューセーっ……はあはあ……辛くないか？　ここは気持ちいいか？」

今度は激しく腰を動かさなかった。ゆっくりと大きく腰を動かして、龍聖との繋がりを確かめるように出し入れした。

「ああっあっ……いい……スウワン様っ……」

ゆっくりと腰を引いて、昂りを引き抜く手前まで引いてから、またゆっくりと奥まで挿し入れる。太い亀頭が内壁を擦った。スウワンは今すぐにでも精を出してしまうほど気持ち良かった。それは龍聖も同じで、快楽の波が何度も込み上げてきて、自分を見失いそうだった。

「うっうっ……あぁっあぁっ……リューセー、リューセー……ううっ」

スウワンはまた龍聖の中に精を出した。


それから何度交わったか分からなかった。眠って起きて交わってまた眠った。スウワンは龍聖の体に溺《おぼ》れ夢中になった。龍聖もまたスウワンに抱かれることに最高の幸せを感じた。他に何もすることはなかった。ただ何度も何度も交わり合った。

何度目かの眠りから、スウワンは突然起こされた。ハッとして上体を起こし辺りを見まわす。隣で龍聖が安らかに眠っていた。スウワンはもう一度、それを感じて、ハアと溜息をついた。

起こしたのは、外で待つスウワンの半身シオンだった。ファーレンが北の城に来たことを告げたのだ。

「リューセー、リューセー」

スウワンは優しく龍聖を起こした。龍聖は目を開けて、スウワンを見ると、柔らかな笑みを浮かべた。チュッと軽く口づけを交わす。

「そろそろ城に戻らなければならない。そこで婚礼を挙げて、お前を正式にオレの伴侶として、シーフォン達にお披露目《ひろめ》するんだ」

「婚礼……ですか」

龍聖は驚いて、思わず聞き返していた。

二人は体を拭いてから身支度をすませると、竜王の間を後にした。来た時の真っ暗な廊下が、今は少しも怖くなくて、龍聖は不思議な気持ちでいた。手を繋いでくれるスウワンの手は、来た時も同じだったのに、あの時は少し手が離れただけでも不安だった。でも今はいつでも側にスウワンを感じられた。

城の外に出ると、ファーレンが立っていた。

「おかえりなさいませ」

ニヤリと笑って恭しく礼をしたので、スウワンはチッと舌打ちをした。

「無事に儀式を終えられたようですね。リューセー様の額に、竜王の証が付いています」

「額に？」

「後で鏡をご覧ください」

ニッコリ笑ってファーレンがそう言うので、龍聖は不思議そうに自分の額を撫でた。額の真ん中には、小さな青い花のような文様が付いていた。

「それに随分仲睦まじくしていらっしゃったようですね。私は本当に安心しました」

「ファーレン！　無粋《ぶすい》なことを言うな」

「いえいえ……私はただ、ずっとシオンが歌を歌ってご機嫌だったので、そうかな？　と思っただけです」

「お前っ！」

スウワンが赤くなって、ファーレンに摑みかかろうとしたので、ファーレンはひらりとかわして自分の竜の背に乗った。

「歌？　竜が歌を歌うのですか？」

龍聖が不思議そうに、金色の竜をみつめた。シオンは目を細めてグルグルと喉を鳴らした。

「さあ、婚礼の準備があります。城へ戻りましょう」

そう言って、ファーレンが先に飛び立っていった。それを二人は見送った。

「……じゃあ、オレ達も行くか」

「スウワン様、竜が歌を歌うとはどういうことですか？　どうしてそれと私とスウワンが仲良く出来たことが関係あるのですか？」

肝心なことはぼかして話していたはずなのに意外とちゃんと話を理解していた龍聖を、スウワンは驚いて思わずみつめた。

「あいつの言うことは気にするな、ほら行くぞ」

スウワンが無視して行こうとするのを、龍聖はジッとみつめていた。

「スウワンは、気まずくなると目を逸らして、口をこう……尖らせる癖がおありですよね」

「え!?」

スウワンが驚いてまた龍聖をみつめると、龍聖はニッコリと笑ってみせた。

穏やかな朝の目覚めだった。スウワンは目を開けると、隣に眠る愛しい者の姿を無意識に探していた。それが日常の当たり前の行動となっていた。

視線を動かすと、そこには寝ているはずの龍聖《りゅうせい》が、ベッドの上に正座して、両手を顔の前で合わせて、目を閉じ一心に祈る姿があった。

スウワンは少し驚いて、数度瞬きをした。なぜ龍聖がそんな格好をしているのか分からなかったので、自分が寝ぼけているのかと思ったほどだ。

「何をしている」

スウワンが龍聖に向かって声をかけた。すると龍聖はビクリと体を震わせて目を開けた。スウワンと目が合うと、みるみる耳まで真っ赤になり、合わせていた手で口を押さえた。

「あ、ああっ……も、申し訳ございません!!」

龍聖はよほど驚いたのか、少し声がひっくり返っていた。ベッドに顔を伏せるようにして平謝りをする。スウワンはまだキョトンと驚いた表情のままで、そんな龍聖をみつめていた。

「何をしているのかと尋《たず》ねたのだ。謝るようなことをしていたのか？」

「い、いえ、あの……私はただ」

スウワンは怪訝《けげん》そうな顔になり、少し身を起こすと右手で頬杖をついて、龍聖をジッとみつめた。

「なんだ？　言えないようなことなのか？」

スウワンが少し怒ったような口調で問いつめるので、龍聖はバッと顔を上げると、まだ真っ赤な顔のままでフルフルと首を振った。

「滅相《めっそう》もありません。ただ……ただ私は、スウワンを……拝ませていただいていただけです」

「拝む？」

スウワンはさらに驚いたように声高に聞き返した。龍聖がコクコクと頷《うなず》いてみせたので、スウワンは思わず笑いそうになりながら、龍聖の腕を摑むとグイと引き寄せた。龍聖はバランスを崩して、スウワンの胸の上に倒れ込んだ。息がかかるほどの距離にスウワンの顔がある。金色の瞳に間近でみつめられて、龍聖はさらに赤くなって、困ったように目を伏せた。

「拝むとはどういうことだ。なぜオレを拝む」

スウワンが少しおかしそうに、笑いをこらえ尋ねる。湯気が出そうなほど顔を赤らめる龍聖が愛しい。

「あの……スウワンの寝顔が……」

「オレの寝顔が？」

「あの……あまりにも美しくて……神々《こうごう》しくて……里の寺に安置されていた観音《かんのん》様を思い出してしまって……それで……」

龍聖がもじもじしながら答えた。スウワンはそれを聞いて、驚いたように目を丸くした。

「カンノンサマとは……以前、お前が言っていたホンロンワン様が現れた池を守っているという聖地に祀《まつ》られている像のことだな？」

「そうです。それです！」

スウワンが覚えていてくれたことが嬉しかったらしく、龍聖は満面の笑顔になって何度も頷いた。

その顔があまりに愛しくて、スウワンは思わず目を細める。

「まあ……ホンロンワン様は、オレの祖父にあたるのだから、似ているのかもしれないな。そのカンノンサマという像の顔が、ホンロンワン様に似ているのであれば……しかし……オレを拝むなんて……まったく」

スウワンは呆《あき》れたように溜息をついてから、すぐにククククッと笑い始めた。

「まさかいつもやっていたわけじゃないだろうな？」

「えっ!?」

龍聖が動揺したので、スウワンはまた目を丸くした後、今度は大きな声で笑い始めた。

「ダメだ、ダメだ……もうオレを拝むな。拝むのは禁止だ！」

スウワンは笑いながらそう言って、龍聖をギュッと抱きしめた。

「え？　ええっ！　な、なぜですか？」

龍聖はとても驚いて慌てた様子で、スウワンの顔を見上げた。

「なぜだと？　ばかな……どこの世界に、夫の寝顔を拝む妻がいるものか」

笑いながらスウワンがそう言ったので、龍聖は赤くなりながらも、ダメだと言われたのがショックらしく、困ったように眉根を寄せて唇を尖らせた。

「良いではないですか……スウワンが寝ている間ならば……」

ならば気づかれないように勝手にやればいいのに、きっとこの素直で正直者の愛しき伴侶は、ダメだと言われれば、もう二度とやらないのだろうと分かっていた。だからそんな龍聖も、拗《す》ねたような顔をしている姿も、とても愛しくてスウワンは笑いが止まらなかった。

「そんなに笑わないでください」

龍聖が困ったように言ったが、スウワンは龍聖を抱きしめたままアハハと笑い続けていた。それにつられるように、困って拗ねたような顔をしていた龍聖も、クスクスと笑いだした。笑う龍聖の顔をスウワンは愛しそうにまた目を細めてみつめる。

「なんですか？」

「お前の笑顔は良い。最近、お前が良く笑うようになって、オレは本当に嬉しい」

「え？　私、以前は笑っていませんでしたか？」

「いや、お前は初めて会った時から、とても優しく微笑んでくれていた。だけどいつもどこか緊張しているというか……お前はオレを神様と思っているから、遠慮して控えめにしていたと思う。だけど最近は、お前も声を出して、本当に楽しそうな笑顔を見せるようになった。それが嬉しい」

スウワンがしみじみとした様子で言うので、龍聖は恥ずかしくなってスウワンの胸に顔を埋めた。その頭をスウワンは優しく撫でる。

「それは……それは私がとても幸せだからです。スウワンが私をとても大切にしてくださり、優しくしてくださるからです。毎日愛していると言ってくださり、抱きしめてくださる……私は毎日が幸せに満ちております」

龍聖はスウワンの胸に顔を埋めて、頬を染めながらそう言った。龍聖は心からそう思っていた。だから拝まずにはいられなかったのだ。

「リューセー、キスしてくれ、そしたら拝んだことは許してやる」

龍聖は言われて、おずおずと顔を上げると、恥ずかしそうに目を伏せて、頬を染めながら少し体を上へと動かし、スウワンの唇にそっと唇を重ねた。龍聖がどんな恥ずかしがることでも、スウワンの言うことには絶対に従うことを知っていて、時折こんないじわるな命令をする。

スウワンは龍聖の唇を食《は》むように吸い返した。深く吸って舌を差し入れて、愛撫するように龍聖の舌に絡める。軽いキスですませるつもりなどなかった。

抱きしめる龍聖の体を撫でて、右手は龍聖の長い衣をめくり上げて、白い柔らかな尻のふくらみを掴むように揉んだ。そのまま指を後孔へと挿し入れる。

「んっ……ああっ……」

龍聖が朱《しゅ》に染まった顔で声を漏らし身を捩じらせる。スウワンは唇を離さず、舌を絡め続ける。孔《あな》の中を弄《いじ》る指先は、昨夜の情事の痕跡に触れていた。まだ中にはスウワンが注いだ精が、たっぷりと残っている。

スウワンは身を起こし、体を反転させると龍聖の上に覆いかぶさる。わざと音を立てるように、いやらしく唇を吸って、龍聖の両足を抱えると、グイッとそそり立つ昂《たかぶ》りを挿入した。

「んっあっああっ」

龍聖が甘く喘いだ。熱い肉塊《にくかい》が、体の中を刺し貫く。昨夜激しく何度も抱かれて、龍聖の後孔は擦れてジンジンと赤く腫《は》れていた。再びそこを広げられて、少し痛みを感じる。しかし快楽の方が勝った。

「スウワン……ああっ……スウワン……」

甘い声で名を呼ばれ、スウワンは興奮して激しく腰を動かし突き立てた。

「リューセー……オレの子を孕《はら》むまで、いくらでも注いでやろう」

スウワンは息を荒らげながら、掠《かす》れる声でそう呟《つぶや》いた。

「ああっあっあっ……スウワンっ」

龍聖は背を反らして喘いだ。スウワンは龍聖の中に精を吐き出した。


龍聖がこの世界に来て、間もなく一年が経《た》とうとしていた。それは二人にとってはあっという間の時間だった。婚礼の儀を無事に終えた後、シーフォン達に龍聖がお披露目《ひろめ》され、国民の前でもお披露目された。

それから龍聖にはやることがたくさんあった。まずはエルマーンの言葉を覚えなければならず、それ以外にも龍聖がスウワンの日常の世話をやりたがったので、エルマーンの慣習などを覚えなければならなかった。

言葉も慣習も、学ぶための資料や辞書などはなかったので、色々な人に尋ねながら、懸命に学んだ。おかげで言葉はなんとか話せるようになった。

そんな言葉の勉強には、良き場もあった。龍聖と話をしたがるシーフォンの女性達がたくさんいたので、毎日のように色々なところでお茶に招かれた。そこで彼女達と話をすることが、言葉を覚える早道となった。

そしてスウワンが外交で国を留守にする時以外は、ほぼ毎日性交を求められた。何もせずに寝たことなどはない。スウワンは毎日でも、激しく龍聖の体を求めた。龍聖はもちろんそれを拒《こば》むことはなかった。


「申し訳ありません」

情事の甘い余韻に身を委《ゆだ》ねながら、スウワンの腕の中で龍聖がポツリと呟いた。

「なんだ？　何を謝る？」

「もう一年も経つというのに私が子を孕まなくて……申し訳ありません」

「またそのことか？　何度も言っただろう。我々シーフォンは、子が出来にくいのだ。元々竜族は番《つがい》で子を作ることがなかった。子は自分の分身。自分が死ぬ時に、ただひとつの命を卵に委ねるのだ。それが今では他人である別の者同士で婚姻し、ひとつの命を作ろうというのだから、そう簡単なものではないだろう。寿命の短い生き物ほど、繁殖力が強いという。我らは四、五百年も生きるのだ。子を作るのに五年や十年掛かったところで、どうということはない」

スウワンは乱暴な口調ではあるが、龍聖を宥《なだ》めようとしているかのように、そう言い聞かせて龍聖の頭を撫でた。額に優しく口づけると、龍聖は目を閉じた。

「でも……こうして毎日、スウワンが尽くしてくださるのに孕めないなんて……私がいけないのでしょうか？」

「馬鹿なことを言うな……お前は素晴らしい。何も悪くなどない。足りないならばもっとしてやってもいい。いくらでもお前の中に精を注ごう。それにオレは子作りのためだけにお前を抱いているわけではないのだからな」

「え!?　私がなかなか子を孕まないから、毎日努力されているのではないのですか？」

龍聖が驚いて顔を上げてそう尋ねた。目が合うと、真剣な眼差《まなざ》しでみつめてくるので、スウワンは恥ずかしくなって、少し顔を歪《ゆが》めた。

「努力なんてしていない……オレは好きでお前を抱いてるんだ。お前がかわいくて、愛しいから、抱かずになどいられるものか……公務がなければ、オレは一日中だってお前を抱いていたいくらいだ。大体……その気もないのに勃起なんてしないし、努力なんてもんで欲情はしない。そんなもんで毎日性交出来るか」

スウワンはばつが悪そうに、少し頬を赤らめながらブツブツと答えた。見ると龍聖はそれに対して何も言わずに、ただじっとスウワンをみつめている。

「な……なんだ」

「私……自惚《うぬぼ》れだと思っていたのですが……スウワンは私の体を抱いて、気持ち良くなられていますか？　私の体で少しは満足されていますか？」

真剣にそう尋ねられて、スウワンは耳まで真っ赤になった。

「ば……馬鹿なことを言うな！　ものすごく気持ちいいに決まっているだろう!!　大満足だ！　オレはお前の体に夢中だ！　お前をこうやって抱きしめるだけで興奮してくるんだ！　ベッドで毎晩お前を抱きしめて、そのまま何もせずに眠るなど出来るわけがない！　どうだ！　分かったか！」

スウワンは怒ったように乱暴な言い方でそう言ったが、龍聖はふわりとこぼれるような笑顔になった。

「スウワン！　ああ……嬉しい……とても嬉しゅうございます！」

龍聖はそう言ってスウワンの首に腕を回すと、縋《すが》りつくようにギュッと抱きついて自ら口づけをした。スウワンは驚いたが、すぐにその口づけに応《こた》えた。

「仲の良いことは、大変喜ばしいことだとは思いますよ？　婚儀をされて一年……ああ、〃まだ〃一年と言いたいのでしょうが……でも仕事をさぼってまで、一日中睦《むつ》み合うのは、どうかと思いますがね」

腕組みをして嫌味たっぷりにファーレンがそう言った。

「毎日睦み合っていらっしゃるんでしょう？　別に明日から遠征に行くというわけでもないし、また今夜もゆっくりなさるのでしょう？　陛下は公務を何だと思っていらっしゃるのですか？　昨日は謁《えっ》見《けん》を待つ隣国の使者もいたというのに……色欲に溺《おぼ》れている場合ではないでしょう」

ファーレンの小言を、スウワンは腕組みして、椅子にふんぞり返って座り、眉間にしわを寄せて、口をへの字に曲げて聞いていた。

「いちいちうるさいな……王の夜の営《いとな》みにまで、宰相《さいしょう》は口出しするのか？」

「好きで口出ししているつもりはありません。私は公務を第一に考えているので、それをさぼった陛下をお諌《いさ》めしているだけです」

ファーレンはまた嫌味を言った。スウワンはチッと舌打ちをする。

「さぼったのは悪かった。謝る。……でも今夜はやらないし……医師からたっぷり叱られた後なんだ。もうこれ以上の小言は勘弁してくれ」

スウワンがぶつぶつと言ったので、ファーレンは少し驚いたような顔をした。

「医師から叱られた？　なぜです？」

「……リューセーに、無理をさせすぎだと叱られたのだ。今朝起きたら、リューセーが熱を出して、ぐったりとしてしまっていて、医師を呼んだら……しばらく性交は禁止と言われてしまった。それに毎日もだめだと言われてしまった」

「それは、それは……何事もやりすぎはよくないということですな」

ファーレンは呆れたような顔で答えた。スウワンはムッとして口を尖らせた。ファーレンは、しばらく黙ってそんなスウワンをみつめていたが、はあと大きく溜息をついて、肩をすくめてみせた。

「兄上……リューセー様を愛されているのは分かりますが、よくもまあそんなに毎日出来るものですね」

「お前は年寄りだから、勃たないんだろうが、オレはまだ若いんでね」

スウワンが嫌味を返したので、ファーレンは苦笑した。

「いやはや、それにしてもまったく感心いたしますよ……あんなにリューセー様に会うのを怖がって逃げまわっていた方が、なんともまあ……別に子作りが目的ではないのでしょう？」

「うるさいな！　そうだよ！　別に子供なんてまだ出来なくともいいよ！　オレはリューセーを抱きたいだけだ。オレはリューセーを抱きしめただけで、ものすごく興奮するんだ。毎日だって……いつだって興奮するさ！　悪いか！」

「そんなに開き直って怒鳴らなくても……。無理強いしているんでしょう？　リューセー様は嫌とは言わないのですか？」

「リューセーが嫌だなどと言うものか！　あいつもオレに夢中なのだ。悪いか！」

「悪いとは言いませんよ……おかげで色々と良い効果もありますからね……」

ファーレンは肩をすくめてみせてから、やれやれというような顔でポツリと呟いた。

「良い効果とはなんだ？」

「……兄上が調子に乗るので、あまり言いたくはないんですけどね」

ファーレンはそう言って、スウワンの向かいに座ると、用意されているお茶を手に取ってゆっくりと飲んだ。スウワンは訝《いぶか》しげな顔をして、そんなファーレンをしばらくみつめていた。しかしなかなか話を始めないので、焦《じ》れて「おい！」と催促をする。

ファーレンはひとつ溜息をついてから、チラリとスウワンを見た。

「リューセー様が子作りに励まれて、そういう……営みを頻繁《ひんぱん》にされて、満足されていると、それがシーフォンの女性達へ影響を与えるようです。よく女性達がリューセー様に会いたがり、親しく話をさせていただいているのも相まってのようですが……最近はあちこちで、めでたい報告が聞かれております」

ファーレンは言葉を選んで、遠まわしにそう話した。スウワンは今ひとつ意味が分からないようで、眉を寄せて首を傾げている。

「女達に影響って……なんのことだ」

「我々シーフォンの出生率が低いのは、元々子が出来にくいというのもありますが、それに輪をかけて、女性達が性交をあまりしたがらないということもあるではないですか……それが良い方向に変わっているということですよ」

ファーレンは補足するように言ったが、まだスウワンの反応が悪いので、心の中で舌打ちをして、ズズッと一口わざと音を立てて茶をすすった。

「昨夜は……私の妻から誘われまして、何年振りかで私も交わりましたよ……結婚して随分《ずいぶん》になりますが、妻の方から求めてきたのは初めてです」

「あっ！　そういうことか！」

そこでようやく理解したスウワンが、手をポンと叩いて言った。

「そんな影響があるのか!?　なんだ良い話じゃないか!!　しかしお前、そんなに何年もやってなかったのか？　溜まっていたんじゃないのか？」

「兄上のおかげで、気苦労が多く、まったく性欲など湧いておりませんでした」

「人のせいにするな、年寄りだからだろう……で？　昨夜は上手く出来たのか？　奥方は満足したのか？　また子が出来たのではないか？」

スウワンがニヤニヤとしながら尋ねたので、ファーレンは苦虫を噛み潰したような顔になった。

「そうやって面白がるから言いたくなかったんだ……おかげ様で上手く出来ましたよ。私も満足したし、たぶん妻も満足したでしょう……どうせ歳ですから、もう今さら、子は出来ないのではないですかね？　さあ、これで満足ですか？」

一通り質問に答えてから、投げやりにそう返した。それをスウワンはニヤニヤと嬉しそうに聞いている。

「お前の奥方は美しくていい女ではないか。歳の割には若いし、まだまだいけるのではないか？　今夜もがんばってみろよ」

「ついこの前まで童貞だった貴方《あなた》に、人の夫婦生活に口出ししていただきたくないものですね」

「お前！　なんだその言い方は！　王を軽んじているだろう！」

「兄上！　今の会話は、王と臣下としてされたのですか？　それとも兄弟としてされたのですか!?　臣下相手のつもりなら、こんな戯言《ざれごと》はここまでです。仕事に戻りましょう」

赤い顔をして怒鳴ったスウワンに、ファーレンがびしりと返したので、スウワンは何も言えなくなりまた口をへの字に曲げた。

「……すまない。兄弟だ。お前とは兄弟としてこういう戯言を言い合う時間が欲しいんだ。許せ」

「ええ、許しますとも……兄上ですから」

ファーレンは諦めているというように苦笑した。

「しかし冗談はさておき……良かったではないか。お前だってまったく性欲がないというわけではないだろう？　歳とは言ってもまだまだ現役だろうし……そんなに奥方とは上手くいってなかったのか？　仲良さそうだと思っていたんだが……」

スウワンが頬杖をついて、もう反省は忘れたかのように話を続けた。ファーレンはやれやれというような顔になって、また茶をすすってから首を振ってみせた。

「仲は良い方だと思いますよ。喧嘩《けんか》はほとんどしないし、私が職務で忙しいことにも妻は理解があります。ただまあ……結婚当初からですが、やはりうちの妻も性交が好きではなくて、そんなには応じてくれませんでしたからね。子が生まれてからは、子育て中心で、子が生まれたのだからもう良いだろうという雰囲気になって、さらに性交出来なくなりましたね」

「それは……気を悪くするなよ？　……その……お前があまり上手くないからじゃないのか？」

「十分気を悪くする言葉ですね。失礼な……これはもちろん結婚前の話ですが、若い頃は他国へ外交に行った時などに、人間の女を相手に性交の練習を幾度もしたことがありますよ。兄上と違って、妻が初めての相手ではありませんから、妻を相手にした時は、それなりに手管《てくだ》もあったつもりですけどね」

「お前だって失礼じゃないか、いつまでオレの童貞の話を引っ張るつもりだ」

二人は腕組みをしてムッとした顔で睨《にら》み合った。

「兄上はリューセー様だけで、シーフォンの女を知らないから、そんなに簡単に言うのですよ。我ら竜族は、元々雌雄《しゆう》同体。だからシーフォンの女にも本能的に、男の性の名残《なごり》があるようで、組み敷かれ抱かれることを好みません。それにどんなに丁寧にやってあげたところで、女は最初のうちはどうしてもかなり痛いらしいのです。初めての時は出血もします。最初のそれが尾を引いて、二回目以降も嫌がるようになるのです。子を産むのもまたひどく痛くて辛《つら》いらしく……だから女どもは生殖行為に対して興味を持たないようです。我々は女性に対して立場的に弱い。嫌と言われたらそれまでです。人間とは違うのです」

「ふうーん」

スウワンはファーレンの話を興味深げに聞き入っていた。

「でもずっと痛いばかりではないのだろう？　女だって気持ちよくなるんだろう？　女も射精するのか？」

「しませんよ。そもそもあそこの作りが違いますから……男のように、長いものは付いていません」

「そうなのか？」

驚くスウワンに、ファーレンは喉元まで『これだから童貞は』と言いかけたのを飲み込んだ。さすがにそれは不敬だと思ったからだ。そもそも竜王は女と交わる必要がないので、そのようなことは一切教えられなかったのだろうと思う。リューセーは男性だと最初から分かっているのだし、父がもしもスウワンに、性教育をしていたとすれば、男の体の愛し方くらいだろうと思った。だからからかうのは気の毒だと思ったのだ。

「兄上だって性交の時に、あれを相手に挿入するでしょう。女性にはそれを受け入れるための穴が別にあるのです」

「え!? 尻の穴ではないのか?」

「違います。それ用の穴です。まあ兄上には関係のないことですから、そういうものだというくらいの知識として覚えておかれてください」

「どこにその穴はあるんだ?」

「……小用をする性器と尻の穴との間辺りにあります……今さら性教育ですか? 兄上はリューセー様だけなのですから関係ないでしょう」

「それはそうだが、知らないから聞いているんだ。男と女の違いは胸があるかないか程度だと思っていたんだから、知識としては知らないと後でびっくりするだろう」

「なぜ後でびっくりするのです?」

「オレにも娘が生まれるかもしれないじゃないか」

「ああ……まあそうですね」

一応、自分の子供のことも考えているのかと、ファーレンはちょっとだけ驚いた。

「とにかく女性にはそういう穴があって、性交の時にしか使わないものなので……ああ、もちろん子が出来れば、その穴から子供は出てくるのですが……初めて性交をする時に、そこが傷ついて出血したりするのです。それがとても痛いらしくて、女は性交が気持ちいいものと思わないまま、もうやりたくないということになってしまうんですよ」

「へえ……でもさっきも聞いたけど、女も気持ち良くならないのか？」

「何度かやれば、気持ち良くなるようです。人間の女とした時は……相手がそういうことに慣れていたので、とても気持ちいい様子でしたよ。場合によっては男よりも気持ちいいとも聞きます」

「へえ」

スウワンは素直に感心しているようだった。性的な興味というよりは、初めて聞く話に興味があるという様子だったので、ファーレンは仕方ないなと諦めた。

「それで？　昨日の奥方はどうだったんだ？」

「なんで私の妻の話をしないといけないんですか？」

「お前達夫婦の危機じゃないか。兄として心配だ……そんなに何年も性交してないなんて……」

「だから余計なお世話ですよ。シーフォンの夫婦では普通です。普通」

「馬鹿！　お前な、夫婦にとって性交はとても大事なことだぞ？　お前も奥方と同じように、子作りのためだけのものと思っているのか？　愛しているならば抱きたいと思うのが普通だろう。時々は交わらないと、愛も冷めてしまうぞ？　お前だってやりたくなる時はあるだろう？　最近はともかく……子が出来たからもうしないというわけじゃないだろう」

「それはそうですけど……私だってもっと若い頃は、子作りに関係なく、ただやりたいと思う時だってありましたよ。だけど妻から嫌だと断られたら、やる気も萎《な》えるじゃないですか……本気で怒って嫌がるんですから……」

「それは萎えるな」

スウワンは少し同情して頷いた。

「だけど昨夜は上手くいったんだろう？　奥方も満足したんだろう？」

さらに突っ込んだ問いに、ファーレンは困ったように頭をかいた。

「まあ……たぶん……良かったのではないかと思いますよ……気持ちよさそうだったと……思います」

ファーレンは答えながら、まったく何の話をしているのだと内心苦笑していた。

「それはよかった。ならこれからもう少し頻繁に励むことだな。夫婦仲もさらに良くなるだろう」

「兄上は少し控えてくださいね」

お互いに『余計なお世話だ』と思って、ニッと笑い合った。

「さてと、それでは〝陛下〟には、欲求不満になる暇もないほど、がむしゃらに働いていただくことにいたしますか……リューセー様がいらしてから、我々もリューセー様が早くこの国に慣れるようにと、陛下の仕事を抑えてまいりましたが、仕事は山のように残っております。そろそろ本気で政務に取り組んでいただきましょう」

それまで兄上と呼んでいたファーレンが、陛下と呼び方を変えて、気持ちを切り替えたので、スウワンはギョッとした顔になった。

その日龍聖が熱心に書き物をしていると、一人の女性が部屋を訪ねてきた。

「イザベラ様」

突然現れた美しい貴婦人の姿に、龍聖は驚いて慌てて立ち上がった。

女性は微笑んで優雅に会釈《えしゃく》をする。

「リューセー様のお加減が悪いと伺《うかが》ったので、お見舞いに参ったのですよ」

そう言って、美しい白い花束を胸に掲げてみせた。

「それはわざわざありがとうございます。確かに昨日までは、まだ床に伏していましたが、今はもうすっかりいいのですよ……どうぞこちらにおかけください」

龍聖は書き物をしていた道具を片づけて、中央の椅子にイザベラを招いた。

「何かお仕事をされていたのですか？」

イザベラが、龍聖が片づけた道具を目ざとく見つけて言ったので、龍聖は少し赤くなって首を振った。

「いいえ、エルマーンの文字の勉強をしていたのです。覚えた言葉などを、練習の意味も込めて書き留めておこうと思って……それを私の国の言葉に直したものも書き添えておけば、後々私の次の龍聖が来た時に、少しは役立つかと思いまして……」

イザベラはそれを聞いて、とても驚いたように目を見開いた。

「リューセー様は、本当に学識がおありなのね……努力家だし……感心いたしますわ。私はリューセー様から学ぶことばかりです」

褒めるイザベラに、龍聖は困ったように笑いながら、見舞いの花を受け取った。侍女を呼んで活《い》けるようにと指示した。

貰った花も美しいが、持ってきたこの貴婦人の方が遙《はる》かに美しいと龍聖は思っていた。初めて会った時は、天女様かと思ったほどだ。

特にサラサラとした美しい紫色の長い髪は、陽の光が当たるとキラキラと輝いて宝石のように美しかった。大きな瞳も紫で、白い細面《ほそおもて》の顔は、天女様のように美しかった。

歳は少し年配で、父の後添えになった義母くらいだと思うが、もっと若くも見えた。物腰が柔らかく、品のあるこの貴婦人は、何を隠そうファーレンの奥方である。

何度かお茶に呼ばれて、親切にしてもらっていて、シーフォンの女性達の中では、一番親しくしてもらっていると思う。

龍聖はうっとりとイザベラの姿をみつめながら、用意したお茶をテーブルに並べて、向かいの椅子に腰を下ろした。

「本当にご心配をおかけして申し訳ありませんでした。でも別に病気などではありませんから……私が未熟だったのです」

龍聖が恥ずかしそうにイザベラに語ったので、イザベラはホホホと笑った。

「なんとなくは……主人から聞いています。でもそれがリューセー様の未熟さと関係があるのですか？」

「私がひ弱で、体力がないからこんなことになったのです。体の鍛錬《たんれん》を随分怠《おこた》っていました。私は向こうの世界で、ずっと病人の振りをしていたのです。家の事情もあるのですけど……でもずっと病人の振りをして家に籠《こも》っていては、体が弱くなってしまうからと、時々鍛錬をしていたのです。それがこちらに来てから、この一年、まったく何もせず……怠《なま》けてしまっていました。スウワンには申し訳ないことをしたと思っています」

「やはり体力は必要なのですか？」

「え？」

イザベラに改めて聞かれて、龍聖はカアッと耳まで赤くなった。

「まあ……すべてにおいてそうだというわけではないと思いますが……スウワンは……その……時折たくさん私を愛してくださるので……」

龍聖はもじもじと俯《うつむ》いて答えた。そんな様子を、イザベラは微笑ましく思ってみつめていた。お茶を一口飲むと、ほうと息を吐く。

「リューセー様、私ね、今日はお礼を言いたくて参ったんですよ」

「お礼？」

龍聖が不思議そうに首を傾げると、イザベラは微笑みながらカップをソーサーの上に置いた。

「以前お会いした時に、夫婦のことについてお話ししましたよね？　それで私が陛下とリューセー様の夜の営みについてお伺いして、とても驚いて信じられないと言ったこと……覚えていらっしゃいます？」

「あ、はい……イザベラ様は……あまりお好きではないとおっしゃって……」

「そう、私は性交が本当に嫌いでしたわ。だって……あんな痛いだけのこと……子供を作るためだから仕方ないと思っていたけれど、それ以外ではもうするつもりはありませんでした。うちは息子が一人生まれましたので、もう必要ないと……。主人はもう何人か欲しいように言っていたのですが、私がもう嫌で……。だから私、主人とは本当に数えるくらいしか性交をしたことがなかったんです。でもこれは私だけではなくて……他の奥方達にも伺ったら、みんな同じことを言っていましたわ。夫に強く言われて、子供を二人産んだ方もいらしたけれど……私の主人は、私が嫌だと言ったら、それ以上は諦めてくれたので、そのままになっていたんです……だからリューセー様の話を聞いて本当にびっくりしてしまって……」

「あ、あの……でも、私は男ですから……ご婦人方とはまた、違うとは思いますよ」

龍聖は困ったような顔で言い訳をした。そんな様子をみつめながら、イザベラは微笑んでみせた。

「でも陛下が毎日のように求められると伺って、それもびっくりして……主人はそんなことまったく言わないものですから……同じ兄弟なのに……と思ったんですよ。でもね、後でよく考えたら、主人はもっと性交をしたかったんじゃないかと思ったんです」

イザベラが笑ってそう言ったので、龍聖はまた首を傾げた。

「思い出すと、夫婦になったばかりの若い頃は、よく主人は夜、寝所に入ると体に触れてきましてね……私も主人を愛していましたから、キスをしたり抱きしめ合ったりすることは嬉しかったんですけど、それ以上は……。だからいつもそれ以上を求めてくると拒んでいました。でも考えてみれば、あの頃の主人は毎晩でもしたかったのではないかな？　と思い当たったのです」

イザベラはそう言ってコロコロと笑った。龍聖は少し驚いたような顔になって、そんなイザベラをみつめていた。

「男の方って、やっぱり性交がお好きなんでしょ？」

「そ、そうですね……たぶんご婦人よりは好きかもしれませんね。そういう遊女の店などもあるくらいですから……この世界でどうなっているかは存じ上げませんが……」

龍聖は困ったように答えた。

「あの話を伺った時、私には信じられない話だと思いましたけど……あれからずっと考えて、リューセー様が本当に幸せそうな……嬉しそうなお顔で話されていたことを思い出して……リューセー様は陛下が気持ち良くなられることが嬉しいとおっしゃったでしょ？　そういう考え方もあるのだと思ったら……私が今まで考えていた性交に対する印象が少し変わったのです。つまり……子作りだけが目的ではないのだと……」

真面目な顔になってイザベラが言ったので、龍聖も真面目な顔になった。

「そうですね……私は逆に自分が男であることとか、見目が美しくないことが劣等感のようになっていて、こんな私の体でも、スウワンが欲しいと思ってくれることがなによりも嬉しいと思いますし、スウワンは本当に私に優しくて、私が気持ちいいように尽くしてくださいます。それもとても嬉しくて……毎晩、求められることが本当に幸せだと思っているのです。愛されていることが嬉しいのです」

龍聖が話しながら次第に幸せそうに顔を綻《ほころ》ばせるのを、イザベラはうっとりとした表情でみつめていた。そしてほうと溜息をついた。

「それですわ……そんなふうに、本当にお幸せそうなお顔で、リューセー様が言うものだから、なんだか私も性交に興味を持ってしまったんですの」

「え？」

　イザベラの突然の言葉に、龍聖は驚いた。

「ですから先日、思いきって主人を誘ってみたんですよ。もう何年もしてなかったんですけど……」

「え!?　そ、それで……いかがでしたか？」

　龍聖はドキドキしながら尋ねた。イザベラはフフフと口元を押さえて笑う。

「それが思いのほか……いえ、思っていた以上に良くて……主人もね、もしかしたら以前もそうだったのかもしれないけれど……とても優しく私の体を扱ってくれて、少しも痛くなんてなかったし……気持ち良くて……リューセー様がおっしゃっていたことが分かりましたわ」

「そうですか」

　龍聖は少し赤くなりながらも、嬉しそうに頷いてみせた。

「ですからこれからは、もう少し頻繁に誘ってみようかと思いましてね……主人はきっと私から言わないと、私に遠慮して求めてこないと思うんですの。でもそう思ったら、やっぱりリューセー様のおっしゃる通り……夫婦の営みってとても大事なのだと思いましたわ。私、改めて主人に今も変わらず愛されているのだと分かりましたもの……そのうち、主人の方から求められるようになりたいとも思いました。もう若くないから、子供は望めないと思いますけど、子作りのためではなく、夫婦のための性交もあるのだと、リューセー様に教わりましたから……本当に良かったと思って……それでお礼を言いたくて伺ったんですの」

　イザベラが嬉しそうな顔でそう言ったので、龍聖もとても嬉しくなって微笑んだ。

「それは私のおかげなどではありませんよ。お二人が仲よく長く連れ添ってこられて、お互いに今も愛し合っているからこそ、それが実現したのですから……私はお二人が羨《うらや》ましいです。私もそんなふうにいつまでもスウワンと愛し合っていられたらと思います」

　二人は楽しそうに微笑み合った。


　龍聖は一人で黙々と勉強をしていた。時々不安そうに扉へと視線を送る。ここ最近、スウワンは帰りが遅かった。政務がかなり忙しいらしく、遅く帰ってきて、とても疲れた様子でそのまま眠ってしまうことが多かった。

　龍聖が熱を出して寝込んで、医者からスウワンが叱られた日から、もう五日も経っている。その間一度も性交をしていなかった。龍聖の体はもう大丈夫なのだが、今度はスウワンが忙しそうで、それどころではなくなっている。

　仕事で疲れているスウワンの体も心配だが、五日も何もないことに龍聖は少しばかり不安になっていたのだ。

　スウワンは優しい。龍聖の体を気遣っているのかもしれない。もちろん本当にヘトヘトに疲れていて、そんな気分になれないのかもしれない。でもイザベラの話を聞いたら、逆に龍聖の方が不安になってしまったのだ。シーフォンの夫は、妻が性交を嫌がれば無理強いしないという。それでイザベラとファーレンは、もう何年も何もしなかったのだ。

　もしも今回のことがきっかけで、スウワンが龍聖の身を案じて、このまま何もしてこなくなったらどうしよう？　子供を産めなかったら、役立たずと離縁されてしまうのではないだろうか？　そんなことまで考えてしまっていた。

龍聖の生まれた時代、日本では子を産めない妻は、三行半《みくだりはん》を突きつけられて簡単に離縁されていた。それが当たり前だった。そんな環境で育った龍聖が、たった五日何もされないだけで、嫁いで一年子が出来なかっただけで、そんなふうに考えてしまうのは仕方のないことだろう。

カチャリと音がしたので、龍聖はハッとして顔を上げた。扉が開いてスウワンが入ってきた。龍聖を見て少し驚いた顔になる。

「まだ起きていたのか」

「あ、お帰りなさいませ……お仕事大変だったのですね」

龍聖は急いで勉強の道具を片づけると、スウワンの下に駆け寄った。マントを外すのを手伝い、脱いだ上着も受け取る。

「遅くなるから先に寝ていても良いと言っただろう？」

「はい、申し訳ありません」

龍聖は深く頭を下げた。

「謝る必要はないよ。別にお前が悪いことをしたわけではない。お前のそのすぐに謝る癖は直らないな」

スウワンが苦笑して、龍聖の頬をそっと撫でてから言うと、龍聖は少し頬を上気させてまた謝った。

「スウワンが先に休んでいろと言ったのに、私はそれに従いませんでした。だから謝罪したのです。申し訳ありません」

スウワンは困ったように笑って、龍聖の美しい黒髪を撫でた。

「お前はオレを気遣って先に休まなかったのだろう？　だからそういう時は謝らなくても良いんだよ」

愛しそうに目を細めて、従順な妻をみつめた。スウワンにとって、龍聖の存在こそが癒やしだった。どんなに政務で疲れていても、部屋に戻ってこうして龍聖が笑顔で駆け寄って出迎えてくれるだけで、どれほど心安らぐか分からない。口では先に休めと言っても、こうして起きて待っていてくれたのは、やはりとても嬉しかった。でも先日、無理をさせて倒れてしまったから、まだ龍聖の体を案じていて、素直に「起きててくれてありがとう」とは言えなかったのだ。

「すぐにお休みになりますか？」

「ああ、そうだな……疲れたからもう寝る」

スウワンは大きな溜息をついてから、寝室の方へと歩きだした。龍聖もその後についていく。

スウワンは歩きながら服をバサバサと脱いでベッドまで辿り着いた。一番下に着ている薄い生地の下着代わりの長衣だけになると、そのままベッドに入った。

龍聖はスウワンが脱いだ服を拾いながら後に続いた。それを丁寧に畳んで、寝室にある棚の上に置くと、自分も上着を脱いで、スウワンと同じような格好になった。急いでスウワンの隣に行く。

スウワンは龍聖が隣に来ると、腰を抱き寄せた。頬に軽く口づける。

「寝る前にお前と少し話がしたいな……最近忙しくて、お前と過ごす時間がない」

龍聖はスウワンの肩に頭を乗せて体を寄り添わせた。

「そんなにお忙しいのですか？」

「ああ、他国とのごたごたの整理が面倒だ……今、我が国と国交を結んでいるふたつの国が争っていて……まだ戦争にまでは至っていないが、我が国が間に入って仲裁をしているところだ。……まあそれも面倒なのだが、もうひとつ気になることがあって、最近、アルピンの人口が減ってきている。原因が分からない。大体数年に一度、極端に人口が減る現象があるのだが、ある程度減ったところで止まって、いつもはまた少しずつ増えて元に戻る。しかしここ数年その増加の幅がだんだん狭くなっていて、結果的に全体的な人口の減少となってるんだ……アルピンを繁栄させることも我らの試練だからな……減るのは困る」

「色々とお心を煩《わずら》わせることが多いのですね……でもそんなに懸命にご尽力されて、スウワンは本当に良い君主でいらっしゃる」

龍聖がしみじみとそう呟いたので、スウワンはちょっと照れて赤くなった。

「お前は？　お前は今日は何をしていたのだ？」

スウワンは話を逸らした。

「今日は一日言葉の勉強をしていました。会話は大分出来るようになったと思うのですが、文字を書くのはまだ難しくて……それと少し鍛錬を」

「鍛錬？　何をしたのだ」

「棒を持って、素振りをいたしました」

「素振り？　剣の素振りか？」

「はい、以前はそうやって体を鍛《きた》えていたので……ずっと鍛錬を怠っていたので、体がなまってしまっているのです。だからあのように少し疲れたくらいで倒れてしまいました。もうスウワンにご迷惑をかけないように、体を鍛えようと思ったのです。子作りで倒れるなんて、情けないですからね」

龍聖の告白にスウワンは驚いて目を丸くした。上体を起こして龍聖の顔を覗《のぞ》き込む。

「リューセー……そんなことのために、わざわざ体を鍛えなくてもいいんだぞ!?」

驚いたような顔でスウワンにみつめられて、龍聖は赤くなった。

「べ……別に私は、性交したくて体を鍛えているわけではないのです。ただ私の務めは、スウワンの御子を身籠《みごも》ることでもありますし……スウワンにも満足していただきたいと思っていますから……だから……その……」

もじもじと赤くなりながら懸命に言い訳をする龍聖の姿に、スウワンはキュンと胸がときめくと共に、下半身にもジーンと痺れがきた。しかし頭を振ると、龍聖の体を包み込むように抱きしめた。

「リューセー、分かっているよ。お前はいつもそうやって、オレのためにがんばろうとするのだな。オレはそんなお前に応えてやれているだろうか？　オレはお前にとって良い夫か？」

「そんな、私には勿体《もったい》ないくらいなのに……スウワンが良き夫でないなら、私はどうすれば良いか分かりません」

龍聖が首を振るので、スウワンは嬉しそうにより一層強く抱きしめた。

「お前がいてくれて良かった。お前がオレの下に来てくれて本当に良かった」

「本当に？　本当に私で良いのですか？」

「当たり前だ。お前は自分の世界に帰りたくなったりしていないか？」

スウワンの言葉に龍聖は驚いて身を震わせた。慌てて顔を上げると、すぐ目の前にスウワンの顔があり、龍聖の様子に少し驚いた表情をしていた。大きく開かれた金色の瞳と視線が合う。

「私を……向こうの世界にお返しになりますか？」

「え？」

龍聖がひどく狼狽《ろうばい》した様子で尋ねたので、スウワンは不思議そうな顔をした。

「私はお役に立ててませんか？」

「おいおい、何を言い出すんだ。今言ったばかりではないか、お前がオレの下へ来てくれて良かったと……誰がお前を手放したりするものか……お前が帰りたいと言っても帰さないつもりだ」

「本当ですか？」

「ああ、本当だ。ずっと一生オレの側《そば》にいろ」

「ああ……スウワン……」

龍聖は心から安堵《あんど》した表情になると、再びスウワンの胸に顔を埋めて、両手でキュッとスウワンの服を摑んで縋《すが》りついた。

「お前は何がそんなに不安なんだ？　もしもオレがお前を不安にさせるようなことをしていたら言ってくれ……オレは細かい気配りは得意ではない。ファーレンからよく大雑把《おおざっぱ》すぎると小言を言われるくらいだ。お前がいつも何か不安そうにしていることは気づいていた。それはやはりオレのせいか？」

スウワンは龍聖を気遣うように、優しい声色で囁くように尋ねた。声が大きいのが怒鳴っているように聞こえるとファーレンから言われたのを、少し気にしていたからだ。もちろんファーレン達がそう思っているということではなく、龍聖があまり大きな声に慣れていないようだと、ファーレンが気づいてそう指摘したのだ。

最初にファーレンからそう言われた時「これは地声だ放っておけ！」と大きな声で返したが、「リューセー様が……」と理由を言われた途端《とたん》に大人しくなった。

普段会話の流れから、突発的に大きな声になってしまうのは仕方ないが、二人きりでいる時とか、こうして側にいる時とか、時と場合を考えるように助言された。

優しくて清楚で従順な龍聖。自分とは正反対だ。スウワンはほんのわずかなことでも、龍聖を困らせたくなかった。嫌われたくなかった。

「遠慮なく言ってくれ……なんでもいい……どんなことでもいい。今何か不安なことがあるのだろう？　オレ達の間に隠し事はならない。さあ言ってごらん」

スウワンは龍聖を宥めるように優しく尋ね続けた。すると最初は小さく首を振るばかりだった龍聖も、恐る恐るというように少し顔を上げてスウワンの顔を見た。

「私のいた国では……子が出来ぬ妻は、夫から離縁されて家に帰されてしまうのです……だから私も無用の者と離縁されてしまうのではないかと……最近、スウワンの帰りが遅いから、私の顔をあまり見たくなくなったのではないか……そんなことを考えていました。決してスウワンの気持ちを疑っているわけではないのです。でもどんなに仲のいい夫婦でも、気持ちのすれ違うことはあるのでしょう？　スウワンに飽きられてしまうのではないかと、少しばかり不安になってしまったのです。申し訳ありません」

龍聖の言葉を聞いて、一瞬スウワンは大声を出しそうになり、グッとなんとか我慢した。大きく息を吸い込んで、一度喉元まで出ていた言葉を飲み込む。それからふうと溜息をついてから気を取り直したように口を開いた。

「そんな馬鹿な話があるものか……オレは死んでもお前を離縁などしない。約束する。オレはお前なしでは生きていけない。魂精《こんせい》のことではないぞ？　お前自身が必要なのだ。お前さえいてくれるなら子もいらない。しかしそうは言っても、子が出来ないとお前が不安なのだろう……すべてはオレのせいだな。すまないな……明日からはもっと早く帰るようにしよう。お前が不安なら、一晩中こうやってお前を抱きしめていよう……性交はオレだってものすごくやりたいんだが、医師に叱られたからな。オレだって反省しているんだ。あの日の朝、お前がぐったりとした様子で、熱を出しているのを見て、オレがどれほど心配したと思う？　お前はこんなに頼りなげだというのに、そんなお前の体にオレは、随分ひどいことをしてしまった」

　穏やかな口調で語るスウワンの言葉を聞いて、龍聖が慌ててそれを否定しようとしたが、スウワンはその龍聖の口をそっと右手で塞《ふさ》いだ。

「お前はなんでも自分が悪いという。なんでも自分のせいだという。そうじゃない。お前は本当にオレに尽くしてくれている。素晴らしい伴侶だ。悪いのはオレだ。分かっている。お前といるとついついオレはお前に甘えてしまって……お前がオレのことをなんでも許してくれるから……。だけどな、ファーレンが言ったんだ。兄上は随分変わったと」

　龍聖が大人しくスウワンの話を聞き始めたので、スウワンは口を塞いでいた手をゆっくりと離して、その柔らかな唇に軽く口づけた。

「オレは子供の頃から気性が激しかった。すぐに感情で行動するし、言葉も思ったことをそのまま口に出してしまう。父上は、それはオレの長所でもあり、短所でもあると言っていた。オレの正直さは、人々の信頼を得るに値《あたい》し、良き王になるだろうと……だが言葉を正しく選ばなければ、正直さも時には仇になり、言葉は凶器になると……それは王としては失格だと……。そのオレの短所を埋める役目が、常にファーレンにあった。だがそのファーレンが、最近の兄上は、感情だけですぐに動かなくなったと言うんだ。いつもちょっと考えて一呼吸置くようになったと……それはなぜだと思う？　お前のおかげなんだ」

スウワンは穏やかな口調で、囁くように龍聖に語りかけていた。低いその声音はとても心地よく、龍聖はうっとりと聞き入っていた。

目の前には優しい光を湛《たた》える金色の瞳がある。その瞳をみつめていると、心が満たされていくのだ。それはまるで神の慈悲を一身に受けているようだと、龍聖は常々思っていた。ずっと憧《あこが》れ、敬《うやま》い続けていた龍神様が、こうしてこんなに側で、龍聖だけをみつめ、龍聖だけを愛し、龍聖だけを想ってくれている。言葉のひとつひとつがかけがえのない宝物のようで、決して聞き逃すまいと懸命に聞き入っていたのだ。

「愛しいお前を、オレの大きな声やハッキリした物言いで傷つけてしまわないか？　無茶な行動をして、お前を怖がらせたり、心配させたりしていないか？　オレはお前が愛しくて仕方ない。オレの日々のすべてはお前のためにあり、いつもお前に好かれるにはどうすればいいのかとばかり考えている。そのおかげで、オレは他の者にも、民達にも、気遣いが出来るようになったんだ。すべてはお前のおかげだ。オレにはお前が必要だ。信じてくれぬか？」

スウワンは穏やかにゆっくりとした口調で、諭《さと》すように語り、語り終わると龍聖の額に優しく口づけて髪を撫でた。するとうっとりとした顔で、ほんのり頬を上気させた龍聖の唇が微《かす》かに震えていた。

「信じています！　一度も貴方を疑ったことなどありません……私が不安なのは、スウワン……貴方を愛しているからこそ……私ももう龍神様にお仕えするためだけではなくなっているのです。スウワン……私は貴方なしでは生きられないのです。愛しています。スウワン。私も貴方を愛しすぎて……貴方のことばかり考えて、貴方が側にいないことが不安になってしまっているのです。貴方様はこの国の王で、民のためにあるのに……私は貴方を独占したいとさえ思ってしまう……欲深いのです。申し訳ありません。お許しください」

龍聖がその黒目がちな大きな目に、涙をいっぱいに浮かべてそう言ったので、スウワンはギュッと強く抱きしめた。

「許しなどいらぬ。お前はもっと欲深くなれ……オレを欲しろ……」

縋りつく龍聖の体を、スウワンはいつまでも強く抱きしめ続けた。


翌朝、スウワンが目覚めると、腕の中に龍聖がいた。安らかな寝息が聞こえる。スウワンはホッとして、その体を抱きしめ直した。

「ん……スウワン?」

龍聖が目覚めて、眠そうに何度か瞬きをしてから、眩《まぶ》しそうにスウワンを見上げる。その龍聖の額に、スウワンは優しく口づけた。

「起こしてしまったな、すまない」

龍聖は首を振って、スウワンの肩口に頬ずりをするように顔を埋めた。甘えるようなその仕草《しぐさ》に、スウワンはとても癒やされる。昨夜、龍聖の本心を聞いた。いつも従順で控えめで、あまり自分の気持ちを語らない龍聖が、全身を震わせながら『貴方を独占したい』と言ったのだ。こんなに嬉しいことはない。そして一夜明けて、今こうして龍聖がぎこちないながらも、スウワンに甘えようとしてくれている。

考えてみると、今までも龍聖はスウワンに一途《いちず》ではあったが、その尽くし方は神と信者の関係のようだった。龍聖のスウワンへの愛は、まだどこか『敬愛』だったと思う。だが今はもうスウワンのことを神ではなく、一人の男として……愛する夫として想ってくれているのだと思えた。

そう思った時、父と母のことを思い出した。母もやはり父のことを、神と思い崇拝し敬愛していた。二人は誰が見ても仲の良い夫婦であったが、母の父に対する態度は、どこかこの前までの龍聖と同じだったように思う。母が父に甘えているところなど、一度として見たことがなかった。

自分と龍聖は、普通の夫婦のようになれたということだろうか？　そう思うと、一層龍聖が愛しくなる。

「いつの間にか眠ってしまっていたのですね」

恥ずかしそうにそう呟いた龍聖の頭を、スウワンは優しく撫でた。

「オレも疲れていたから、お前の寝顔を楽しむ間もなく、つられて眠ってしまっていたよ」

スウワンがクスリと笑いながらそう言うと、龍聖は少し顔を上げて頬を染めながら「すみません」と小さく呟いたので、スウワンはそのかわいい唇を優しく吸った。

「なあリューセー、ちょっと考えたのだが……やっぱりオレはお前を毎日抱きたいんだ」

「え？」

龍聖は赤くなって驚いたようにスウワンをみつめた。目が合うと、スウワンはいたずらっ子のよう

に ニッと笑う。

「我慢は良くない。オレはお前を毎日抱きたいんだ。だけどお前に負担はかけたくない。だから一回だけならどうだろう？　毎日一回だけ……その……オレがお前の中で一回、達するまで……」

スウワンがちょっと照れたように言ったので、龍聖はクスクスと笑いだした。

「なんだ。何がおかしい」

「そんな……一回だけなんて言い方……そんな回数を決めなくてもよろしいではないですか……スウワンが本当に気持ち良くなって、満足するまでで構いません」

「だが……」

スウワンが困ったように反論しようとすると、今度は龍聖が右手を伸ばして、スウワンの口を塞いだ。

「スウワンは私を大事にしてくださるんでしょう？　あまり……限度を超えて激しくなさらなければ、別にいいんですよ？　この前は朝から夜まで、ずっと……あんなに一日中何度も抱かれたら、さすがに疲れてしまいましたが……いつものように……いつもスウワンが私を抱いてくださるくらいならば、私は大丈夫ですよ」

龍聖はそう言って、口を塞いでいた手を離すと、背伸びをして唇を重ねた。スウワンはそれを受けて応えるように龍聖の唇を食んだ。

クチュリと音を立てて深く唇を吸い合ってから、ゆっくりと唇が離れる。

「では早速だが、今から少しだけいいか？　昨夜からどうにも収まらんのだ……お前が可愛いことばかり言うから、我慢の限界だ」

「あっ……スウワン」

スウワンは急いで龍聖の長衣をめくり上げて、その白く柔らかな双丘を両手で摑むと、揉みながら左右に開いて、小さな窪みに指を這わせた。指の腹でグリグリと愛撫するように、孔の周りを撫でてから、中指をゆっくりと挿入した。龍聖が小さく喘ぎを漏らす。

入り口を解《ほぐ》すようにしばらく指を出し入れして、もう待てないとばかりに、龍聖の腰を引き寄せると、足で龍聖の股を割り、腰を龍聖の股間に押し当て、すでに怒張して立ち上がった昂りの先を秘所へと宛がった。

「あっああっ……スウワン……」

ググッと押すと少し抵抗があったが、先走りの汁で濡れた亀頭の先は、孔を押し広げながら、その太い頭をゆっくりと埋めていった。

「痛くないか？　リューセー……んっくっ……辛くないか？」

龍聖の中は狭くて熱かった。スウワンの肉塊を締めつけてくるので、スウワンは時々苦しげに顔を歪める。スウワンにとってそれは快楽の苦しみでもあった。根元まですべてを挿入すると、すぐにでも達してしまいそうになる。

スウワンは昂りを鎮《しず》めようと、腰を動かさず、龍聖の中に深く差し入れたままジッとしていた。ハアハアと息が乱れる。

頰を上気させて、同じように息を乱す龍聖の顔を愛しげにみつめると、深く唇を吸った。互いに求め合い口づけを交わす。龍聖が口づけの合間に、ホウッと甘い息を吐いた。

「痛くないか？」

スウワンが優しく尋ねると、龍聖は首を振った。

「気持ちいいか？」

そう尋ねられて、龍聖はさらに頬を上気させてからコクリと頷いた。するとキュウッと穴の入り口が締まって、スウワンの昂りを締め上げた。

「んっくっ」

スウワンは少し顔を歪めてから、ゆるゆると腰を揺すり始めた。

「あっあっあっあっ……」

腰を動かすたびに、龍聖が甘い喘ぎを漏らす。その声にスウワンは満足する。愛しい龍聖が、「気持ちいい」と言って喘ぐのだから、こんなに嬉しいことはない。いつもならば、ここで激しく腰を突き立てるのだが、もうあんなふうに激しく抱くのはやめることにしたのだ。こうして緩く腰を揺するだけでも十分に気持ち良かった。龍聖の中はとても気持ちいい。すぐに達してしまわないように、時々動きを止めてから、また緩く腰を動かす。

しばらくの間そうやっていたが、やがてスウワンは体を起こして、ベッドの上に正座するような形で座ると、リューセーの両足を脇に抱えて、腰をゆっくり前後に動かし始めた。

「んっんっんっ……あんっあっあっあんっ」

スウワンの腰の動きに合わせて、龍聖が声を漏らす。以前のように激しく前後に腰を動かしているわけではなかった。小刻みに腰を動かし、肉塊で内壁を擦るようにした。スウワンもそれだけで十分に気持ち良かった。激しく突き上げたいという衝動はある。だがこうして龍聖の様子を観察しながらだと、どこを攻めれば龍聖が気持ちよさそうに息を乱して喘ぐのかが分かり、龍聖が感じればキュウッと締めつけてくるので、共に交わることで満たされていくのを感じられた。

「リューセー……辛くないか？　ああっ……リューセー……愛してる」

スウワンは次第に高まっていく欲情に高揚《こうよう》しながら、愛の言葉を何度も繰り返し囁いた。腰の動きが次第に速くなり、グチュグチュと湿った音が鳴り始め、やがてググッと腰を押し当てると、龍聖の中に精を放った。

「うっううっあっ……リューセー……リューセー」

ビクビクと腰が跳ねて、何度も精を放ちながら、波が収まるまで何度も龍聖の名を呼んだ。龍聖もまた弾けるように身を震わせて、絶頂を迎えていた。

ようやく波が引いて、熱が収まってくると、スウワンはまだ乱れる息のままで、龍聖に覆いかぶさり唇を重ねた。優しく唇を吸い、舌を絡める。

やがて体を起こし、ゆっくりと龍聖の中から男根を引き抜いた。龍聖が切ない声を漏らす。

「大丈夫か？　辛くないか？」

スウワンは龍聖の額を撫でながら、慈《いつく》しむように囁いた。龍聖は頬を上気させ、瞳を潤ませながらスウワンをみつめ返した。

「とても気持ちようございました」

うっとりとそう答えた龍聖に、スウワンは満足そうに微笑んで頷くと額に口づけた。

「お前はしばらく休んでいなさい……オレは仕事に行かねばならない」

そう言ってベッドから降り、側に置いてあった衣服を羽織った。

「今日は早く戻るよ」

ニッコリと笑ってそう声をかけ、そのままスウワンは寝室を出ていった。

龍聖は一人残されて、ぼんやりと天蓋《てんがい》をみつめていた。いつもならば、無理にでも起きて後を追っただろうが、今日はそれをしなかった。スウワンの優しい心遣いを感じたからだ。ここで無理をすれば、またスウワンを心配させてしまうと思った。

あんなに優しく抱かれたのは初めてだ。自分でも驚くくらい、あまりにも気持ち良くて、声が出るのを抑えきれなかった。恥ずかしいと思うが、押し寄せる快楽の波に抗《あらが》うことが出来ず、いやらしい声を上げてしまった。

久しぶりに抱かれて、スウワンの大きな昂りを受け入れて、いつも少し痛くて苦しかったのだが、今日はそれがなかった。ただただ気持ち良くて、体の奥まで深くスウワンで満たされるのを感じた。

夜伽《よとぎ》で尽くさねばならないという自分の役目もすっかり忘れてしまった。ただ朦朧《もうろう》となる意識の中で、スウワンが気持ちよさそうに声を漏らし、龍聖の名前を何度も呼んでくれていたのだけを感じていた。きっとスウワンも気持ちいいと思ってくれたのだろう。それならばよかったと思う。

「どうしよう……」

龍聖は溜息とともにそう呟いて、両手で顔を覆った。こんなに前よりもさらに優しく抱かれて、こんなに気持ち良くなってしまったら、もっともっと抱いてほしいと思ってしまう。自分がいやらしい人間になっていくようで、とても恥ずかしかった。

「スウワン」

愛する人の名前を、噛みしめるように呟いた。

穏やかな日々が過ぎていった。スウワンは相変わらず忙しそうではあったが、以前よりは落ち着いたようで、それほど遅くない時間に戻ってくるようになった。

スウワンは龍聖との時間を、それはとても大事にした。今までもそうではあったのだが、あの日以来、龍聖とたくさん話をしたがるようになり、食事の後すぐに寝室へ向かうのではなく、二人で語り合う時間を作るようになった。

居間のソファに体を寄せ合って座り、互いに今日一日あったことなどを話したり、互いの子供の頃の話をしたりなど、たわいもない会話を楽しむようになった。二人はとても楽しげに話をし、時折笑い声が部屋の外にまで聞こえるほどであった。

二人の仲睦まじい様子は、城中に伝え広まり、それがまた他のシーフォンの夫婦達へ良い影響を与えることとなった。

二人の夜の営みは、何も問題なくつつがなく行われた。相変わらず毎日睦み合ったが、スウワンは龍聖の体を気遣い、無理をさせないよう心がけた。

龍聖はその穏やかな日々の中、子供は授《さず》かりものだから、良き時が来ればきっと孕《はら》むのだと思えるようになった。もう不安になることはなくなっていた。

第5章　アルピンと龍聖

龍聖はテラスに立っていた。毎日こうしてテラスに出て外を眺めることが日課となっていた。風が心地よい。この世界に来るまで、こんな高いところに登ったことはなかったし、こんな景色も見たことがなかった。里の山から見る景色など、くらべものにならない。あの山里の景色も綺麗《きれい》だと思ったが、ここから見る景色は夢の世界のようだと思った。

龍聖がテラスに立つと、竜達があちこちから空に舞い上がる。青い空に舞うたくさんの竜、赤い岩肌の鋸《のこぎり》の歯のように切り立った山々、その遙か向こうに微かに見える広い平原。視線を下へと落とすと、エルマーンの城下町が見える。どれも綺麗でいつまで見ていても飽きることはなかった。

龍聖は城下町の小さく見える家々の屋根をみつめるうちに、その中にあるであろう彼らの日々の暮らしを見てみたいと思うようになっていた。

この世界に来て、エルマーンの歴史をファーレンから学び、シーフォンのご婦人方とのお茶会で、シーフォン達の暮らしぶりなども教えてもらうようになって、かなりこの世界のことが分かってきた。だけど国民であるアルピン達の暮らしぶりについては、あまり知らない。

掃除や食事の用意などの身のまわりの世話をしてくれる侍女達に、時々話しかけたりするが、アルピン達はとても大人しく、無口で、こちらから尋ねない限り、決して気安く話をしたりしてくれなかった。それに尋ねても、必要最小限の答えしか返ってこず、会話を楽しむことなどは出来なかった。

ファーレンにそのことを言うと、「リューセー様は、アルピン達にとっては雲の上の人のような存在なのですから、緊張して話など出来ないのですよ」と笑って言われた。

自分が雲の上の人だなんて、考えもしなかったが、竜王であるスウワンの伴侶である以上、アルピンにとってはそうなのだなと改めて思う。自分がもしもお城に召し上げられて、お殿様や奥方様に話しかけられたら、きっと緊張して一言も話せないだろうと思うと、確かに納得することは出来た。

だが城下町の人々の暮らしへの好奇心は、日々募るばかりだ。この国のことを知りたいと思えば思うほど、その気持ちは大きくなっていった。行ってみたいとスウワンに願ってみようかと、毎晩二人で話をする時に思うのだが、いつも言いだせずにいた。

「金沢《かなざわ》の城下町とやはり違うのかな？　どんな家に住んでいるんだろう？　どんなお店があるんだろう？　行ってみたいな……今日こそはスウワンに聞いてみようかな……」

龍聖は手すりにもたれかかりながら、いつまでも飽きることなく街並みを眺めて、想像をふくらませていた。

「こちらにおいででしたか」

不意に声がしたので振り返ると、部屋の中にファーレンがいた。龍聖は嬉しそうに笑うと、部屋の中へと戻った。

「ファーレン様……今日はいかがなされましたか？」

「今日はリューセー様に贈り物をお持ちしました」

「私に？」

龍聖がキョトンとした顔で首を傾げると、ファーレンは美しい銀の剣を差し出した。

「これは？」

「リューセー様が鍛錬のために棒で素振りをしていると伺いましたので、せっかくならば棒よりも剣の方が素振りも身が入るだろうと思いまして。これはリューセー様のために特注で作らせた剣でございます」

それは細身の剣だった。鞘《さや》も銀製で見事な彫刻がされており、赤い石が嵌《は》められていた。剣を抜くと片刃のまっすぐな剣で、こちらの世界で見た剣とは形が違うように思った。

「リューセー様の世界の剣は片刃だと伺いました。細身で軽く作ってはありますが、刃のない方の軸に薄い鉛《なまり》を一枚入れて打っております。丈夫なうえ重心が取れるので、片刃でも振りやすくなっています。リューセー様の世界の剣と同じものは作れませんが、出来るだけ使いやすいものをと、鍛冶師《かじし》に命じて試行錯誤のうえお作りいたしました」

抜いた剣を掲げてみた。とても美しい剣だと思った。振ってみると確かに振りやすく、日本刀を振る感触に近いと思った。

「ファーレン様ありがとうございます」

「礼なら陛下に申された方がお喜びになりますよ」

「スウワンが？」

「この剣を作るために奔走《ほんそう》したのは確かに私ですが、元々はリューセー様がこの世界に来て一年経った時に何か贈り物をしたいと話し合っておりまして……でもリューセー様へ何をお贈りしたらいいのか分からず、そのままになっていたのですが……先日陛下が、リューセー様が鍛錬のため、棒っきれを持って振り回しているのが可哀想《かわいそう》だから、剣を贈りたいと言いだされまして……少し時間が経ってしまいましたが、これは私と陛下、我ら兄弟からリューセー様へ、この世界に来ていただいたお礼の品でございます」

ファーレンがそう説明すると、龍聖はパアッと明るい笑顔になった。そういえば以前スウワンがしきりに『何か欲しいものはないか？』と尋ねてきた時期があったことを思い出した。その時は特に何もなかったので、そう答えていたが、いつもスウワンはそれを聞いて困ったように笑っていた。

二人がそんなことを思っていてくれたなんて、それだけで本当に嬉しかった。

「ファーレン様、ありがとうございます」

龍聖は嬉しくて思わずファーレンに抱きついていた。ファーレンは驚いたが、少し照れたように笑って、龍聖の体をそっと離した。

「兄上に叱られます」

笑ってファーレンがそう言ったので、龍聖も少し赤くなって笑った。

「ああ、でもこんな素敵《すてき》なものをいただいたら、なんだかお願い事を言いだしにくくなってしまいました」

龍聖がはにかみながら言ったので、ファーレンは微笑んで首を傾げてみせた。

「お願い事ですか？　何でしょう？」

「実は……私、一度城下町へ降りてみたいのです」

「城下町へ？」

「はい、この国の城下町を間近で見てみたいのです。いつもテラスから見下ろすだけで、どんな街なのか分かりません。私は生まれた家が、金沢の城下町にありました。私の住んでいた加賀国《かがのくに》の君主の城があって、その城下町に住んでいたのです。とても活気のある綺麗な町でした。それを思い出したのです」

ファーレンは少し考え込んだ。城下町へ龍聖が降りるなど、とんでもない話だ。だが瞳を輝かせて、こんなふうに言われると、頭ごなしにダメだとは言えない。出来ることならば叶えてやりたいと思うが、自分の一存では良いとも悪いとも判断出来かねると思った。

「城下町はただ見学をしたいというだけですか？」

「はい、この国に住んでいるのに、自分の国の中を知らないなんておかしいような気がして……私には何の力もありませんが、王妃として……いえ、スウワンの伴侶として、スウワンの助けになりたいと思っているのです。スウワンはいつもこの国を繁栄させたいと言っているので……人々の暮らしを見て、私も何かお力添えが出来ればと思ったのです」

龍聖の話を聞いて、ファーレンはとても驚いた。そんなことまで龍聖が考えてくれているとは思わなかったからだ。

「そうですか……ならばそれこそ陛下にお願いしてみたらよろしいかと思いますよ」

「スウワンに？」

「ええ、リューセー様のお願い事なら喜んで聞いてくださるでしょう」

ファーレンがニッコリと笑って言ったので、龍聖は少し躊躇《ちゅうちょ》しつつも頷いた。


その日、スウワンが部屋に戻ってくると、龍聖は一番に剣のお礼を述べた。満面の笑顔で抱きつかれて、スウワンはとても嬉しくて照れ笑いをした。

いつものように話をしながら食事をして、お茶を飲んでくつろいだ後、これまたいつものように性交を行った。優しく龍聖の体を労《いたわ》るように抱いてから、この夜は一度だけで終わらせて、龍聖を抱きしめて、何度もついばむような口づけを交わして、余韻を楽しんだ。

「スウワン……あの……実はお願いしたいことがあるのですが……」

「願いごと？　お前が？　なんだ!?　何でも言ってみろ!?」

スウワンが嬉しそうに笑って言ったので、龍聖は少し驚いて困ったようにはにかんだ。スウワンが大喜びするのも無理はない。今まで龍聖が「願いごと」など言ったことがないのだから、これは何でも叶えてやりたいという気持ちにさせられていた。

「あの……実は……一度、城下町へ行ってみたいのです」

「城下町へ？」

スウワンは意外な言葉に、とても驚いたようで、少し困惑した表情をした。その様子に、龍聖は心配そうに眉を曇らせた。

「ダメ……ですか？」

「あ、いや……なんで城下町なんかに行きたいのだ？　理由が分からなくてどう判断すればいいのか困ってしまったのだ」

スウワンは戸惑った様子でそう答えた。だが龍聖が心配そうな表情をしていることに気づいて、慌てて笑みを浮かべてみせた。

「ダメだというわけではないんだ。ただなんで城下町になんか行きたいのだ？　アルピンしか住んでいないぞ？」

「だから行ってみたいのです。私はこの世界に来てから、ほとんどこの城から出たことがありません。この国のことがもっと知りたくて……民達がどのように暮らしているのか見てみたいのです」

龍聖が瞳をキラキラと輝かせながらそう語るので、スウワンはさらに驚いた。民の暮らしが見たいなど、スウワンは今まで一度も思ったことはなかった。アルピン達とはそもそも種族が違うので、生活様式も異なる。

シーフォンはアルピンを庇護《ひご》するように神から命じられたので、この土地へ連れてきて、外敵から守っている。国内の治安はシーフォンによって守られていて、アルピン達は安心して暮らしているはずだ。

その代わりとして、シーフォンの日常の身のまわりの世話をアルピンにしてもらっている。他国を見てまわると、人間達も力のある者達が従者として他の人間達を使っていた。それを真似たのだ。

シーフォンとアルピンの関係はそういうものだと思っていた。他国から仕入れた物資をアルピン達にも分け与えるが、彼らの文化を尊重してアルピン達の生活には口を出さない。

アルピンとシーフォンは、あくまでも共生の関係であり、支配はしていない。

どちらもエルマーンの国民だが、シーフォンとは別の民だという認識で、アルピン達の暮らしや文化に関心はなかった。だから龍聖の言葉はとても衝撃的だった。

「民達の暮らしを見てみたい……」

スウワンは思わずその言葉を繰り返してみた。龍聖はそんなスウワンを不思議そうにみつめた。

「私が生まれ育ったところも、城下町でした。とても活気があり賑《にぎ》やかなところで……だからこの国の城下町も見てみたいのです」

「そうか……分かった。城下町に行けるようにしよう……明日、ファーレンと相談してみる。なにしろお前は王妃なのだから、何かあってはいけない。ぶらりと勝手に出かけるわけにもいかないだろう。護衛の兵とかも必要だし……とにかく少し待ってくれ」

「分かりました。聞いてくださって嬉しいです。ありがとうございます」

龍聖はとても嬉しそうに笑って、スウワンの首に腕を回して抱きついた。スウワンは少し戸惑いを残しつつも、甘えてくる龍聖が愛しくて、思わず笑みをこぼすと、抱きしめ返して唇を重ねた。


「ああ、リューセー様が陛下にお願いされたのですね？」

スウワンは早速翌日、ファーレンに相談をしてみた。するとファーレンはそれほど驚いた様子もなくそう返してきたので、言ったスウワンの方が少し驚いた。

「なんだ知っていたのか」

「ええ、昨日、剣をお渡しした時に、リューセー様がおっしゃっていたので、それは陛下にお願いされると良いと助言いたしました」

ファーレンが澄ましてそう言ったので、スウワンは少しつまらなそうな顔になり、唇を尖らせて、頬杖をついた。そんなスウワンの様子を見て、ファーレンはニヤニヤと笑った。

「大体、あの剣だって、陛下から渡された方が良いと申し上げたのに、陛下が恥ずかしいから嫌だと言ったから、私がお渡ししたのです。それも陛下からではなく、我ら兄弟からだと言えなど……陛下が自分からだと言って直接お渡しになれば、リューセー様もさぞやお喜びになったと思いますよ？」

「別に……昨日はすごく喜んでいたぞ。食事の時もずっとあの剣の話をして盛り上がったんだ。だからあれはあれでいいじゃないか」

「なんで恥ずかしいんですか？」

「恥ずかしいだろう……毎日会っているのに、改めて贈り物を渡すなんて」

スウワンがバツが悪そうに、少し顔をしかめて言ったので、ファーレンは肩をすくめてみせた。

「何が恥ずかしいのですか？　貴方はこの国の王です。家臣や他国の王への贈り物など何度もしているでしょう。貴方の妻に贈り物をするのに、今さら恥ずかしいことなどありますか？」

「バッ……バカ！　家臣や他国の王と、妻は別ものだろう。お前だって奥方に贈り物をするなど恥ずかしいだろう」

「別に、恥ずかしくなどありません」

ファーレンは平然とした態度で答えた。あまりにもあっけらかんとしているので、スウワンは驚いてあんぐりと口を開けたままファーレンをみつめていた。

「恥ずかしくない……だと？」

「だからなんで恥ずかしいのです。私にはまったく分かりません」

「だって……妻に贈り物をする理由がないじゃないか。他国の王に贈り物をするのは、それが人間の世界での礼儀だからだ。家臣に送るのは、それなりの功績があった者を称えたりする時だし……今回、リューセーに剣を贈ったのは、ただ……リューセーが棒を振って素振りをしていたから、可哀想に思って……剣を贈ったら喜んでくれるんじゃないかと思っただけだ」

「理由はあるじゃないですか。それでいいでしょう。私はリューセー様にそうお伝えしましたよ？」

しれっとした様子で、ファーレンがそう言ったのでスウワンはとても驚いた。

「はっ!? バカ！ お前はバカなのか!? リューセーには、この世界に来て一年経つから誕生日の代わりだということにしようと話し合ったじゃないか!?」

スウワンは思わず立ち上がって、ムキになってそう言った。しかしファーレンは動じない様子で、やれやれというように肩をすくめてみせてから頷いた。

「ええ、もちろんそうも言いましたけど……本当の理由も言いましたよ。悪いですか？」

「悪いだろう！ それじゃあ、わざわざ作った理由が台なしじゃないか……」

スウワンはそう言って、ドサリと力が抜けたように椅子に再び腰を落とした。

「陛下が……いやもうこういう話は私的な話ですね……兄上が何にこだわっているのかさっぱり分かりません……本当の理由を言うのがなぜ悪いのですか？」

「だって贈り物とは何か記念とかそういう時に贈る方がいいではないか……なんでもないのに贈り物をするなんて……」

「……分かりました。兄上はリューセー様の前で格好をつけたいのですね」

ファーレンがニヤリと笑って言ったので、スウワンは赤くなってガタッと立ち上がった。

「バカッ！ お前は本当にバカだな！ そんなわけがないだろう！」

「はいはい……ああ、そうですね。私も兄上と思って話していると、なんかこう……たまに忘れてしまいますが、兄上はまだ百歳の若者なんですよね……そういうのが恥ずかしい年頃だということを忘れていましたよ」

ファーレンはニヤニヤと笑いながらからかうように言った。それを聞いて、スウワンは耳まで赤くなって憤慨《ふんがい》した。

「お前！　何を言ってる！　そんなんじゃない！　オレはただ……」

「アハハハハハハハ」

スウワンの言葉も聞かずに、ファーレンは腹を抱えて大爆笑をした。スウワンは思わず絶句して赤い顔のままその場に立ち尽くし、大笑いするファーレンを唖然《あぜん》としてみつめていた。ファーレンはひとしきり大声で笑った後、涙を拭いて手をひらひらと振ってみせた。

「すみません……申し訳ない……いや、兄上は本当に相変わらず真っ直ぐで素直な方だ。本当に羨ましい」

「馬鹿にしているのか！」

「違いますよ……本当にそう思っているのです。昔から……子供の頃から、兄上のそういうところが羨ましかった。喜怒哀楽を素直に顔に出されて、嘘偽《いつわ》りなどない……だから父上も母上も、家臣達までもがみんな兄上を好きになる。本当に羨ましい」

「別にそんなんじゃない」

「だって普通は言わないものですよ。妻に贈り物をするのが恥ずかしいだなんて……たとえ思っていたとしても言えません。そういう時は逆に見栄を張るものです。兄上は本当に素晴らしい方だ」

ファーレンが笑うのをやめて真面目に言ったので、スウワンは頬を赤らめたままでプイッとそっぽを向いた。

「と、とにかく……今はそういう話じゃないだろう……城下町に……リューセーが城下町に行きたいと言っているんだ。行かせても大丈夫か？」

スウワンはそっぽを向いたままで、本題を思い出して話を戻した。ファーレンは「あっ」という顔になって、ニヤリと笑ってからコホンと咳ばらいをした。

「そうでした。陛下、失礼いたしました。そのお話ですが、私は良いと思います。ただ少し準備が必要です」

改まった様子でファーレンが答えたので、スウワンはファーレンの方へ向き直った。

「準備というと……護衛のことか？」

「はい、もちろんそれもそうですが、リューセー様が城下町に行かれる日は、他国の者の入国を一旦禁止した方がよいと思います。国内に他国の者が一切いない状態にした方が、より治安は良くなります。アルピン達は危険ではありませんから」

ファーレンの言うことにも一理あると、スウワンは腕組みをして何度も頷いた。

「そうだな、そうすると急に今から入国禁止というわけにもいかないな。日を決めて、それまでに外部の者へ触れを出しておく必要がある。それに入国を止めるだけではなく、その前に入国した他国の者も国外に出すようにしなければならないな……出来るか？」

スウワンの言葉に、ファーレンは力強く頷いてみせた。

「出来ないと言うわけないでしょう？　リューセー様のために全力でやらせていただきます」

ファーレンはニヤリと笑って答えた。

「しかし……城下町を見たいだなんて、リューセーも変わったことを考えるものだな」

スウワンが頬杖をつきながらそう呟くと、ファーレンは少し考えてから微笑んだ。

「リューセー様は、違う世界から来たとはいえ『人間』なのですから、我々シーフォンとは、まったく違う考え方をすることが出来る方です。城下町をご覧になって、何か良い発見をしていただけるかもしれません。我々が今一番問題としているアルピンの人口問題についても、何か良い策を思いついていただけるかもしれないと私は思っています。ですから後押しさせていただきました。父上も、国造りの際に母上からたくさん意見を貰っていたと聞きます。兄上、エルマーンを良き国になさりたければ、リューセー様と二人で作り上げていくことこそ、何より大事なことだと思いますよ」

ファーレンの言葉に、スウワンは強く頷いた。

それから五日後、龍聖は城下町へ行くことが出来た。龍聖にはファーレンと護衛のために兵が五十人も付き従った。

「なんか大袈裟《おおげさ》になってしまいましたね。申し訳ありません」

「貴方は王の伴侶……つまりこの国の王妃なのです。王妃が外出するには、これはまだ小規模な護衛だと思いますよ。あまり大勢で動いては、リューセー様が自由に動くことが出来ませんし、それも配慮してこの人数になっています。代わりに街には見まわりの兵士達がたくさん出ていますけどね」

ファーレンが説明してくれたので、龍聖は驚きつつも「そうか」と小さく呟いた。確かに自覚がないが、言われてみると自分は『王妃』と呼ばれる立場なのだと、改めて思った。そんな大層な権力などないと思うが、国王スウワンの妻である以上はそうなのだ。自分の世界のこととして考えれば、殿様の奥方という立場と同じだ。殿様の奥方様が城下町に下るとなれば、城下町は大変な騒ぎになるだろう。そう思ったら、これは仕方のないことだと理解すると共に、大変なお願い事をしてしまったのだと後悔した。

しかし初めての外出で、昨夜は眠れないほど興奮していた。あまりに嬉しそうな龍聖の様子に、スウワンまでもが嬉しそうな様子で、それと同時に共に行けないことをひどく残念がっていた。出発の直前まで一緒に行くと駄々《だだ》をこねて、ファーレンから叱られたほどだった。

「スウワンには可哀想なことをしてしまいました」

龍聖はファーレンと共に城の階下へと進みながら、ポツリと思い出してそう呟いた。それを聞いたファーレンが、苦笑して首を振ってみせた。

「王が城下町を歩くなど……そんなことをしたら大変ですよ。アルピン達が大騒ぎして、大混乱になるでしょう。今回リューセー様が城下町へ降りられるのだって、前代未聞のこと。警備もかなり厳重にしております」

「す、すみません」

ファーレンの言葉に、龍聖は少し赤くなって慌てて謝罪した。そんな龍聖の様子に、ファーレンは『しまった』という顔を一瞬した後、笑みを浮かべてみせた。

「確かに警備を厳重にしていますが、大切なリューセー様をお守りするためですから、それは当然のことです。ただ私としては、多少大変なことだとしても、リューセー様にはぜひ城下町を見ていただきたいという思いがあったので、今回のことに一番に賛成したのです」

「それはどういうことですか？」

龍聖が不思議そうな顔でファーレンをみつめて尋ねた。ファーレンはニッコリと微笑んだ。

「この国は建国から数えて四百年以上経ちますが、我ら竜族が長く生きるため、年数ばかりが増えているだけで、スウワン王でまだ三代目。人間の国であれば、まだ建国から百年も経っていないくらいの歴史です。国としては出来て間もない若い国なのです。それも対外的に『王国』と名乗れるような王政の基盤が出来て、国として形になってからは、まだ三百年足らず……先王ルイワンが苦難の末、その治世のほとんどの時間を費《つい》やし、長い年月をかけて、ようやく他国と外交が出来る独立した国家となりました。この王城も今の形まで造り上げるのに百年以上かかっています。一時は絶滅寸前にまでなっていた竜族が、人の身の暮らしに慣れ、人らしい生活が出来る環境を整え、ようやく少しずつ子も生まれ、これからが本当のエルマーン王国を繁栄させるための国造りの始まりとも言っていいでしょう」

ファーレンがそこまで話したところで、来賓《らいひん》客を招き入れる王城の玄関に辿り着いた。通常、王が外出する時は、最上階の竜王のいる塔から竜王に乗って飛び立つので、歩いて下へと降りるための王族用の玄関は作られていなかった。そこでこの来賓用の玄関から外へと向かうことになったのだ。

玄関の外には、馬車が用意されていた。屋根のない形の馬車で、二人掛けの赤い柔らかな布を張った座席が作りつけられている。

ファーレンは龍聖の手を取り、馬車へ先に乗せると、続けて乗り込んだ。二人並んで座ると、ファーレンは御者《ぎょしゃ》に合図を送った。馬車の両脇には馬に乗った兵士が八人ほど並んでおり、後ろには四、五十人ほどの兵士達が隊列を組んで控えていた。

『なんか大名《だいみょう》行列に似てるな』と龍聖は心の中で思って、辺りをきょろきょろと物珍しそうに見まわしていた。

「先ほどの続きですが……」

ファーレンが話を始めたので、龍聖は落ち着きを失くしていたことを少し恥ずかしく思って、頬を赤らめながらファーレンの方を見て姿勢を正した。

「始祖である初代ホンロンワン様と先代のルイワン様のお二人で、我らシーフォンが存続するための国を造ってくださいました。あとはもっと子孫を増やすために、スウワン様とリューセー様がこれからがんばっていかなければならないのですが……私はひとつ気がかりに思っていることがあったのです。それはアルピンのことです」

「アルピンのこと……ですか？」

龍聖が聞き返すと、ファーレンは強く頷いた。それと同時にゆっくりと馬車が動き始めた。

「以前我らの歴史についてご説明した時に、我ら竜族が神から与えられた罰の中に、アルピンを庇護し、共に繁栄させるということがあったのを覚えていらっしゃいますか？」

「あ、はい、それまでアルピンは、人間の中でもその性質から最も弱く、他の人間達の奴隷になっていたと……そのアルピンを庇護し、同じ国の中で繁栄させること……アルピンが滅びる時は竜族も滅びるということでしたよね？」

「そうです」

龍聖が答えたので、ファーレンは真面目な顔になって頷いた。

「最初の頃はアルピンの数は五千人足らずだったと聞いています。それが今では一万人以上……不思議なことに一万五千人までは増えるのですが、それ以上はなかなか増えません。時々急に人数が減少したり、また増えたりを繰り返します。その原因が定かではありません。時折流行病《はやりやまい》が発生し、死者が出ることはありますが、それがすべての原因というわけではないと思います。外敵から守られ、食べ物に不自由せず、平和にこの国で暮らしているはずなのに、なぜ人口が増えないのか……私はそれがずっと気がかりなのです」

ファーレンの話を聞いて、龍聖も考え込んだ。

「土地が足りないというわけではないですよね。テラスからの眺めを見る限り、まだ人家のない緑の平地は多くありますし、森や湖などもあって、自然も豊かだと思います」

「そうなんです。ここは岩山に囲まれた箱庭のような限られた平地の国ですが、それでも人間達の普通の国がすっぽりと入るくらいの大きさはあります。むしろこれよりも小さい国で、何万もの国民が暮らしているような国もあります。城で働く従者や兵士達には、それなりの教育を受けさせていますし、給金も与えています。奴隷のような扱いはしていません……我らには何が問題なのかも分かりません……でもリューセー様なら、何かお気づきになるかもしれないと思ったのです」

「私が……ですか？」

龍聖は、ここでいきなり自分の名が出てきたので驚いて聞き返した。

「リューセー様は、お育ちになった環境が、城下町だったとおっしゃいましたよね。普通の民の暮らしをご存知だ。風習や生活環境は違えども、この国の城下町を見ていただければ、何か気づかれるのではないかと思ったのです。どんな些細なことでも構いません。気がついたことがあれば、何でも言ってください」

「私でお役に立てることがあればいいのですが……」

「これはリューセー様にしか出来ないことだと思いますよ」

ファーレンが優しく微笑んで、信頼を向けてそう言った。

龍聖は自分に向けられた期待に、少し戸惑いを覚えた。龍聖が生まれ育った世界からこちらの世界に来たのは、数えで十八の時。まだそれほど世間を知っているという歳ではない。そんな自分に、アルピンの町を見て、何か助言などが出来るのだろうか？　と少し不安になった。

ファーレンを見ると、とても期待に満ちた顔をしている。龍聖は少し緊張してきてしまった。

「この辺りから城下町になります」

ファーレンがそう言ったので、龍聖は注意深く辺りを見まわした。たくさんの家が立ち並んでいる。馬車はゆっくりと人が歩くくらいの速さで進んでくれているので、周囲を十分に眺めることが出来た。

今進んでいる道は、恐らく町の大通りだと思う。道幅が広く、馬車が二台すれ違えるくらいの余裕があった。町の両側には、野菜や果物などを売る露店がいくつか並んでいる。しかし人通りはなく、店先にも人の姿はなかった。

「人の姿がないですね」

龍聖が不思議そうに言った。

「リューセー様がお通りになるので、皆、家の中に控えています」

「え！　いつも通りにしていただいていいのに……」

「警備のためですから……そこはどうかお許しください。さっきも申し上げたように、本来ならばリューセー様が城下町にいらっしゃるというので、アルピン達は祭りのように大騒ぎしてしまうところなのです。ですがそれでは、リューセー様が普段の城下町を見たいという目的と違ってしまうので、皆に大人しく家の中にいるようにと厳しく言ってあるのです。陛下に随行するなと言ったのもそういう理由です。アルピン達にとって、お二人は神のような存在なのですから」

ファーレンが申し訳なさそうに言ったので、龍聖は仕方ないかと納得した。大名行列が通る時だって、みんな家の中に引っ込み、道を歩く者は端や家の物陰に隠れて、平伏して通り過ぎるのを待っていたから、それと同じなのだなと思った。

それにしても、龍聖は周囲の家々をみつめながら、心に引っかかるものを感じていた。それはどの家も粗末な木造の家で、龍聖の元いた世界の、特に貧しい人達が住む長屋を思い出させるような光景だったからだ。立派な造りの家屋はひとつも見つけることが出来なかった。

テラスからの眺めでは、屋根が見えるばかりだったから分からなかったのだ。

「ファーレン様……ひとつお伺いしてもよろしいですか？」

「なんでしょうか？」

「もしも失礼な言い方だったら申し訳ありません。その……この世界の民の家とは、こういう様式が普通なのでしょうか？」

龍聖の質問に、ファーレンは今ひとつ意味が分からないというような顔で、少し首を傾げた。

「こういう様式と言いますと……」

「どの家も同じような家ばかりですよね。一軒一軒が小さくて、平屋ですし……見た感じ、木の板で作りつけた簡素な建物に思えます。その……あまりに簡素な家ばかり並んでいるので……一瞬ここが、特に貧しい人達の居住区かと思ってしまって……」

龍聖が恐る恐るそう言うと、ファーレンは驚いたような顔をした。

「アルピン達には、貧富の差はありません。特に貧しい者もいなければ、特に裕福な者もおりません。ですから家も同じような大きさなのだと思いますが……貧しい者の家に見えますか？」

逆にファーレンに聞き返されて、龍聖は少し困った顔をした。

「私は他の国を見たことがないので、この世界での一般的な家屋がどのようなものか分かりません。でもお城はとても立派ですし、あれだけの建造物を造れる技術があるのですから、普通の住居もそれなりの建物を建てられる技術をお持ちなのだと思って……それを考えると、この家々がとても簡素に思えてしまったのです」

そう言われて、ファーレンは難しい顔になり、腕組みをして考え込んだ。

「確かに……他国では、城下町の住居が石造りの所もあります。もちろん木造の所もあれば、土を練って壁を作るような形の家もあります……そういうものは、人間達の民族的な違いだと思っていました。アルピンは、元々草の茎などを束ねたものを積み重ねて造った家に住んでいたと聞きます。この国が出来たばかりの頃は、そんな感じだったと……。それで初代リューセー様が、アルピン達に道具を与えて、自由に家を造っても良いと伝えたそうです。アルピン達は木を伐《き》り、柱を立てて、屋根や壁は木の葉や皮をかぶせたものでしたが、今の家に近いものを建てたそうです。その後我らシーフォンが人としての暮らしを学ぶために、他国の人間を攫《さら》ってきて、色々な技術を学び、我らの住居をよりよいものへと発展させていきました。その際にアルピン達にも技術を学ばせたので、こうして木造の家を建てるようになったのです……我らはこれでもアルピン達の文明が発達したものだとばかり思っていて……そんなふうに考えたことはありませんでした」

ファーレンの話を聞いて、龍聖はとても驚いた。それは家のことについてではなく、ファーレン達シーフォンの考え方について驚いたのだが、今は何も言わずにおいた。ぼんやりと家々を眺める。

「家の中を見せていただくことは出来ますか？　アルピン達の生活を見てみたいのですが」

ポツリとそう呟くと、ファーレンは少し困ったように考え込んで、すぐには返事をしなかった。龍聖は返事がないので、改めてファーレンの方へと視線を動かした。ファーレンは腕組みをしたまま考え込んでいる。

「ダメですか？」

龍聖がもう一度尋ねると、ハッとした様子でファーレンが顔を上げて龍聖を見た。

「あ、ああ……そうですね……いいでしょう」

ファーレンは頷くと、御者に馬車を止めるように指示した。そして兵士を呼ぶと何かを指示した。兵士はすぐに近くの民家へと駆けていった。しばらくして戻ってくると、ファーレンに耳打ちした。その間、龍聖は露店の様子をみつめていた。売られている野菜は、量は多いが種類はそれほど多くなかった。芋のようなものや大根に似たもの、青菜のようなものがあり、同じ野菜がたくさん盛られていた。

「リューセー様、家の中を見ても良いというアルピンがおりましたので、早速参りましょう」

「あ、はい」

ファーレンに伴われて、龍聖は馬車を降りると、兵士の案内で路地を少しばかり入ったところにある一軒の民家を訪れた。家の玄関前には、その家の者であろうアルピンの家族がいた。皆、地面に平伏して、龍聖達を出迎えた。老婆や小さな子供までもが地面に平伏しているので、龍聖は慌てて老婆の下へと駆け寄った。

「おばあさん、どうか顔を上げてください……突然の訪問、失礼します。家の中を案内していただけませんか？」

龍聖はそう言って老婆の手を取ると立ち上がらせた。老婆は龍聖の顔を間近で見ると、手を合わせて祈るように何度も「ありがとうございます」と小さな声で呟いていた。

「さあ、皆さんも家の中へ入ってください。少しお話を聞かせてください」

龍聖は家の主人と思われる男性とその妻にも声をかけた。夫婦は顔を見合わせて、戸惑った様子でいたが、ファーレンがすぐに言われた通りにするように命令したので、恐る恐る家の中へ入っていった。

その家は夫婦と小さな子供二人、それと夫婦どちらかの母親らしき老婆の五人家族のようだ。

「すぐに帰りますから、どうかお気遣いなくそのままで……部屋はいくつあるのですか？　ご主人はどのような仕事をしているのですか？」

龍聖は家族を不安にさせないように、笑顔で穏やかに質問をした。

「こ、この家は……普段家族で過ごすこの部屋と、隣に寝るための部屋があります。それだけです。私は他国から届いた荷を城へと運ぶ仕事をしています。妻は城の工房で布を織る仕事をしています」

男は龍聖の顔を見るのも恐れ多いと思っているらしく、ペコペコと何度も頭を下げながら、緊張した様子でそう答えた。

「二部屋しかないのですか？　狭くはないですか？　不自由はありませんか？」

龍聖の質問に、男は驚いたように首を振った。

「不自由していません……大体どこの家もこのようなものです。この部屋で食事など大抵のことはすみますし、あとは寝る部屋があれば十分です」

男の言葉に、龍聖は少し顔を曇らせて、家の中を見まわした。家の造りも簡素だが、家の中もとても質素だった。古木で作られた粗末なテーブルと椅子があり、食事を作るためのかまどのようなものと大きな水瓶が部屋の脇の土間にある。装飾品などは何もなかった。

だがファーレンの話では、アルピン達には貧富の差はないという。ならばなぜこんな粗末な家に住んでいるのだろうか？　龍聖の中にたくさんの疑問が生まれていた。

「生活に困ってはいませんか？　お二人で働かれて、給金などは足りていますか？」

龍聖がまた問うと、夫婦は驚いたような顔で互いに顔を見合わせた。

「と、とんでもありません。困ってなどいません。お金も十分いただいていますし、食糧の配給もありますから、我々は本当に恵まれています。陛下とリューセー様のおかげです」

男が恐縮した様子で、頭を下げながらそう言うと、妻と老婆も一緒に拝むように頭を下げた。

母親の陰に隠れるようにしながらも、興味深そうに少し顔を出してこちらを見ている子供達と目が合った。兄と妹。兄は十歳くらいだろうか？　妹は四、五歳くらいと小さい。兄がしっかりと妹の手を握っていた。

寅松《とらまつ》達は元気にしているだろうか？　そんな二人の姿に、龍聖は弟達のことを思い出してしまった。

家族のことを考えないようにしてきた。今までこの世界に馴染《なじ》むために毎日が一生懸命で、無意識に家族のことを考えないようにしてきた。だが今目の前の子供達の姿に弟達を重ねてしまい、一気に郷愁の想いが湧き上がる。

龍聖は目を閉じて気持ちを落ち着けると、母親の方へ視線を向けた。

「お子さんはお二人ですね。他の家も二人ぐらいですか？」

「いえ、我々アルピンは、どこも子だくさんです。大体四～五人は子供を作ります。病などで子供が死ぬことも多いので、昔からたくさん産むように言われています。うちも本当はこの子の上に一人いましたが、赤子の頃に病で亡くなりました」

母親は恥ずかしそうに俯きながら、上の子の頭に手を置いて、か細い声で龍聖の問いに答えた。

龍聖はさらに驚いた。こんな狭い家にそんなに大勢で暮らしているのかと思ったからだ。それに子供を一人亡くしているなんて、気の毒な話を聞いてしまった。

「失礼いたしました。お子さんを亡くされていたなんて……それはお辛いことを聞いてしまいました。お許しください」

龍聖が頭を下げたので、夫婦は驚いて慌ててその場に平伏した。

「とんでもありません。子が亡くなるのはよくあることです。うちは二人もこうして元気に育っていますので……すべては陛下とリューセー様のおかげです」

「あ、そんな……どうか立ってください。そんなに平伏なさらないでください」

龍聖は自分の言動で、この家族を困らせてしまっていることに気づき、困惑してしまった。助けを求めるようにファーレンへ視線を送ると、ファーレンはアルピン達家族に立ち上がるように命じて、無理やりその場を収めようとした。

だが龍聖はこれ以上、この家族に迷惑をかけられないと思った。早々に退室した方が良い。

「あの、本当に今日はありがとうございました。ご迷惑をおかけしました」

龍聖は礼を言って家人に頭を下げると、急いで家の外へ出たので、ファーレンも慌てて後を追った。

「もうよろしいのですか？」

ファーレンが声をかけると、龍聖はコクリと頷き、周囲の家々を見まわした。龍聖は何か違和感のようなものを感じていた。それが何なのか、漠然《ばくぜん》としていてすぐには分からなかった。ただ城のテラスから見下ろしていた城下町への期待のようなものが、悉《ことごと》く崩れ去っていくような気がしていた。

龍聖の元いた世界と、こちらの世界の違いのせいではないと思う。シーフォンとアルピン……ふたつの違う種族の人間が暮らすこの国で、何か大きな間違いが起きているような気がしていた。

龍聖は馬車へと戻りながら、大通りに出たところで、露店の方へと近づいてみた。

「ここで売られている野菜は、どこで採れたものですか？」

龍聖は露店を指してファーレンに尋ねた。

「ああ、こういうものは、この国で採れたものです。城下町の外には畑があり、農業を営む者達がいます。これ以外の野菜や他の食料などは、他国との交易で仕入れた中から、アルピン達にも配給という形で分け与えています」

「配給ですか？」

「はい」

「では他国からこの国に来る商人は、城下町でアルピン達と商談することはないのですか？」

「アルピンには商談など出来ません。大人しいので簡単に騙《だま》されてしまうでしょう。交易はすべて我々シーフォンが行っています」

ファーレンがそう答えたので、龍聖はまたモヤモヤとした思いが胸に蘇《よみがえ》った。

「どうかされましたか？」

龍聖が浮かない顔をしているので、ファーレンが不思議そうに首を傾げた。

「いえ……もう少し街の中を見ても良いですか？」

「もちろんです」

ファーレンは龍聖を馬車に乗せると、またゆっくりと街の中を走らせた。

「さっきの方々が言っていましたが……アルピンの子供は育ちにくいのですか？」

しばらくぼんやりと街を眺めていた龍聖が、ふいにそう尋ねてきたので、ファーレンは少し考えるようにしてから、言葉を選ぶようにして話し始めた。

「アルピンが人間の中で最も弱い種族と言われていたことはご存知ですよね？　彼らは大人しい性格のために、争い事を好まず、他の人間の種族にそれを利用され、捕らえられて奴隷にされていたのです。それだけではなく彼らは身体的にも他の人間の種族より弱い。病にかかりやすく、ちょっとした病でも死んでしまう……その分子孫を残すためにか多産のようです。このように現在は平和の中で暮らしているにもかかわらず、やはり子供の死亡率は高いです」

ファーレンの話を聞きながら、龍聖はまたしばらく考え込んだ。

「街に医者はどれくらいいるのですか？」

「え？」

龍聖の問いに、ファーレンは驚いたような困ったような顔をして、すぐに答えなかったので、龍聖は改めてファーレンの顔をみつめた。ファーレンはなぜ龍聖がそんな質問をするのか分からないというような様子だ。

「街に……とは、この城下町にということですか？」

「そうです。城下町以外にも、郊外に村などもあるのでしょう？　それぞれ医者はどれくらいいるのですか？」

龍聖は、ファーレンを真っ直ぐにみつめてそう尋ねた。

「……いません」

「え？」

「アルピンには医者はいません」

「え？」

龍聖が驚いて聞き返した。とても信じ難《がた》い言葉だった。

「え？　なんで医者がいないのですか？」

「アルピンには医術を習得するのは無理です。この国の医者は我々シーフォンだけです」

「ではシーフォンの医者は、アルピンの患者を診《み》てあげないのですか？」

その龍聖の質問で、ようやくファーレンは意味を理解したようだ。それまで困惑気味だった表情が崩れて、笑みを浮かべると首を振った。

「すみません、誤解があるようですが、そういうことではありません。アルピンに医者はいませんと申し上げたのは、アルピンでは医術を学ぶことが困難だからです。ですから流行病など、アルピンの間で病気が発生した時は、城の医者が街に降りて治療いたします」

「流行病の時だけですか？　普段はどうしているのですか？」

「普段？」

ファーレンが不思議そうに首を傾げた。

「ええ、別に流行病でなくても、ちょっとした病気は、いつでもかかってしまうでしょう？　特にアルピンでなくても、子供は大人に比べて、病気にかかりやすいものです。お年寄りもそうです。重い病にかかる人もいるでしょう。怪我とかもそうです。一万人以上の人達が住んでいるのですから、毎日どこかで誰かが病にかかっているのではないですか？　それの治療はしてあげないのですか？」

龍聖が一生懸命説明したので、またファーレンは意味を理解して頷いた。

「そういうことでしたら、医者はいませんが、アルピン達には昔から彼ら独自の治療法があるようです。薬草などを使って、熱を下げたり、怪我の血を止めたりなどは、自分達で出来るようです」

ファーレンがそう話すのを聞いて、龍聖は溜息をついて俯いてしまった。これでは山奥の貧しい農村と変わらないではないかと思ったからだ。

金沢の城下町には、医者はたくさんいた。大した医術の勉強もしていない看板だけの藪《やぶ》医者も多かったが、風邪で寝込めば町人でもすぐに医者を呼ぶくらいに、当たり前のようにいた。しかし農村となるとそういうわけにはいかなかった。医者のいる村はそれほど多くはない。

守屋《もりや》家の本家がある二尾村《ふたおむら》は、周辺の村と比べれば村民も多くて規模が大きな村だった。守屋家の加護のおかげで、とても豊かな村であったから、村の中には医者もいた。そのため近隣の村から医者に診てもらいたいと、はるばるたくさんの人が訪ねてきていた。山奥の貧しい農村から何日もかけて、手押し車に患者を乗せて、金はないが診てもらえないかと言ってくる者もあった。

二尾村の医者は、守屋家で雇っていた医者だったので、基本、治療費は取っていなかったが、無償では色々と問題があるため、薬代としてわずかではあるが金を貰っていた。それさえも払えない者には、畑仕事を手伝わせたりしていた。

それほど医者は大事なもので、庶民にとっては必要なものだと龍聖は思っていた。

「そろそろ戻りましょうか」

突然龍聖がそう言ったので、ファーレンは驚いた。

「もうよろしいのですか？」

「はい、ありがとうございました」

龍聖はファーレンに礼を述べてから、それっきり城に帰り着くまで一言もしゃべらずに、ずっと街並みを眺めていた。そんな龍聖の沈んだ様子を、ファーレンはずっと気にしていた。

城に着き、部屋まで送ると、部屋の前で龍聖がまたファーレンに礼を述べて、そのまま中へと入ろうとしたので、一瞬躊躇したが思いきって尋ねてみた。

「リューセー様……あの……城下町を見学されてから、様子がおかしくなられたように思うのですが、何か気に障《さわ》るようなことでもありましたでしょうか？」

ファーレンが深刻な面持ちでそう言ったので、龍聖はハッとした表情になり、少し困ったように眉根を寄せた。

「いえ、ただちょっと考えたいことがあるのです……ファーレン様、この話は明日でもよろしいですか？　明日までに頭の中を整理します。ファーレン様が、何か気がついたことがあれば言ってほしいとおっしゃったこと……上手くお話し出来るようにしますから」

龍聖はそう言って、もう一度頭を下げてから、部屋の中へ入っていった。パタリと扉が閉じられて、いつもの龍聖らしくない別れ方に、ファーレンはやはり何かあったのだと思った。

いつもの龍聖ならば、こんなふうにファーレンと別れたりはしない。きっと部屋の中まで招き入れて、お茶を飲みながらしばらく歓談して、今日の感想などを笑顔で話してくれただろう。

今日の城下町見学の途中から様子がおかしくなった。ファーレンへの質問も、ファーレン自身がすぐに理解出来ないようなものが多くなった。

『私が的確な答えをしていなかったからなのだろうか？』

しばらく龍聖の部屋の前に佇《たたず》んで、閉じられた扉をみつめていたが、ハアと大きく溜息をついてからファーレンは歩きだした。

ファーレンは真っ直ぐに王の執務室へと向かった。扉を叩いて中へと入ると、真面目に仕事をしているスウワンの姿があった。いくつもの書簡を机の上に広げて、難しい顔で腕組みをして考えている。

ファーレンの姿を見るなり、スウワンはパッと明るい顔になった。

「戻ったのか!?　どうだった？　リューセーは喜んでいたか？」

「陛下……そのことなのですが……」

ファーレンは、城下町見学での一部始終をスウワンに報告した。龍聖との会話も出来る限りすべて伝えた。

「それでリューセー様が途中から表情を曇らせ、沈んだ様子になってしまい……何か私がリューセー様の気に障るようなことを言ってしまったのでしょうか？」

ファーレンが心配そうにそう言うと、スウワンは腕組みをして考え込んだ。

「聞いた中では特に間違ったことは言っていないと思うがな……オレにはむしろ、リューセーがなぜそんな質問をするのかという方が分からないな」

「それは私が質問を聞き違えていたのかもしれません」

ファーレンが肩を落としてそう言うと、スウワンはう～んと唸《うな》りながら首を傾げた。

「オレからリューセーに聞いてみよう」

「陛下、それはもう少しお待ちください。リューセー様は、明日までに考えをまとめるとおっしゃいました。明日話をしてくださると……それまでそっとしておいてあげていただけないでしょうか？」

ファーレンがそう言ったので、スウワンは渋々了承した。


龍聖は戻ってきてから、ずっと考え込んでいた。この胸のモヤモヤは何か？　ずっと感じていた違和感は何か？　それを考えていた。

椅子に座って机の上で頬杖をつき、ぼんやりとしている。

城下町の町並みは、龍聖が想像していたものとは異なるものだった。簡素な木造家屋が立ち並び、経済的に豊かな街には見えなかった。露店で売られていたものも、珍しい品々は何もなく、種類の少ない野菜などがたくさん盛られていただけだった。

エルマーン王国は決して貧しい国ではないと思う。他国との交易も盛んに行っている。エルマーン製の織物は世界的に有名なのだと聞いた。アルピンは手先が器用なので、織物を織る技術が高く、良質の糸を使って織られた布は、大変高級な布として扱われているそうだ。

城の中には工房が作られ、たくさんのアルピンの女性達が働いていた。街の外には、糸の原料であるパンポックの畑やヤンの牧場がいくつもあり、国を挙げて生産に力を入れていることは分かる。それらはすべて、先王とその龍聖が、苦心して作り上げたものだということだった。

簡素な家に住んでいるが、アルピン達が貧しい暮らしをしているようにも思えない。高い税を課しているとは聞いていないし、食べ物だってたくさんあるようだ。今日訪ねた家の者達も、生活に困《こん》窮《きゅう》しているようには見えなかった。皆、健康そうに見える。

貧富の差はなく、皆、生活に困っていないのに、貧しそうに見える人々。医者のいない街。死亡率の高い子供達……。

それらすべてが不思議なものだったが、なによりも不思議だったのは、それを当たり前のように思っているアルピン達、そしてシーフォン達……ファーレンもそうだ。

あんなに知的で、細かな心配りの出来るファーレンまでもが、簡素な住まいやアルピンの子供達が育ちにくいことを当たり前のように思っていた。そうだ。それが胸のモヤモヤの原因だと、龍聖はようやく認識した。

しかしファーレンに悪気があるとは思えない。アルピンに対して差別的な意識があるようにも見えない。本当にそれが当たり前だと、心から思っているのだ。

龍聖は、う〜〜んと唸ってから、パサリと机の上に顔を伏せた。

こんなに城は立派なのに……。石造りの堅固《けんご》な城。豪華な調度品の飾られた美しい部屋。この机もアルピンが作ったと言っていた。手先の器用なアルピンは、家具などの木工品の制作や、織物を織る技術に優れている。なのになぜ自分達の住居は簡素なのだろうか？　それがずっと感じていた違和感だったのだと気がついた。

龍聖はハッとして顔を上げた。ファーレンは……いや、シーフォンは竜族だから、人間社会のことが分からないのだ。すべてが人間達の見よう見真似。人間が長い時間をかけて作り上げていく独自の文化がないのだ。だから表面的なものしか理解していない。

エルマーン王国は、まだ国として完成していないのだ。

アルピンの生活に関与しないと言っていたが、それは興味がないとも取れる気がした。自分達とは違う種族なのだから、分かり合えないと最初から決めつけているようにも感じる。

アルピンもまた他の人間達の奴隷だったという暗い歴史のせいで、他の種族に従属することが、当然のようになっているのではないだろうか？　だから今のシーフォンとの関係に、平和だと満足しているのだろう。

そういうシーフォンとアルピンの関係が、同じ国の国民なのにおかしいと龍聖は感じたのだ。

ファーレンも、たぶんスウワンも、「おかしい」ということにさえ気づいていないはずだ。だけどアルピンの人口が増えないことに悩んでいる。二人ともアルピンを繁栄させたいと心から思っているし、この国を良い国にしたいと思っているのは間違いない。それならば、「おかしい」ということに気づかせることが、龍聖の務めではないのだろうかと考えた。

でもそれを伝えるのは、スウワンに対して不敬にならないだろうか？「王の考えは間違っている」ということを言わなければならないのだ。それもスウワンだけの話ではない。シーフォン全体の考え方が間違いだということになるし、さらには先王や初代王も間違っていたということになる。

スウワンを怒らせてしまうかもしれない。でも国を良くするためには、絶対に変えなければいけないことだ。

『リューセー様にしか出来ないことだと思いますよ』とファーレンが言った言葉を思い出した。スウワンのために自分が出来ることは、どんなことでもしたいと思った。たとえスウワンを怒らせることになったとしても、この国を良くするために、スウワンに分かってもらわなければならない。それでもしも龍聖が処罰されることになったとしても、仕方がないと覚悟した。

その夜スウワンが仕事から戻ると、いつものように龍聖が出迎えてくれた。かわいい笑顔で「お仕事お疲れ様でした」と言って、スウワンのマントを外してくれる。着替えを手伝ってくれて、甲《か》斐《い》甲《が》斐《い》しくスウワンに尽くしてくれる。ファーレンが『沈んでいた』と言っていたのは嘘ではないかと思えるほどだった。

「今日は城下町へ外出させていただきありがとうございました」

龍聖の方からそう言ってきたので、スウワンは少し驚いた。

「楽しめたか？」と尋ねると、龍聖は考えて「色々と勉強になりました」と答えた。スウワンはそこで色々と尋ねたかったが、ファーレンの言葉を思い出して我慢した。龍聖から先に言いだしたのだ。言いたいことがあるなら、龍聖から話してくれるだろうと思ったのだ。

関係のない何気ない会話をしながらいつものように夕食をとり、食後はお茶を飲みながら、二人でくつろいだ。龍聖は自分の弟達の話をして、スウワンも子供の頃の話などをして、互いに穏やかな気持ちで会話を楽しんだ。

やがてそろそろ休もうと、寝室へと行き、一緒にベッドに入ると、スウワンは龍聖の体を抱きしめて優しく何度も口づけた。

龍聖が「スウワン」と、名を呼んでジッとみつめてきた。スウワンは口づけを止めてみつめ返した。

「なんだい？」

優しく尋ねる。

「スウワン、私は自分の立場を改めて考えさせられました。ずっとこうしてこの部屋の中だけで、スウワンと二人だけで過ごす日々はとても幸せですが、そうしていると自分の本当の立場を忘れてしまうのです。私は最近ようやくスウワンの妻だと自覚出来るようになりました。龍神様をお慰めするために仕える下僕ではなく、貴方の妻だと……そう思えることが幸せでした。でも私は、もっと大事なことを忘れていたのです。スウワンの妻だということは、この国の王妃だということなのですよね」

スウワンは龍聖の言葉を最後まで聞いてから、微笑を浮かべて頷いた。

「そうだよ、お前はエルマーン王国の王妃だ」

「私には王妃として出来ることなど大してありませんが、でも……スウワンの助けにはなりたいのです。スウワンのために、私が出来ることなら何でもしたいと思っています」

スウワンはそれを聞いて、嬉しくて思わず、ふふふと笑った。そして龍聖の額や頬に何度も口づけた。

「それで城下町に行きたいと言ったんだね？」

「はい……国のことをもっと知りたいと思いました」

「何か分かったのか？」

「はい、シーフォンとアルピンのことが理解出来たと思います」

「そうか」

スウワンは頷いて、龍聖の唇に唇を重ねた。クチュリと音を立てて吸いながら、舌を口内へ挿し入れて龍聖の舌を愛撫する。

「んっ……」

龍聖は喉を鳴らして、スウワンの口づけに応えるように、ぎこちなく舌を絡めてきた。二人は深い口づけを長い間交わし合った。次第に息が上がり、頬を上気させ、龍聖がスウワンに縋りつくように体を寄せてきた。

スウワンの腹に、龍聖の硬くなった股間が押しつけられると、スウワンは龍聖の長衣の裾をめくり上げて、尻を両手で摑んで愛撫した。

「我が王妃よ」

スウワンが龍聖の耳元で甘く囁く。

「ああ……スウワン」

龍聖が甘い吐息と共に名を呼んだ。スウワンは答える代わりに、昂りを龍聖の中へ押し入れる。ゆっくりと浅く深く腰を動かして、亀頭を内壁に擦りつける。龍聖が気持ち良くなる場所を探り当てて、そこを亀頭で擦るように腰をゆるゆると動かす。

「あっあああっあっ……スウワン……そこは……ああっ」

龍聖がブルリと体を震わせて、切ない声をあげた。

毎日行われる性交。スウワンは約束通り、激しく求めることはなくなり、龍聖を気持ち良くさせようと、意識して交わるようになっていた。回数を多く重ねる代わりに、一度の交わりをじっくり時間を掛けるようになった。

スウワンはリューセーの中の熱を心から気持ちいいと感じ、いつまでも繋がっていたいと思い、龍聖も自分の中にスウワンを感じて、その熱さに溶かされるようだと思った。

愛する人の中にただ精を吐き出すことだけが性交ではないと、スウワンは思うようになっていた。ゆるゆると腰を動かして、龍聖が気持ちいいと感じる部分を探し、龍聖がそれにかわいらしく反応することで、満たされる喜びを覚えた。それは毎日やっても飽きることがなく、日々の行為で龍聖が新鮮な反応を見せてくれるので、スウワンは毎日一度きりの性交でも、十分に満足が出来た。

スウワンが龍聖の中に精を吐き出し、乱れる息が次第に収まってくると、スウワンはゆっくりと男根を引き抜き、龍聖の唇を深く吸った。

「かわいいリューセー……お前は立派なこの国の王妃だよ」

優しく囁いて、その体を抱きしめた。

「スウワン」

龍聖はうっとりとした表情で身を委ねた。

もう何度も身をもって味わった、愛されるという喜び。この胸いっぱいに溢《あふ》れる心地よい幸せ。この世界に来て一年余り、ずっとこんなふうに幸せな日々を送らせてもらった。

向こうの世界にいた頃、代々の龍聖が龍神様と幸せに暮らしていたらいいなと思っていたが、それは神様の国のことで、自分もあの世みたいなところへ行くのだと思っていた。

だから自分の生涯は、十八歳で終わるのだと思っていた。それでも守屋の家のために、この身が役に立つのであれば……寅松達が幸せになれるのであれば、それはそれで身に余る幸せだと思っていた。

この世界に来て、あまりにも毎日が幸せで、スウワンがこんなにも愛してくれて、寂しい思いなどする暇もなかったから、すっかり向こうの世界の家族のことを忘れていた。

寅松達はどうしているだろうか？　幸せに暮らしているだろうか？　今日初めて思い出したことで、あの城下町のアルピンの兄妹達を幸せにしてあげたいと強く思うようになった。

自分に出来ることは何か？　アルピン達を幸せにするために出来ることは何か？　そしてそれがア

ルピンだけではなく、シーフォンやこの国の幸せに、そしてスウワンの幸せに繋がること。ずっとそれを考えて考えて、自分なりに答えを出した。

この考えを、明日スウワンとファーレンに話すつもりだ。その後はどう処罰されても良いと思った。

龍聖はそんな覚悟をして、スウワンの帰りを待ち、いつものように笑顔で出迎えたのだ。こうして抱きしめて愛してくれるのは最後かもしれない。龍聖はそう思って、涙が溢れそうになったが、スウワンの胸に顔をすり寄せて、グッと涙をこらえた。

翌日、スウワンは龍聖を自分の執務室へと連れていった。そこにファーレンを呼ぶと、三人は向かい合って部屋の中央に置かれたソファに腰を下ろした。龍聖は一人で座り、その向かいのソファにスウワンとファーレンが並んで座った。

龍聖は緊張しているのか、少し表情が硬かった。膝の上に置いた手のひらが、ぎゅっと硬く拳《こぶし》を作って握られた。すうと深呼吸をして、ようやく口を開く。

「これから私の思ったことをお話しさせていただきます。スウワン……いえ、シーフォンの皆様に対して大変無礼なことを言ってしまうかもしれません。先代達の偉大な功績を傷つけるような言葉かもしれません。でも私は昨日戻ってから、私が何をなすべきかじっくりと考えました。ファーレン様に言われたように、私しか気づかないようなことをご助言差し上げることが、スウワン達にとって……この国にとって良いことだと信じてお話しいたします。もしも私の話が、スウワン達を怒らせ、無礼を許せぬと断じられることになったとしても、私は後悔いたしません。その時は……どうぞ私を処罰してください」

龍聖はまずそう切り出した。

それを聞いた二人はとても驚いて目を丸くした。「無礼なことを言う」とか「処罰してください」とか、随分物騒《ぶっそう》なことを言い出すので、龍聖は何を語るというのだろう？　と困惑したのだ。少し緊張した面持ちで固唾《かたず》を呑んで待った。

「私はテラスから眺めていたこの国の城下町に憧《あこが》れていました。この国の景色はとても美しいし、見下ろす城下町は、びっしりとたくさんの家が立ち並んで見えるし、さぞや賑やかで繁栄している街なのだろうと思ったからです。このお城はとても素晴らしい造りのお城で、調度品も見事です。シーフォンの皆様は知的で見識が深く、国として、民族として、とても高度な文化を持っています。だからその城の城下町は私が生まれ育った町よりももっと栄えているだろうと思ったのです。ですが実際に下りてみると、街の様子は期待とはまったく違うものでした」

龍聖はそこまで一気に話して、スウワン達の様子を窺《うかが》った。スウワンとファーレンは、龍聖の最後の言葉に反応して、表情を強張らせた。明らかに負の意味での言葉が後に続くと思われたからだ。

「アルピン達の住む住居の立ち並ぶ街並みは、正直に言ってあまりにもみすぼらしいものでした。一瞬、貧しい人達の住む居住区なのかと思ったほどです。私は実際に、そうファーレン様に尋ねてしまいました」

龍聖の言葉を聞いて、スウワンは隣のファーレンを見た。ファーレンは黙って頷いてみせた。

「なぜ貧しい人達の住む所に見えたのだ。みすぼらしいとはどういうことだ？」

スウワンが思い余ったようにそう尋ねた。その口調には特に怒った様子はなく、単純に不可解だと思っての質問のようだった。龍聖はスウワンをみつめてから、頷いて質問に答えた。

「家がとても簡素だったからです。薄い板を並べて打ちつけただけの壁、屋根も板を重ねただけ、雨風が吹けば隙間から降り込んでくるような粗末な造り……一軒の家に部屋はふたつほどしかなく、そのうちのひとつは土間と一緒の造りで……あの小さな家に大人数の家族が住んでいるなんて、貧しい者達の住まいのようです」

「リューセー、違うのだ。何か誤解があるようだが、あれはアルピン達に自由に造らせているもので、我らが無理強いして小さな家に住まわせているわけではないのだ。アルピン達の種族は元々、草の茎の束で造った粗末な小さな家に住むような種族だったのだ。だからあれが彼らにとって一番良い住まいなんだよ」

スウワンが一生懸命、弁解をするように言った。

「陛下、私も同じように説明をして差し上げたのですが……」

隣でファーレンも困ったような顔でそう付け加えた。しかし龍聖は二人のそんな様子を、落ち着いた顔で静かにみつめていた。

「スウワン……違うのです」

「何が違うのだ？」

スウワンは訳が分からないという表情でみつめ返した。

「アルピン達の種族がそうだから……ではないのです。そういうシーフォンの皆様の考えが、そもそも間違っているのです」

龍聖は厳しい言葉ではあるが、とても静かに丁寧な口調で告げた。スウワンとファーレンはその言葉に一瞬黙り込んでしまった。

「アルピンはこの国の民ではないのですか？」

「え？」

　ふいにそう言われて、スウワンは思わず素になって聞き返していた。

「アルピンもシーフォンも、エルマーン王国の国民ではないのですか？　ホンロンワン様は奴隷にしてはならないと言われたそうですが、同じ国の国民なのですから、それは当然のことです。でもそういうことではなくて……同じ国の民なのですから、共に文化を繁栄させていかなければならないのではないのですか？　シーフォンも最初の頃は人間の暮らしが分からず、穴倉のような住居に住んでいたのですよね？　それから人間達の知恵を借りて、人らしい住み心地のいい住まいを造っていったと……そしてこの城を完成させたのですよね？　ならばなぜ、アルピン達にも同じように、住み心地のいい住まいを造るように、知恵を分け与えないのですか？　この城を造るために働いたのはアルピンなのですよね？　自分達のためにアルピンを使うだけならば、奴隷とあまり変わらないのではないのですか？」

「リューセー！」

　スウワンがカッとなって思わず立ち上がろうとした。それを慌ててファーレンが制した。大きな声で怒鳴ったが、龍聖は凛《りん》としてたじろがなかった。真っ直ぐにスウワンをみつめ返す。

「リューセー……それは……少し言いすぎだろう」

　スウワンは椅子に座り直すと、一呼吸置いて、気持ちを落ち着かせるように声のトーンを落としてそう言った。

「これは私が感じた気持ちのままにお伝えしています。私は生まれながらの庶民です。生まれつきの王族とか偉い人とか……そういう方の立場も気持ちも分かりません。それでも私の家はとても裕福だったので、不自由なく暮らしていました。……もちろん龍神様のご加護のおかげですが……。私の住んでいた国には、奴隷などはいませんでしたが、貧しい人達はいました。貧しい農民の子は、口減らしと生活のために、お武家様や大きな商家などへ、下働きに出されていました。小さな子供なのに、働かされるのです。私はそういうものなら見たことがあります……そういう貧しい家も見たことがあります……だからそれと同じに見えてしまったと……申し上げたのです」

龍聖は言い終わると、クッと唇を噛んで、スウワンを真っ直ぐにみつめた。スウワンを怒らせてしまった。これ以上話を続ければ、もっと怒らせてしまうかもしれない。そう思って震えそうになるのを懸命に耐えていた。

「リューセー様のおっしゃりたいことはなんとなく分かりました」

そこに助け舟のように、ファーレンが静かに言ったので、少し空気が和《やわ》らいだように見えた。スウワンは怪訝そうな顔でファーレンを見た。

「どう分かったというのだ」

「確かに……言われるまで思いもしませんでしたが……我々はアルピンを同じ国民とは見ていなかったのかもしれません。あくまでも我々が上で、アルピンを庇護してやっていると……我々のそういうところが間違いだと言われたいのですよね？」

ファーレンが穏やかにそう尋ね返したので、龍聖は少しばかり緊張が和らいだ。

「はい……もちろんシーフォンは優れた民ですから、上に立つことが間違っているとは言いません。

でもアルピンは何も出来ないからと何もさせないのでは、共生ではなくて支配しているのと同じだと思うのです。先王ルイワン様は、アルピンに木工の技術や機織《はたお》りの技術を根気よく学ばせたのですよね。覚えは悪いかもしれませんが、決して出来ないわけではない……ルイワン様もきっとそう思われて、学ばせたのだと思います。家を建てる技術だって、学ばせればもっと丈夫で住みやすい家を造れるようになると思うのです。もちろんアルピン達自身に考えさせて、彼らにとって住みやすい独自の家を建てさせるのです。昔、アルピン達が草の家に住んでいたのは、いつも逃げまわっていたからではないのでしょうか？　でも今は、エルマーン王国の国民として平和に暮らしています。この地に安心して住めるのですから、もっと丈夫な家を建てた方が良いし、狭いよりも広い家の方が絶対に良いはずです」

龍聖の話に興味深いという顔で聞き入っていたファーレンが、少し身を乗り出した。

「そうすれば、人口は増えますか？」

「たぶん……今よりは良くなると思います。家人に病気の者が出れば、別の部屋に隔離しないと全員にうつってしまいます。あんな狭い家ならばなおさら……特に子供はあっという間にうつってしまうでしょう」

「なるほど……確かに、我々も病気になれば、一人で別の部屋にて安静にさせますね……この城も、父上が子供を生み育てやすい環境にしたかったから、前の古い城を捨てて、この城を造ったと言っていました……アルピンが住みやすい家……それは考えもしませんでした。今のあの家がアルピンにとって住みやすいのだと思っていました」

ファーレンはそう言って、腕組みをしてから、思案するように何度も頷いた。

「彼らに不満はないと思います。今のあの家で十分だと思っているはずです。でもそれは知らないからなのです。かつてのシーフォンがそうであったように、この家が当たり前だと思ったら、もっと住みやすい家のことなど考えないでしょう……ましてや草の家から木造の家になったのですから、彼らなりに進歩したつもりでいると思います」

「なるほど」

感心したように腕組みをしたまま頷くファーレンを、スウワンは呆然《ぼうぜん》とした様子でみつめていた。

「リューセー様が見て、あの城下町がそんなに粗末に見えたのであれば、他国から来訪した者にもそう見えているかもしれませんね」

ファーレンがスウワンに向かってそう言ったので、スウワンはギョッとした表情に変わった。

「誰かそう言っていたのか？」

「誰もまだ言っていませんよ……でも他国からの商人達が城下町に滞在することはあまりありません。一応、宿はあるのですが、泊まりません……粗末だと思われているのでしょう」

ファーレンの言葉に、スウワンは衝撃を受けたようだった。絶句してしばらく固まってしまっていた。

「アルピンの住居については、前向きに検討したいと思います……時間がかかるかもしれませんが……」

ファーレンが龍聖にそう告げたので、龍聖は少しホッとしたような顔をした。

「他にもありますか？」

ファーレンが龍聖を促したので、龍聖は頷いた。

「街に一人も医者がいないことに驚きました。ファーレン様は、アルピンには医術は無理だと言われましたが……でもやはり街には医者は必要です。赤ん坊は風邪をこじらせただけでも死ぬことがあります。きっと町医者がいれば、子供の死亡数を減らせると思います」

ファーレンは、腕組みをしてう～んと唸った。

「しかし街にどれくらいの人数の医者が必要ですか？」

「私もそういうのは詳しくないのですが……一万三千人もいるのならば、百人……いえ、せめて五十人は必要なのではないでしょうか？」

「そんなにたくさんの医者は、シーフォンではまかなえません」

ファーレンが驚いたので、龍聖は頷いた。

「もちろん、アルピンから医者を育てるのです……ええ、難しいことは分かっています。だけど例えば一万人もいれば、その中に百人くらいは学ぶことを得意とする者がいるでしょう。その百人の中には教えれば、なんとか医術を習得出来る者が十人はいるかもしれません……やってみないと分からないと思います。別に難しい医術でなくても良いのです。せめて、咳や熱、下痢、嘔吐、切り傷、火傷などを治療するための薬を作ることが出来て、正しく処置出来る程度の知識があれば、大分違うのではないかと思うのです。すみません。医術に関しては私も分からないので、それを学ぶのに、どれくらいの学習が必要か分からないのですが……」

龍聖は次第に緊張が解けてきたせいか、今度はだんだん不安になってきた。それというのも、スウワンがずっと沈黙したままだったからだ。チラリと時々スウワンを見るが、スウワンは深刻な顔のままで、床ともテーブルとも分からないどこか宙をみつめて、ずっと黙り込んでいる。龍聖の方はまったく見なかった。

「リューセー様」

ファーレンに呼ばれてハッとした。

「リューセー様、分かりました。医師達と相談してみます。確かに街に医者がいれば良かったですね……考えも及びませんでした。リューセー様の育った街には医者はたくさんいたのですか？」

「はい、とてもたくさんいました」

「そうですか……人間の世界ではそれが当たり前なのですね」

ファーレンは、まだまだ自分が人間のことを理解しきれていなかったと、改めて思い知らされた。

「他にもありますか？」

ファーレンが心配そうに尋ねたが、龍聖は首を振った。本当は露店の話をしたかったのだが、一度にすべては無理だろうと思った。住居のことだけでも、スウワン達にとっては、思いがけない話だったのだろう。シーフォン達の考えを真っ向から否定する形になったのだ、途中スウワンを怒らせてもしまったし、これ以上はやめようと思った。

「ありがとうございました……お疲れではないですか？」

龍聖が少し顔色が悪いように見えたので、ファーレンが気遣ってそう言うと、部屋へと戻るように促してくれた。龍聖は大人しくそれに従い、二人にペコリと頭を下げてから、部屋へと戻っていった。

龍聖はテラスに立ち、眼下に広がる街並みをみつめていた。ここから見る景色は好きだったのに、今は点々と見える小さな家が、とても悲しく見えた。別に粗末な家だったから悲しいわけではない。そこに住むアルピン達を思い、良かれと思って話したことだったが、それで本当に良かったのかと、今は不安で胸がいっぱいになっていたからだ。

部屋に戻ってくるなり、床に崩れ落ちるようにその場に座り込んでしまった。体がガタガタと震えて、しばらく止まらなかった。大それたことをしてしまった……そんな思いでいっぱいになった。

ファーレンは理解を示してくれた。だけどこれからどうなるかは分からない。スウワンは最後まで、口をきいてくれなかった。怒っているのか、何なのかは分からなかった。

テラスの手すりを掴む手が、また小さく震えたので、ギュッと手すりを掴む手に力をこめて震えを止めようとした。

スウワンに嫌われてしまったのだろうか？　それでも良いと思ったはずなのに、覚悟したはずなのに、いざとなるとこんなにも悲しく、不安になる。

「リューセー！」

突然大きな声で名前を叫ばれて、龍聖はビクリと驚いて振り返った。見るとスウワンが、血相を変えて、こちらに走ってくるのが見えた。

「スウワン……」

「な、何をしているんだ」

「え？　あ……景色を眺めていました。私、ここから眺める景色が好きで、毎日こうして見ているんですよ」

龍聖が困惑しながらそう答えると、スウワンはハアと大きく溜息をついて、気が抜けたように肩を落とした。そして気を取り直すと、すぐに龍聖の体を抱きしめた。

「お前が死のうとしているのかと思って驚いたではないか」

「え？　わ、私が死のうとしていたと思ったのですか？」

龍聖が驚いて思わず聞き返すと、スウワンは何も答えずに、龍聖を抱きしめたまま部屋の中へと戻っていった。

部屋の中に入るなり、ヒョイッと体を抱き上げられ、そのままスウワンが椅子に座ったので、龍聖はスウワンの膝の上に抱かれるような形になった。驚いてスウワンをみつめると、スウワンは真面目な顔で、ジッと龍聖をみつめ返した。

「なぜ……私が死のうとしていると思ったのですか？」

「お前のことだから、それくらいの覚悟で、今日の話をしたのだと思ったからだ」

スウワンは静かにそう答えた。龍聖はそれを聞いてとても驚いた。目を大きく見開いて、スウワンを見ていると、スウワンは龍聖の額に軽く口づけた。

「お前は昨日ずっと考えていたのだろう？　外出から戻ってから……どうすればいいのか。どう話せばいいのか……オレの役に立ちたいと、ただそればかりを考えていたのだろう？」

スウワンが優しく囁くように語りかけ、何度も龍聖の額や頬に口づけてきた。龍聖は胸がいっぱいになって、今にも泣きだしてしまいそうになった。

「どうして……どうしてお分かりになったのですか？」

震える声でそう尋ねると、スウワンがようやく微笑を浮かべてくれた。

「それはお前の夫だからだ」

スウワンが優しくそう告げたので、龍聖はたまらずポロポロと涙をこぼした。

「ああ、スウワン……スウワン……」

龍聖が両腕をスウワンの首に回して縋りつくので、スウワンはその体を強く抱きしめた。

「怒っていらっしゃるのだと……思っていました」

「なぜだ？」

「だって途中から……一言も話さなくなってしまわれたから……ずっと怖い顔をして……私を見てくれなくて……考え込んでいらしたから……」

「ああ、すまない。オレはただショックだったんだ。お前の言うことすべてが当たっていた。オレは良き王になりたいと思っていたが、無意識にアルピンを下僕のように見下していた。お前のように、そんな寛容な気持ちで、アルピンのことを考えることが出来なかった……それがショックだったんだ。それに必死で話すお前が、初めて会った頃のお前を思い出させて……オレに対して、そんなに緊張するなんて、よほどの覚悟をしているのだなと……そう思ったら……それもちょっとショックだった。お前にすべてを抱え込ませてしまった。昨夜はそれに気づいてやれなかった。そんな自分のダメさ加減がショックだったんだ」

「スウワン……スウワン」

龍聖はただただ、スウワンに縋りついて泣きじゃくった。こんなに泣くなんて、この世界に来てから初めてのことだった。スウワンは宥めるように、龍聖を抱きしめながら、優しく背中を擦っていた。

「リューセー……体が熱いな……少し熱があるんじゃないか？」

抱きしめる龍聖の体がとても熱く感じられたので、スウワンは少し体を離して、龍聖の顔を覗き込んだ。涙に濡れた顔は、赤く上気していた。泣いているから赤くなっているのか、それが熱のせいなのかは分からなかった。額に手を当てるとやはり熱かった。

「やはり熱い……医者を呼ぼう」

「大丈夫です。なんかホッとしたら、体の力が抜けて……きっと緊張していたから、その反動だと思います。知恵熱かもしれません……少し横になれば大丈夫ですから」

龍聖が泣き笑いの顔でそう答えたので、スウワンはつられて微笑みながら頷くと、そのまま抱き上げて寝室へと運んだ。そっとベッドに下ろすと、横にならせて頭を撫でながら、側に寄り添った。

「お前は本当に強いな……こんな言い方はおかしいかもしれないが、オレはこんな時、お前が本当に男らしく見える。意志が強くて、芯が真っ直ぐで、まるでこの前お前に贈った銀の剣のようだと思うよ。そういえば、父上が言っていたな……リューセーの魂精とは、その真っ直ぐで強い心から来るものだと……他の者にはなく、リューセーだけが我らにふさわしい魂精を持ち合わせているのは、その心故なのだと……だから代々のリューセーは、きっと皆、同じように凛とした心の持ち主だろうって……。父上の言う通りだった。母上も真っ直ぐな方だった。お前とよく似ている」

スウワンが微笑みながら優しくそう語りかけると、龍聖は潤んだ瞳をキラキラと輝かせて笑みを浮かべた。

「お母様……龍聖様の話をもっと聞かせてください」

「お前は母上の話が本当に好きだな」

スウワンがからかうように言うと、龍聖は恥ずかしそうに目を伏せた。

「私の前の龍聖様は、子供の頃からの憧れの人でした。自分と同じ運命の人。話に聞く龍聖様は、誰もがとても聡明で美しい人だったと語ります。自分もそうなりたいといつも思っていました……でもすごく昔の人で……私の祖父が子供の頃に何度か会ったことがあると……それくらい昔の人だから、私にとってはお伽噺《とぎばなし》の中の人のようで……それがこの世界に来て、貴方様から龍聖様の話が聞けると、なんだかとても近しくなれたようで嬉しくて……」

スウワンはニコニコと笑って、何度も頷きながら龍聖の話を聞いていた。それから母との思い出話を龍聖に聞かせてやった。龍聖はとても嬉しそうにそれを聞いていた。

しかし次第に様子が変わっていった。気がつくと、龍聖は少し息が荒くなっていて、スウワンの呼びかけにも朦朧としているようで、反応がなかった。額を触ると、さっきよりもかなり熱が高くなっていた。

スウワンは慌てて医者を呼びに走った。

「陛下」

寝室の外で、スウワンが待っていると、しばらくして扉が開き、二人の医師が寝室から出てきた。

「陛下、リューセー様はご懐妊されていらっしゃいます」

「え？」

スウワンは一瞬意味が分からなくて、ぼんやりとした顔で医師をみつめていた。

「ご懐妊です……お子様を身籠っていらっしゃいます。それも竜王を身籠っておいでです。おめでとうございます。お世継ぎです」

「なっ……えっ……世継ぎ？　え？　なぜそれが分かる？」

「前のリューセー様が、スウワン様を身籠られた時と、お体の様子がよく似ていますので、間違いないと思います」

医師がとても冷静にそう告げたので、スウワンは困惑した様子で、目をうろうろとさせた。

「世継ぎ……オレの……子？　リュ……リューセー!!」

スウワンはようやくすべてを理解すると、飛び上がるように喜んで、ダッと寝室へと駆け込んでいった。

「陛下！　お静かに!!」

医師が止めるのも無視して、大きな声で龍聖の名を何度も呼びながら、龍聖が寝ているベッドに駆け寄った。

「リューセー！　聞いたか！　子だ!!　子が出来たのだ!!　オレ達の子供だ!!」

「スウワン……ああ……夢のようです。ありがとうございます。ありがとうございます」

「バカ！　礼を言うのはこっちだ。リューセー、本当によくやった。ありがとう」

二人は手を取り合って喜んだ。

嬉しい知らせは、あっという間に城の中を駆け巡り、国中を駆け巡った。人々は歓喜に沸き返り、城の中も外もお祭り騒ぎのようになった。

それから六日の後、龍聖は卵をひとつ産み落とした。次期竜王の誕生だ。

「卵は少し柔らかいのですね……壊してしまいそうで、怖くて触れません」

龍聖が卵をみつめながらそう言ったので、隣で同じように卵をみつめていたスウワンがフフフと笑った。

「でもお前が魂精を与えなければ、卵は育たないのだぞ？」

「それは分かっています……ああ、私が産んだのだなんて信じられません」

龍聖が幸せそうな顔で、笑いながら言ったので、スウワンは思わず見入ってしまった。

「どうかなさいましたか？」

「いや……お前は前から本当に美しいのだが、最近ますます美しくなった。眩《まぶ》しいくらいだ」

スウワンがしみじみと言うので、龍聖は赤くなって俯いた。

「そんなに見ないでください。恥ずかしゅうございます」

頬を染めて俯きながらそう言う龍聖の顔も、ハッとするほど美しい。スウワンはそんな龍聖を飽きることなくいつまでもみつめていた。

「どれくらいで赤子が生まれるのですか？」

龍聖が幸せそうに微笑みながら尋ねたが、スウワンが呆けたように龍聖をみつめたままでいるので、龍聖はさらに赤くなって「スウワン！」と名を呼んだ。

「え？　なんだ？」

「もう……私の話をちゃんと聞いてください」

「聞いてる。聞いているぞ」

「では今私が何と言ったか聞いていましたか？」

「ん？　あ〜……忘れた」

「仕方のない方」

龍聖は思わず噴きだして笑いだしたので、スウワンは困ったように頭をかいた。


毎日、一日に数回卵に触れて魂精を与えるのが、龍聖の仕事になった。籠の中にふわふわの柔らかな布を幾重にも重ねて敷きつめ、その真ん中に卵が置かれていた。少し弾力のある柔らかな卵は、それでも壊れそうで危うげだった。

慎重に毎日卵に触れて育てるうちに、次第に我が子と思えるほど情が移ってきた。

「不思議ですよね。まだ小さな卵ですが、そのうちこの卵から赤ん坊が生まれるなんて……でも早く会いたいです」

「今でさえ、お前は卵に夢中で、すっかり心を奪われているというのに、赤子が生まれたら、もっとお前は夢中になってしまうかもしれないな」

スウワンがふてくされたように言ったので、龍聖はクスクスと笑った。ベッドに二人寄り添い合って寝ていた。しかし抱卵期間は龍聖の体を気づかい性交を禁じられていたので、スウワンはずっと禁欲生活を強いられて、不満が溜まっていた。

「どれくらいで孵るのだ？　もうひと月経っただろう？」

「まだまだですよ。お医者様の話では、一年は掛かるということでした」

「一年!?」

スウワンが大きな声を上げて驚いたので、龍聖も驚いた。

「どうかなさいましたか？」

「一年って……オレは一年もお前と交われないのか!?」

「あっ……」

スウワンの言葉を聞いて、龍聖はポッと赤くなった。

「申し訳ありません」

龍聖が謝るので、スウワンは困ったように頭をかいた。

「いや……別にお前が謝ることではないが……仕方ないだろう……我慢するよ」

スウワンはそう言うと、龍聖の体を抱き寄せた。龍聖は幸せそうに微笑んで、スウワンに身を任せた。


龍聖の進言は、少しずつではあるが形になりつつあった。ファーレンは他のシーフォン達と相談をし、城下町を作り直す計画を立てた。一度にすべては無理なので、計画図を作成し、少しずつ区画を決めて、住居の建て直しをすることにした。それと同時に、アルピンの中から建築を専門的な職業とする者を育てることになった。

元は城の建築に携わったアルピンの子孫達の中から、技術を習得するのにふさわしい者を選び出した。また他国の建築技師を招いて、人間の住居と環境についての関係も学んだ。

人間の住居には、種族的な違いだけではなく、その住んでいる環境に適した建て方があるのを知った。エルマーン王国は、通年暖かい気候にあり、盆地であるため特に暑い時期もあることから、厚い土壁で太陽の熱を遮断し、窓を多くして通気性を良くする方が良いという意見を貰った。

また多産である家族構成も考え、二階建てにし、子供の部屋を別に設《もう》けることで、夫婦に余裕のある生活をもたらすことが出来ると考えた。

こうして新しいアルピンの住居が考えられ、それぞれの家族と話し合いながら、新しい家を建てていく計画を遂行《すいこう》した。

ファーレンからその報告を受けたのは、あの日から半年が経った頃だった。卵の誕生で日々慌ただしくしていた龍聖も、思いがけない報告に、嬉しくて泣きだしてしまった。もちろんそれにファーレンが困惑したことは言うまでもない。

第6章　継がれる命

「ファーレン、ファーレン」

ファーレンがたくさんの書簡を抱えて、王の執務室を訪れると、スウワンが待っていましたとばかりに、手招きをして呼び寄せた。

「どうかなさいましたか？」

ファーレンはゆっくりとスウワンの側まで来ると、不思議そうに首を傾げた。

「なあ、お前、性交の時、前戯というのをやるって知っていたか？」

「はあ？」

突然、スウワンがそんなことを言いだしたので、ファーレンはとても驚いた。怪訝そうな顔でスウワンを見ると、スウワンは何かの書物を手に持っていた。真面目な顔でファーレンをみつめ返す。

「前戯だよ。知っていたか？」

スウワンがもう一度尋ねてきたので、ファーレンは呆れたような顔になって大きく溜息をついた。

「……知っていますが、それが何か？　というか、その書物は何ですか？」

「これか？　人間達のあらゆる性交の方法などが記されている書物だ。すごいぞ。色々な体位で交わったりするのだな。前戯というのも色々な手管があるようだ……って、え!?　お前、前戯を知っていたのか？」

スウワンが改めて驚いたので、ファーレンは困惑したような顔で、スウワンをみつめた。

「それよりも兄上、それってもしかして、兄上は今まで前戯を知らなかったということですか？」

「ああ、知らないよ」

「え!?　じゃあ、今まで前戯なしだったのですか？」

「だって父上から聞いた性交の作法では、そういうのはなかった」

「……いきなり……その……入れていたのですか？」

「バカッ!!　そんなわけがあるか！　ちゃんと尻の方を解して、柔らかくしてからに決まっているだろう！　リューセーを傷つけないように、それは慎重にやっていたさ。父上からもそのように習ったからな」

「はあ……いや、それにしても……まあでもこの場合、父上が悪いのかなぁ……というか父上もご存知なかったのかなぁ……」

　ファーレンは腕組みしてう～んと考え込んだ。

「お前はなんで知っているんだ」

　スウワンが立ち上がって、むきになって尋ねてきたので、ファーレンは苦笑して頭をかいた。

「若い頃に、人間の町で遊女と遊んだ話をしたでしょう？　その時に色々と教わったんですよ」

「そうだったのか……」

　スウワンは感心したように頷いて、椅子に座り直した。改めて本を開くと、性交の様子が図解されているのが見えた。

「まったく……兄上、またなぜそんな書物を読んでるんですか」

「あのなぁ……卵が生まれてから、ずっと性交を禁止されているんだよ……もう一年だぞ……もうすぐ卵が孵るから、そしたら解禁だろう？　久しぶりだし、リューセーに気持ち良くなってもらいたいから、こうして色々と方法を調べてるんだよ……なんだよ、その顔は……」

「呆れてるんです」

ファーレンが肩をすくめて、溜息交じりに言ったので、スウワンはククッと笑った。

「自分でもおかしいと思うけどな……でもリューセーを大事にしたいし、抱きたいし……だったら気持ち良くさせたいじゃないか」

「はいはい、でもまた前のように無茶はしないでくださいよ」

ファーレンの忠告に、スウワンは苦笑してみせた。

「確かに今でも、リューセーが愛しすぎて、むちゃくちゃに抱きたいという衝動が起きないわけではない。いくら抱いたって満足しきれないくらいに愛しい……だけどそれはオレの欲求だけの問題で、性交とはそういうことではないと分かったんだ。性交は欲求の捌《は》け口でもなければ、子を作るためだけの行為でもない。夫婦で愛を確かめ合うための儀式なんだ。交わって繋がることで、互いの熱を感じ合って、体だけでなく心も満たされる。オレはリューセーのおかげでそれが分かったんだ」

スウワンがしみじみとそう語るので、ファーレンは少し驚きつつも、感心したように頷いて聞いていた。

「大人になりましたな」

ファーレンがからかうように言ったので、スウワンはムッと顔をしかめてみせた。

「なのにこんなバカな本を読むのですね」

ファーレンはさらにからかうように笑って言ったので、スウワンは口を尖らせてプイッとそっぽを向くと、本をパタンと閉じた。

「性交の上手い方法なんて誰も教えてくれないではないか……こんな前戯なんてものも知らなかったし……オレはリューセーに気持ち良くなってほしいだけだ。いつもリューセーの体中に口づけたいと思っていたが、やればよかったんだな。それが前戯だとは知らなかった」

スウワンがぶつぶつと呟くのを聞いて、ファーレンはククッと笑った。

「まあ……兄上の性交の方法に口を出すつもりはありませんが……前戯をする方が、相手の心も早く解れますし、相手も早く交わりたいと思ってくれますから、互いに気持ちのいい状態で、交われることは間違いありませんよ……一度先に相手が気をやった方が良いとも言いますしね」

ファーレンの言葉を聞いて、スウワンは目を輝かせた。

「そうか、やはりそうか……うんうん、早くやってみたいもんだ」

「だからあまり無茶しないでくださいよ」

ファーレンは溜息をついて苦笑した。

「あ、そういえば、お前、子が出来たそうじゃないか」

ハッとした顔で、スウワンが言ったので、ファーレンは苦笑した。

「お耳の早いことで……まあ……思いがけずですが、子が出来ました」

「良いじゃないか！　おめでとう！　子はたくさん作るに限る！　もう二、三人作れ！　我が子の治世の手助けをしてくれ」

「もう二、三人は無理かと思いますが……新しき竜王のために、努力したいと思います」

ファーレンが恭《うやうや》しく礼をしながらそう言ったので、スウワンはニヤリと笑ってから、少し身を乗り出した。

「奥方は怒っていないか？」

そう小声で尋ねてきたので、ファーレンは苦笑してみせた。

「それが……私も驚いたのですが、最初の子の時よりも喜んでいるくらいです。もしかしたら、もう一人くらいは生んでくれるかもしれません……もちろん出来たらですが……」

ファーレンがちょっと恥ずかしそうに言ったので、スウワンは嬉しそうに頷いた。

「お前ががんばればいいだけだよ……なんならこの本を貸そうか？」

「まったく……からかわないでください」

二人は顔を見合わせて笑った。


その日は朝から城内が慌ただしかった。関係のない兵士達までもがそわそわと皆落ち着きをなくしていた。

王の私室の外の廊下には、何人ものシーフォン達が集まっていて、中の様子を窺《うかが》っていた。

寝室ではスウワンと龍聖と医師達が、固唾を呑んで一点をみつめている。小さな子供用ベッドのような籠には、大きくなった卵が柔らかな布に包まれて安置されている。以前は柔らかかった卵の表面は今や薄い殻《から》のように硬くなっていた。その卵が時々ゆらゆらと小さく揺れるのを、スウワン達は息を殺して見守っていたのだ。

卵の表面にはわずかではあるが、小さなひびが入っている。最初にそれに気づいたのは龍聖だった。朝からいつものように魂精を与えようと、卵に触れた時に気づいた。ひびと、それに卵がしきりに動いていることに。

医師が呼ばれ、卵を確認して「まもなく孵りますよ」と告げた。それから皆でこうして待っている。話を聞きつけた他のシーフォン達まで、待ちきれずに王の私室の前まで駆けつけていた。もちろんファーレンも来ていて、寝室には入らずに居間の方で待っていた。

ゆらゆらと、卵の揺れが次第に大きくなってきた。するとパリッという音がして、先ほどの小さなひびが次第に大きくなり、やがてぽつりと穴が空いた。

「穴が空いたぞ」

スウワンがたまらず呟く。するとその穴から、小さな手が現れた。皆が一斉に感嘆の声を漏らす。

「陛下、リューセー様、もう大丈夫です。卵の殻を割る手伝いをしてあげてください。赤子の力だけでは、卵を割りきることは出来ません。卵が割れる前に、勝手に割ると中の赤子が自力で空気を吸える準備が出来ておらずに死んでしまうことがありますが、自力で卵を割って、穴が空いて外の空気が卵の中に入りましたから、もう赤子は外の空気を吸うことが出来ます。殻を取り去っても大丈夫です。どうぞこれは親であるお二人でなさってください」

医師に促されて、スウワンと龍聖は顔を見合わせて、スウワンが先に恐る恐る卵に手をかけた。割れている穴に手をかけようとして、ちょっと出ている小さな手に当たらないようにと、指でそっと小さな手を中に引っ込めさせようと触ったら、その指をキュッと握られて、びくりと驚いた。

「あっ」

スウワンが小さく声を上げて、頬を上気させながら隣にいる龍聖を見た。龍聖はニコニコと笑って頷く。

「スウワンはそのまま赤子に手を握らせてあげていてください。殻は私が……」

龍聖がスウワンにそっと囁くと、穴に手をかけて、殻が中に入らないように気をつけながら、少しずつ割っていった。パリッパリッと殻を割り、やがて三分の一ほどが取り去られて、赤子の姿が現れた。卵の中に体を丸めるようにして、小さな赤子が入っていた。右手はスウワンの指を握り、左手で胸に押しつけるようにしてもうひとつ小さな金色の卵を抱えていた。外の光が眩しいのか、目を細めて顔をしかめている。濡れている髪は真っ赤だ。スウワンと同じ真紅《しんく》の髪。「ふえっ」と小さく声を上げて、顔をくしゃりとしかめて、今にも泣きだしそうだった。

「体が冷えてしまいますので、早く中から出してあげてください」

医師に催促されて、慌てて龍聖は残りの殻を取り始めた。スウワンも片手で手伝って、半分ほど取ったところで、龍聖が殻の中から赤子を抱き上げた。怖々と抱き上げて、龍聖はスウワンを見た。スウワンは嬉しそうに目を細めて赤子の顔を覗き込む。

それまで今にも泣きだしそうだった赤子が、龍聖に抱かれると穏やかな表情になった。

「スウワンにそっくりですね」

「そうか？　目の辺りとかお前に似ていると思うぞ」

二人は互いにそう言い合って、幸せそうにクスクスと笑い合う。

「リューセー様、恐れながら赤子の体を洗って、産着《うぶぎ》にくるみますので、お預けいただけますか？」

医師に言われて、「あっ」と龍聖は思い出し、慌てて医師に引き渡した。

「陛下、竜王の卵を」

続けて医師がそう言ったので、スウワンは赤子が抱いている金色の卵を取り上げた。すると途端に、赤子は火がついたように泣き始めた。

「スウワン……どうして卵を取り上げたのですか？」

大泣きする赤子を見て、龍聖が驚いてスウワンに尋ねた。するとスウワンは真面目な顔になって頷いた。

「これは別の所へ預けなければならないんだ。竜王として卵から孵るのは、ずっと先だからな……それまでは可哀想だが、離れ離れにならなければならないんだ」

別の所……というのがどこなのか、龍聖には分からなかったが、スウワンが真面目な顔でそう言ったので、とても大事なことなのだろうと思って、それ以上は追及しなかった。医師達が赤子の体の状態を見ながら、産湯で体を洗い、真新しい柔らかで上質な布で作られた産着を着せて、改めて龍聖に抱かせた。

「卵の時と同じように、リューセー様が赤子を抱きしめて、頭や頬を撫でたり、口づけをしてあげたりしてください。リューセー様が触れているところから魂精が赤子に注がれます。陛下と同じ竜王ですから、通常の食事では栄養になりません。なるのはリューセー様からの魂精のみとなります」

医師に言われて、龍聖は腕の中にいる小さな赤子を改めてみつめた。顔を真っ赤にして泣いていたが、龍聖に抱かれて安心したのか次第に泣きやんでいった。

小さな命。自分の子供だという実感はあまりない。でも卵を産んだのは間違いないし、その卵を一年近く毎日抱いたり撫でたりして愛《め》でている間に、不思議と情が湧いていた。その卵から今、目の前での赤子が誕生したのだ。

乾いてふわふわとなった赤い髪と、時々薄く開く瞳が金色なのは、スウワンにそっくりだと思った。だからこの赤子は間違いなく、スウワンの子で、自分が産んだ子なのだ。そんなことを、赤子をみつめながら心の中で反芻《はんすう》していた。

「不思議だな」

一緒に赤子を覗き込んでいたスウワンが、ポツリとそう呟いたので、龍聖は少し驚いてスウワンの顔をみつめた。スウワンはとても優しい表情で、赤子をみつめている。

「口では『子作りだ』なんて言ってはいたが、正直なところオレには実感がなかった。お前が卵を産んでくれた時も、自分の子が生まれたという気があまりしなくて……あっ！　誤解するなよ!?　変な意味じゃなくて！　その……自分が親になったという実感がないという意味だ……でもこうして卵から赤子が……人の姿をしたものとして生まれてくると、なんというか……嬉しいものだし……本当にオレに子が出来たのだと……今、少しずつだが、こう〜……上手く言えないけど、オレの中に何か湧いてきてるんだ……親としての愛情というものだろうか？　オレは子供が苦手なんだが、素直にこの子をかわいいと思っている自分がいる。不思議だな」

スウワンは少し頬を上気させて、照れたように龍聖にそう語りかけた。スウワンの言った言葉は、今、龍聖自身が心の中で思っていた言葉に似ていたので驚いた。自分よりもずっと大人で、何もかも知っていると思っていたスウワンも、そうなのだというのが驚きだった。

「オレもこうやって生まれたんだな」

スウワンはしみじみとそう呟いた。

「スウワンは、やっぱり神様なのですね」

龍聖が微笑みながらそう言ったので、スウワンは「え？」と聞き返した。見ると龍聖が幸せそうに笑っていた。

「私のような何のとりえもない者に……それも男であるこの身に、こんなに素晴らしい赤子を授けてくださったのですから……神様です。私の神様です」

龍聖はそう言って、愛しそうに赤子を抱きしめて、その柔らかな頬にそっと頬ずりをした。その姿が、あまりにも美しかったので、スウワンはぼんやりと見惚れてしまっていた。


スウワンと龍聖の第一子、次期竜王となる王子は、『ロウワン』と名付けられた。世継ぎの誕生に、国中が沸き返り、それから数日の間、城下町は祭りのような賑わいだった。

龍聖は赤子の世話などしたことがないので、少し不安があったが、侍女達がそのほとんどの世話をしてくれて、困ることはなかった。しかし任せきりにしてしまうのは親として申し訳ないと思い、侍女に世話の仕方を教えてほしいとお願いした。そんな龍聖に、侍女達は最初のうちは困惑していたが、その熱心さに心を打たれて、親身になって赤子の世話の仕方を教えてくれた。

「毎日忙しそうだが、赤子の世話は慣れたか？」

夜、スウワンと食事をしながら、龍聖が少し疲れているように見えたので、スウワンは心配そうに尋ねた。

「え？　あ、はい。少しは慣れましたが……私は……母親としてはまだまだです。毎日新しい発見があります。分からないことばかりです……でも侍女達のおかげで、いつも助かっています」

「ロウワンの世話はすべて侍女に任せればいいではないか」

「でも……そうしたら私は親になれない気がして……女性の……本物の母親のように、腹の中で十月も育てて、苦しんで産んだわけではありませんから……せめて世話くらいは一生懸命やらないと、ロウワンの母親だと言えない気がしてしまって……」

龍聖が困ったように薄く笑って、持っていたスプーンをテーブルの上に置くと、俯いてしまったので、スウワンは慌ててかける言葉を探した。

「そ、そんなことを言ったら、オレなんかどうなるんだ。全然ロウワンの世話なんてしていないし……朝と夜くらいしか顔も見られないのに……。お前はなんでも一生懸命過ぎるんだ。少しは手を抜くことも覚えた方が良い。……夜はお前がずっと面倒を見ているだろう？　あまり寝ていないのではないか？　夜こそ侍女に任せればいい」

龍聖は夜の間は、侍女達に下がるように伝えていた。ロウワンは夜は夫婦二人の寝室に、子供用のベッドを入れて寝かせていたこともあり、スウワンがいるので侍女に入ってきてほしくないと思ったからだ。

「申し訳ありません……スウワンを起こしてしまっていましたか？」

「え？　いや、そういうことを言ってるんじゃない……そりゃあ、オレだって夜くらいしか子供と一緒にいられないから、一緒の寝室で寝るのは嬉しいが……お前はそれで夜中に何度も起こされて、疲れているだろう？　オレはお前の体を心配しているんだ」

スウワンは出来るだけ優しい口調を心がけたが、こんな時の龍聖は、何を言っても自分を責めてしまうことは、重々分かっていた。だから今まで言わずにいたのだが、明らかに疲れているのが分かるから、言わずにはいられなかった。

そしていつも、宥めることに失敗してしまう。つくづくこういうのが下手だと、スウワンは自分で呆れてしまった。ファーレンならどう言うだろう？　こういうのは、ファーレンが得意なのだけれどな……と心の中で舌打ちする。そう思った時、珍しく良い案が頭に浮かんだので、スウワンはポンと手を叩いた。

「リューセー、明日にでもロウワンを連れて、イザベラの所に行ってみたらどうだ？　ファーレンから聞いたが、イザベラが久しぶりの出産を前に、赤子の扱いを忘れてしまったから、ロウワンに会いたいと言っていたらしいぞ？　しばらくお茶会もしていないだろう？　気分転換にもなるから、行ってみなさい」

スウワンがそう提案すると、龍聖がようやく顔を上げた。少しばかり表情が明るくなったように見える。

「イザベラ様が？」

「うんうん、ロウワンを見せびらかしてくると良い」

「はい」

ようやく少し龍聖が笑ったので、スウワンはホッとした。

翌日、龍聖はロウワンを抱いて、イザベラの家へと向かった。もちろん事前に使いを出して、訪問することを伝えてあったが、龍聖が訪れると、イザベラはとても驚いていた。

「まさかと思いましたが、本当にいらっしゃるなんて……何か急用でしたか？　私の方が伺いましたのに……」

イザベラが恐縮してそう言ったので、龍聖は笑顔で首を振った。

「イザベラ様は、今が一番大事なお体ですから……。ロウワンのお披露目に参りました。スウワンとファーレンは兄弟なのですから、私とイザベラ様も義理の姉弟のようなものと思っていいですよね？　姉のように思っても失礼ではないでしょうか？」

龍聖が少し恥ずかしそうに言ったので、イザベラはもっと驚いた顔になった。

「失礼だなんて!?　何をおっしゃるの？　リューセー様から姉のように思われて、嫌なことなどあるものですか!?　歳の違いを思えば、母親と思われても仕方のないことだというのに……」

イザベラが笑いながらそう言って、龍聖に客間のソファへ座るように促した。腰の括《くび》れのないゆったりとしたドレスを着ているイザベラを見て、龍聖はいつもと違うその様子に、少し感動していた。

「お腹の方はいかがですか？　赤ちゃんも大分大きくなられたのでしょう？」

「ああ……おかげ様で順調です。もう……妊娠なんて随分久しぶりなので、なんだか色々と戸惑ってしまって……まさかね、また子が出来るとは思っていなかったんですよ。私も主人も……」

「子は授かりものです。私が悩んでいた頃に、よくイザベラ様が励ましてくださったではありませんか。夫婦にとって良き時に子に恵まれると……きっと今が、ファーレン様とイザベラ様の夫婦にとって、一番良き時だったんですね」

龍聖がとても嬉しそうに笑顔で言ったので、イザベラもつられて嬉しそうに笑った。

「ああ、そうそう、ロウワン様のお顔を拝見させていただいてもよろしいかしら？」

「ええ、よろしければ抱いてやってください」

龍聖はそう言って、抱いていたロウワンをイザベラに渡した。イザベラは受け取ると、思わず顔を綻ばせる。

「まあ……なんて凛々《りり》しいお顔立ち……陛下に良く似ておいでだわ……ああ、でも目元はリューセー様に似て優しい感じですわね」

「目元は私に似ていますか？　スウワンも同じことを言っていたのですが、私はよく分からなくて……。それに私も詳しくは分かりませんが、私が産む御子は、普通の男女が作る御子とは違うのですよね？　私自身は子種を持っていないので、スウワンの子種と合わさって、子が出来るわけではありません。私の腹の中で、スウワンの卵核という子種を、魂精で育《はぐく》んで卵にするだけですから……私の血は混じっていません」

龍聖が少し困ったように苦笑しながら答えたので、イザベラは慌てて首を振ってみせた。

「陛下とリューセー様の御子は、普通の男女で作る御子と、なんら変わりはありませんわ。リューセー様の魂精は、それぞれのリューセー様で違うと思いますし、その魂精によって育まれた御子は、またそれぞれ違う御子です……現に陛下と主人では、まったく別人でしょう？　顔立ちは似ていますが、瓜ふたつではないし、性格もまったく違います。ロウワン様は、間違いなく陛下とリューセー様の御子ですし、お二人それぞれに似ておいでですよ」

イザベラがロウワンを胸に抱いて、その顔を微笑みながらみつめて語ったので、龍聖は驚くと共に、言い表せないような感動が湧き上がっていた。頬を上気させて、潤んだ瞳で二人をみつめていると、イザベラがそれに気づいてニッコリと優しく微笑んだ。

「こんな言い方、失礼があればお許しください。リューセー様はすっかり親のお顔になられましたね」

「え？」

「リューセー様は男性ですが、ロウワン様をみつめる眼差しとか、表情などがすっかり母親のものになっていると思いました。普通は女でも、そうなることは簡単ではないのですよ？　リューセー様がどれほどに、ロウワン様を慈しまれているかが分かります。素晴らしいと思いますわ」

イザベラのその言葉は、龍聖の心の奥に直接響いた。それがきっかけのように、胸の中に熱いものが一気に込み上げてきて、堰《せき》を切ったようにみるみる涙が溢れ、ポロポロと流れ落ちた。膝の上に置いていた両手が震えるのを、ぎゅっと衣を摑んで抑える。

誰かから一番に言われたいと思っていた言葉かもしれなかった。自分自身に何ひとつ自信などなく、懸命に尽くしてもその方向が合っているかも分からず、スウワンに優しく労られれば労られるほど、自分の努力が間違っているのではないかと、何度も足を止めていた。その先の見えないような道に、今一筋の光が差して、道の両側に小さな花がたくさん咲いていることに気づいたような……そんな温かな気持ちに包まれた。

「まあまあ、リューセー様！　どうなさったのですか？　私、何か気に障るようなことを申し上げました？」

イザベラが驚いて、慌てたように龍聖の座るソファへと移動して、隣に座り顔を覗き込んだので、

龍聖は笑みを浮かべて、首を振りながら両手で顔を覆った。

「違います……違うのです……イザベラ様がお優しい言葉をかけてくださったので……嬉しくて……。私はちゃんと母親になれているでしょうか？　私は女ではないから、母親にはなれないと、ずっと悩んでいて……少しでも母親になれるように、懸命に世話をしたのですけど、世話をするのは侍女達にも出来るから、それだけでは母親と言えないのではないかとか……そんなふうに思っていて……」

涙を拭いながら龍聖が上ずった声でそう言うと、イザベラはすべてが分かったという表情になり、優しく微笑んで頷いた。

「ええ、とても素敵な母親に見えますよ。ああ、でもごめんなさい。やっぱりこんな言い方がいけないのだと思いますわ。『母親』という言葉に、無理にこだわる必要はないでしょう？　リューセー様は紛れもなくロウワン様の『親』なのですから。親であることに自信を持ってください」

するとそれまで眠っていたロウワンが目を覚まして、ああんと顔をしかめて泣き始めた。龍聖が驚いて涙を拭いながら見ると、イザベラがそっとロウワンを龍聖に差し出した。龍聖は受け取ると、ギュッと胸に抱きしめて、その額に優しく口づけた。するとロウワンはすぐに泣きやんで、ニコニコと笑顔になりながら、小さな両手を伸ばして、龍聖の顔に触れてきた。

「リューセー様……少し痩《や》せられたようですけど、無理をなさっているんじゃありません？」

それまで言葉を控えていたイザベラだったが、ようやく龍聖が落ち着いたようなので、思いきって口に出してみた。すると龍聖は顔を上げて、ジッとイザベラをみつめてきた。両目はまだ涙に濡れ、頬にはほんのりと赤味が差していた。最初に来た時より、随分穏やかな表情になったが、それでも頬がほっそりとして、以前よりも随分痩せて見えた。

「無理をしているつもりはないのですが……夜に何度もロウワンが起きて泣くので……スウワンを起こさないようにと思うと、なかなか眠ることが出来なくて……。スウワンは夜の間は侍女に任せるようにと言うのですけど、そんなことをしたら、母親として無責任なような気がしてしまって……」

「まあ」

イザベラは驚いたように、両目を大きく見開いて、龍聖をみつめ返した。

「まあまあ！　それではリューセー様の身が持たないでしょう？　そんな……一日中、ロウワン様の世話をするおつもり？　アルピンの母親だって、そんなことはしませんよ？」

「え!?」

イザベラの言葉に、龍聖は驚いた。

「私もアルピン達の生活を詳しく知っているわけではないけれど、うちの侍女から聞いた限りでは、赤子の世話は、同居している自分や夫の母親に手伝ってもらったり、近所の他の母親仲間に手伝ってもらったりしていると聞きましたわ。ああ、これは私が最初の子を産んだ時に、私、赤子の世話が嫌で嫌で、侍女に泣いて『世の母親はみんなこんなに大変なのか』と聞いたことがあったんですよ。そしたらそう言われて……私、赤子の世話のほとんどを、侍女達にやってもらったんですよ」

イザベラが笑いながらそう言ったので、龍聖はさらに驚いた。

「リューセー様の世界では、母親は一人で全部やっていらっしゃるの？」

続けてそう尋ねられて、龍聖はハッとした。義理の母のことを思い出したのだ。弟達が生まれた時のことを思い出す。母は育児に大変そうではあったが、祖母が色々と教えながら、世話の手助けをしていた。守屋の家には下働きの女中達がいたので、洗濯や食事の世話は彼女達がしてくれていた。

「私の家は、裕福な家だったので、身のまわりの世話は女中達がしてくれていて……赤子の世話は祖母が手伝っていました」

「それならば、今のリューセー様のお立場とそれほど変わらないではないですか。お母様は母親らしくなかったとお思いですか？」

イザベラに言われて、龍聖は慌てて首を振った。

「そんなことはありません。母は……素晴らしい母親です」

龍聖はほとんど記憶にない実の母と、義理の母の両方を思い浮かべながらそう言った。病弱で龍聖を産んだ後、床に就くことの多かったという実の母。育ててくれていなくても、自分を産んでくれたことを心から感謝している。義理の母も、実の子ではない龍聖に、せいいっぱい愛情をかけてくれた。どちらも偉大な母だと思う。

「それならばリューセー様も、もっと侍女に手伝ってもらったらいいと思いますよ？」

イザベラが優しく言ったので、龍聖は胸に抱くロウワンをみつめて考え込んだ。良いのだろうか？侍女にもっと任せても良いのだろうか？　母親失格にはならないだろうか？

「リューセー様のお体は、リューセー様お一人だけのものではないでしょう？　ロウワン様はもちろんですけど、陛下だってリューセー様の魂精が必要です。リューセー様がお体を悪くされたら、元も子もありませんわ。十分に睡眠を取って、食事もたくさんとって、健康でいないと……。それもリューセー様のお務めですよ？」

そう言われて龍聖はイザベラをみつめた。イザベラは変わらず優しく微笑んでいる。

「おしめを替えたり、体を洗ったり、そういう世話は侍女でも出来ますけど、大切な食事となる魂精は、リューセー様しか与えることは出来ません。それが何よりも大切ではありませんか？　そして親の愛情をかけることも、リューセー様と陛下にしか出来ないことですわ」

イザベラがそう言って、「ね？」と笑ったので、龍聖は雷に打たれたような衝撃を受けていた。何よりも大切なもの……龍聖はそれまでそんなふうに考えたことはなかった。

「最初は誰だって、初めて母親になるのですから、何でも一人でなんて出来る人はいないと思いますわ。でも自分にしか出来ないこともあるでしょう？　最初はそれだけで良いと思うのです。私もね、最初の子は何ひとつ母親らしい世話なんて出来なかったけど、お乳だけは私があげたし……でも侍女からその時に色々と教わったから、今度の子は、もうちょっと世話をしてあげられると思うんですよ」

そう言って笑うイザベラは、優しい母の顔をしていると龍聖は思った。

「イザベラ様……ありがとうございます」

龍聖は深々と頭を下げた。

「あら、私は礼を言われるようなことは、何もしていませんわ」

「私はいつもイザベラ様に助けていただいています。本当に……本当にありがとうございます」

「リューセー様、私の方こそ礼を言わなければなりません……リューセー様のおかげで、私は二人目の子供を産んでも良いと思うことが出来ました。私だけではありません。他のシーフォンの夫婦の間にも、次々に子供が出来ています。それらはすべてリューセー様のおかげです。アルピン達のためにも心を砕いてくださって、この国を繁栄へと導いてくださる。リューセー様は、やはり私達竜の聖人なんです。貴方がリューセー様で本当に良かった。貴方がこの世界に来てくれて本当に良かった。私は心からそう思っています」

イザベラはそう言って、龍聖の手をそっと握った。

「私で……良かった？」

「ええ」

龍聖はまた泣きだしそうな顔になった。抱いていたロウワンが、両手を伸ばして龍聖の黒髪をギュッと握ってくる。その顔を見ると、龍聖の顔を見てニコニコと笑っていた。それを見て、龍聖もつられて微笑む。

「ロウワン様も、もうちゃんとお母様が分かるのね」

イザベラに言われて、龍聖は涙をポロリとこぼしながら笑った。


「結局、夜の間もお前が世話をするんだな」

スウワンが寝室に置かれた子供用ベッドに眠るロウワンの寝顔を覗き込みながらそう言ったので、龍聖は少し困ったように笑った。

「ご迷惑ですか？」

「迷惑などではないよ。お前がオレに気を遣ってくれるせいで、オレはいつも熟睡してしまっているからな。ロウワンが泣いても起きたためしがない」

スウワンは自嘲《じちょう》気味に笑ってから、ベッドへと歩いていった。龍聖はその後についていき、スウワンがベッドに横になったのを見届けてから、自分も隣に横になる。そんな龍聖の体をスウワンはそっと抱きしめて、額に口づけた。

「昼間に……ロウワンが寝ている間、侍女達に任せて、私は昼寝をさせてもらうようにしたのです。おかげで今日は結構眠れました」

龍聖は弁解するようにそう言った。スウワンはそれを聞いて、龍聖の顔を覗き込む。

「そう言われてみると、今日はいつもより顔色が良い」

スウワンはそう言いながら、龍聖の頬を優しく撫でた。龍聖は目を閉じて、うっとりとした様子でスウワンに身を任せる。スウワンは龍聖に口づけをした。ちゅっと軽く口づけてから、再び唇を重ねて、次は深く吸った。舌を絡めて優しく愛撫するように口づける。長い口づけをして、ゆっくりと顔を離すと、龍聖がはあっと甘い吐息をこぼした。

「お前には早く元気になってもらわないと、なかなか性交出来ないではないか」

「スウワン」

「一年も我慢したのだぞ？　卵が孵ってようやくと思ったら、お前はロウワンに付きっきりで疲れてしまっているし……口づけだけではいい加減足りぬ」

スウワンは少しばかり拗ねたような口調で、龍聖にそう文句を呟きながら、言葉とは裏腹に、優しく甘い口づけを、龍聖の額やまぶたや頬に落とした。

「魂精が足りないのですか？　申し訳ありません。私は大丈夫ですから、どうぞ抱いてください」

「魂精の話をしているわけではない」

スウワンが呆れたように言って、再び龍聖に深く口づけた。唇を解放すると、また龍聖がはあっと甘い吐息をこぼす。

「こうして毎日お前を抱きしめて、口づけをするだけで、十分魂精は貰っている。そりゃあ……交わった方が、より密に心地よく魂精を貰えるが……卵を抱いている間の性交禁止は、別に魂精の問題で言われていることではない。万が一、またお前が孕んでしまったら、さすがに続けて卵を産むのはお前の体に負担をかけるうえに、ふたつも卵を育てるのでは、お前が疲れるからという意味で、性交禁止なのだ。だからお前がロウワンの育児で疲れている間は、性交するわけにはいかないだろう……また孕んだらどうする」

スウワンに言われて、龍聖は嬉しそうに笑った。

「貴方の御子なら、何人でも産みたいです……もしもすぐにでも孕めるものならば、こんなに嬉しいことはありません……ずっと貴方の御子が欲しくて……中々孕めずにいたことを思えば、続けて孕んでも困ることなどありましょうか」

そう言って幸せそうに微笑む龍聖の顔が、あまりに美しくてスウワンはウッと小さく唸って、眉間を寄せた。抱きたいという欲望を、必死で抑えていたのだ。

「いや、ダメだ、ダメだ。お前は赤子に夢中になりすぎて、オレを忘れてしまうだろう。これ以上はダメだ」

スウワンがそう言ってギュッと強く龍聖を抱きしめたので、龍聖は驚いてすぐにクスクスと笑いだした。

「スウワン……ああ、私は貴方に夢中だから、貴方の御子が欲しいというのに……」

龍聖がそう言ってスウワンの背に両手を回したので、スウワンは嬉しそうにニッと笑った。

「まったく……オレの気も知らないで、お前はかわいいことばかり言う」

スウワンは龍聖の髪を優しく何度も撫でながら抱きしめた。以前から折れそうなというほどに細い体だと思っていたが、またさらに細くなったと感じる。『痩せたな』と思うと、スウワンは眉間を寄せた。

もっと早く気遣ってやればよかったと思う。龍聖はいつだって、自己犠牲が多く、何事も一生懸命で献身的だ。分かっているのに、いつも気づくのが遅くて、こうして後悔をする羽目になる。

『オレはいつまで経ってもダメだな』そう思うと、情けなくて眉間にしわも寄ってしまう。しかし後悔ばかりしているわけにはいかない。大切な龍聖を守れるのは自分だけなのだ。スウワンはそう思って、龍聖の頭に口づけた。

「リューセー、勘違いをしてはいけない。まずオレがお前と性交したいのは、魂精のためじゃないし、オレが欲求不満だからでもない。お前を愛しているから抱きたいと思うのだし、お前にも気持ち良くなってほしいと思っている。分かるか？」

スウワンが真面目な顔で言うので、龍聖は目を丸くして首を傾げた。それを見て、スウワンは苦笑する。

「分からないのか？」

「あ、いえ、あの……スウワンが私を愛して大事に思ってくれているのは分かります。でも私も気持ちよくなってほしいというのは……」

「性交というのは、ただ単に子作りのためだけのものじゃないし、男が性欲を満たすためだけのものでもない。愛し合う者同士が、愛を確かめ合うためにするものだ。だからオレだけ気持ち良くなってもダメだ。リューセーも気持ち良くなってくれて、そんなリューセーを見て、オレも満足出来るんだ」

スウワンが自慢気な顔で言いきったので、龍聖は思わず赤面してしまった。

「リューセー、痩せていては抱き心地が悪い。お前がもう少し太ったら、抱くことにしよう」

「太ったらですか？」

龍聖が驚いて顔を上げると、優しく微笑む金色の瞳があった。

「ああ、もうちょっとふっくらとしている方が良い」

スウワンが少し意地悪く笑って言ったので、龍聖は困ったような顔をした。

「分かりました……努力します」

小さく呟いた龍聖に、スウワンはクスリと笑って額に口づけた。

龍聖は日に日に元気を取り戻していった。イザベラの助言のおかげで、侍女に育児を任せることにも少しずつ慣れてきて、気持ちに余裕が出来た。ロウワンが眠っている間は、昼寝をしたり、自分のことをしたりする時間を持てるようにもなった。

龍聖は空いた時間に、また勉強をするようになった。そして時々テラスに出て、城下町を眺める。そこにある景色は、以前悲観した景色とは変わっていた。

一部の区画の家が、立派な土壁の家へと建て替えられていた。以前の家に比べると、面積も少し広くなり、また二階建てのため、上から眺めてもそれと分かる。

ファーレンからの報告では、一年でようやく五十四戸の家が建て替えられた。現在二千戸ほどある城下町の家を考えれば、すべてを建て替えるのに四十年ほど掛かってしまいそうだが、この一年でアルピン達の中にも変化が現れた。

新しい家に住んだ家族が、とても快適だと満足し、その話を聞いた他のアルピン達が自分達の家も建て替えてほしいと望むようになった。それと同時に、家を建てる技術を学びたいという若者も多く現れ、建て替えの進行が少しずつ速まっている。

「上手くいけば、二年後には今の三倍の速度で、家を建てられるようになると思います」とファーレンに報告されて、龍聖は飛び上がるほど喜んだ。

見下ろす町並みが、少しずつ変わっている。

「あ、あそこは建設中の家ですね」

龍聖は嬉しそうにそう言って、飽きることなく城下町を眺めていた。

空には竜達が嬉しそうに集まっている。龍聖がテラスに出てくると、それまで地上で休んでいた竜達も、急いで空へと舞い上がってくる。

龍聖は時々、竜達へと視線を向けて、嬉しそうに微笑んだ。

「みんなも元気そうですね」

龍聖が声をかけると、竜達は嬉しそうにグォォォッと口ぐちに咆哮《ほうこう》を上げる。最初の頃はその唸り声のような鳴き声に驚いていたが、怖くないと分かると平気になった。それに普段はこんな怖い声で鳴く竜達も、竜王シオンがご機嫌よく歌を歌い始めると、一緒に歌を歌い始める。それは今まで龍聖が聞いたことのないような不思議な音色だった。

低い音は少し法螺《ほら》貝《がい》の音にも似ていると思ったが、最初に聞いた時は、竜達の鳴き声だとは思わなかった。

スウワンが「竜が歌を歌っている」というので、初めて知ったのだ。竜が歌を歌う時には、普段の咆哮とは違う不思議な音色を奏でる。スウワンいわく、鳴き声のように口を開いて出している声ではないらしい。胸の辺りに音を出す器官があり、歌を歌っている時は口を閉じて、『音を鳴らしている』のだ。

「また歌声を聞いてみたいな」

龍聖はそう独り言を言って、幸せそうに微笑んだ。

「スウワン、これを見てください」

龍聖は食事を終えた後、くつろぐスウワンに、一冊の書物を渡した。

「これは……以前からお前が一生懸命何か書き記していたものだな？」

スウワンは受け取ると、パラパラと中を開いてめくった。中には龍聖の文字がびっしりと書き記されている。

「こっちはエルマーン語で……これは大和の言葉だな？」

「はい、これは節用集（辞書）です」

「セツヨウシュウ？」

「はい、私の世界にもあったのですが、言葉の意味などを記した用語を集め綴《つづ》った書物のことです、異国の言葉を翻訳した書物もありました。これはエルマーン語を大和の言葉に直して綴った節用集です。私の次の龍聖のためにと作りました」

「すごいな、発音の仕方も書いているのか……。オレも多少は大和の言葉を話せるが、文字を書くのは苦手だからな……オレにも勉強になる」

スウワンは面白そうに、書かれている文字を読み解いた。それを龍聖が嬉しそうに隣に座って眺めている。

「それで私……これを作りながら考えたのですが……新しい龍聖が来た時に、龍聖専属の側近がいたら便利なのではないかと思ったのです」

「リューセー専属の側近？」

「はい、大和の言葉が話せたら、身のまわりの世話をするのに便利ですし、逆に龍聖にエルマーン語を教えることも出来ます……私の時は、ファーレン様が代わりをしてくださいましたが、ファーレン様もご自身の仕事で、本当はお忙しい方なのに、さぞ大変だったと思います。でも龍聖専属の側近を教育しておけば、それも困らなくなると思ったのです」

「なるほど……」

龍聖の話を聞いて、スウワンは腕組みをして考え込んだ。

「確かにそれはとても便利だが……王と結ばれる前の龍聖には、他のシーフォンでは近づくことが出来ないだろう」

「ですからシーフォンではなく、アルピンを側近にしたらどうでしょう?」

「アルピンを!? しかし……そんな難しいこと……」

「今、ファーレン様と医師達が、アルピンに医術を学ばせているのはご存知でしょう? 中には優秀な者もいるようですし……きっと時間をかけて教育すれば、側近になれるアルピンもいると思うのです。アルピンは従順ですから、きっと良い側近になると思うのです」

龍聖の話を聞きながら、スウワンは考えている。

「ダメでしょうか?」

「う～ん……寿命の問題もあるから、どこまで可能か分からないが……良い案だとは思うから、前向きに検討してみよう。なにしろ、お前の提案はいつも良いと、ファーレンのお墨付きだからな。オレよりも優秀な君主となれるかもしれぬ……我が伴侶殿は」

スウワンはそう言って、龍聖をグイッと抱き寄せると、深く口づけた。クチュリと音を立てながら、唇で唇を愛撫するように合わせて、舌を絡める。抱きしめた手で、龍聖の背中を撫でるようにしながら、懐《ふところ》に抱え込んだ。龍聖はスウワンに身を任せている。

『少し重くなったな』スウワンはその抱き心地から、龍聖の体に少し肉がついて、柔らかくなったことに気がついた。最近はすっかり顔色も良くとても元気が良い。

太らないと抱かないとスウワンが言ったので、真面目な龍聖はまた「がんばって」太ろうとしたのだろうと思うと笑みがこぼれる。

唇を離して顔を上げると、すぐ目の前にある龍聖の美しい顔をまじまじとみつめた。龍聖は少し目元を赤く上気させて、薄く目を開けてこちらをみつめ返した。ほうっと小さく息を吐く唇を軽くついばんでから、目元や頬に口づけた。

「愛しているよ」

囁くと龍聖はうっとりとした顔で目を細めて微笑む。

「スウワン」

かわいい唇が愛しげに自分の名を呼ぶ。

スウワンは龍聖の首筋に口づけると、強く吸って、舌を耳の付け根から首筋にかけて這わせた。

「あっ……」

思わず龍聖が甘い声を漏らした。

「今夜は……抱いても良いか？」

スウワンが耳元で囁くと、龍聖の体が小さく震えて「はい」と消え入るような返事が返ってきた。

スウワンは満足そうにニッと笑って、龍聖の体を抱き上げると、そのまま寝室へと運んだ。

ベッドに寝かせて衣服を脱がせながら、何度も口づけをした。随分久しぶりに抱くのだ。待ちきれない衝動を必死に抑えて、龍聖に優しくしようと心がけた。

龍聖の白い肢体が露《あらわ》になって、それをじっと見下ろすと、まるで目に焼きつけようとするかのように、しばらくの間みつめ続けた。目を閉じていた龍聖が、何もされないので恐る恐る目を開けると、龍聖の上に跨《また》がって、じっと真剣な目でみつめるスウワンの瞳と視線が重なった。

「な……何をご覧になっているのですか？」

龍聖は頰を上気させながら、恥ずかしそうに尋ねた。

「お前は本当に美しいと思ってな……歳はまだ二十一だったな……こちらの世界とお前の世界では時の流れの速さが違うし、お前もリューセーとなったから、歳を取るのも遅くなっただろう……この世界に来て三年と言っても、大した年月にはならない。お前はこの世界に来た時のまま、何ひとつ変わらぬ」

スウワンはそう言いながら、自分も衣服を脱いだ。たくましい体が現れる。厚い胸筋で盛り上がった胸、筋肉の筋が入って引きしまった腹、両腕も太くたくましい。股間にはすでに太く膨張して天に向かってそそり立つ男根があった。

龍聖は恥ずかしくて直視出来ずに、また目を閉じた。

「恥ずかしいのか？」

「恥ずかしいです」

龍聖が目を閉じたまま頰を染めて答えるので、スウワンは唇を強く吸った。

「もう何度も抱き合って見ているではないか」

「そういう問題ではありません」

唇を解放すると龍聖は、吐息を吐きながら答えた。

スウワンは両手をそっと龍聖の胸の上に置いた。ゆるゆると手のひらで撫でながら、その感触を楽しんだ。龍聖の白い肌はとてもきめが細かく、しっとりとしていて手のひらに吸いつくようだった。撫でると柔らかくて、気持ち良くていつまでも撫でまわしていたいとさえ思う。

両手の親指の腹で、両方の乳首をこねるようにそっと愛撫した。ゆるゆると揉んでいると、龍聖が小さく声を漏らしながら少し体をよじらせる。

「気持ちいいか?」

囁くように尋ねると、龍聖は小さく頷いた。

両方の乳首が少し赤く色づいて、小さな乳頭がプクリと硬さをおびて立ってきた。それをさらに親指の腹でこねるように愛撫すると、敏感になっているのか龍聖が「ああ」と声を漏らしてまた身をよじる。はあはあと少し息が乱れていた。閉じていた目を薄く開けて、スウワンをみつめる。

「どうして……胸を弄るのですか?」

「気持ちいいだろう?」

「……女では……ないのですから、こんな平らな胸など弄っても……スウワンは面白くないでしょう?」

「いや、とても触り心地がよくて気持ちいいよ。お前も気持ちいいだろう?」

スウワンはそう言って、赤く色づいた右の乳首に、唇を当ててちゅうっと吸い上げた。

「あっああっ」

龍聖の体がビクリと跳ねた。龍聖の男根も勃起している。ピクピクと痙攣《けいれん》するように反応していた。スウワンは乳首を吸って、舌で乳頭を転がすように愛撫しながら、右手で龍聖の勃起した昂りをやんわりと握った。

「あっああっ……スウワン……ダメ……」

昂りを擦り上げられて、龍聖の腰がビクビクと震えた。先からは透明な汁が溢れだしている。

「あっああっ……ああっ」

龍聖は身悶《みもだ》えるように喘ぎながら、ビクンッと腰を跳ねさせた。何度も擦り上げられて、たまらず射精してしまっていた。龍聖はその体が変わってから、男としての機能がなくなったため、射精しても白い精液を放つことはなかった。透明なトロリとした液体を代わりに吐き出す。

スウワンはその汁を指で掬《すく》い取ると、龍聖の秘所へと塗り込むように指先で窪みを撫でまわした。

「あっあああっ……スウワン……スウワン……」

龍聖がせつない声で何度も名前を呼ぶ。気持ち良すぎて苦しかった。スウワンの唇や舌が、乳首だけではなく、龍聖の体中を舐めまわすように愛撫していた。両手も男根や秘所など局部を執拗《しつよう》に愛撫する。体中をスウワンに支配され、こんなことは初めてで、気持ち良すぎておかしくなりそうだと思った。

孔《あな》に入れられたスウワンの太い節のある無骨で長い指が、入り口を解すように愛撫して、時折中の内壁を、指の腹で擦るように撫でられる。久しぶりにその部分を愛撫され、いつもよりもひどく感じていた。

「ああっああっうっううん……ダメ……ああっ……そこはダメ……ああんっ」

全身を朱に染めて、はあはあと息を荒らげながら、絶え間なく喘ぎ声が漏れてしまうのを止められなかった。

ビクンと腰が跳ねて、また射精していた。

「スウワン……スウワン……早く……お願い……いたします……」

懇願するように龍聖が呟いて、スウワンは待っていたとばかりに、龍聖の両足を脇に抱え上げると、赤く色づいて口を開けている後孔へ、亀頭の先を押し当てた。ゆっくりと腰を進めて、その狭くて熱い中へと埋めていく。ズブリと入った亀頭は、少しの抵抗を感じながらも肉を押し分けて入っていった。

「あっあああああっ……ああ――――っ！」

太い肉塊がズブズブと挿入され、それに押し出されるように、龍聖の男根の先から透明な汁がビュルッと放たれた。キュウキュウと孔が締まって、スウワンの肉塊を締め上げる。スウワンは苦痛に顔を歪めた。

「本当に……お前の具合は……実に良い……」

スウワンはそう呟いてから、ゆさゆさと腰を揺すり始めた。腰を揺するたびに、深く入れられた肉塊が、内壁を擦りながら奥へと突き上げられる。そのたびに龍聖が甘い喘ぎ声を漏らした。その声を聞きながら、スウワンは息を荒らげて、腰を揺すり続ける。久しぶりの快楽に、すぐにでも達してしまいそうだった。

激しく腰を動かしたい衝動もあったが、キュウキュウと締めつけてくる龍聖の中が、とても気持ち良くて、こうして小さく揺さぶるだけでも、体が痺れるような快楽があった。何度でもすぐに精を吐き出してしまいそうだ。

「あっ……あぁあっ……」

揺さぶるたびに、龍聖が甘い声を漏らす。そしてそのたびに、龍聖は恥ずかしそうに顔を歪めて、唇を噛むのだ。声が出るのが恥ずかしいのだろう。そんな羞恥に震える龍聖の姿も、スウワンの欲望を昂らせるものだった。

「うっ……くっ……リューセー……いいよ……お前の中は……すごくいい」

込み上げてくる快楽の波に、少し腰の動きを速めて、中へと勢いよく精を放った。

「ああっうっうううっくぅっ」

頭の中が真っ白になって、ビクビクと腰を痙攣させながら、龍聖の中にたくさんの精を吐き出していた。しかし射精感がやんでも、まったく昂りは萎《な》えることがなかった。まだ硬く勃起したまま、龍聖の中に埋まっている。

久しぶりの性交で、かなり溜まっていたようだ。いつもは一回だけと誓っているが……。はあはあと息を乱しながら、龍聖をみつめた。龍聖もまた薄い胸を上下させて、息を乱している。全身がほんのりと赤くなっていて、ひどく艶《なま》めかしかった。

「リューセー、大丈夫か?」

声をかけると、龍聖が薄く目を開けた。

「辛くないか?」

もう一度尋ねると、龍聖は小さく首を振った。

「すまないが、まだオレのが収まらないのだ……もう少し抱いていても構わないか?」

「そんなこと……お尋ねにならないでください……どうぞ……スウワンが満足なさるまで、抱いてください」

少し上ずった声で、龍聖が答えたので、スウワンの背筋がゾクリと痺れた。

「あっ……スウワン……」

龍聖の中で、肉塊がさらに質量を増したようだった。再び腰を揺すり始めると、中に精を放ったせいで、いやらしい湿った音がしてくる。それに龍聖の喘ぎ声が混ざって、とても淫猥《いんわい》で、欲情をそそられた。

「んっ……んっ……リューセー……リューセー……」

スウワンは無心で腰を揺すり続けた。昂る欲情に身を任せ、快楽を求めた。

「ああっあっ……スウワン……スウワン」

龍聖は意識が遠くなりそうだった。こんなに快楽に身を委ねたのは初めてだ。今までの性交でさえ、気持ち良すぎると思っていたのに、今夜のはいつもと違っていた。スウワンに与えられる快楽のすべてに、何も考えられなくなり、ただ喘ぎ声が漏れるのを止められない。

やがて大きな快楽の波が押し寄せてきて、たまらず龍聖はスウワンの腕をギュッと摑んでいた。大きく背を反らして、泣くような声を上げてから、そのまま気を失った。スウワンもその波に一緒に流されるように、再び精を吐き出した。


いつの間に寝ていたのか、龍聖は気がつくとスウワンの腕の中にいた。「ああ〜ん」とロウワンの泣き声が聞こえる。

「ロウワン……」

龍聖はスウワンの腕の中から、起こさぬようにそっと逃れると、体を起こした。ひどく体がだるい。しかしそれは辛い類のものではなかった。不思議なほどに心地のいいだるさだ。体中にスウワンが触れた感触が残る。はあ……と気怠い溜息をついた。乱れた長い髪を両手でかき上げて、ベッドで安らかな寝息を立てるスウワンをみつめた。

久しぶりに抱かれた。スウワンはいつも優しく抱いてくれるが、昨夜のはいつもと違っていた。優しいけれど、ひどく熱く抱かれて頭がおかしくなってしまいそうだと思った。

ゆっくりとベッドから降りると、足に力が入らなくて、座り込みそうになった。なんとか立ち上がり、床に落ちていた衣を拾うと、ふわりと体に羽織った。まだ体中が火照《ほて》っている。

足音を忍ばせながら、ロウワンのベッドまで行き、中を覗き込んだ。大泣きはしていなかったが、顔を真っ赤にして、甘えた声でぐずっている。

「ロウワン……ごめんね、すぐに気づかなくて……いつから呼んでいたの？」

龍聖は小さな声であやすように声をかけながら、ロウワンを抱き上げた。そのままそっと寝室を出て居間の方へと移動した。窓辺まで歩き、月の光を受けながら、ぐずるロウワンをあやした。

額や頬に何度も優しく口づけると、ようやくロウワンは泣きやんだ。ギュッと小さな手で、龍聖の衣の胸元を摑んでいる。龍聖もしっかりと抱きしめて、何度もロウワンの頬に口づけた。

「あ……ロウワン……聞こえる？　竜達が歌っているよ」

龍聖は外から聞こえてくる不思議な音色に気がついた。窓を開けると、ブワッと風が吹き込んでくる。それと同時に不思議な竜達の歌声が聞こえてきた。テラスに出るとそっと窓を閉めた。

「ロウワン……これが竜の歌声ですよ。竜王がご機嫌だと歌ってくれるんですって……」

龍聖がそう言いながら、腕の中のロウワンを見ると、ロウワンも嬉しそうにニコニコと笑っていた。

「ロウワンもご機嫌なんですね……私も……今は歌いたくなるくらい幸せなんですよ？」

龍聖はそう言って、しばらくの間、美しい月夜に響き渡る竜の歌声を聞いていた。


スウワンは、龍聖が提案した龍聖専属の側近について、ファーレンに相談した。ファーレンも最初はすぐに「良い案ですね」と乗り気になったが、色々と検討するうちに、どこまでの教育が必要なのか？　という問題にぶつかった。

「まずは人間の国で、后の側近をどうしているか聞いてみるのも良いかもしれませんね……」

ファーレンがそう結論付けたので、この件はしばらく時間をかけて検討されることとなった。

「陛下、その後来訪された他国の大臣に話を聞いたり、外遊で訪れた先の国王に話を聞いたりと、色々と調査したのですが、確かに后に専属の側近を付けている国は多いようです。主に『護衛』を目的としているようですが」

ある日、ファーレンがそうスウワンに報告をした。

「護衛？　どういうことだ？」

「異国から輿入《こしい》れしてきた后には、言葉やしきたりを教える教育係として、側近を付けるようですが、元来の側近の任務は主に后の護衛だとか」

「護衛ならば、兵士がいれば十分ではないのか？」

「それが……もちろん城内には常に兵士が詰めていますし、后の部屋にも付けるそうですが、それとは別だというのです。一般の兵士や侍女は、城内にたくさん雇い入れる必要があるため、一人一人の身元調査を完璧にすることが出来ず、また職務を入れ替わりで行うため、防犯が万全ではない。つまり万が一敵国のスパイが紛れていたとしても分からない。ですから后の側近は、身元がしっかりとしている者を専属として置き、身のまわりの世話だけではなく、武術を習わせて護衛もさせるのだそうです」

ファーレンの話を聞いて、スウワンは少し驚いてから腕組みをして考え込んだ。

「そこまで必要なものなのだろうか？」

「異国から嫁いできた后は特に……敵は外部だけではないそうですよ」

「は？　どういうことだ」

「つまり家臣の中には、自分の娘を王の妻にと願う者もいるということです……権力争いですよ」

その話にスウワンはとても驚いた。

「だが……それは我が国ではありえないだろう……王の后はリューセーしかありえないのだ。だから我が国でリューセーの命を狙う者などいない……。まあ、人間の国は、戦争などの覇権争いも多い。今、こじれているカサルア王国とバルミラ国のように、領地争いで諍《いさか》いが絶えない国も多いが……それも我が国では関係のない話だ」

カサルア王国とは、百年前からエルマーンと国交のある国だ。その隣国に三十年ほど前に新しく出来たバルミラという国があり、その領地について、たびたび両国で諍いが起こっていた。

バルミラ国は新しい小さな国ではあったが、国王となっているビアージョという男は、元々はカサルアの王族で、騎兵隊を率いる優秀な軍人だった。彼はカサルアの周辺にたくさん点在していた遊牧民族をその優秀な統率力で掌握《しょうあく》し、新しい国家を作り上げたのだ。

長距離を移動する民族の国家だけに貿易に特化しており、たくさんの国々との流通路を持っていて、小さい国ながらかなり栄えていた。

スウワンはその貿易力を高く評価し、ぜひ国交を結びたいと思っていたが、国王ビアージョは強欲な男で、様々な条件を突きつけてきたため、話し合いは難航していたのだ。諦めることは容易ではあるが、昔から親交のあるカサルアとの関係を考えれば、バルミラと国交を結んで、仲裁に役立つことが出来ればとスウワンは考えていた。

「まあ護衛はともかくとして……先ほども申し上げた通り、后に側近を付けている国は多くありました。ほとんどが先ほどの理由もあって、后の身のまわりすべてのことを取り仕切っているようです。食事や着替えや体を洗うことまで……すべてです」

「おい、待て、でも側近は男だろう？　着替えや体を洗うことまでさせるのは、問題はないのか？」

「ええ……ですから……すべての国ではないですが、多かったのは……側近を去勢するというやり方でした」

「去勢!?　去勢とは……つまり……あれを取るということだろう？」

「はい。でもそれで問題は解決いたします」

スウワンは驚いて口をポカンと開けていたが、気を取り直して腕組みをした。

「アルピンなら、そんな間違いなどないのではないか？」

「まあ、アルピンなら大丈夫だとは思いますが、絶対ではないかと……」

「そうだけど……う～ん……お前は必要だと思うか？」

「私も去勢まではと思いましたが、話を聞くと大切なお后様に一番近くで毎日尽くしていれば、どんなに信用の置ける側近でも、間違いが絶対にないとは言えないようです。男ですからね……美しい后に毎日仕えれば、情も湧くでしょうし、そんな后の裸を前にしてどこまで正常でいられるか……。どの国でも、去勢が当然となっている背景には、それなりの過去の事件があるようですし……」

「そうか……そうだよな……」

　スウワンはまた考え込んだ。

「そもそもやっぱり后に側近は必要だと思うか？」

　スウワンが改めて問題の最初に戻ったように尋ねたので、ファーレンは大きく頷いた。

「護衛や去勢はともかくとして……言葉を教えたり、この国のことを教えたりするための付き人は必要だと思います。侍女達は大和の言葉が分かりませんからね。今のリューセー様がこの世界にいらしたばかりの頃は、常に私が側にいないといけない状態でしたし……それに誰かが見張っていないと、他のシーフォンのこともあるし……だからと言って、正直、私もずっとリューセー様につきっきりというわけにもいかなかったのですから……。母上の時も大変だったようですよ。父上しか側にいられる者がいなくて、でも父上も忙しかったので、母上は一人でいることが多かったようです。だから言葉を覚えるのに時間がかかったと言ってました」

「そうだよな～」

スウワンが唸りながら相槌《あいづち》を打つ。

「とりあえず……まずは試しに一人、教育してみましょうか」

ファーレンが溜息交じりにそう言ったので、スウワンは「え!?」と驚きの声を上げた。

「早すぎないか!? ロウワンはまだ赤子だぞ!? 次のリューセーが来るまで何年かかると思う」

「いえ、だから今のうちから試してみないと、急に必要になってからでは、間に合わないでしょう。そもそも大和の言葉が話せるのは、私と兄上とリューセー様の三人しかいないのです。アルピンに教育を施したとして、どれくらいで大和の言葉がペラペラと話せるようになるか分かりませんし、大和の言葉が話せるようになった上で、この国の歴史や成り立ちの勉強もさせなければなりません。もしも身のまわりのこともさせるとなれば、さらにその教育も必要です。アルピンにどれだけのことが出来るのか、やってみないと分からないではないですか」

「そうか……そうだな。分かった。ファーレン、任せても良いか？」

「教育には時間がかかりますから、とにかく優秀なアルピンの子供を探すところから始めます。場合によっては、リューセー様のお力を借りることにもなるかもしれませんが、よろしいですか？」

ファーレンの言葉に、スウワンはニッと笑った。

「そういう頼み事は、リューセーが喜ぶことだろう……まったく構わないよ」

「ありがとうございます」

ファーレンもニッと笑って恭しく頭を下げた。

側近の育成計画は、粛々《しゅくしゅく》と進められていったが、なかなか容易にはいかなかった。簡単な試験を行い、優秀だと思われる子供を選別するのに時間がかかった。そもそも読み書きなど出来ないアルピン達相手に、頭脳が優秀かどうかを探るのは、そう簡単なことではなかった。

ファーレンは医術を学ぶ者も育てていたが、それはある程度成長した青年の中から、自ら医術を学びたいと志《こころざ》す者を選別していた。頭脳の優劣で不向きだと落とされる者も多かったが、学びたいという意欲ある若者達であるため、教育自体は時間はかかっても、難しいものではなかった。

しかしまだ幼い子供の頭脳が優秀であるかどうかを測ることは難しく、また頭脳が優秀でも異国の言葉を学ぶ資質があるとは限らず、試行錯誤して探さねばならなかった。

ようやく龍聖の下に、側近候補者として子供を連れてくるまでに、五年の歳月が必要だった。

「リューセー様、この子が以前よりお伝えしていた側近の勉強をさせている子供です。ダンといいます」

ファーレンは連れてきたアルピンの子供を、龍聖に紹介した。子供はとても緊張した様子で、龍聖の顔をまともに見ることも出来ず、俯いたままで深々と頭を下げた。

「ダンというのですね……歳はいくつですか？」

龍聖はダンの前まで来ると、その場にしゃがみ込んで、ダンの顔を覗き込むようにして優しく尋ねた。

「じゅ……十二歳です」

ダンは真っ赤になって、俯いたままで小さくそう答えた。

「十二歳……そうですか……貴方を見ると弟を思い出します」

龍聖はそう言って、ダンの頭を優しく撫でてから立ち上がった。

「まだ難しい言葉は無理ですが、日常会話は話せるようになりました。ここまでに二年かかりましたが、今までで一番優秀な子です」

ファーレンが緊張してカチカチになっているダンを横目に、笑いそうになりながら龍聖にそう説明をした。

「そうですか……それで私はどうすればいいですか？」

「これから毎日、昼から夕方まで、こちらに来させます。侍女達にはもう伝えてありますが、侍女達と一緒に掃除や食事の用意などの手伝いをさせて、仕事を少しずつ覚えさせます。それと同時に、手の空いた時に一時間でもいいので、大和の文字の書き方を教えてやってもらえませんか？　覚えるのに、時間はかかるかもしれませんが、ゆっくりと育ててまいりましょう」

「分かりました。お引き受けいたします」

龍聖は嬉しそうに頷いた。

「あ、リューセー様、側近候補とは言っても、使用人には違いはありません。くれぐれも甘やかすなど、特別扱いなどされませんように……それをきちんと教えることも、教育ですので」

ファーレンが念を押すように言ったので、龍聖はニコニコと笑って頷いた。

「分かっています。大丈夫です」

ファーレンは少し不安もあったが、龍聖を信じることにした。

「ダン、リューセー様に失礼のないようにするのだぞ？　明日から朝はいつものように私の執務室へ来るように」

「はい、分かりました。ファーレン様、ありがとうございます」

ダンはファーレンに向かって、背筋を伸ばして深々と頭を下げた。礼儀作法も厳しく教えているのだなと、それを見て龍聖は感心したように頷いた。


それから毎日、ダンは龍聖のところへと通ってきた。昼に来て、まずは龍聖の昼食の用意を侍女達と一緒にしてから、龍聖が食事をしている間は、寝室の掃除を手伝った。

龍聖はダンに、ここで龍聖と話をする時は大和の言葉しか使ってはいけないと約束をし、一通り部屋の掃除が終わったところで、ダンに文字を教えた。

最初のうちはとても緊張していたが、半年経つ頃には、ようやく慣れて普通に接することが出来るようになった。

ダンはとても優秀な子で、侍女の仕事は半年で覚えてしまった。話し言葉も、龍聖と話すうちに、少しおかしかった発音なども直ってきた。

文字はやはり難しいようだったが、それでもとても勉強熱心で、その日教えた文字は、家に帰っても練習しているらしく、次の日には書けるようになっていた。一日で覚えられる文字はひとつだったが、コツコツと努力して、一年経つ頃には仮名文字の「いろは」は、すべて書けるようになっていた。

龍聖は毎日ダンに文字を教えることが楽しくて仕方なかった。甘やかさないように、厳しい先生のつもりで教えていたが、それでもダンにとっては母親のように優しい人だと思われて慕われていた。

「リューセー様のことは好きか？」

ある日ファーレンにそう尋ねられて、ダンは少し赤くなって頷いた。

「お前は側近なのだから、立場はわきまえなければならないぞ？　子供と言えども行きすぎた行動は慎まなければならない。分かるか？」

「ファーレン様」

少し厳しい口調でファーレンがそう言ったので、ダンはとても真面目な顔になってファーレンをみつめた。

「私はリューセー様を心から崇拝しています。リューセー様のためならこの命も捧げることが出来ます。それ以外にどんな気持ちがあるというのでしょうか？」

ファーレンは一瞬驚いたような表情になり、すぐに穏やかな顔になると、ダンの頭をポンッと軽く撫でるように叩いた。

「それこそ側近としての正しい心持ちだ」

ファーレンに褒められて、ダンは少し恥ずかしそうに目を伏せて微笑んだ。別に良く思われようとして言ったつもりはない。龍聖に対する気持ちは、偽りのない本心だ。心から崇拝している。お会いする前から、神様のように思っていた人だった。直視することも出来ないほどに、眩しい人だと思った。側に仕えて、直接その人柄に触れて、こんなにも素晴らしい人はいないと思った。誰よりも優しく、誰よりも誠実で、誰よりも温かく、誰よりも慈しみ深い。ダンにも侍女達にも、その優しさは分け隔てない。

こんな方のお側に仕えることが出来て、これほど光栄なことはないと思った。まだ自分は子供だけれど、必ず役に立つ大人になりたいと思った。

ファーレンから、すべての事情を説明された。今はお試しで側近教育を受けているだけで、ダンは龍聖の本当の側近になれるわけではないことも知った。これからの未来、次の竜王の后となる龍聖の側近を育てるために、その先駆けとして育てられているのだと……つまり自分の出来次第で、未来がどうなるか決まるのだと思った。

もしも自分が優秀な側近になれなかったら、今後アルピンが龍聖の側近になる機会がなくなってしまうかもしれない。今、この国のアルピン達全員が、心から崇拝する竜王とその后に、何か恩返しをしたいと願っているこの思いを、遂げられるか否かは、自分にかかっているのだ。

両親も祖父母も、近所の人達も、みんなダンが側近候補として教育を受けていることを誇りに思っている。

「リューセー様のために、その身を尽くして尽くして、尽くし抜くのだぞ」と祖父から言われた。

五年前、まだダンが側近候補になる前、生まれたばかりの妹が風邪をこじらせて死にかけた。家族のみんなが諦めていた。高い熱を下げる術《すべ》は、何もなかった。ここまでひどくなってしまったら、祖母が薬草を煎じて作った薬湯も効きはしない。皆が消えゆく小さな命を前に悲しみに沈んでいた時、住んでいた地域に医者が来た。城から遣わされた医者だった。

これから毎月、月初めから六日間の間毎日医者が来てくれるというのだ。具合の悪い者は皆診《み》せに来るようにと声がかかった。妹の病は、魔法をかけられたかのように、二日で治ってしまった。

城の前の掲示板に、毎月どの期間にどの地域に医者が回診に出るのかが、掲げられるようになった。

これからは流行病などに関係がなく、普段から町に医者が来てくれるという。どんな病や怪我でも無償で診てくれるという。それらすべてが、リューセー様のはからいだと知らされた。

父も母も、助かった妹を抱きしめて泣いて喜んだ。これからはもう、子供が病にかかっても、死んでしまうと諦めなくてもよくなったのだ。

祖父が言った。「リューセー様はいつもアルピンの救いの神様だ」と。最初のリューセー様は、アルピンに『人としての暮らし』を与えてくれ、二番目のリューセー様は、木工業や機織りなど『秘められた才能』を見出してくれた。そして今のリューセー様は、すべての国民の命は大切だと言ってくださっている。

父は兵士として命を懸《か》けると誓った。母は今まで以上に機織りをがんばると誓った。ダンもまた大きくなったら兵士となって、城に仕えたいと願った。そんな時に、側近として学びたい子供を探していると知らされた。その時は、側近が何かなんて分からなかったが、城でリューセー様のために仕えることができると聞いて、すぐに飛びついた。どんな大変な務めでもやり抜こうと決心して行ったのだ。

そして今、こんなに恵まれた場所で、学ばせてもらっている。死ぬまでリューセー様に尽くすつもりだ。


ダンが城に来て二年の月日が流れた。少しは成長したが、覚えることはまだ多く、側近への道のりは遠かった。

しかしそんな日々の中で、ひとつだけ変化があった。

龍聖が二人目の子を授かった。二人目は姫君だった。

ダンは初めて竜王の子の卵を見た。出産までの十日ほど、龍聖の元へ通うことを禁じられていたが、無事に生まれて、龍聖も元気になったからと、通うことを許された。そこで龍聖から卵を見せてもらったのだ。

『この卵はとても柔らかくて脆《もろ》いものだから、大切に扱わなければならないのです。ですから私以外は誰も触れてはいけません。寝室の掃除をする時は、その前に必ず私に声をかけてください。それ以外は絶対に誰も近づかないように。分かりましたね？』

ダンは他の侍女と共に、龍聖からそう教えられた。だから卵を見せてもらった時も、怖くて少し離れて見た。龍聖が『もっと近づいても良いですよ』と言っても、絶対に近づかなかった。それはとても尊《とうと》いもの。やがて生まれる姫君の卵。とても美しい……見たことがないほどに美しく輝く桜色の卵だ。


龍聖はダンをとても愛しく思っていた。我が子のようにさえ思えることもあったが、必要以上に情をかけてはいけないといつも心で言い聞かせていた。

卵が生まれた時、ファーレンから「ダンの教育をしばらく中止しますか？」と問われた。卵に対してとても慎重になっている龍聖を気遣い、子供を側に置いて、何か粗相《そそう》があってはいけないと思っての提案だった。

しかし龍聖は、ダンをとても信頼しているから大丈夫だと答えた。

実際のところ、他の侍女達よりもよほど、ダンの方が卵に対して細心の注意を払っているのが分かった。侍女が少しでも近づこうものなら、ダンはすぐに注意をした。そしてちょっとしたことでも、すぐに龍聖に報告してくれた。

いつものように文字を教えながら、真面目に一生懸命文字を覚えようと、何度も綴り続けるダンを、龍聖は優しく微笑んでみつめていた。

「ダン」

声をかけると、ハッとしたようにダンが顔を上げた。

「はい、何か間違えましたでしょうか？」

少し慌てた様子でダンが答えたので、龍聖は思わず笑っていた。

「いいえ、とても上手に書けています。それよりもダン、このままずっと勉強を続けて、大人になって、立派な側近として認められたら、貴方は次の側近を教育するための先生になるのですよね？」

「はい、そうです。ロウワン様の伴侶となられる次のリューセー様の側近を育てるために、私がこれからがんばらなければなりません。私が死んでその後の……何代先の者が、本当の側近として お仕えするために、私がこれから出来るか分かりませんが、少しでも役立つ側近となるために、私はこれからもっともっと学ばなければならないと思っています。たぶん……生涯学び続けることになるでしょう。そしてそのすべてを後に続く者へ渡したいと思っています」

真面目な顔で答えるダンの頭を、龍聖は優しく撫でた。ダンは驚いて目を丸くして、みるみる赤くなった。

「ファーレン様から、ダンが延命治療の実験に名乗りを上げたと聞きましたが本当ですか？」

「はい、アルピンは普通の人間ですから、シーフォンの皆様よりも短命です。側近が少しでも長くお側に仕えるために、延命治療の薬が開発されたと聞いたので、ぜひ私で試してもらいたいと言いました」

ダンは瞳を輝かせて答えるので、龍聖は心配そうに表情を曇らせた。

「怖くないのですか？」

「動物で実験されていて死ぬことはないようですし……高熱が出たりするみたいですが……薬が合わない場合は、ただ延命にならないだけなので大丈夫です。治療したからといってすべての者が、延命に成功するわけではないそうです。私に合えばいいのですが……そしたら次の側近の教育も長く出来ますし、リューセー様のお役にも立てると思います」

「私はこのままダンに、ずっと私の側で仕えてほしいと思っています……それでも勉強は出来るし、先生も出来るでしょう？　ダンのことを一番信頼出来る家臣だと思っています」

「こ、光栄です。身に余る……光栄です」

ダンは目にいっぱい涙を溜めて、机に額がつくほど頭を下げた。


そんなある日のこと。龍聖がロウワンと共に、少しの間だけ出かけることになった。

「イザベラ様のお母様がお倒れになったそうなのです。お見舞いに行ってきます。一時間ほどで戻りますから、少しの間ですけど、卵のことをよろしくお願いします」

龍聖はダンにそう言って出かけていった。

ダンは龍聖を見送った後、寝室の扉を片側だけ開けて、少し離れた所に椅子を置くと、そこに座って本を読み始めた。頻繁に顔を上げては、扉の向こうに見える卵の入っている小さなベッドのような籠へ視線を送る。ここからだとその様子がよく見えるので、扉を片側だけ開けたのだ。

「私、花瓶の水を換えてくるけど、すぐ戻るから……大丈夫かしら？」

居間で掃除をしていた侍女が、ダンにそう声をかけた。ダンは侍女の方を見た後、辺りをぐるりと見まわした。

「メラニーさんは？」

「さっき新しいシーツを取りに行ったわ……五分くらい前だったかしら？　だからもう戻るはずよ」

「分かりました。いってらしてください」

「急いで戻るから」

花瓶を抱えた侍女はそう言うと、部屋の外へと出ていった。ダンはそれを見送ってから、また本へと視線を落とした。少ししてふと顔を上げると、一度卵を見た後、廊下への出口である方の扉へ視線を向けた。シーツを取りに行ったというメラニーが戻らないのが気になった。いつもなら七、八分もかからずに戻ってくるはずだ。替えの寝具が置かれている部屋まではそれほど遠い距離ではない。

どうしたのだろうと思って、ダンは立ち上がった。本を椅子の上に置くと、また卵へと視線を向ける。その時カチャリと扉が開く音がした。ハッとしてその方を見ると、メラニーが入ってきた。しかし明らかに様子がおかしい。後ろから誰かに手で口を塞がれていて、恐怖に震えた表情をしている。

そう一瞬で見て取った時、続けて二人の男が入ってきて扉を閉めた。

「なんだよ、くそ、そのガキは誰だよ。誰もいないんじゃなかったのかよ」

男達はダンの姿を見て、忌《い》ま忌《い》ましげに文句を吐いた。

「どなたですか？」

ダンは平静を装いながら少しずつ後ずさりをした。寝室の扉の前まで少しずつ移動して、ゆっくりと開けていた扉に手をかけると、そのまま後ろ手に扉を閉めた。

「そっちの部屋に赤ん坊がいるのか？」

一人の男がそう言った。ニヤリと笑ったのを、ダンは見逃さなかった。その嫌な笑みには意味があるのだと悟った。以前から噂に聞いていた『竜の子や卵を狙う不審者』に違いないと思ったのだ。後ろ手にギュッとドアノブを握りしめると、扉の前に仁王立ちになった。

「誰か！」

ダンが大きな声でそう叫んだ瞬間、ダッと一人の男が走ってきて、ダンの口を塞いだ。

「ああっくそっ！　予定が狂った!!　とんだ邪魔が入った!!」

侍女のメラニーを押さえていた男が、憎々しげにそう言って、そのまま侍女の首に手をかけると、渾身《こんしん》の力で締め上げた。ゴキリと嫌な音がして、もがいていた侍女の体は、ダラリと動かなくなった。ドサリと乱暴に床に捨てると、その男は何事もなかったかのように、ダンと仲間の男の方へ歩いてきた。

「本当は殺しなんかしたくなかったんだ。こういうのを残すと、逃げにくくなるだろう？　オレ達は王様の赤ん坊を貰いに来ただけなんだよ……大人しくしていれば、命は助けてやる。女に続いて子供まで殺したとあっちゃ、オレ達も夢見が悪いからさ……坊や、分かるだろう？」

男は凄んで、脅すようにそう言った。しかしダンは怯《ひる》まなかった。必死でもがいて、なんとか叫ぼうとした。

「くそっ！　痛っ!!　イテッ!!　暴れるなっ……この野郎!!」

二人がかりで押さえ込もうとしたが、ダンも必死だった。

「仕方ねえ！」

一人がそう言って、ナイフを取り出すと、ダンの腹に突き刺した。

「ぐっ」

腹を深く刺されて、ダンは抵抗する力を失った。大量の流血と共に意識が遠くなる。

『リューセー様……』

脳裏に龍聖の顔が浮かんだ。とても優しい笑顔だった。

『お守り出来なくて……すみません』

男がダンから手を離すと、ダンはそのまま扉にもたれかかるように倒れて、静かに息を引き取った。

「ああっくそ……まったくもって予定外だ……今までどれだけ苦労して、この国に潜伏《せんぷく》してきたと思ってるんだ」

「どうするんだよ。二人も殺して……国から出られなくなったらどうするんだよ」

「アルピン殺したくらいで、別に騒ぎにもなりゃしないよ……それより急ぐぞ」

男達は寝室の扉を開けようとした。しかし死んだはずのダンが、ドアノブを強く握っていた。その手を離させようとするが、固く握られていてなかなか外れない。

「くそっ……死んだんだろう？　なんで離さねえんだよっ！」

男達は必死になって、ダンの手を無理やり引き剝がした。かなり手間取ったが、ようやく扉を開けて寝室へと入る。小さなベッドをみつけて駆け寄った。しかしそこは空だった。

「おい！　赤ん坊はいねえじゃねえかよ！　お后様が連れていったのか!?　しかし赤ん坊は二人いるんじゃなかったのか？」

「ああ、最近お姫さんが生まれたって聞いたけど……」

二人の男は焦った様子で辺りを見まわした。すると小さなベッドのすぐ近くにさらに小さな籠のようなベッドがあることに気づいた。中を覗くと、桜色の綺麗な卵がひとつ真ん中に置かれていた。

「おい……これ……もしかして竜の卵なんじゃねえか？」

「ああ、そうだ。キラキラ光ってやがる……こんな卵見たことねえよ……竜の卵に違いない」

「これなら赤ん坊の代わりで許してもらえねえかな？」

「ああ、そうだな。いや、むしろ赤ん坊より竜の卵の方が価値がある。元々は竜の卵を手に入れるために、王様の子供を攫えと言われていたんだ。これを持っていこう」

一人が卵を摑んだ。

「わっ……これ、すごく柔らけえぞっ……割っちまいそうだ」

「おい、気をつけろよ……その布が柔らかそうだ。それごと包んで袋に入れろ」

男は籠の中のふわふわの布ごと卵を取ると、持ってきた麻の袋の中へと入れた。

「早くずらかろうぜ！」

男達は慌てたように逃げ出した。

「え？　今、誰か王様の部屋から出ていったように見えたけど……」

花瓶の水を換えに行った侍女が、戻りながらそう呟いた。水場は下の階にあったので、そこまで走っていってきた。ダンを一人で残してきたのが気になったので、かなり慌てたが、それでも粗相があってはいけないので、水を取り換えた後、丁寧に花を活け直して、花瓶に付いた水を拭っていたら、少しばかり時間がかかってしまった。それでもわずかな時間だと思う。

「メラニーがもう戻っているはずだけど……」

そう呟きながら階段を登りきったところで、廊下の先を走っていく人影が見えた。それが王の私室から出てきたように見えたのだ。

侍女は小走りに部屋へと戻った。扉を開けたところで、床にメラニーが倒れているのが目に入る。

「メラニー!?　どうしたの？　あ……ダン！　ダン！　キャアアアアアア!!」

驚いて部屋の中を見まわすと、寝室の扉の前にダンが倒れているのが見えた。真っ赤な血が床を濡らしているのを見て、侍女は思わず持っていた花瓶を落とすと、大きな悲鳴を上げた。

「誰か!!　誰か来て――――っっ!!」

「なんだとっっ!!」

バンッッと大きく机が叩かれて、スウワンが大声を上げて立ち上がった。ファーレンが深刻な表情で、事件の報告をしたのだ。

「犯人はみつかったのか！」

「只今捜索中です」

「リューセーは!?」

「恐らく……私の義理の母の所へ見舞いにいらっしゃっていたはずです……今、使いを出しています」

「使い!?　だめだ！　それではリューセーが部屋に戻ってしまうではないか!?」

スウワンはそう叫ぶと、ダッと駆け出した。

「陛下！」


スウワンは必死で走っていた。王の私室へ続く廊下に出ると、悲痛な叫び声が聞こえた。龍聖の声だ。スウワンはそちらへ向かって走った。王の私室には数人の兵士と、警備の任に付いていたシーフォンが数人いた。その部屋の奥で、床に崩れるように座り込んでいる龍聖の姿があった。

「ダン!!　ダン!!」

龍聖はダンの亡骸《なきがら》に縋りついて泣き叫んでいた。

「リューセー！」

スウワンは駆け寄ると、龍聖の体を抱きしめた。

「スウワン！　ダンがっ！　ダンがっ……ああ……私達の卵も……卵が攫われてしまいました……あ

あ……私はどうしたら……」

「リューセー、落ち着け……大丈夫だ。卵はすぐに見つかる。大丈夫だから」

スウワンは宥めるように龍聖を抱きしめて抱え上げた。

「とにかく向こうへ行こう……」

スウワンは龍聖を抱き上げたまま、その場を離れた。廊下に出たところで、後を追ってきたファーレンとバッタリ会った。

「医師を呼んでくれ……リューセーを落ち着かせてやりたい」

「はい、かしこまりました」


別室のベッドに寝かされた龍聖は、医師に薬で眠らされた。寝息を立て始めるまで、側で手を握り見守っていたスウワンは、大きく溜息をついて立ち上がると、医師に後を頼んで部屋を出た。廊下にはファーレンが立っていた。

「ロウワン様は、イザベラが預かっています」

「ああ、すまないがしばらくの間、頼む……それでその後犯人は？」

「陛下……申し上げにくいのですが……」

青い顔のファーレンを見て、良くない知らせだとスウワンはすぐに分かった。

「話は向こうで聞こう」

側にいた兵士達に、龍聖の警護を頼むと、スウワンは黙って執務室へと戻っていった。ファーレンも後に続く。

部屋に入り、スウワンは黙ったままソファに座った。ファーレンは側に立ち座ろうとしなかった。

「それで……なんだ？　悪い知らせだな？」

「はい……姫君の卵が……みつかりました」

ファーレンは苦しげな顔でそう告げた。スウワンはジッとファーレンをみつめていた。

「……ダメだったのだな？」

「はい……割れておりました……」

スウワンはそれを聞いて、一瞬息を呑んだ。

「城の裏手で、兵士の格好をした怪しい男を、見まわりの兵士が見つけて呼び止めたそうです。逃げようとしたので捕まえて、もみ合ったのですが、相手は持っていた麻袋を兵士に投げつけて、ひるんだ隙にそのまま逃げたそうです。その麻袋の中に卵が……」

話を聞き終わると、スウワンは小さく呻《うめ》いて、そのまま頭を抱え込んで項垂《うなだ》れた。肩が震えていた。

「オレのせいだ……」

小さく呻くように呟いた。

「え？」

ファーレンが聞き返すと、スウワンは頭を抱え込んだまま苦しげに呟いた。

「前から龍聖は案じていたのだ……卵をあのように置いておくのは不安だと……もっと安全な場所はないのかと……卵は柔らかくて脆いから、魂精を与えるのにもとても神経を遣うのに、あのように籠に寝かせるように置いておくだけでは不安だと……いつも言っていたのだ。なのに……オレは何もしなかった……オレも……ファーレンも……そうやって育ったから大丈夫だと……そう言って……」

スウワンは苦しげに吐き捨てるようにそう言った。

「兄上……」

「なぜこんなことになった……なぜこんなひどいことを……」

「全力で犯人を見つけ出します」

ファーレンは一礼をすると、部屋を出ていった。


ファーレンはすべての兵士に命じて国中を捜索させた。関所《せきしょ》は閉鎖され、誰も国外へは出られないようにした。しかし犯人の手掛かりが何もないため、捜索は難航した。他国からの商人達が、外へ出せと騒ぎだしたため、そう何日も関所を封鎖することが叶わず、身元のしっかりした者から順に、出国を認めることとなった。

「犯人はまだ見つからないのか？」

スウワンがイラついた様子でファーレンに問いただした。

「申し訳ありません。手口から見て、このような間者《かんじゃ》を生業《なりわい》とした傭兵《ようへい》の仕業《しわざ》かもしれません。そうだとしたら、商人のふりをして国内に入り、長い期間をかけて城内に潜入したとも思われます。身分証明を用意しているでしょう……そうなるとますます見つけることは困難です」

「では金品が目的の盗賊などではないのだな」

「はい、最初から陛下の子供を攫うことが目的だったと思われます……どこかの国に雇われたのかもしれません」

スウワンは無言で項垂れた。

「リューセー様の様子はいかがですか？」

ファーレンが沈痛な面持ちで尋ねた。スウワンは一瞬顔を上げて、溜息と共に首を振った。

「ずっと床に伏したままだ……自分ばかりを責めている。出かけるべきではなかったと……」

「しかしロウワン様が無事だっただけでも幸いです。リューセー様がご一緒に連れていかれたことが良かったのです」

「そうだが……だから良かったとは喜べるはずもないだろう……リューセーは、卵のこともそうだが、なによりもダンを失ったことが悲しいようだ」

ファーレンは眉間を寄せてしばらくの間黙り込んだ。執務室に重い空気が漂う。

「部屋へは……お戻りにならないのですか？」

「あの部屋は潰す……王の私室は別の場所に造り直すつもりだ。絨毯《じゅうたん》を取り替えて、扉を付け替えたところで、あの部屋へ戻ればリューセーはいつまでも、寝室の前で血まみれで倒れていたダンの姿を思い出すだろう……」

「分かりました」

ファーレンは一礼して部屋を出ようとした。

「ファーレン」

スウワンが呼び止めたのでファーレンは足を止めて振り返った。

「侍女は入り口で殺されていた。ダンはなぜ入り口ではなく、寝室の扉の前で殺されていたのだ？」

スウワンの問いに、ファーレンは何かを思い出したような表情になり、苦しげに顔を歪めた。

「寝室の扉のドアノブには、血痕が残されていました。ダンを刺した時の返り血ではありませんでした。殺されたダンの遺体を、医師が見たところ、両手の爪が割れたり剥がれたりして、血まみれだったそうです。恐らく……ダンは……寝室のドアを開けさせまいと……必死でドアノブを握りしめ続けて……殺されて無理やり引き剥がされたものと思われます」

言い終わると、ファーレンは唇を噛みしめた。

スウワンは小さく呻いて、グッと拳を握りしめた。ワナワナと肩が震える。

「どうせ……犯人を捕まえたところで、我々には復讐すら出来ないのだ……牢屋に閉じ込めるのがせいぜいだ……拷問も出来ず……殺すことも出来ない……こんなに憎いと思ったことはないというのに……オレは今ほど、自分が王でなければと思ったことはない……」

「陛下……」

「オレがただのシーフォンならば……たとえどんな死を迎えることになろうとも、絶対に犯人を殺して復讐を遂げたものを……王の身であるがゆえ、それすらも叶わぬ」

「陛下！」

ファーレンが驚いたように声を上げた。

「陛下……決してそのようなこと、他のシーフォンの前で言ってはなりません」

「分かっている……分かっている……今だけだ。お前の前でだけだ……もう二度と口にしない」

スウワンは頭を抱え込んで胸の内を吐き出すように言った。

事件から五日で城下町の捜索は中止され、関所での検問と、周辺地域での捜索に力が注がれるようになった。

城下町は静まり返っていた。国民達の間には、すでに事件のことが知れ渡っていた。悲しみのあまり床に伏したままだという龍聖のことを、皆が案じていた。

城下町にはまだ残っている他国の者達がいた。出国審査が厳しくなっているため、身元の保証がない流しの商人達などは、出たくても怪しまれるのを恐れて出られずにいたのだ。そのため、城下町にあるいくつかの酒場に、他国の者の姿がまだ多く見られていた。

「どうするんだよ……このまま出国しないつもりか？　オレ達は身元の保証があるんだから、とっとと出ようぜ」

そこに犯人の二人の男もいた。昼間から酒を飲んでいた。一人はかなり酔っぱらっていたが、もう一人は周りを気にしつつ、相棒に早く逃げようとばかり言い続けていた。

「ばかやろう……お前が竜の卵を捨てちまうもんだから、手土産がねえじゃねえか……これじゃあ報酬も貰えないままだ。今までの苦労が水の泡だぞ」

「じゃあどうするんだよ」

「しばらくこのまま様子を見て、また作戦の立て直しだ……王様は無理でも他の竜持ちの連中の子供なら攫えるだろう」

酔っぱらいの男がニヤリと笑ってそう言ったので、もう一人の男が周りをキョロキョロと気にした。

「おい、あんまり大きな声を出すなよ……誰かに聞かれたらどうするんだ」

「はあ？　誰かって……別にアルピンなんかに聞かれても構わねえよ」

男はわざと大きな声でそう言った。

「お、おいっ！」

「お前知ってるか？　ここの国民とか言ってるアルピンは、みんな奴隷だったんだぜ」

男は近くにいた女給を見ながらわざとそう言ったので、女給は眉をひそめて男を見た。

「なんだよ！　文句あるのか！　この奴隷女が！」

男が大きな声で怒鳴ると、女給はビクリと震えて、そっぽを向いてしまった。その反応に、男はケタケタと笑う。

「な？　何も言えやしねえんだよ、こいつらは……家畜と変わんないんだ。うちのじいさんがよく言ってたぜ……昔はどの家にも、アルピンが奴隷としていたんだと。女中とか下人とか、そんないいもんじゃねえ、奴隷さ……給料なんて払わねえ、飯《めし》食わせてやっているだけでもありがたがれってところだ。家畜と一緒に、荷馬車を引かせたり、砕石所《さいせきじょ》みたいな危険な場所で働かせたりしてたんだ……アルピンはなぁ、文句ひとつ言わずに働くから便利だったそうだ。それなのに、この国の王様が、奴隷を全部解放させて、この国に連れてきたんだと……だから今となってはどこの国にもアルピンの奴隷がいなくなったんだよ……ひどい話だろ？」

「おい、お前、酒の飲みすぎだよ……宿に戻ろうぜ」

饒舌《じょうぜつ》になっている相棒に困惑して、もう一人の男が帰ろうと立ち上がって、無理に酔っぱらいの男の腕を引いた。

「うちのじいさんの頃は、奴隷売買でかなり儲《もう》けてたんだ。大金持ちだった。なのにアルピン全部取られちまって商売あがったりで、オレが生まれた頃なんて、もううちは貧乏になってた。アルピンが奴隷のままだったら、オレは今頃大金持ちの家を継いでたんだ。だからこの仕事は、ある意味この国の王様への仕返しみたいなもんなんだよ……王様の卵は割っちまったが、ざまあみろって感じだな」

男はそう言ってから、ワハハと大笑いした。しかし彼の最後の言葉に、酒場の中の空気が変わった。側にいた女給が、信じられないものを見るような目で、男をみつめる。

「あんた……今、王様の卵を割ったって……」

「はあ!?　何言ってんだよ!?　聞き違いじゃねえのか？　この奴隷女！」

男は大きな声で怒鳴った。女給はそれでも怯まず、男に詰め寄る。

「王様の卵って……リューセー様が先日お産みになった姫様のことだよね!?」

「なんだよ、それ……そんなの知らねえよ！　王様の部屋にあった綺麗な色したこんくらいの卵を割っただけだよ！　なんだよ！　文句あるのか!?」

男が威嚇《いかく》するように怒鳴ったが、酒場がざわっとざわめいた。店の中にいたアルピンが一斉に立ち上がる。他の国の者達は、何事か分からずに、ただの酔っぱらいが暴れていると思って見て見ぬふりをした。

「お、おい、ヤバイよ……もう出ようぜ」

連れの男は、さすがに青い顔をして男の腕を強く引いた。暴言を吐いていた男は少しよろめきながら立ち上がると、女給に近づき凄みを利かせて睨みつけた。

「兵士に告げ口しやがったら、ぶっ殺すぞ！」

怒鳴りつけてから、ふらりと向きを変えて、外へとゆっくり歩きだした。出口まで来たところで、一人のアルピンの青年が追いかけてきた。

「おい！　待てよ！　お前が卵を盗んだ犯人なんだな!?」

青年が男の肩を摑んでそう言ったので、男は不機嫌そうに振り向いた。

「そうだとしたらなんだっていうんだよ！　触るな奴隷が！」

男はそう叫ぶと、いきなり青年の顔を殴りつけた。体格のいい男の拳は、青年を吹き飛ばし出口の扉に叩きつけるほどだった。大きな音がして、青年は床にドサリと崩れ落ちる。苦しげに小さく呻いていた。

「弱いくせに……なんだ？　正義漢ぶるな！　アルピンなんてな、何人かかってこようと、殴り殺してやるよ！」

男はイライラとした様子でそう吐き捨てると、ドカドカと外へと歩きだした。

「待て！　よくもリューセー様の卵を!!」

別のアルピンの男が追いかけてきて、男に摑みかかったが、同じように簡単に殴り倒されてしまった。

「いい加減しつこいんだよ！」

「お前が！　お前がリューセー様の卵を！　許さない！」

また別の男が挑みかかってくる。次々に飛びかかってくるアルピンを、男は軽々と殴り倒した。しかし酒が入っているせいで、すぐに息が上がる。ゼエゼエと息をしながら、男は苛立つ様子で地面に倒れているアルピン達を睨みつけた。

「何人かかってこようと、お前らは雑魚《ざこ》なんだよ！　本当に殺すぞ！」

そう叫んだ時、ガッと何か硬いものが後頭部を直撃して、激しい痛みによろめいた。

「なっ……なんだっ……」

男が痛む頭を押さえた時、またガッと何かが飛んできて、背中を直撃した。

「なんだ……」

男が下に転がった物を見ると、それは石だった。石を投げられたのだ。

「石……」

男がそう呟いた時、隣にいた相棒が「わああ」と叫んだ。見ると相棒にも次々と石が投げられている。男にも次々と石が飛んできた。

「お前ら……何するっ……やめろ……」

男はそう言いながら周囲に目をやり、そこに見えたものに息を呑んだ。たくさんのアルピン達がいた。周囲の家や店から、酒場の前にアルピン達が集まり、手には石を握って、こちらに投げようとしている。そのアルピン達の目が、視線が恐ろしくて、ぞっと悪寒が走った。たくさんの憎しみの視線。憎悪の視線だった。

男はそこで初めて、自分の犯した失態に気づいた。酔いなど一瞬で醒《さ》めてしまった。アルピンを大人しい家畜以下の奴隷と蔑《さげす》んでいた男は、アルピンは何を言っても反抗などしないと高をくくっていた。それがすべての間違いだったのだ。

しかしもう後悔しても遅かった。

「陛下！　城下町で暴動が起きました」

ノックもなく、ファーレンが血相を変えて部屋に飛び込んできた。

「なに？　今、なんと言った」

「暴動です……アルピン達が暴動を起こしました」

スウワンは信じられずに聞き返したが、何度聞いてもファーレンは同じ言葉を繰り返すだけだった。

「アルピンが暴動など起こすはずはないだろう……それでどうなったんだ」

「今は鎮静化しています。騒ぎを知って見まわりの兵士が駆けつけて鎮圧しました」

「そうか……騒ぎの原因は何だ」

「それが……例の犯人がみつかりました」

「なんだと!?」

スウワンは驚いてガタッと立ち上がった。

「酒に酔った犯人が、自分のやったことをポロリとこぼしたようです。それを聞いたアルピン達が怒り……犯人に石を投げつけて殺そうとしました……集団私刑《リンチ》です」

「……なんということだ……」

スウワンはあまりに衝撃的な事実に、言葉を失った。あの大人しいアルピン達が怒りに駆られることがあるとは。それも人を殺すほどの……。

「犯人は……どうしている」

「今、城内に運び込み、手当てをしていますが、瀕死《ひんし》の状態とのことです」

「……話せるならば、誰に雇われたのか聞き出せ……いや……オレが行く」

「陛下、それはなりません」

部屋を出ようと歩きだしたスウワンの前に、ファーレンが立ち塞がった。スウワンはジッとファーレンをみつめた。

「大丈夫だ……オレは冷静だ」

静かにスウワンがそう言ったので、ファーレンは少し考えてから道を空けた。


それはあまりにも無残《むざん》な姿だった。天罰というには、あまりにも無慈悲だった。そこに横たわるのは、かろうじて人の姿を残しているだけの、血まみれの塊《かたまり》だった。服はボロボロに破れ、無事な場所がないほどだ。顔は腫れ上がり、紫色になった肌の上に、乾いた血がベットリと張りついていて、元の肌の色は分からない。目も鼻も口も元の形を留めていない。

アルピン達による私刑が、どれほど凄惨《せいさん》なものであったかが窺えた。

スウワンは側にいた医師に容態を尋ねた。すると医師は沈痛な面持ちで首を振った。

「手は尽くしました……一人はすでに死んでおります。手前の男は、まだ息はありますが、もう長くはもたないでしょう」

スウワンは頷くと、瀕死の男の側に歩み寄った。薄く開いた目は、こちらを見ているのか、もう何も見えていないのかは分からない。しかしスウワンはその目をジッとみつめた。金色の瞳が赤く光り始める。

竜王の能力のひとつだった。人の心に直接入り込み語りかけることが出来る。相手は思いを隠すことも嘘をつくことも出来なくなる。使い方次第では、人を自在に操《あやつ》ることも出来た。

スウワンはこの能力を滅多《めった》に使うことがなかった。父王からも固く禁じられていたからだ。

「私はエルマーン王国の国王スウワン。お前が我が城に忍び込み、私の部屋から卵を盗み出したことに相違《そうい》ないな？」

「はい、間違いありません」

男は掠れる声でそう答えた。

「目的は何だ。お前の雇い主は誰だ」

「私はバルミラ国のビアージョ王に大金で雇われました。報酬は前金で三分の一、残りは成功したら貰える約束でした。目的はエルマーン王国の王子を攫うこと、それが叶わぬ場合は他の赤子でも構わぬ、竜使いの子を攫ってくるようにと言われました」

「竜使いの子とは我らシーフォンのことか？　攫って、王はどうするつもりだ」

その問いに、しばらくの沈黙が流れた。一瞬、男がこと切れたのかと思ったが、ヒュウと苦しげに喉を鳴らして、再び男が話しだした。

「王が竜使いの子をどうするつもりかは知りません。……ただあの王は、過去にも他国の王子などを攫ったことがあるという噂を聞きました。育てて闘技場で見せ物にしたとも、ゆすりの材料にしたとも、色々と噂が絶えません……悪趣味な男です。竜使いは美しく珍しい髪の色をしているので、見世物になると思ったか……竜を欲しがっていると聞いたことがあるので、竜を手に入れるための人質にするつもりだったかもしれません」

スウワンは眉間を寄せて目を閉じた。沸々《ふつふつ》と湧き上がる怒りを懸命に抑えようと、心を静かにと自分に言い聞かせていた。

この目の前の死にゆく男への怒りではない。ビアージョ王への怒りだった。

スウワンは再び目を開けると、静かに男をみつめた。

「我が国民がお前にした仕打ちを謝罪するつもりはない。だがお前がしたことを私は許す。お前達の命が代償だ。名は聞かぬ。このまま神に許しを請うて、哀れに死を受け入れるがよい」

スウワンがそう言うと、瞳の赤い光が消えた。そのまま無言で男に背を向けて、スウワンは部屋を後にした。


執務室でスウワンとファーレンが深刻な表情で、ずっと先ほどから何も話さず、ただ頭を抱えていた。

どれくらいの時間が過ぎたのか、先に口を開いたのはファーレンだった。

「リューセー様に犯人のことは伝えますか？」

苦しい息を吐き出すように、ようやく告げた言葉だった。それを受けてもスウワンは何も答えず頭を抱えたままジッと床をみつめていた。

「兄上」

「……捕まえたが……自害したと伝えるつもりだ」

「そうですか」

そう答えたきり、また二人は黙り込んだ。重々しい空気で息が詰まりそうだった。ファーレンはどうしてもスウワンに聞かなければならないことがあった。だがどうしても聞き出せずにいた。ファーレンが想像したよりもずっと、スウワンは静かだった。もっと怒りを露《あらわ》にするかと思っていたが、一見冷静に見える。だがピリピリと空気が震えるほどに、スウワンの体から怒りが溢れているのが分かる。

感情的なスウワンが、これほど静かなのは、それだけ怒りが深いということだ。怒り狂ってくれたら、ファーレンは全力で諫《いさ》める覚悟があった。だが今のスウワンを諫められる自信はない。いや、たぶん一言も反論できないだろうと思った。たとえどんな決断をされたとしても……。最悪の決断は、すでにファーレンの中でも想像出来ている。それはどんな手段を取っても止めなければならない決断だ。だが止められないだろうと思った。いや……『止めないだろう』が正しいかもしれない。

ファーレン自身、怒りで頭がおかしくなりそうだった。ただスウワンの前では、そんな怒りも立ち消えてしまっていた。

人とはどんなに怒りに震えたとしても、その自分の怒りを遥かに超越した他の者の怒りを前にすると、こうも萎《しぼ》んでしまうものだろうか。

「ファーレン」

ふいにスウワンが口を開いた。

「は、はい」

「すぐに布令《ふれい》を出せ」

「……何と出されますか」

「他国の者は即日全員出国するようにと……。例外はない。すべての他国民を国外へ出してしまえ」

「はい、かしこまりました……陛下、姫君の訃報《ふほう》をいち早く耳にした他国の王より、次々と見舞いの使者が来ておりますが……」

「例外はない。すべてだ。そして南北の出入口を封鎖しろ」

スウワンが強い口調で言ったので、ファーレンはそれ以上の異論を述べなかった。一礼してすぐに部屋を後にした。

王からの御布令は、即刻国中に流された。アルピンの暴動の後ということもあり、大人しく従う者が多かった。抵抗する者は、兵士によって強制的に退去させられた。他国の王からの使者には、ファーレンが丁重に詫びを伝え引き取ってもらった。

皆が一斉に動いたため、混乱もなく、夜まではすべての他国民が、エルマーン王国から去っていった。そして南北の関所は、硬く厚い鉄の扉によって閉ざされた。

「すべて滞りなくすみました。民達の協力もあり、城下町に隠れ潜《ひそ》んでいる者もいないと思われます。ですが一応今夜と明日、国中を捜索いたします」

「そうか、ご苦労だった……今は休みたい……お前も休むといい」

「はい」

スウワンは言葉少なにそのまま執務室を後にした。ファーレンには言いようのない不安があったが、今は何も言わずにおいた。

「リューセー」

今は仮の私室にしている客間に、スウワンが戻ってくると、ベッドに座りロウワンを抱いて寝かしつけている龍聖の姿があった。スウワンはそれを見て、少しだけホッとした。

「あ……スウワン」

立ち上がろうとしたのを制して、スウワンがゆっくりと龍聖の下まで歩いてくると、隣に腰を下ろして、頬に軽く口づけた。

「もう起きていて大丈夫か？」

「はい、病気でもないのに、寝てばかりもいられませんから……」

そう話す龍聖は、必死に元気に振る舞っているように見えた。両目は赤く腫れている。泣きすぎてもう涙も出なくなってしまったのだろうか？　スウワンは龍聖が不憫《ふびん》でならなかった。

「ロウワンは元気そうだな」

「はい、最近はよく四つ這いで動きまわるのですよ……とても元気で活発な良い子です」

安らかな顔で眠っているロウワンをみつめて、龍聖の顔へと視線を移す。龍聖は慈愛に満ちた表情で、腕の中の我が子をみつめていた。こんなにも愛情深い龍聖にとって、産んだばかりの卵を失ったことは、どれほど辛かろうと思った。真実のすべては伝えていない。ただ「卵は駄目だった」とだけ伝えた。龍聖は泣き伏し、それ以上は何も聞いてこなかった。

あれから五日も経ったというのが嘘のようだ。まだ昨日のことのようであり、喪失感が胸を苛《さいな》んでいる。

「ロウワンを寝かせてきます」

龍聖はそう言って立ち上がると、部屋の奥にある小さな子供用のベッドへと行き、そこにそっとロウワンを寝かせると、優しく何度もロウワンの髪を撫でてから、頬に口づけをして、スウワンの下へ戻ってきた。

龍聖が隣に座ると、スウワンは腰を引き寄せ抱きしめた。

「リューセー……辛いかもしれないが聞いてくれ」

「はい」

「犯人が捕まった。だが自害してしまった」

スウワンがそう伝えると、龍聖は伏し目がちに床の一点をみつめたまま何も言わなかった。スウワンもそれ以上、何も言わずにいると、しばらくして龍聖が「そうですか」と一言答えた。

「死ななくても……よいものを……」

続けてポツリとそう呟いたので、スウワンは少し驚いた。

「何と言った？」

スウワンが囁くように問いかけると、龍聖は顔をスウワンの方へと向けて、スウワンの目をみつめた。

「犯人も人の子でしょう……家族がいたかもしれません」

「リューセー……侍女とダンをあのように殺して、我らの大切な卵までも失ったのだ……その罪は死に値すると思わないか？」

スウワンは出来るだけ穏やかに話そうと心がけた。龍聖を責めるつもりはない。怒りは龍聖にぶつけるものではない。そう自分に言い聞かせた。

「いいえ……私達の卵の命の重さと、ダンの命の重さと、メラニーの命の重さと、犯人の命の重さは……同じではありません。代償にはなりません」

「それは……どういう意味だ」

「この四つの命の中で、私達にとって一番大事な命は卵です。でもダンの両親からすれば、ダンの命が一番大事です。メラニーの家族もそうです。そして……もしも犯人に家族がいたのならば、きっとその家族にとっては一番大事な命です……どれかが代わりになるものではありません。もしもその犯人が、自分の犯した罪を心から悔い、償《つぐな》うには死ぬしかないと思ったのならば、その心からの懺悔《ざんげ》こそが代償になるものであって、彼の命自体が代償となるわけではありません。彼が死んでも卵も、ダンも、メラニーも生き返りはしません。ただまたひとつ命が消えるだけです」

「だが……もしも、ダンの両親が、犯人を殺したいと願ったら？　復讐をしてはならないのか？」

スウワンが眉間を寄せてそう尋ねたので、龍聖はしばらくの間黙ってスウワンをみつめていた。じっとみつめるその瞳は、涙に濡れているせいか、漆黒の底の見えない悲しみに包まれた湖のように見えた。龍聖はやがて視線を逸らして、目を伏せるとようやく口を開いた。

「本当にそれで、ダンの両親の心が救われるのであれば、それもやむを得ないと思います。憎くて憎くて、この手で殺してやりたいと思う母の気持ちも分かります。……私は……私なら、犯人に心の底から悔いて悔いて……後悔から苦しみ悶えるほどに悔いて、心の底から謝罪してほしい……私の前で……本当に心から謝罪するまでは、死んでほしくありません……きっとそんな私の方が、この手で殺す者よりも残酷なのだと思います」

龍聖の言葉に、スウワンは息を呑んだ。一瞬、犯人の前での自分の姿を思い出したからだ。なぜあの時、自分は犯人に「すべてを許す」などと言ってしまったのだろう。それはあの男が、間違いなくもうすぐ死ぬと分かっていたからだ。

神の罰を受けているこの身では、復讐することは叶わない。あのように無残な姿となった犯人を見て、心の奥で「ざまみろ、天罰が下ったのだ」と思った。少しばかり心が晴れたような気がしたのだ。だから「許す」と死にゆく者へ地獄への手土産にと伝えたのだ。

だがまったく心は晴れない。許すという気持ちも本当ではない。こんなにも憎しみが消えない。犯人は死んだのに……報いを受けて相応の死に方をしたのに……そう思った時、今、龍聖の言った言葉が、胸の奥に響いた。

犯人から謝罪の言葉を聞いていないからだ……と。

「リューセー……すまない……オレは嘘を吐いた」

「え？」

苦しげにそう告白したスウワンを、龍聖は顔を上げて不思議そうにみつめた。

「犯人は自害したわけではない……殺されたのだ」

「殺された？　誰にですか？」

「アルピン達にだ」

「アルピンにですって？」

龍聖がひどく驚いたので、スウワンは顔を強張らせて頷いた。

「犯人はまだ城下町に潜伏していたんだ。酒場で酔って、うっかり卵を盗んだ話をしてしまったらしい……それを聞いたアルピン達が暴徒となって、石を投げて犯人達を襲ったんだ」

「ああ……なんということを……」

龍聖は両手で顔を覆った。スウワンは震える肩を抱きしめた。

「アルピン達はオレ達を崇拝している。許せなかったのだろう」

スウワンが宥めるように龍聖の背中を撫でながらそう語った。龍聖は両手で顔を覆ったまま首を振った。

「可哀想なことをさせてしまいました……」

「え？」

「暴力など決して振るわないアルピンにそんなことをさせてしまうなんて……可哀想に……きっと石を投げた者達は、今頃罪の意識に苛まれていることでしょう……」

スウワンはその言葉を聞いて、ひどく驚いた。そんなことを考えたことなどなかった。ショックでしばらく放心していたが、やがて正気に返ると、たとえようもないほどの喪失感と、苦しいほどに悔やむ気持ちで胸が押しつぶされそうになった。

「うっううっ」

スウワンが胸を押さえて背を丸めたので、龍聖は驚いてスウワンの手を握った。

「スウワン……どうなさったのですか？　どこか苦しいのですか？」

「リューセー……ああ……リューセー……オレは……どこまで愚かな王なのだろう……オレは……この国の王であるのに、何ひとつ……民のことを思っていない……皆……王のためにその手を罪で汚したというのに……オレは……オレは……」

スウワンは慟哭《どうこく》した。

脳裏に得意げな顔で、瀕死の犯人の男に「我が国民がお前にした仕打ちを謝罪するつもりはない」と言った自分の姿が浮かび上がった。愚かな王。それと同時に、血に濡れた手をみつめて泣き叫ぶアルピン達の姿も浮かんだ。命を懸けて卵を守ろうとした小さなダンの姿や、懸命に働く侍女達の姿も浮かぶ……。かつて龍聖から「アルピンはこの国の民ではないのですか？」と言われた言葉も浮かんだ。シーフォン達の姿も……すべてが次々と浮かんでは消え、やがて暗闇の中にひとり佇む王冠をかぶった自分の姿があった。

『お前は一体誰だ！』

心の中で叫んだ。

「スウワン」

名前を呼ばれた気がした。

「スウワン」

その声は知っている。この世で最も愛する者の声だ。

「スウワン」

スウワンはハッと我に返った。涙で視界が遮られている。泣いていたのかとそこで気づいた。ハアハアと激しく息が乱れていた。

「スウワン！　スウワン！」

肩を強く摑まれて揺すられて、はっきりと声が聞こえた。顔を上げると、龍聖が何度も名前を呼んでいた。

「リューセー……」

声が掠れている。

「スウワン」

龍聖がギュッとスウワンの頭を抱きしめた。

「誰も貴方を責めたりしません……だから貴方も貴方を責めないでください」

「リューセー……オレは愚かな王だ」

「貴方は立派な王です」

「民のことなど何も考えていない王だ」

「貴方ほど民のために尽くしている王はいません……だからこそ民も貴方を崇拝するのです」

「オレには後悔しかない」

「後悔をたくさんした者は、素晴らしいことを成し遂げられるでしょう……もう二度と、間違わないと心に誓える者ならばきっと……」

龍聖の優しい言葉を、龍聖の胸に顔を埋めながら聞いていた。心が優しさに包まれて、癒やされていくようだった。怒りも悲しみも、すべてが浄化されていくようだった。

ふと父のことを思い出していた。

ある時、父がスウワンに尋ねた。

『お前はどんな王になりたい？』

まだ子供のスウワンは、父の膝の上に乗って『父上のような王様になる』と答えていた。

『私のような王かい？』

父は笑って言ったので、スウワンは頷いて『父上のような立派な王になります』と答えた。すると父は笑うのをやめて、困ったように目を伏せた。

『私は立派な王ではないよ。私の人生は後悔ばかりだ』

そう自嘲気味に笑って言った父。その時は父の言った意味がよく分からなかった。大人になるにつれて、国の歴史を学ぶうちに、父の治世ではたくさんの大きな失敗をしていることを知った。困難を極めた国家造り。分からないことばかりだったのだろう。取り返しのつかないような悲劇も起きていた。『私の人生は後悔ばかりだ』というのは、そういう意味だったのだと分かった。

だがスウワンはそれが分かっても、父は立派な王だと思えたのだ。それは今日の王国を見れば分かる。父は後悔ばかりしていたかもしれないが、きっと二度と同じ間違いはしないと心に誓っていた人なのだ。

「リューセー……こんな罪深いオレでも、お前は許してくれるか？」

「スウワン、私は卵を失って、とても悲しいはずなのに、心の中ではロウワンでなくて良かったと喜んでいる自分がいるのです。涙が涸れるほど泣いたのに、その悲しみは卵のためではなく、ダンを失った悲しみのためなのです……こんなひどい母親でも、貴方は私を許してくれますか？」

スウワンは顔を上げて龍聖をみつめた。二人とも涙に濡れてひどい顔をしていると思った。だが互いにその姿も愛しいと思った。どちらからともなく唇が重ねられた。

「リューセー……すまなかった。卵を奪われたのはオレのせいだ。お前の言葉を重く受け止めていなかったんだ」

「スウワン、私ばかりが悲しいなどと、ひどい思い上がりでした。貴方だってあの子の父親……卵を失って悲しいのは貴方も同じだというのに……ごめんなさい」

二人は互いに慰め合うように、強く抱きしめ合った。


スウワンは目を覚まして、しばらくぼんやりと天井をみつめていた。頭の中が混乱していて、今の状況が一瞬分からなくなっていたからだ。やがてすべての状況を理解したところで、側で眠る龍聖をみつめた。熟睡している。自分も龍聖も、こんなに熟睡したのは何日ぶりだろうかと思った。

そっと起こさないように、龍聖の前髪を撫でてから体を起こした。静かにベッドから降りて、鏡の所まで歩くと覗き込んだ。ひどい顔だ。両目は腫れ上がっているし、頬もこけている。だが昨日までよりはずっと人間らしい顔になったと思った。

時計を見るともう昼だった。そんなに眠っていたのかと少し驚く。備えつけの水差しから、水盆に水を注いで顔を洗うと部屋を出た。侍女を呼び、別の部屋で身支度をしながらファーレンを呼びつけた。

「広間にシーフォンを全員集めてくれ。子供以外、全員だ」


城の大広間に、シーフォンが集まっていた。女性も含めて大人ばかりが揃えられた。千人足らずになってしまったが、子供が次々と生まれているので、今は増加の傾向にある。

スウワンが現れると、一瞬どよめきが起こった。あの事件以来、スウワンはずっと執務室に籠《こも》っていて、皆の前に姿を見せなかったからだ。皆がお悔やみを言いたい気持ちはあったが、アルピンの暴動や犯人のこともすでに知れ渡っていたので、それぞれに思うところがあった。

スウワンはしばらくの間沈黙して、皆の顔を見まわした。今日は不思議と皆の顔がよく見える気がした。

「皆に集まってもらったのはほかでもない。先日起きた事件と、我が国のこれからについて話したい」

スウワンが、事件に触れると皆がざわっとざわめいた。スウワンは気にせずに続けた。

「皆も知っているとおり、先日城に賊《ぞく》が入り、リューセーに仕えていたアルピン二人と、生まれたばかりの卵の命が奪われた。犯人は取り逃がしたが、アルピン達が暴動を起こし、犯人達を殺《あや》めた。……その犯人がバルミラ国に雇われた者だということも、もう知られていると思う。……さてそこで、我らがこれからどうすべきかを話したい」

「報復だ！」

誰かが声を上げると、それに呼応する声がいくつか上がった。若い者達だろうとスウワンは思った。予想通りではあったが、静かに王の言葉を待つ者も多く、思っていたよりは皆冷静だと思った。

「我らには神より定められた罰がある。人間を殺したり傷つけたりしてはならぬ……報復とはどうするのだ？」

スウワンが静かな口調でそう尋ねると、一斉に静かになった。

「今、我が国は関所を封鎖し外界を遮断している……しばらくの間、人間と距離を置いた方が良いと思ったからだ。我らには、少しばかり考える時間が必要だと思う。冷静になる時間だ。それは我らシーフォンだけではない。アルピンもだ。幸い、城には食糧の備蓄があり、アルピン達が作る農作物もある。四、五年はこのままこの国だけで生きていけるだろう……だがずっというわけにはいかない。この世界に生きる以上、外界と接点を持たずに生きることは不可能だ。たとえ、皆が人間を憎むようになったとしても、我らが交流出来るのは人間達しかいないのだ。それとも竜に戻って獣と暮らすか？」

スウワンは皆を見渡した。不満そうな顔をしている者もいる。

「憎いだろう？　皆、犯人も、ビアージョ王も、憎いだろう？　私だって憎い……だが憎しみだけでは何も出来ない。我らには何も出来ない……本当に何も出来ないのか？　いや違う。少なくとももう二度と卵を盗まれないように、何か方法を考えることは出来る。城の警備を見直すことも出来る……悪いのは悪事を企《たくら》む者ではあるが、それを安易に許している環境を作っている者も悪い。殺されたダンは、リューセーの側近としての勉強中だったことは、皆も知っているだろう。側近を育てようと我らが考えた時、様々な国を調査して、后の側近に必要な役割を調べたことがある。その時に、どの国も一番に挙げたのは『護衛』だった。武術に優れたものが側近となっていたのだ。だが我々は……私はそんなものは必要ないと考えた。だからダンには、武術は何も教えていなかった。これは私の落度だ」

シンと広間が静まり返った。

「人間達の世界では、国王、族長、君主となる者には、常に危険がつきものだ。権力の座を狙う者は多い。だからどの国も長たるものへの警備は万全だ。だが我らはどうだ？　我らは竜の力を過信していた。これから先、ビアージョ王だけではなく、もっとたくさんの国から狙われることだろう。我らはその相手をすべて憎むか？　そして人間のように戦争をするのか？　いや……それだけは断じてない。我らが神から受けた罰は、もう二度と争いを起こさないための罰だ。我らがこれからこの世界で繁栄していこうと思うのならば、この世界で唯一の争いをしない国にならなければならないのだ。その覚悟はあるか？」

スウワンは強い口調でそう述べると、また皆の顔を見まわした。

「覚悟のない者は、竜に戻るか？　皆はどちらを選ぶ。竜に戻るか、人として今のような生活を続けるか」

スウワンはそう言って、皆の顔が変わってきていることに気づいた。分かってくれたようだ。

「私はこの世界で、今までのように生きたい……私にやり直す機会をくれないか？」

「陛下」

「陛下」

皆が口々に、敬愛をこめて呼んだ。スウワンは頷いてみせた。

「皆ももう一度考えてほしい……我らがもう誰も憎まずにすむにはどうすれば良いか」

「陛下、よい演説でした」

執務室に戻ると、ファーレンがそうスウワンを褒めた。スウワンは頷いただけで、前のように浮かれてはしゃぐことはなかった。

「明日、アルピンにも話がしたい……正午に城の前庭に集められるか？」

「承知いたしました」


翌日、城の前庭に国中の民が集まった。約一万五千人。前庭はとても広かったが、入りきれず門の外まで溢れていた。

スウワンは龍聖と共に、前庭に面したバルコニーに現れた。二人の姿が見えると、ドッと声が上がった。感激して泣き崩れる者までいる。

スウワンが手を上げると、一斉に静まり返った。

「急な呼びかけにもかかわらず、集まってくれたことに感謝する」

最初にそう礼を述べると、わーっと歓声が上がった。それを制してスウワンが演説を始めた。

「先日、とても悲しい事件があったことは皆も知っていることと思う。またその犯人を皆が捕らえてくれたことも……一時は暴動になりかけたが……皆が私とリューセーのために、その手を汚してくれたことに、深く礼を述べると共に、皆にそのようなことをさせてしまったことを王として詫びたい。本当に申し訳なかった」

スウワンがそう言って頭を下げると、アルピン達はどよめき、一斉にその場に平伏してしまった。

「しかしどんな悲しみがあろうと、我々は生きていかねばならない。もう憎しみを忘れてほしい。すべてがもう終わったのだ。前を向いて歩いてほしい。今、国境を閉鎖して、他国との交易を遮断している。我らが新しい一歩を踏み出すまでの間、閉鎖を続けるつもりだ。皆には不便をかけるが許してほしい。私はこれから、もっと良き王となれるように努力する。皆もついてきてくれるか？」

城が揺れるほどの歓声が上がった。皆が口々にスウワンと龍聖の名を繰り返した。スウワンは後ろを振り向き、少し下がって立っていた龍聖に手を差し伸べた。二人は並んで立つと、国民に向かって礼をした。


ファーレンから、卵専用の育児室の提案が上がった。金庫のように強固な部屋で、警備もかなり厳しく考えられていた。部屋の中には余計なものは一切なく、卵を安全に保管する場所も確保され、またベッドの代わりとなる卵を安全に保管する入れ物も考えられた。

「水に浮かべるのか？」

「正確には人肌ほどのぬるま湯です。常に同じ温度を保つように注意いたします……水に浮かべるという案は、リューセー様からいただきました。角のない卵と似た形の丸い器であれば、卵を傷つけることもありません」

「それで本当にそんな物が作れるのか？」

「石化した竜の亡骸を使います。研磨《けんま》すれば球状の透明な器を作れるはずです。多少時間はかかりますが、必ず完成させます。もうリューセー様に不安な思いなどさせません。シーフォンの若者の中に、これを専門に研究して作りたいと名乗りを上げている者もいます」

「そうか……ありがとう」

スウワンは安堵したようにそう礼を述べた。

「それから城内の警備についてですが、今ある軍隊とは別に、新たな警備隊を編成し、城の内外の警備に特化した訓練を行うことにいたしました。入隊を希望するアルピンの若者がすでに数多くいます」

次々に新しい提案が出され、シーフォンやアルピン達が皆前向きになっていることがスウワンは嬉しかった。

一年はあっという間に過ぎ、エルマーン王国は、その閉鎖された環境の中で、少しずついい形へと変わりつつあった。時間の流れは、人々の心の傷も癒やしていった。

卵専用の育児室は、完成までに二年かかった。ネズミ一匹入れないほどの完璧な警備には、スウワンも驚いた。そして卵を保管する器も完成して、龍聖は興味深げに色々と質問をしていた。

「これでリューセー様も安心して、新しい御子をお産みになれますね」

ファーレンがそう言うと、龍聖は困ったように目を伏せて、少し表情を曇らせた。その様子にファーレンは敏感に察した。

「リューセーは、まだ完全には立ち直っていないようなんだ……卵を失ったことではなく、卵よりもロウワンやダンを思ってしまった自分自身が許せないようなんだ」

スウワンがファーレンにそう語った。

「しかしそれも無理はないでしょう。あの時、リューセー様は卵を産んでひと月も経っていませんでした。まだ卵に情が湧いていなくても当然です」

「そうなんだが……それで納得出来れば、問題はないんだ」

スウワンは苦笑して、執務室のソファに座ると背もたれに身を預けるように伸びをした。

「リューセー様のお気持ちがそんなでは、陛下も子作りに専念出来ませんね」

「リューセーは自覚がないんだ……どこか自分を否定しつつも、后として子をなさねばならないという義務感を持っている。だからオレが性交を望めば拒むことはもちろんない……。だが医師とも話したのだが、そういう気持ちでいると、出来るものも出来ないだろうという話だ。オレ達はまだ若いし、そんなに無理に急いで次の子を成す必要はないと思っているが、リューセーが思いつめてはとも思うし……難しいな」

そう話すスウワンに、ファーレンはどう声をかければいいか分からなかった。

「時間でしょう……時間がきっと解決してくれます」

「そうだな」

ありきたりの言葉しか出てこなかった。ファーレンは自分を情けなく思ったが、スウワンが笑ってくれたので少しだけ救われたように思った。


スウワンは仕事の手が空いたので、まだ明るい時間だったが私室へと戻ってきた。城の中の新しい場所に、新しい王の私室が作られた。城の最上階だ。

城の最上階は、元々王と王の家族が住むための階層として造られていたが、城が完成した頃、初代のシーフォン達が一気に死んでいき、シーフォンの数が半数以下にまで減ってしまった。

そのためルイワンは、誰もいない階に龍聖を一人にするのは可哀想だと思い、また防犯の面からも皆と一緒の方が良いだろうと、二階層下のシーフォン達の居住階に王の私室を作っていたのだ。

以前よりも二階も階層が上になって、執務室や謁見の間からは遠くなったが、他所《よそ》の者が出入りする場所から遠くすることで、警備を厳重に出来ると考えられた。

また王の私室とは別に、后の部屋も作られた。二人で過ごすのは王の私室の方であったが、日中に気兼ねなく龍聖が好きなことをする部屋があっても良いだろうと、スウワンが提案して作らせたのだ。

だから后の私室の方には、龍聖専用の本棚が作られ、龍聖が興味のある書物が並べられた。

今の時間は自分の部屋にいるかと思ったが、テラスに龍聖の姿をみつけたので、スウワンはテラスへと向かった。

「また城下町を見ているのか?」

「スウワン! こんな時間にどうされたのですか?」

「今日はオレもすることがなくて暇になったんだ。ファーレンは相変わらず忙しそうで、相手をしてくれないからな」

スウワンが肩をすくめながらそう言うと、龍聖が声を出して笑ったので、スウワンも満足そうに微笑んだ。

「お前は本当に城下町を眺めるのが好きだな」

「ええ、気がついたら、街が完成していたものですから……ほら、どの家も立派です……アルピン達が快適に暮らしていると良いのですが」

「人口が順調に増えている。今は一万五千人を超えて安定している。おかげで兵士の数を増やすことが出来た」

二人は楽しそうに微笑み合った。スウワンは龍聖を後ろから抱きしめた。龍聖は幸せそうに笑って身を任せた。

「ロウワンは？」

「散々遊んだので疲れて寝ています……最近はおぼつかないけれど、少しだけ走れるようになったんですよ。それに転んでも泣かないし、本当に元気で……スウワンに似たのでしょうね」

「お前に似たんじゃないか？　ロウワンももうすぐ十歳だ……早いものだな」

「不思議ですね……十年も経ったのに、ロウワンを見ていると、私達の時間は、アルピンや他の人間とは違うのだなと、改めて実感させられます……ロウワンは人間で言えば、まだ二歳くらいの成長です。貴方もちっとも歳を取らないし」

「お前だってここに来た時とまったく変わっていないぞ」

スウワンはそう言って、龍聖の首筋を吸った。

「あっ……いけません……」

スウワンが首筋を吸いながら、前に回した手を衣の中に入れて、龍聖の胸を弄ったので、龍聖は赤くなって身をよじらせた。

「少しくらいいいじゃないか……触るくらい……」

スウワンが甘えるようにそう言ったので、龍聖は困ったような顔になって、抵抗するのをやめた。

スウワンはクスリと笑ってから、また首筋を吸った。

「アルピン達は、オレよりリューセーの方が好きなようだ」

「そんなことは……あっ……ありませんよ」

乳首を指で愛撫されて、龍聖はビクリと体を震わせた。

「んっ……」

首筋を吸われたり、耳たぶを甘く噛まれたりしながら、乳首を愛撫されて、龍聖の息遣いが少しずつ乱れ始めていた。

「平和だな……ずっとこの平和が続けばいいと思うが……でも今の閉鎖されたこの国の平和は、偽りの平和だ」

「あっ……んんっ……」

股間に手が差し入れられて、やんわりと性器を握られて、硬くなり始めていたそれは敏感に反応していた。龍聖は立っていることが難しくなってきていた。スウワンの腕に身を預ける。

「龍聖はこのままがいいか？」

「あっああっ……いえ……他国との……交易は……再開するべきだと……あっあっああっ」

性器を擦り上げられて、思わず甘い声を漏らした。

「いつもより感度がいいな……外だからか？」

「スウワン……こんな所で……恥ずかしゅうございます……中へ……部屋の中へ入れてください」

「侍女達がいるよ？」

耳元で意地悪くそう囁いたので、龍聖はビクリと反応してたまらず射精した。はあはあと肩で息を吐く。

スウワンは龍聖を抱き上げるようにして、部屋の中へ入ろうとした。

「あ、スウワン……待って」

「嘘だよ、さっき侍女達は下がらせた。誰もいないよ」

部屋の中に入って、スウワンは龍聖に深く口づけた。

抱き上げてソファまで移動すると、そのままソファに座った。龍聖を膝の上に抱くようにして、両手で乳首と性器への愛撫を続けた。

「リューセー、何も考えないで、オレのことだけを考えて……お前を触っているオレの手を意識して、指の動きも、オレの熱も」

「あっあああっあっ……ダメ……スウワン……そんなこと言ったら……あああっあっ」

「オレのが爆発しそうなくらいになっているのも分かるだろう？」

座ったまま龍聖の尻に股間を押しつけると、硬い塊がゴリゴリと尻に当たった。

「あっあっスウワン……あああっ」

ビクリと龍聖の体が震える。

「欲しいか？　入れてほしいか？」

龍聖は真っ赤になって首を振った。

「入れてほしくないのか？」

そう言われてまた首を振る。龍聖が恥ずかしくて何も言えないことも分かっていて、意地悪を言っている。

スウワンは龍聖を膝の上に抱えたまま、龍聖の服を脱がせた。一糸纏わぬ裸体にしてから、抱きしめて体中を撫でて愛撫する。龍聖はいつもよりも敏感に感じていた。

「今から入れるから、オレのを感じて」

スウワンはそう言って、熱い昂りを服の外に引き出すと、龍聖の柔らかな尻に押し当てた。孔に宛がいグッと差し入れる。

「あああっあんっあっ」

「オレのを感じる？　気持ちいい？」

耳元で囁きながら、ゆっくりと挿入した。根元まで入れると龍聖の腰を摑んでゆさゆさと動かした。

「あっあぁっあっあぁっあっ」

動きに合わせて龍聖の声が漏れる。キュウキュウと締めつけられて、スウワンも息が乱れてきた。

しばらくゆさゆさと動かしていたが、次第に揺さぶる動きが速くなった。だがそのままの体勢で続けるのは難しくなり、スウワンは龍聖をソファに仰向けに寝かせると、両足を広げさせて、再び限界まで怒張した昂りを、龍聖の中へと挿入した。そのまま突くように腰を動かす。

「あっあああっあっ……スウワン……スウワンのが熱い……」

「中に出すから、それを感じて」

少し動きを早めて、グググッと腰を押しつけて深く挿入すると、その中に精を吐き出した。

「あああっあっあっああ――――っ」

龍聖は喘ぎながらビクビクと体を震わせた。

「こんなところで、すまなかったね」

スウワンが龍聖に衣を着せながらそう謝ると、龍聖は頬を染めて首を振った。うっとりと潤んだ瞳でスウワンをみつめる。こんな顔は久しぶりに見たと思った。

龍聖を抱き起こすと、また膝の上に載せて抱きしめた。

「気持ち良かった?」

「はい」

「嫌じゃなかった?」

「そんなこと……ありません」

「今日はとても感じていたな。そんなに気持ち良かったか?」

龍聖は今度は何も答えず、両手で顔を覆ってしまった。後ろから見ると耳が真っ赤になっている。

「どうして気持ち良かったと思う?」

龍聖は顔を隠したまま首を振った。

「いつもと環境が違うこともあるが……オレがずっと話しかけて、お前に何も考えさせないようにしたからだよ。わざとオレが色々といじわるなことを言っただろう? 今日はいつもよりオレが話しかけると思わなかった?」

「え?」

龍聖は覆っていた手を離して顔を上げた。振り返ってスウワンを見る。赤い顔をしていた。

「あんなことがあってから……オレもお前に気を遣って、もう毎日は求めないようにしていたけど……オレが求めればさせてくれるけど……リューセー、お前は子作りのための性交になっていたんだよ」

「スウワン」

「言っただろう？　オレは子作りのためではなく、お前を抱きたいだけだって……時間が経てば、お前も心を開いてくれると思っていたけど、ダメだった……。だから今日は趣向を変えたんだ。……リューセー、オレに抱かれる時は、何も考えるな。オレのことだけを考えろ……」

「スウワン」

龍聖は泣きそうな顔でスウワンに唇を重ねた。

「貴方に愛されて、私は幸せです」

「オレもだよ。お前に愛されて幸せだ」

スウワンは優しく囁いて、龍聖の頬に口づけた。

「リューセー……先ほど話をしかけたが……今の平和は偽りの平和だ。このままではいけない。我が国の繁栄のために国を開こうと思う。またたくさんの他国の者が、我が国に入ってくるが良いか？」

「なぜ私にお尋ねになるのですか？　貴方の決めたことに、私は従うだけです。ですが貴方こそ良いのですか？」

龍聖から逆に聞き返されて、スウワンは驚いて言葉を返せなかった。

「確かに私は今でもあの事件を思い出すと辛いです。また賊が入ったらと思うと怖いです。でもそのような悲惨な事件は私の国でもよく起こっていました。人間の中にはどうしても悪に手を染める者達がいます。それを完全になくすことは出来ません。人間とはそういう生き物なのです。でもこの国の人々は、皆善人です。アルピンは心優しき民です。そしてシーフォンも……人間ではないあなた方にとっては、醜《みにく》い人間達の所業を目の当たりにするたびに、人間が嫌いにはなりませんか？　スウワン……貴方は傷ついていませんか？」

龍聖が振り返り、スウワンをじっとみつめながらそう語った。凛とした表情で語るその姿に、スウワンははっとした。しばらくみつめ合うと、スウワンは眩しそうに目を細めて笑い、頷いた。

「リューセー、オレはどんな目に遭っても人間を嫌いになれないんだ。それはオレだけではない。きっとホンロンワン様も父も、代々の竜王は皆、同じだと思う。そしてシーフォン達も……。なぜなら君がいるからだ。リューセーという存在が、我らを救ってくれる。人間を嫌いになれない。リューセーのおかげで、我らは人間を好きになれるんだよ」

スウワンはそう言って龍聖と口づけを交わした。


それから間もなく、龍聖は懐妊した。

次の卵は白く真珠のような光沢があった。ロウワンの時の卵に似ていたが、赤い竜王の模様はない。ファーレンの時と同じなので、医師達はその卵は男子だろうと推測していた。

完成した卵専用育児室が、初めて使われることになった。龍聖は安心出来ると言って笑ったので、スウワンもファーレンもとても喜んだ。

南北の出入口を閉鎖してから三年。エルマーン王国は、再び門を開いた。

外界との交流を再開して最初に飛び込んできた話題は、バルミラ国の滅亡だった。エルマーンが国を閉鎖してから一年後、カサルア王国との間で戦争が勃発した。先に攻め入ったのはカサルア王国の方だった。カサルア王国には、他の国からの後方支援もあり、戦況は優位のまま、あっという間にバルミラ国を滅ぼしてしまったという。バルミラ国の王ビアージョは処刑された。

スウワンはすぐにカサルア王国を訪問した。久しぶりの再会に、カサルア王国の国王オレールは大歓迎してくれた。スウワンは深々と礼をした。

「国交再開で、最初に我が国に来ていただけるとは、これほど嬉しいことがありましょうか……改めて貴国でのご不幸には、心からお悔やみ申し上げます」

「ありがとうございます……ところで陛下、バルミラのことですが……まさか我々のために戦争をされたわけではありませんよね？」

「なぜそう思われる？」

「時期的なことと……戦争を支援された国々は皆、我が国との国交のある友好国ばかりだ……そこに何かあると思っても仕方ないでしょう」

オレール王はただニッコリと微笑んだ。

「ご心配をなさるな。我が国とバルミラが以前からずっと争ってきたのはご存知のはず。貴国には随分仲裁に入っていただいていた。それなのに、貴国のいない間に戦争が勃発してしまって申し訳なかったが、これは我が国の問題。どうぞお気になされぬように……」

「しかし……」

「あなた方と違って、人間というものは、戦いが好きなのです。野蛮な生き物ですよ」

そう言うとハハハと高らかに笑い出した。スウワンはそんなオレール王に心からの礼をこめて、深く頭を下げた。

スウワンは、豪華な料理の並ぶテーブルについていた。隣には外務大臣のショウエンが座り、そこから四人の若いシーフォンも並んで座っていた。

彼らの前では、華やかな衣装を纏った踊り子達が、楽師の奏でる音楽に合わせて舞っている。

「スウワン陛下、踊り子達はいかがですか？　我が国で一番の踊り手です」

スウワンの隣で上機嫌な様子で、酒を勧めてきたのは、この国の王オルガルタだ。ずっと以前から、スウワンに招待状を送り続けていたのだが、十五年目にしてようやく訪問してくれたので、ひどく浮かれているのだ。

盛大な宴《うたげ》を開き、スウワンをせいいっぱいもてなしていた。

この国、ビハーマン王国は、エルマーンとは百年前から国交がある。オルガルタ王は十六年前に即位した。欲深く派手好きで、いつも宴ばかりを開いて遊んでいると、あまり良い噂を聞かない王だ。オルガルタ王が即位してから、民に課す税が跳ね上がり、民達は困窮していると聞く。

前王は堅実な良き王だった。決して有能な王ではなかったので、国はあまり豊かではなかったが、国民を締めつけることはなく、堅実な政治をしていた。エルマーンとはそれほど懇意ではなかったが、交易は変わりなく続いていたし、毎年必ず一度は宰相がエルマーンへ挨拶のために訪問していた。代々礼儀はわきまえていた。

だからスウワンが即位した当時、国交のある国を整理した中には、かろうじてビハーマン王国は入っておらず、国交断絶は免《まぬか》れていたのだ。

だが現王オルガルタになってから、立場が変わった。毎年変わらず宰相がエルマーンを訪問するが、携える王の書簡は、スウワンにビハーマン王国を訪問してほしいとの招待状ばかりだった。そして彼が竜を欲しがっているという噂は、スウワンの耳に伝わっていた。

ゆえに『国交断絶候補』に入っているのだが、スウワンは十五年目にして招待に応じた。

「本当に本当に嬉しいのです。スウワン陛下が我が国に来てくださって！　竜を見せていただけて本当に嬉しいのです」

「そんなに喜んでいただけるとは。私ももっと早く来たかったのですが、色々と忙しくて申し訳ありませんでした」

スウワンはニッコリと笑って答えた。

「ですがそんなに竜が見たいのでしたら、オルガルタ陛下が我が国にいらっしゃれば良かったのに……いつでも歓迎いたしますよ」

「ああ……まあそうなのですが……何分エルマーン王国は遠いですからな。竜ならばひとっ飛びでしょうが……」

オルガルタ王は、少し引きつった顔で笑いながらそう言った。

ビハーマン王国からエルマーン王国までは、馬車で半月はかかる距離だ。国王の遠征となると、それなりの荷物や護衛の兵士が必要で、大部隊となる。それだけの大人数で半月の遠征は、国家予算並みの出費だ。オルガルタ王が強欲だがケチなことを知った上で、スウワンはわざとそう言ったのだ。

「オルガルタ陛下……少し二人で酒を酌《く》み交わしませんか？　ゆっくりと静かなところでお話ししたい」

スウワンがそう言ったので、オルガルタ王は嬉しそうに頷くと立ち上がり、スウワンを奥へと誘った。スウワンはショウエンに目配せをして立ち上がると、オルガルタ王についていった。


大広間の隣の一室に招かれた。来賓用の部屋のようで、下品に思うくらいに華美な装飾がされた部屋だった。侍女が酒の用意をして下がったので、二人は果実酒の入ったグラスを掲げ合った。

「オルガルタ陛下の過分なおもてなしに、私もすっかり上機嫌になってしまって、なんだか色々と話をしたくなったのです」

スウワンが酔っているふりをしながら、そう話し始めると、オルガルタ王は興味深いという顔をした。

「色々とは？」

「まあまあ、もう少し飲みましょう」

スウワンはそう言ってオルガルタ王に酒を勧めた。さらに数杯飲んで、オルガルタ王が酔っているのを確認すると、スウワンは彼の方へ身を乗り出すようにして話を始めた。

「我が国と国交を結ぶ条件に、竜を欲してはならないという項目があるのは、もちろんご存知ですね？」

「あ、ああ、もちろんです」

スウワンがいきなり竜の話を始めたので、オルガルタ王は少しドキリとして、苦笑いを浮かべて頷いた。

「なぜわざわざあんなことを条件にしているのだと思います？　別に誰も竜をくれなんて言っていないのに……陛下だって別に言ったことないでしょう？」

「も、もちろんですよ。そんなこと言うわけがない」

「実は……秘密があるのです」

スウワンが真面目な顔で言ったので、オルガルタ王は首を傾げた。

「我々が普通の人間ではないことはご存知ですね？　この髪の色や寿命が長いことでお分かりだと思います。我々は普通の人間よりもずっと古い民族なのです。まだ神がこの世界にいた頃からの」

「え？　……」

「実は、竜は神様の持ち物なんです」

「ええ？」

「我々の祖先は、神様から大事な宝である竜を養い育てるように預けられているのです。ですがその時に呪いをかけられました」

「の……呪い？」

「我らが神様の宝物である竜を勝手に売ったり、殺したりしないように呪いをかけたのです」

スウワンはいたって真面目に、切々と語った。オルガルタ王は、少し酔いが醒めたような顔をして聞いている。

「そ、その呪いとは……どういう呪いなのですか？」

「竜に姿を変えられるのです」

「え？　りゅ……竜に？」

それまで怖々聞いていたオルガルタ王だったが、『竜に姿を変えられる』と聞いて、少し興味を示した。

「それもただの竜ではありません」

「た、ただの竜ではないとは？」

「小さな醜い竜です」

「小さな醜い竜？　どういうことですか？」

「人間のこの体のまま竜に変えられるのです。皮膚が鱗《うろこ》に変わり、顔が伸びて牙が生え、背中に羽が生えるのです。でも大きさはこのままです。そして……」

「そして？」

オルガルタ王はごくりと唾を飲み込んだ。

「その小さな醜い竜は、竜達の大好物なのです。竜達は喜んでぱくりと一口で食べてしまうくらい」

「ええ!!」

「恐ろしくないですか？　そんな姿では人間に助けを求められず……いや、人間に見つかったらどんな目に遭うか分からない。かといって、竜は大好物の獲物をどこまでも追ってくるでしょう」

「そ、そんな……ははは……まさか……」

スウワンはコクリと頷いた。

「陛下、この呪いの怖さはそれだけではないのです」

「な、なんですか？」

「この呪いは、我々以外の人間もかかってしまうのです。もしも竜を捕まえようとしたり、竜を守るべき役割の我らを襲おうとしても呪われます」

スウワンはわざと大きな声で言ったので、小心者のオルガルタ王は「ひぃぃぃぃぃ」と悲鳴を上げてしまった。

スウワンが本当に真剣な顔で言うので、オルガルタ王は顔面蒼白になっていた。酔いなどとっくに醒めている。

「みなさんがうっかり竜を捕《と》ろうとしないように、我々は国交の条件に入れているのです。信じられませんか？　バルミラ国の話は聞いていませんか？」

「え？　バルミラ国？　少し前にカサルア王国との戦争に負けて滅びた国でしょう？」

「ええ、その頃我が国が国交を閉じていたことはご存知ですよね？　我が国内で事件が起きたのです」

「ああ……盗賊が入って姫君が……噂には聞いています。それとどういう関係が……」

オルガルタ王は言いかけて、まさかというように顔色を変えた。スウワンは神妙な顔をして首を振る。

「詳しいことは申せませんが察してください」

スウワンが真顔で言ったので、オルガルタ王は青白い顔に冷や汗を浮かべた。

「陛下にだけ特別に秘密を教えたのですからね！　どうか呪いにかからないようにご用心ください。陛下にそのつもりがなくても、もしも私が今ここでつまずいて、陛下のその王冠に頭が当たって怪我をしただけでも、呪われるかもしれませんから……あっ！」

スウワンがそう言ってわざと、オルガルタ王の前でよろけてみせると、オルガルタ王は「ヒャアアアア」と叫んでそのまま気を失ってしまった。

「あ！　やりすぎた！」

スウワンは、倒れたオルガルタ王をみつめて苦笑した。

「陛下、大丈夫ですか？」

部屋の外に待機していたショウエンが入ってきたので、スウワンは笑いながら首をすくめてみせた。

「何をなさったのですか？」

ショウエンは、床に倒れているオルガルタ王に驚いて、慌てて辺りを確認してから扉を閉めた。

「ちょっと驚かしただけだ。まさかこんな作り話を信じるとは思わないだろう？　そのうえ気を失うなんて、小心者にもほどがある」

スウワンはそう言って呆れたように溜息を吐いた。ショウエンは、倒れているオルガルタ王を抱え上げて、近くのソファに運んだ。

「本当は馬鹿馬鹿しいと一笑に伏されながら、話半分にでも興味を持ってもらって、噂話を広げてもらえればと思って大袈裟な寓話《ぐうわ》を考えたんだけどな。オルガルタ王は、そういう七不思議のような寓話が好きだと聞いたから……」

スウワンは腕組みをしながら、不服そうに眉根を寄せて、伸びているオルガルタ王をみつめた。

「陛下の演技が真に迫っていたのではないのですか？」

ショウエンが苦笑しながら言ったので、スウワンは嬉しそうにニヤリと笑った。

「語《かた》り部《べ》か吟遊詩人の素質でもあるのかな？」

楽しそうなスウワンの様子に、ショウエンは困ったように溜息をついた。

「それでどうなさるのですか？」

「さっさと帰ろう。宴は飽きた。オルガルタ王は酔いつぶれて、客前で寝てしまったと、この国の宰相に伝えろ」

スウワンはあっさりと言って、本当にさっさと部屋を出ていってしまった。


エルマーン王国王城内、王の執務室。

「陛下、ビハーマン王国より急使が参りまして、我が国との国交を断《た》ちたいとのことです」

ファーレンの報告を聞いて、スウワンは楽しそうにニヤニヤと笑った。

「上手くいったな」

そのスウワンの様子を見て、ファーレンは眉根を寄せながら溜息をついた。

「いいのですか？　変な噂が立ちますよ」

「いいんだ。噂が立つように、オルガルタ王に吹き込んだんだから。彼なら秘密だと言ってもすぐに言いふらすだろう……竜の呪いの噂が立てばいい」

「竜の呪いって……兄上が言っていた寓話のことですか？　そんな話を信じる者がいるでしょうか？」

ファーレンが呆れたように言うと、スウワンは声を上げて笑った。

「実際オルガルタ王が信じたじゃないか。彼はすごい勢いで話すぞ？　きっともっと馬鹿馬鹿しいくらいに大袈裟な話に変わるだろう。ファーレン、人間というものは不思議なもので、噂に尾ひれが付くほど荒唐無稽《こうとうむけい》な話になるんだ。そして馬鹿馬鹿しいというような話ほど、面白がられて噂は広がる。本当はオレがあそこまで作り話にしなくても、人間達が勝手に『醜い竜に変えられる』なんて創作していたかもしれない」

「しかしそれでは、懇意にしている友好国にまで誤解されませんか？」

「誤解された時はそれまでだ。だが本当に我らと親密な関係にある良識ある王ならば、噂はただの噂と一笑に付すだろう。ダーロン王国が噂を信じると思うか？　カサルア王国が信じると思うか？　オルガルタ王が上手く噂を広めないなら、また別の王に噂を流そう。オレは『竜の呪い』の噂がどんどん広まってほしいと思っている。それでも竜を奪おうとする者はいるだろう。だが我々はこれからも、そんな人間の世界で生き続けねばならない。竜という存在が、人間にとって憧れになっても、恐怖になっても……これからも我々は、戦いをしないという方向で、我らが生き延びる術を模索《もさく》し続けなければならない。友好国のように、人間の良心を信じつつ、オルガルタ王のような欲の塊を利用しつつ……我らは生き抜くために、もっとずるくならないといけないんじゃないだろうか」

ファーレンは、スウワンの言葉に衝撃を受けていた。考えもしなかったことだ。だがそれはとても斬新《ざんしん》で、説得力のある言葉だった。

「人間は悪い人間ばかりではない……オレは父からそう言われた。だが人間は良い人間ばかりでもないことをオレは知った。お人好しになる必要はない。人間を信じ、人間を信じない。それがこれから我々が生きていくためのやり方だ」

「もっと色々な方法を模索する必要がありそうですね」

ファーレンがそう答えると、スウワンは不敵な笑みを浮かべて、力強く頷いた。

スウワン王の治世は三百六十年続いた。減少傾向にあったシーフォンとアルピンの人口は、ここで一気に増えていくことになり、その後のエルマーン王国繁栄の礎《いしずえ》となった。

龍聖は三人の王子と一人の姫君の合わせて四人の子宝に恵まれた。

この三人の王子が、次の世代でエルマーン王国をさらなる繁栄へと導くこととなるが、それはまた別の物語。

無垢な実直

執務室を出て廊下を歩いていると、すれ違うアルピンの侍女や兵士が脇に避けながら深々と頭を下げる。

「兄上」

前方から歩いてきたファーレンから声をかけられ、足を止めた。ファーレンは真っ直ぐ近づいてくる。

「どちらへ行かれるのですか？」

尋ねられたスウワンは、ファーレンが小脇に抱えている書簡の束に視線を送り、一瞬言葉を選ぶように黙った。

「いや、特に……」

「この書簡は急ぎのものではありませんから、兄上がどちらかに御用があるのでしたら、別にかまいませんよ」

スウワンの言葉を遮るようにファーレンがそう言ってニッコリと笑った。ファーレンが気を遣《つか》ってくれたことに思わず苦笑する。

「いや、本当に特に用があるわけではないんだ。仕事が一段落したから、今日は早めに部屋に戻ろうかと思っただけだ。仕事があるならやるよ」

「いえいえ、兄上、本当にこれは明日でもいいものなので、それでしたら今日は早くリューセー様達の所にお戻りください。ロウワン様と遊んであげるのも大事ですよ」

さらにそう言われて、スウワンは観念したように苦笑しながら頷いた。

「じゃあそうするよ」

スウワンはファーレンに別れを告げると、部屋へと戻っていった。


「スウワン、おかえりなさい。今日は早かったのですね」

赤子を抱いた龍聖《りゅうせい》が笑顔で出迎えたので、スウワンは龍聖の頬に口づけて、腕の中の赤子の額にも口づけた。

「昨日は忙しくバタバタしていたけど、今日は頑張りすぎたせいか仕事が早く終わってしまってね」

スウワンの言葉に、龍聖がクスクスと笑った。

「ファーレン様に早く帰るように言われたのではないのですか？」

「ロウワンと遊んでやれと言われた」

スウワンは笑顔でそう言いながら部屋の中を見回した。窓辺にロウワンが座っているのを見つけて歩み寄った。

「ロウワン、何をしているんだ？」

スウワンが声をかけたが、ロウワンは返事をせずに床に座って一点を真剣に見つめている。スウワンは不思議そうにロウワンとロウワンの前に置かれた物を交互に見つめた。

「リューセー、ロウワンは何をやっているんだ？」

「侍女が積み木を持ってきてくれたのです。工房で働いているお兄さんが、ロウワンのために作ってくれたそうです」

「積み木？」

「色々な形の木を積み上げて遊ぶおもちゃです。綺麗に色を塗ってくれていて、危なくないように角を丸く磨いてくれているんですよ」

龍聖に説明されて、スウワンは改めて積み木を見つめた。赤や青や黄色など色々な色に塗られた拳ほどの大きさの木片が並んでいた。形も正方形や長方形、三角形など様々だ。

「それでロウワンは、なぜじっとみつめたままなんだ？」

「たぶん、家を作っているみたいなんですけど……」

龍聖に言われて見ると、確かに重ねられた積み木は家の形に見える。だがロウワンは真剣な顔でじっとみつめたままだ。見た目は三歳児くらいの幼子だが、積み木で楽しんでいるようには見えない。

「どうした？　ロウワン、上手くいかないか？　どれオレが手伝ってやろう」

スウワンはそう言ってロウワンの向かいに座ると、そばにある四角い木片を掴んで、ロウワンが積んだ積み木の横に置こうとした。

「あ、スウワン」

龍聖が制止するように声をあげた。

「ダメ」とロウワンが一言声をあげたので、スウワンは驚いてロウワンを見つめた。ロウワンは眉間にしわを寄せて、怒っているようにじっとスウワンを見ている。スウワンは何事かわからず龍聖を見た。すると龍聖は困ったように微笑んで首を振った。

「ダメなのか？」

スウワンがロウワンに尋ねると、ロウワンは無言でこくりと頷いた。そしてまた真剣な顔で自分が積んだ積み木をしばらく見つめると、両手を添えるようにしてちょっとずつ上下の積み木を動かしている。

スウワンはしばらく唖然《あぜん》とした様子で、そんなロウワンを眺めていたが、ゆっくり立ち上がると龍聖の隣に並んだ。

「なにがダメなんだ？」

スウワンがそっと龍聖に耳打ちした。龍聖は苦笑している。

「それが、自分の納得のいく形になるまで、ずっとああしているのです」

「納得のいく形？」

「重ねた積み木がほんの僅かでもずれているのが嫌みたいで……でも積み木の大きさは同じ四角のものでも僅かに違ったりするものですから、それがきちんと揃うように何度も他の木を積み直しているのです」

龍聖が説明すると、スウワンは目を丸くしてロウワンを見つめた。ロウワンはまだ難しい顔をして、積み木を弄《いじ》っている。

「真面目か!?」

スウワンが思わず呟くと、龍聖がクスクスと笑った。

「一体誰に似たんだ」

「誰に似たのでしょうね？」

「少なくともオレじゃないぞ？」

「ええ、分かっています」

龍聖がぷっと吹き出したので、スウワンは少しばかり不服そうな顔をした。

「ロウワン！　そういうものはほどほどにすることも大事なんだぞ？」

スウワンが大きな声で言ったので、ロウワンが驚いたように顔を上げてスウワンを見たが、ぷいっと顔をそむけると、また積み木に集中した。

「我《が》の強いところはスウワンに似ていますね」

また龍聖が吹き出しながら言ったので、スウワンは眉根を寄せた。

「きっちり同じ大きさの積み木を作らせよう。そうでないとロウワンはいつまでも納得しそうにないからな」

スウワンが溜息混じりに言うと、「そうですね」と龍聖が笑いながら頷いた。

あとがき

こんにちは、飯田実樹です。「空に響くは竜の歌声　聖幻《せいげん》の竜王国」を読んでいただきありがとうございます。本作はなんとシリーズ七作目になります。ええ！　もう七作？　という感じです。デビュー作からここまでシリーズとして出し続けられるのは、ひとえに読者様のおかげです。こんなに厚い本が七冊にもなると、かなり本棚を圧迫していると思います。ごめんなさい。でもこれから先も続けられるだけ続けていきたいです。

今回は三代目竜王スウワンの物語です。初代、二代目と続いていきなり未来の十一代目に飛び、また三代目に戻るとあっちにこっちにと慌ただしいようですが、このシリーズは決して『続き物』という枠にとらわれず、過去から未来までの歴史の中で、皆様が好きな時代から読めるような作品にしたいと思っています。だから次も四代目かどうかは分かりません。楽しみにしてもらえると嬉しいです。

それから毎回ですが、ひたき先生の美麗なイラストに感動しますよね。スウワンのビジュアルは「両親揃って辛いことなく幸せに育ったフェイワン」をイメージしています。ですから顔立ちがフェイワンに似ているように描いてもらっています。そして裏表紙にエルマーン王国の風景が！　素晴らしいです。皆様にはぜひ帯を外してご覧いただきたいです。

スウワン贔屓でスウワンチェックが厳しく、いつもの倍以上ダメだしを出した担当様、家系図を工夫してくださったウチカワ様、他この本に携わってくださった皆様に深く感謝いたします。

また次の「空に響くは竜の歌声」で皆様にお会い出来ますように……。

飯田実樹

空に響くは
竜王の妃として召喚される
運命の伴侶。
彼だけが竜王に命の糧
「魂精」を与え、竜王の子を
身に宿すことができる。
過去から未来へ続く愛の系譜、
壮大な異世界ファンタジー!
大好評発売中!
① 空に響くは竜の歌声 紅蓮をまとう竜王
② 空に響くは竜の歌声 竜王を継ぐ御子
③ 空に響くは竜の歌声 暁の空翔ける竜王
④ 空に響くは竜の歌声 黎明の空舞う紅の竜王
⑤ 空に響くは竜の歌声 天穹《てんきゅう》に哭《な》く黄金竜
⑥ 空に響くは竜の歌声 嵐を愛でる竜王
⑦ 空に響くは竜の歌声 聖幻《せいげん》の竜王国
①②以外は読み切りとしてお読みいただけます。
特設WEB
http://www.b-boy.jp/special/ryu-uta/

竜の歌声
MIKI IIDA
飯田実樹
ILLUSTRATION
HITAKI
ひたき

『空に響くは竜の歌声　聖幻（せいげん）の竜王国』をお買い上げいただきありがとうございます。
この本を読んでのご意見、ご感想など下記住所「編集部」宛までお寄せください。

アンケート受付中
リブレ公式サイト　http://libre-inc.co.jp
TOPページの「アンケート」からお入りください。

初出　空に響くは竜の歌声　聖幻（せいげん）の竜王国
＊上記の作品は2015年に同人誌に収録された作品を
加筆・大幅改稿したものです。

空に響くは竜の歌声
聖幻《せいげん》の竜王国

著者名　飯田実樹

発行日　2018年11月19日　第1刷発行

発行者　太田歳子

発行所　株式会社リブレ
〒162-0825 東京都新宿区神楽坂6-46 ローベル神楽坂ビル
電話　03-3235-7405（営業）　03-3235-0317（編集）
FAX　03-3235-0342（営業）

印刷所　株式会社光邦
装丁・本文デザイン　ウチカワデザイン
企画編集　安井友紀子

Printed in Japan
ISBN 978-4-7997-4099-6